北京1980
LOVE SONG 1980

于晓丹 著

人民文学出版社

图书在版编目（CIP）数据

北京1980/于晓丹著.—北京：人民文学出版社，2018（2021.2重印）
ISBN 978-7-02-014677-2

I.①北… II.①于… III.①长篇小说—中国—当代 IV.①I247.5

中国版本图书馆 CIP 数据核字（2018）第 243979 号

策划编辑	脚　印
责任编辑	王　蔚
装帧设计	陶　雷
责任印制	王重艺

出版发行	人民文学出版社
社　　址	北京市朝内大街166号
邮政编码	100705
网　　址	http://www.rw-cn.com
印　　刷	三河市中晟雅豪印务有限公司
经　　销	全国新华书店等
字　　数	270千字
开　　本	880毫米×1230毫米　1/32
印　　张	12.5　插页2
印　　数	12001—17000
版　　次	2019年1月北京第1版
印　　次	2021年2月第3次印刷
书　　号	978-7-02-014677-2
定　　价	42.00元

如有印装质量问题，请与本社图书销售中心调换。电话:010-65233595

献给世奇

1.

她叫毛榛。

至少在十六年前，梁正文最后一次见到她的时候，她叫的是这个名字。

那是五月，那天雨落得突然，一股热腻的土腥味从楼下涌到楼上。她略略有些圆肿的眼睛，睫毛上挂着一颗雨珠，在眨眼的一瞬裂成两瓣。她左手大拇指和食指放在下嘴唇上不停地摩挲，一片一片地撕着干裂的暴皮……

那天她一直靠在床头看书，他还记得那本书的封面是米兰·昆德拉，坐着，一只手里夹着烟，灰白凌乱的头发，纹路清晰的毛衣，整个画面都是灰的，只有他的两只眼白格外白。还不到晚上五点，她就说饿了。他们下了楼，到那条街上最像样的一家餐馆吃了晚饭。

吃完饭，正文看着她返回楼上，自己到后面派出所的院子里取出自行车，然后回了报社。

他没有想到，这一别竟如此之久。

那天出租车到楼下的时候，正文还在公司里收拾行李。电话一直响个不停，他心里说着不接、不接了，却还是又接了两个。最后一个，是租车公司打来的，告诉他要开始收等车费了，他这才匆匆忙忙拎着行李走出去。进电梯间前，他的助理安还在往他的手提箱里塞着东西。

到肯尼迪机场候机大厅时，指示牌显示离登机时间还差一小时三十五分钟。这次他的目的地是伊斯坦布尔，直飞，飞行时间十小时二十分钟。"9·11"以后，办理登机手续的时间提前了很多，他需要在候机大厅消磨的时间也就长了很多。他迤迤地拖着手提行李，在离登机口远远的地方坐下。头天睡得不好，眼皮很沉。他习惯性地从行李侧袋里摸出一本杂志，看了两眼，又放下，把腿跷到行李上，侧歪着头，眯起眼，准备小憩片刻。

然后他瞥见身边的手提行李鼓出了一块，想着里面一定又是一团糟乱。他从欧洲带回来的那卷蕾丝，安是否记得放进去了？他放下脚，拉开行李拉锁。花花绿绿的一堆从行李里滚落出来，他忙着去捡，一件一件地捡回包里，叠好，分袋放妥。在行李最下面发现他要找的那卷蕾丝，便用手使劲摸摸。凉、绵、润——绝对的高档蕾丝的手感，他只要轻轻攥一把就能估摸出它的单价是多少。他舒口气，拉上拉锁——这才意识到周围一束束异样的目光。他愣了一下，随即哑然笑笑。是的，抱歉得很，他都忘记了，刚才他一个成年男人，在大庭广众之下摸来摸去的尽是些女人贴身的衣服：内裤、乳罩、背心、睡衣、粉色的、肉色的……他自从在纽约这家高级内衣公司做上生产主管以后，对这些东西最基本的意义，就好像越来越不敏感了——只是一堆材料和样品而已。

北京 1980

他抱歉地笑过以后，又拿起那本杂志，随意地翻看着。就在他将要翻过那一页的时候，突然注意到左栏最下面的那张照片，心跳了一下。那一整页都是新婚启事，那张照片在左栏第五或第六的位置。照片很小，有些模糊，但正文看得出来，里面的两个人都笑着。他的肤色不能确定，微卷的短发，高鼻梁上架着眼镜，一张圆长脸贴在她的面颊旁。她的笑容比他更模糊些，可他还是一下子就感觉到了她浓郁的眼神，看出她长而密的睫毛下扑闪着那对依然细圆黝黑的眼睛。照片旁边有简单的说明，他们的姓名，婚礼的时间和地点。他一遍又一遍看那几行小得不能再小的文字，心跳从剧烈一点点慢下来。然后他盯着那张照片，看了很久。

应该是她，虽然她不再叫那个名字了。

2.

梁正文认识毛榛，是在高中的最后一个寒假，1982年。

那年冬天，正文的哥哥正武就读的Y大学用四个排球场浇了个冰场。正文那时正在准备高考，有时看书累了，就骑上车去冰场转转。那天他刚把车锁好，便听见正武在后面叫他。他转过头，见他身边跟着个女生，是毛榛。正武说，毛榛是他在外语学校时的同学，跟他一样，在上大二，不过在D大学。

毛榛温热地笑着，脸罩在一顶浅灰色厚毛线帽下，露出一双细圆的眼睛。她从一副海军蓝毡毛大手套里抽出手，和正文握了握。她的指尖又冷又硬，指头很瘦。

正武带他们往冰场里面走，正文低头跟在后面，走了几步，他惊奇地注意到，她脚下穿了双圆滚的条绒布黑色老头棉窝，黑胶底，后帮上有条绳边接缝的那种。

正武带他们在拥挤的人群中穿了好久，才终于找到一张有两个空座的长凳。这时有人喊他，他抬头看看，回过头来对他们说："别动啊，我一会儿回来找你们。"

他们坐下来，毛榛从书包里取出冰鞋。正文看着她解冰鞋的鞋带，觉得应该说点什么，便说："你的棉鞋很有意思。"

毛榛又笑了："是吗？是不是挺土的？"

正文忙说："不土，穿你脚上挺合适的。不过，现在没什么人穿这种样式的了。是不是你姥姥留下来的？"

毛榛笑出了声，抬起两脚，脚尖在前面并拢，让棉窝中间的接缝在头上并成人字。"不是，是我自己到内联升买的。很便宜，才一块多钱。"她歪过头来，"你怎么知道我有姥姥？"

"瞎猜的。"正文说，"你不穿高跟鞋吗，现在女孩子都穿带点跟的。"

"我屁股大，穿高跟鞋老要摔跟头。"

正文朝后倾倾身，想看看她的屁股有多大，又突然觉得不妥，把头收回来。

"没关系，待会儿我站起来，你就能看到了。"

正文有点不好意思地点点头。看毛榛正眯着眼睛看他，便问：

"怎么？"

"你跟梁正武长得还挺像的。"

"是吗？"

"他以前跟我说有个弟弟，我就想你会不会长得像他。"

"不像，哪儿能跟他比。"

"也不错，"毛榛说，"就是比他矮了点。不过，矮个子普遍比高个子聪明，你比他聪明吧？"

"不行，这世上就没几个比他聪明的。"

"哟，你这么崇拜他？"

"是吧——"正文点点头，问她，"你的嗓子怎么啦？感冒了？"

"不是，我天生就这样，遗传的……"

"那你怎么能上外语学校呢？他们到你们学校挑人的时候，不是先看嗓子好不好吗？"

"是啊，我差一点就被刷下来了。口试都考完了，那个考我的老师还追出来，跟你刚才问的一样，问我是不是感冒了，我赶紧说是，又咳嗽了两声，他就信了。"

"你还挺聪明的。"

"这就算聪明啊？看来你是个老实人了。你哥哥老说，我这只能算是小聪明。"

"小聪明也是聪明。"

"可惜呀，他说的小聪明是傻。"

他们坐那里，像在等正武。毛榛不时错错挂在脖子后面的手套绳，把二指的海军蓝厚毡手套扣在凳子边沿。她偶尔歪过头来看看正文，笑笑，不过大多时候眼睛看着远处。

那天冰场上下人很多，连围栏外面都趴了密密的一圈脑袋。场子中间，会滑的在外围滑着大圈，人太多，大圈也转得很慢；不会滑的，就都堆在场子中间，像一锅刚刚煮开的水饺，不停地翻腾、挤撞着。

"你会滑吗？"毛榛问他。

"还行。"

"跟梁正武比呢？"

"没比过。"

"不愿跟他比？"她歪过头来，故意似的问他。

"不用比，他肯定比我好。"正文顿了顿，"我们没一起滑过。我很少见到他，恐怕你见他的次数比我还多。"

"那倒有可能。"她把两只手从手套里抽出来，交叉着放进羽绒服的袖筒里，"我们从小住校的，好像跟家里人都还不如跟同学在一起的时间多。那你们俩亲么？"

"还行吧。"

"还行？"她看着他，"那我考考你。你知道他穿什么样的裤头背心么？"

正文愣了一下。

"你知道他剃不剃胡子？一个星期剃几次？用什么剃胡子刀？"

正文笑了。

"这个都不知道，还叫亲啊？你们一起去过公园么？去过几次？哦，对了，你们一起去公共澡堂洗过澡么？"

正文扭开脸去，咧着嘴又笑了。

"你的答案都是 no 吧?"

"那你的答案是 yes?"他乜着眼睛看她。

"我也不是,讨厌。"她轻轻推了他一下,"不过,我见他的次数应该比你多。我们同学八年,一天除了睡觉八小时不在一起,每天从早自习到晚自习,包括三顿饭,都在一起。我数学不好,可粗略算算也得有几万个小时了吧?再说,他那么高,就是不想看到他也难。"她抬起下巴朝远处努努,正文顺着看过去,见正武在远处正和一个女生说着什么。

她把冰鞋换上,用冰刀在地上剁了剁。正文问她:"你读的也是英语系吗?"

"西语系。"

"西语系?西班牙语呀?"

"不是,西方语言文学系。"

"那到底是学语言,还是文学呢?"

"我学语言。我们系的女生都学文学,都不想学语言,我就选了语言。"

"语言,不是很枯燥吗?"

"是啊,我也不喜欢,所以才要学它。你不喜欢什么才要学什么,就好像我姥姥说的,你越不喜欢什么人,才越要跟这个人交朋友。"

"干嘛这么难受呀?"

"不难受,挺好玩的。"她笑了笑,"不信,你也可以试试。"

"你姥姥真那么说的啊?"

毛榛点点头,又问:"你呢?准备上哪所大学?我们学校?还是跟梁正武一样?"

正文想了想说："大概会跟他一样吧。"

"为什么？"

"不知道，像你说的，较劲，越是比不过，还越要比。"

他们两个都笑了。

"你不换鞋吗？"毛榛问他。

"我不滑。"

这时，场上的一个小个子男生转了个漂亮的弧线停在他们面前，要带毛榛下场。毛榛犹豫片刻，还是站了起来。正文等她离开座位，就注意看她的屁股，可她的羽绒服太长了。

那次显然是毛榛第一次穿冰鞋，没走上两步，就趔趄着摔了个跟头，后来又一连摔了七八跤，最后一次干脆坐在冰上，皱着眉咧咧嘴，可怜地揉着屁股。小个子男生用力把她拽起来，把她的手套绳在她胸前打个结，然后说了句什么，她从手套里抽出左手，交给他。那只手后来就一直被那个男生攥着。滑了几圈，她渐渐有了些模样。他们开始交谈，他说的多，毛榛偶尔张张嘴；她笑的多，一会儿显得有点勉强，一会儿又笑弯了腰。

不知不觉就到了十点半，广播喇叭开始预报关门的时间。毛榛满头大汗地回到正文这里，问他为什么不滑。正文说不喜欢滑，只喜欢看。

"那我滑得很难看吧？"

"还可以。"

毛榛不好意思地撇撇嘴，然后坐下，换上棉窝，等了一会儿不见正武回来，他们决定出去找他。刚走到冰场门口，就看到他，身边仍围着几个叽叽喳喳的女生。正武也看见了他们，便朝女生摆摆手,然后带正文和毛榛去学校食堂吃夜宵。

进了食堂,正武去窗口买饭,让毛榛和正文先找座位坐下。两个人选了靠窗的一张长凳,毛榛拉正文坐在自己的一边。她脱了羽绒服抱在腿上,正文也脱了棉衣。毛榛转过头看他,过一会儿又看一下,然后伸过手来将他的毛衣领子往下理理,笑着说:"看着那么别扭啊,皱皱巴巴的,毛衣都不会穿。"

"喊。"正文别过头去,"谁不会穿啊?"

"怎么,还不好意思啊?"

一两三个的肉丁包,正武买了一斤半,还买了两碗牛奶,用托盘端过来,坐在他们的对面。"都把衣服穿上,有那么热么?"他说。

"嗯,特别热,刚才出了一身的汗。"毛榛说。

"赶紧穿上!"正武说着,把牛奶放到毛榛和正文的面前。

正文照他的话做了,毛榛却只把羽绒服披起来。

"穿好了!"正武又说。

正文帮她抬起袖子,毛榛朝正文噘噘嘴把胳膊伸了进去。她把自己的牛奶让给正武,正武推还她:"让你喝你就喝,我要喝就买了。"毛榛显然是饿了,一口气吃了五个包子,拿起来第六个,想想,还是放下了,转手放进正文的碗里。正文扑哧笑了一声:"以为你真能都吃了呢。"正武没有笑,只是说:"还不赶紧喝口牛奶,小心噎着。"

有辆面包车从窗外缓缓驶过,正武抬头,看着车灯从一个窗口亮到下一个窗口,然后像是漫不经心地问:"刚才那小子是谁啊?滑得那么热火朝天的?"

毛榛低下头,端起牛奶,喝了一大口,说:"你们学校的。"
"哪个系的?"
"他说是阿语系的。"
正武没再说什么。
"阿语系是什么语啊,阿拉伯语?"正文问。
正武没回答,毛榛忙用筷子立在嘴边示意正文别问。正武从毛榛手里拿过筷子,把盘里最后一个肉丁包夹进她的碗里。毛榛要推,他说:"吃了。"然后看她吃完,收拾了桌上的所有碗筷,拿到水池那边去洗。

出了食堂,三个人一起骑车到校门口。正武问正文说:"你考试准备得怎么样了?"

正文说:"差不多。"

"差不多是差多少呀?能上北大、清华?还是能上北外、外交学院?"

"反正能有学上。"正文说完,蹬上车便想走。

正武一把拉住他的车后座说:"急什么!路上小心点,这么晚了,别晃晃悠悠的,哪儿也不许再去了,听见么,直接回家。"

正文没说话,正武在他后脑勺拍了一下:"听见了没有?"

正文仍旧蹬上车,头也不回地答:"听见了。"

正文第二次见毛榛是几个月后。

那天他已高考完,正在家里闷头睡觉。下午,正武意外地回家来,推醒他。"起来,起来,请你去吃西餐,去不去?"不等正文完全清醒,他一把将他从床上拽起,把他的脑袋摁到水池边,拧开水龙头,"不能再睡了,妈说你都睡了一个星期了,睡傻了吧快。"他从衣柜里抽出一件短袖白色翻领衫,强迫正文换上,然后他们并排骑着黑色凤凰28,冲出那时叫"汽车局"的大院,穿过宽宽的长安街,划着很大的弧线往北拐上了一条新开辟的马路。

"上哪儿吃去啊?"正文问他。

"甭问,到了你就知道了。"

那马路叫什么名字,正文已经记不太清楚了。好像刚刚拓宽,路面补着两条深灰色新柏油,像是仍旧湿着没有完全干透。沿路树木很少,隔一会儿还出现一个被锯断的树墩。在正文的记忆里,他们兄弟俩像这样一起骑车出门,那是第一次,也是唯一的一次。正武不时把一只胳膊搭到他肩上,另一只手也撒开把。他问正文像不像鹰,正文没有回答,一直笑着,摇摇晃晃地往前骑。

那时柳叶已经抽过芽转成了深绿色,一团一团的杨絮已经在地上打过滚,脏兮兮地卷堆在马路牙下。天正渐长,太阳从左侧照下来,把他们的影子拖得很远。然后他听见正武说:"一会儿还有两个人跟咱们一起吃饭。"

正文立刻小声说道:"我就说呢,怎么也不会单请我啊。谁啊,我沾了谁的光?"

正武说是毛榛。

正文问:"你请她吃饭,干嘛要我陪啊?"

"你以为我想让你陪?是这丫头说她要再带一个人,今天才说的,我来不及找别人。"

"为什么她要再带一个人?"

正武正过脸去,默默地笑了一下:"鬼心眼呗。"

"再带个什么人？不会是个男的吧？"

"她敢？不怕我宰了她。"

而后他们就骑过了那个宽敞的开口。正武突然刹住车把，又倒回去，一只脚仍踏住脚蹬，一只脚支在地上。正文把车停在他的后面，顺着他的视线往下看去。土坡不长，下面的洼地却很深。洼地的边缘是一圈茂密整齐的白杨树，阔大的树叶在树顶连成一片。从树木的缝隙中，可以看到树荫下有一片泱泱的湖水。因为背阴，湖面上没有一丝阳光，就那么茵茵的，泛着树木倒影的青绿色。现在想起来，那天见到的八一湖，大概是离真实最远的，潮湿、阴暖、凝滑，像一碗绿色的牛奶。

"想不想下去看看？"正武问他。

"可以。"

他们支好车，上好锁，正文跟在正武后面一溜小跑地下了陡坡。

"知道这儿吗？"正武问他。

"喊，谁还不知道这儿。"

"来过？"

"这半个葫芦不常来，另外那半个葫芦倒是常去。"

"去干什么？"

"还能干什么，游泳呗。"

正武拿了块小石子，朝湖里使劲投了下去。水面纹丝不动，石子"嗵"的一声就消失了。正文也从地上捡起一颗石子，朝湖面打着水漂。

那时的八一湖还是个野湖，幽僻荫郁，远近见不到一个人，也听不到一丝响声。正武走到湖边，撅了根树枝沿倾斜的岸往下面探探，抽上树枝以后仔细看看棍尖，然后叫上正文离开了那里。骑了一段路，他说："记着，别逞性子到那半个葫芦游泳。"

"为什么？"

"那儿的水很深，水面看着没事儿，下头可就难说了。"

"你知道？"

"刚才扔石子儿，你以为我跟你似的在玩儿啊？你要是掉进去，恐怕连叫一声都来不及，人就没了。顶多扎着两手扑腾一下，就这样——"正武把两只手都伸到头上，像是抓够着什么，眼珠朝上翻，仰着脑袋假装使劲吸气——他的自行车左右晃动起来。正文"喊喊"地笑了。正武放下胳膊，扶住车把，说："别笑，我不是逗你。发现没有，那岸都是石头砌的，很陡，往湖下面去又很斜，没过水的石壁上都是青苔，就算你能游过来，恐怕也蹬不住，上不了岸。"

"你在那儿游过？"

"我游过，不等于你就能游。你的水性能跟我比？记住啦？"

正文小声说："喊，你怎么知道我不如你？"

正武伸手打打他的脑袋，正文便不再说什么。

出乎正文的意料，正武把带他到了"莫斯科餐厅"。

他们存好车，在门口的台阶上等了一会儿，毛榛和另外一个女生便跑了进来。"哟，是正文陪着来的。"毛榛微微笑着，推推身边的女生，"这是冯四一，我的好朋友，外交学院的。"

正文朝冯四一点点头，然后跟在他们后面往里走。毛榛仍留着短发，右侧头顶上露出个明显的旋儿，把她圆圆的头弄的像要飞起来的一朵蘑菇。她的浅灰色细线毛衣的领口很大,右边肩上还开着一寸来长的线。正文低下头,看见她的屁股。还好,他想,裹在灰黑色弹力裤里,滚滚的顶多像两只刚熟的葫芦。毛榛大概是意识到了什么,在前面突然站住转回身,朝正文眨眨眼睛。

还没坐稳,正武就开始看菜单,看了一会儿就叫服务员,一口气点了三个汤,八个菜。正文诧异地看着他,这么有钱,他想。毛榛和冯四一不停地小声说着:"够了,太多了,西餐哪能吃这么多啊。"正武都像没听见,继续翻来覆去地研究着那张只有一页纸的菜单,直到女服务员敲敲本子,皱着眉头说:"点这么多,你吃得了吗?""就是,就是。"毛榛和冯四一附和着,正武这才把菜单交了出去。

"说说,说说,你们今天干什么了?"正武斜靠在桌边问她们。

冯四一先笑了:"干了件很无聊的事,你问毛榛吧。"

"怎么说无聊呢,去看了场电影。"

"很好啊,什么电影?"

两人互相看看,冯四一说:"《红色娘子军》。"

"还有电影院放这种电影吗?"正文问。

"嗯,一机部礼堂每个星期除了放新片,还放部老片子。"

"你还没看过《红色娘子军》啊?"

"看过。"

正武说:"你应该问她是看第几遍了?"

"第几遍?"

"说了,你不许笑话我。第九遍了。"

"啊?那么喜欢革命?"

"革命?"冯四一推推毛榛,"她这个小资产阶级要是喜欢革命,也是因为革命队伍里有王心刚。"

"王心刚?那个党代表?"

毛榛"嗯"了一声。

"他有那么好么,值得你看九遍?"

"当然好。"

"哪儿好?"

毛榛伸过手来,假装生气地拍了拍正文的胳膊,小声说:"哪儿都好。"

"嗯,"冯四一一边看着她,一边替她说,"喜欢他的小脸,带一点点小胡茬儿。喜欢他说话时喉咙一跳一跳的样子。还喜欢他的胳膊。他那两只胳膊,你们都没注意到吧?"

"胳膊?"正文问。

"就是最后,他给小庞系衣服扣子时,说,'天冷了,小心路上别着了凉,'然后镜头就照了一下他的胳膊。"

"那有什么好看的?"

"那你得问她了。"

毛榛低着头笑笑:"好看。"

"还喜欢听他的声音。"冯四一说。

"声音?他好像有点东北口音,对不对?"

"就是河北口音她也喜欢。"四一看了一眼正武,"好啦,好啦,不说了。再好看也是电影里的,不是现实。"

毛榛摆弄着刀叉:"电影为什么就不能是现实?"

正武看了她一眼:"把电影当成现实可是很糟糕的一种想法。"

"有什么糟糕的?"

"认为电影就是现实的人是没有多少想象力的人。你不想当这样的人吧?"

"这跟想象力有什么关系。"毛榛低头说道。

"当然有。你想象过王心刚平时什么样子么?"正武盯着她问。

"什么样子?"

"比如说,你知道他打嗝么,放屁么?打嗝响不响?放屁臭不臭?你知道他睡觉打不打呼噜?你知道他便秘不便秘?"

毛榛抬起头来,沉下脸:"我干嘛要知道这些?"

"干嘛?因为你需要知道。"看看毛榛脸色越来越沉,正武缓和下来,"我的意思是现实已经够丰富的了,还有必要把电影也当作一种现实么?"

"有没有必要,该知道的,我都知道,不该知道的,我也知道了。"

正武看着她,还要说什么,服务员正好端来了蔬菜色拉,正武便招呼大家拿起叉子。服务员很快又端上来黄油鸡卷和奶油虾,正武把虾放到毛榛前面。毛榛搛一块放到盘里,吃了一口,而后把虾盘推给正文。她又拿了一块鸡卷,用刀切开,放一小块到嘴里,慢慢嚼了几下,突然像是要呕,忙用一只手掩住嘴巴,咽咽口水,慢慢放下刀叉。

"怎么,不爱吃啊?"正文把色拉推给毛榛。毛榛没有动。这时桌上已摆满了大小十几个碟子,正武一边招呼着冯四一,一边挽起袖子,摆开大吃一通的架势。"吃啊,别光看着,这么好吃的菜,你们今天要把我点的统统吃干净,一口也不许剩。听见了吗,正文?"

"那还用说。"正文看着他,眼角瞄着毛榛。

冯四一拿起一块扒牛条放进毛榛的盘里,毛榛立刻用叉子叉了回去。

正武对四一说:"你吃你的。"他叉起一只猪排递给毛榛,说:"拿盘子接着。"

毛榛挡住他:"你别给我,要吃我自己会夹。"

正武看了她一眼,而后对正文和冯四一说:"你们吃你们的,使劲吃。知道我平生最不喜欢什么吗?就是在饭桌上不好好吃饭。还有什么比吃饭更高兴的?非跟自己过不去。"

毛榛站了起来。

冯四一拽住她的胳膊,问:"你干什么去?"

"去厕所。"

四一说:"那我陪你去。"她站起身,放下餐巾,要跟她走。

"不用。"毛榛挡住她,"我说了不用,你坐下吃你的。"

"那,快去快回啊。"

"嗯。"

正武说:"吃你的。有人要是真想走,你看着也没用。"

正文的眼睛一直盯着盘子里还在冒热气的一块烤鱼,毛榛一离开,他便拿起刀叉切了一块。吃了第一口,觉得很香,又切了第二块。这一块把他腻住了,他盛了一大碗蘑菇汤。喝了一口,觉得更腻,赶紧管服务员又要了只小碗,盛了一勺红菜汤。他一边喝着,一边偷眼看了一下墙上的挂钟,再看正武。正武一副漫不经心的样子,故意吧嗒嘴大口嚼着。冯四一则一直低着头,默默地往嘴里小口送着东西。

"人家都叫五一,十一什么的,"正文给四一也盛了一碗红菜汤,"起码也是六一,你怎么叫四一呢?没这个节日啊。"

冯四一听他问,脸色舒展开,笑着说:"我自己的节日不行么。"

"那有什么不行的,"正文说,"是不是你四一生的啊?"

冯四一摇摇头。

"那为什么?标新立异?没有四一,非弄出个四一来?"

冯四一又笑:"跟节日没关,跟我爸妈有关。"

"有什么关?不会是四一怀上你的吧?"

"那不知道,是我爸是四机部的,我妈是一机部的。"

"那你爸不惨了,老受你妈的欺负吧?"

"那为什么呀?"四一又笑,正笑着,看见毛榛走回来,她立刻端正地坐好。毛榛推她坐进去,自己坐在正武的对面。她的脸显然刚刚洗过,发际还有些湿,额前的碎发用发夹别起来,露出宽亮的脑门。她知道正文在看她,就问:

"正文,你吃了这么半天了,告诉我什么最好吃?"

"红菜汤。"

"真是,没出息,这么多大菜都不好啊,最好的就是汤?"

"真的,就汤最好。"

她把碗推给他:"酸么?"

"酸极了。"

"那你给我盛一碗。"

正文伸手去接,被正武截了过去。他往她碗里盛了两勺,看看所剩不多,干脆把汤盆端起来,全部倒进她碗里。

毛榛啧啧地喝着,对冯四一说:"是比我们在你们家喝的罗宋汤要好一点。"

"你们家还会做罗宋汤？"正文问。

"呣，她妈以前留过苏。"毛榛转过脸来，朝着正武，眼睛却低着，"这个汤很贵吧？"

"什么意思，没喝够是不是？"

毛榛点点头："想让你再点一个。"

"只要高兴，一百块也不贵。不高兴，一分钱都是浪费。"随即，他朝服务员招招手。

毛榛说："正文，你还不知道吧，梁正武今天为什么请客？"

正文忙问为什么。

"他给首钢做了一个翻译大活，人家疯了，一千字给他六十，他也疯了，两个月译了二十多万字，一下子就成了有钱人。我们现在都在敲他的竹杠。"

冯四一说："就数你最狠，一敲就把他敲到'老莫'。"

"是他让我们挑的。"

"也就你敢挑这里，别人谁敢？"

"好啊，四一，真没良心，是谁说想吃西餐都想疯了？不行，我没吃好，梁正武，下次你再单独请我。"

正武抬头看她一眼："只要表现好，肯定就有下次。"

菜点得太多，正文虽然很给哥哥捧场，可最后还是剩下不少。好在四个人离开时都是笑着的。毛榛仍然揽着冯四一的胳膊，眼睛仍然低着，好像和四一早商量好，让四一陪她回学校，她们便朝正武和正文挥挥手，一起骑车走了。正武说要去外语学院见个朋友，正文看着他骑车走远，自己也慢慢骗腿儿上车，缓缓朝家骑去。

他记得那个七月的夜晚,微风轻拂,风里有股又暖又潮的甜味,好像各种花草都旺盛地分泌过。他一边骑着车一边想着,正武请毛榛吃饭,她为什么一定要再带个女生?可是那天,他没想明白。

这大概是毛榛在他心里种下的第一个疑问。

3.

正武死那天,是正文在Y大学入校后的第二个星期,星期二。

那天他刚坐在教室里晚自习,年级辅导员身前挂着围裙突然推门进来,在门口扫了一眼,便径直走到他身边小声叫他出去。他出去以后发现门口站着两个校保卫处的人。他跟着他们,走出教学楼,穿过操场。辅导员一直用一只胳膊紧紧搂着他,他头发里和衣服上浓浓的葱花呛油的味道熏得他直恶心。那天云层很低,气温也不算高,天还没完全黑,跑道上有人在跑步,远处的篮球场上有几个男生在打球,四五个女生拎着暖瓶站在旁边观看。一路上,他们谁也没跟他说一句话。走到校门口,他看见有辆吉普车停在马路边,车旁站着四五个警察。保卫处的人带他过去,警察就推他上了车。

他一直懵懵的,不知车子往哪里开,开了多久。从车上下来以后,他看看四周,认出是玉渊潭附近。警察带他到一间办公室,告诉他说已经通知了他父母,他们马上就会过来。然后有个警察问他要不要去看看正武,他点点头,又问他要不要等他父母来了一起看,正文又点点头。警察没再理会他,他就坐在那里。过了不知多久,一个警察进来说他父母来了,正文紧张地一下子站起来,又很快蹲下,用手抱住了头——他有些怕见他母亲。

他们跟着警察走过一个长长的斜坡,走过一座窄石桥,再下个缓坡,便看见远处围站着一群人。走过去,不等警察把盖在正武身上的罩单全部掀开,他母亲就软绵绵地朝后倒了下去。后面的几个人立即扶住她,扶了几次仍没扶住,只好连拽带架地把她拉回车上。

正武躺在湖边的一块塑料布上,头发很整齐,像刚刚洗过,全部顺在脑袋下面。他的额头平滑、光亮,鼻骨挺拔。一只眼睛没有完全闭上,露出的一半眼珠朝上翻看着。在正文的记忆里,除了开玩笑,正武从来没这样不完美、这样不沉着过。那是他第一次见到他的身体。月光虽然浑浊,但正武的肌肤却晶莹透亮,细嫩光滑。没有明显的肌肉,上半身像是连骨头都松软柔韧,让人想抱住他。他父亲就上去抱住了他,拉他抱在胸前的胳膊,又去揉搓他那两只绵长的握在一起的大手。他的胸微微朝上弓着,腹部平坦,一点点凸起的肌肉伏在窄小的骨盆里。黑色的游泳裤松垮地搭在腰下,一大团柔软的生殖器合着一小撮深色体毛,从游泳裤下端泄露出来,软软地落在骨沟的一边。两条匀称而强健的长腿,从大腿根到脚踝直挺挺地绷着,十个脚趾像鸭蹼一样全都撑开来,像是仍在使劲。

正文不记得他们在那里又做了什么,后来又是怎么回的家。那之后的四五天,他只是觉得天从来没有晴过,因为他没见过阳光,屋内的窗帘从未拉开过，到晚上电灯也没亮过，家里的煤气灶好像也一直关着。他只记得父亲曾经煮了一锅白米粥，在桌上放了一碟咸菜、一碟腐乳和一小罐鸡肉松。正文饿了，就自己到厨房盛碗粥端到房间里吃。他不记得见过他父亲坐在桌上吃饭，甚至从没见过他母亲从她房里出来。

又一个四五天过去了，正文突然意识到他应该做些什么。他去了副食店。曾经被正武称为"副食西施"的女售货员，刚刚生过孩子，带着一脸红润的雀斑看他一眼，给他挑了几个大个儿的鸡蛋，一边过秤，一边问他："怎么一直没见你父母来买东西？"她把鸡蛋放进塑料袋拿给他，又说："不吃还行，你得让他们吃。在这种时候，吃不是什么大事，可也不是小事。"

正文点点头，谢过她。回到家，他笨手笨脚地蒸了锅米饭，用鸡蛋炒了西红柿，然后端着碗走进他父母的房间。他父亲低着头歪坐在窗户旁边，听见声音抬起眼睛。正文看见母亲蜷缩在被单下，好像只有薄薄的一片。他把碗放在床头，然后在床边蹲了下去。蹲了好长时间，他才说，我知道这之前的二十年您都是为正武活的，现在，您能不能也为我活二十年？我不多要，就要二十年。如果二十年以后，您还要跟哥哥去，我一定让您去。他母亲一直沉默着，正文就一直蹲在那里等。不知过了多久，她终于动了动。正文父亲连忙跑过来扶她坐起，叫正文端来热水。她喝了水，然后捧起了饭碗。

正武留在学校的遗物，由正文跟着哥哥的同学和老师收拾了出来，装了两只大纸箱，用学校司机班的车运回了家，放在正文和正武的房里。正文每天晚上睡下前都会盯着它们看一会儿，但他始终没有打开。

　　随后的告别仪式很简单。正文没有让他父母参加，也没有通知他们在北京的唯一一家亲戚。正武从小到大上过的所有学校都有同学和老师来，Y大学校学生会，校篮球队、排球队、田径队队员，以及正文刚刚结识不久的大学同班同学也几乎全部到齐。在学校欢迎新生的晚会上，和正武搭档演唱的几个女生一直围在他的身体旁边，都哭得不成样子。仪式快结束时，冯四一来了。她的出现，让正文这才想起了毛榛。冯四一走到他身边，一把抱住他，冰凉的手抚在他的脖子后面，搂了好一会儿，正文感觉肩头冷湿了一片，然后听见她小声说："她也想来的，我没让她来。"正文点点头。

　　离开学校三个星期，正文回来时看见校食堂兼礼堂的主席台上方"欢迎新生"的条幅还未撤去。一切似乎还跟他刚入校时一样，他在Y大学的生活好像还没有正式开始，可是，又好像都已经结束了。

　　让他没有想到的是，正武的死在校园里引起了很大的震动，很多学生都把这件事归咎于学校上学期做出的关闭游泳池的决定。以前就有不少人到校长办公室请愿抗议过，据说一位什么主任头衔的领导接待了一阵，但最终还是不了了之，不久游泳池就变成了"闲人免进"的工地。正武的死，自然给了学生再一轮抗议的理由：如果校游泳池还在，梁正武怎么会到外面野湖去游泳？在正文料理正武后事这段时间里，学校每一块告示板上都陆续贴满了大大小小带有这类问号的纸片。到正文返回学校时，那些大字报小纸条都还在。他每次来去食堂都要经过那些告示板，风轻轻一吹，纸片便哗哗作响，似乎都在提醒他正武曾经的存在和已经的死亡。

同宿舍的同学告诉他，不知是什么原因，游泳池工地已经歇工了一个星期，可是，学校还没明确表态，估计迟早还是要开工的。正文默默地听，看着他们似乎有所期待的眼光，却没说什么。

不久，有高年级学生来找他，拿给他一封已经起草好、以他的名义"致校领导"的信，希望他能以受害人家属的身份替同学们说句话。正文看完信，没有点头。高年级学生问他为什么，他说不为什么，对方不死心，继续问，他说："我还没去过那个游泳池，等我去过了再说吧。"

即使正武没有死，正文也不太能确定他是不是会喜欢 Y 大学的生活。学习英文并不像他想象得那么浪漫，倒是超出他想象的枯燥。每天几堂课上下来，总有大量的单词、课文要背，练习发音要跟着录音机一遍又一遍地读，读到口干舌燥有时仍不得要领。老师当堂纠正他的发音时，他会不由自主地像小孩子一样红了脸。班上有两个像正武一样从外语学校直接升入大学的同学，正文听他们和老师用英语对话，常常目瞪口呆。凭他们的英语水平，即使头两年什么课也不上也不会拉下多少。虽然明知道他们比自己多学了很多年，但正文还是觉得自己笨。他被上不完的课、做不完的作业弄得真有点喘不过气来。每天离开教室，除了必须去食堂填饱肚子，只要能挤出半个小时，他就一定要到图书馆阅览室转一圈，翻翻架子上的期刊，感觉自己和外面的世界多少还有些联系，这是他唯一的减压方法。

那天晚上，他看完最后一页《文史资料》，昏昏沉沉从阅览室出来，突然看见冯四一和几个男生站在门口。她也看到他，立刻迎了过来，打声招呼："这么巧，碰上你。"

"你怎么在这儿？"他问。

"我表哥在这儿上学。"

"哦，没听你说起过。"

冯四一摆了摆手，意思像是不值得说，正文就没再说什么。正好起了一阵风，卷起了地上的落叶，正文匆忙竖起了衣领。想了一下，他没有马上往宿舍的方向走，而是朝游泳池工地那边拐去。冯四一问他去哪儿，正文回过头跟她说了。她说："我跟你一块儿去。"

游泳池位于操场的南边，离南校门不远。两盏高强度照明灯矗立在池的两侧。工地上没有工人，也没有任何白天施过工的迹象。游泳池底部已经全被挖开了，石板大部分已不见踪影，池壁的石灰也凿掉了不少，露着下面的杂土层。除了那个椭圆的坑还有些游泳池的影子，正文已经不太能感觉到那里曾经有过一片水，到夏天会飘出漂白粉的味道。

池边以前大约是用作更衣室的小石房，门上挂着锁，玻璃碎了好几块，透过窗户还可以看见里面堆着几张散了架的板凳。石房的侧面，正对着游泳池的一面墙上贴满了大小字报。有些显然是旧的，有些则明显是新近贴上去的。其中一米来长的一张，抬头用粗黑的毛笔写着"谁该为梁正武同学的死负责！"那个大大的惊叹号几乎占去了大字报的一半。正文粗粗地看了一遍，最后注意到一张粉色打印稿。粉已经褪淡了，差不多成了白色，被雨淋湿又被太阳晒干，纸上都是泡。这应该就是学校上学期贴出的那张拆游泳池建电化教学楼的通告了。有几行字迹还算清楚，其中有"培养更优秀的外语专业人才"的字样。这个理由当然很正面,无可挑剔。但是不是一定要以毁掉游泳池为代价?游泳池怎么会成了唯一的选择?

冯四一好像看出了他的心思,在一边说:"不知道谁想出的主意,干吗一定要毁掉游泳池呢?真有想象力。"停了一会儿又说,"要不就是真没想象力。"

正文在一个较矮的砖垛上坐下,冯四一手揣兜里靠站在他旁边。正文让她也坐,她摇摇头:"我就站着吧,太凉。"他从口袋里掏出一盒烟,看看周围似乎没有"禁止吸烟"的标牌,便又摸出一盒火柴,点了烟叼在嘴间。烟圈吐出来,立刻被风吹散了。他又拿出一支,递给四一。四一没有推辞,凑上他的烟头点着,也吐出一堆烟雾。

"你说,那天天气并不热,已经立了秋了,正武为什么要在那天去游泳?"

"我不知道。"

"毛榛——跟你说过什么吗?"

冯四一想了想说:"没有。"

"你说他往上蹬的时候是不是就已经感觉到要蹬不上来了?"

冯四一没有回答,说:"别想这些了。"

正文沉默了一会儿,又问她:"一直想问你,那天你跟我说,是你不让毛榛去送正武的,为什么?"

冯四一把烟扔脚下碾碎,说:"算了,别问了,都是过去的事儿了。"

他们在那里又坐了一会儿。风很硬,透着萧瑟的秋意。冯四一虽然穿了件厚毛衣,牙齿也已经开始打颤。他看看她,从砖垛上下来,把烟踩灭。他送她到她表哥的宿舍楼下,然后自己回了宿舍。

第二天,他碰到那几个高年级男生,便告诉他们,游泳池他去看过了,他不反对学校在那里盖电化教学楼。

大家的脸上毫不掩饰地露出失望,有一位竟然略带讥诮地丢下一句:换了出事的是你,梁正武绝对不会这么决定。

正文在Y大学只读到那个学期结束,第二学期,他即转学到D大学。联系转学的时候,他考虑过是否要换个专业,但最后他决定还是不换。这样,他在Y大学积累的学分便可以带过去,他也就顺理成章地被允许在同级插班。

到D大学报到的头天晚上,母亲要帮正文收拾被褥,被他劝住了,母亲便也没坚持。他们一家三口坐在厨房里说了会儿话,说得很琐碎,沉默的时候居多。水池上的水龙头一直滴答、滴答地漏水,正文找出钳子拧了几下,没见好转,就从鞋盒里找了块薄皮子,剪成圆垫儿垫上。

"实在不行,就找房管所修修。"他说。

"行,你甭管了,回头我跟单位说说。"他父亲应着。

母亲听了这话,不知怎么开始掉泪,正文劝了一会儿仍无用,就让他们进屋睡觉。看着他们关了灯,自己才回了房间。他没有开灯,在床边坐下。月光透过窗户,把房间照得半明半暗。正武的两只纸箱像两个庞然大物,黑黢黢地盘踞在地上。正文看了一会儿,走过去,决定打开。用小刀划开胶带的一瞬间,他的心咚咚跳得很响。

　　第一只纸箱里几乎都是书。光字典就有十几本,还有几本不成套的英文版《大不列颠百科全书》,其余的,则几乎都是小说,大多是法国小说,也有俄国小说,英国小说只有很少的几本。有的是他花钱买的影印本,有的是铅印教材,几本正版纸皮书是:《包法利夫人》《情感教育》《安娜·卡列尼娜》以及《理智与情感》。

　　第二只纸箱里,是他的生活用品。几件衣物:两条白色内裤,两件白色跨栏背心,一身蓝色带白条的运动衫裤,一双白底黑腰球鞋,一双黑色系带皮鞋,几双白色线袜。内裤的中间夹着个小包,是个牛皮纸信封,叠得四四方方。正文把它拿在手里看了一会儿,然后打开,看到一个小塑料袋,里面装着几只透明的避孕套。他愣了片刻,重新裹进牛皮纸,放回内裤。

　　箱子里面还有用报纸包着的半包花生米,四袋方便面,一袋炒面。放在箱子最底层的,被里三层外三层包得严严实实的,是一架尼康变焦相机,一个长焦镜头和一个存折。存折里面还有九千多块钱,想必就是他从首钢挣的那一笔了。相机里面上着一卷三十六张的黑白胶卷,卷片轴停留在第十三张上。

4.

　　D大学坐落在西山脚下。从山上流下来的一条宽约十米的小河，绕过西院墙，在北门附近钻围墙底流入校园，蜿蜒曲折地将校园隔成东西两半。D大学最著名的教学一至四楼便坐落在东校园的南端。这四座楼是由四座古庙改建的。古庙已有五六百年的历史，据传是一家四个兄弟的祖业，一人一座，纵连四厢。四座庙长相近似，一样的方砖铺就的七级台阶、灰瓦、双层飞檐、红墙，只高度略有差别。古庙被改成教学楼大约在八十年前。

正文的专业课大部分是在第二座古庙里上的。不知何故，这座楼前的树最多，尤其多柏树和桧树。门前的一棵古柏主干已经断裂，成了空腹，但顶上依旧森然，栖着不少乌鸦，太阳下山后会飞出来"嘎嘎"叫成一片。

教室内的柚木地板已被踏磨过好几十年，又秃又亮，踩上去总是吱吱乱响。木窗框又老又沉，凑近能闻出水味儿。原先估计是黑色，现在已褪落成深褐色。朝西的几扇窗印着远处西山的轮廓，也印着近处两棵银杏的明暗光影。从窗口射进的光线很短，里面飘着颗粒粗大的浮尘。头顶偶尔有小型军用飞机飞过，声音不大，可木头窗还是会"嗤嗤"颤动。

D大学虽老，却一点也不陈旧。

正文下了课，常常骑上车，往北，穿过一大片或高或低、红砖灰瓦的教学楼，再骑下一个铺满草皮的缓坡，从坡底冲上对面的小山丘。小丘上矗立着D大学最现代的建筑物，也是他最钟爱的去处——一座六层楼高的图书馆。楼分两翼，像一本打开的书，银灰色的金属屋顶跳跃着冬日的阳光，整面的落地玻璃窗上映着蓝天白云和瑟瑟抖动的杨树叶。

跨过河往西，是学校的运动区。四百米跑道中间环着个国际标准的足球场，再往西，高高的铁丝网整齐地隔开六个篮球场、四个排球场。继续往西，是一座二层灰砖楼，从敞开的大窗里不断传出"刺刺啦啦"音质差但旋律优美的音乐声，那是体操房，一楼的窗外总会有几个男生跳着脚偷偷地往里窥探。一条狭长的碎石路从灰楼的外侧向后蜿蜒而去，顺着这条路骑到底，一个五十米长的游泳池便横在眼前。池里那时是干的，犄角里积着黑树叶，从最深的一面池壁上伸出两个生锈的铁架跳台。

为什么要转学到 D 大学？正文说不出太多的理由。也许是因为 D 大学比 Y 大学离家更远些，也许是那四座古庙打动了他，要么就是那座带十米和五米跳台的游泳池让他下了最后的决心？也许，潜意识里，和毛榛在这所学校不无关系。他原本以为他能很快在校园里见到她，也骑着车在他认为有可能遇见她的地方兜过很多次，可是，一个多月过去了，他想象中的种种巧遇却一直没有发生。

除了古庙和图书馆，正文还有一大块时间是在宿舍里过的。他的宿舍在运动场北面，八栋工字型三层小楼中间的一栋，三层，把角的一间，推开窗户便看得见操场。宿舍人员比较混杂，像是不同系、不同专业甩下的零头凑在了一起。六个人中两个北京人，住校的时间不多。另外两个外地人高他两级，都有了女友，宿舍只是他们半夜回来歇歇的地方。只有来自广西的一个，跟他同系、同语种、同年级，但不同班。这人原姓平，因为长得细长、胳膊上还隐隐地长了一串小肉瘤，被称作"扁豆"。他是他们的舍长。

这个舍长脾气有点倔，有许多关于合理和不合理的认识，这些认识大多基于"对身体的影响"好坏。他有个"合理"的作息时间表,详细到几点睁眼,几点下床,早晚各在水房待多久,每天每顿饭花几角钱饭票。他认为合理的事,有不少需要舍友合作,比如门背后有两根铁丝,脸巾和脚巾一定要分开挂,每月要用苏打水洗毛巾,剩饭剩菜不得留过夜,每半个月要洗一次球鞋,每周做一次扫除,每天早晨六点半准时开窗换气。头几条,正文勉强可以接受,实在接受不了,也可以一躲了之,唯有最后一条,他忍了一个星期,两个星期,到第三星期,不得不跟他商量:

"能不能你先出去跑步,拔双杠,等回来再开窗?没听见我冻得直打喷嚏?"

"不能。"他回答得很干脆。

"为什么不能?"

"你想想,我从外面回来,宿舍里的空气和外面的反差太大了,又腥又臭,我一闻就想吐。"

"怎么会呢,又没人在屋里撒尿。"

"还用尿啊,睡了一夜,口腔里的囤积物早沤成粪坑了。要是我们宿舍六个人都在就是六口坑。而且,谁知道谁夜里还做了什么恶心的梦呢。"

见正文看他,他愈发严肃起来,继续说:"知道么,你的习惯非常错误。人的深度睡眠其实只有夜里十二点到两点这三个小时,错过这三个小时,你睡再多都是白睡。"

"我就这习惯。"

"习惯是可以改的。"

"那你改啊。"

"我是合理的为什么要改？需要改的是你。"

"怎么改？"

"像我一样，早睡早起，而且要持之以恒。"

正文探出头问他："你妈是医生吗？"

"不是。"

"那你爸是炮兵司令？"

"也不是，怎么？"

正文没说怎么，倒头接着睡，但从此也不再提窗户的事。

D大学开学以后，正文连着几个周末都没回家。有几次从食堂吃完午饭，进宿舍看见窗户关着，扁豆仍蒙着被子在睡。有一次他甚至觉得他的身子在被子下面一抖一抖地动，像是在哭，听听，却又没了声音。等他从被子里钻出来，他想安慰几句，不料扁豆却对他瞪起眼睛：

"你们家对你不好吗，干嘛你老待在学校里？"

这一问，倒弄得正文无话可说了。

扁豆睡上铺，他在屋顶贴着一幅黑白摄影画，每天，他一睁眼，必先对那画念念有词一阵才能从铺上下来。正文觉得奇怪，有天趁他不在，便爬上他的床仔细研究过那幅画。不过是一座西式庄园，无论从摄影学还是从建筑学的角度，都看不出多大名堂。

还有几次，他从图书馆回宿舍，一进门便闻到一股酸烂味儿。他故意似的"咻咻"猛吸鼻子，扁豆却坐在桌前，若无其事、摇头晃脑地背着课文。终于，一个周日下午下起暴雨，到晚上七点多，雨仍未停，正文正犹豫要不要去食堂吃饭，扁豆说："给你尝个好东西，你得保证不跟别人说。"

正文问他是什么。

他于是开开抽屉的锁，从里面拿出一只小电炉，通上电，用一只小锅做上水。然后打开窗户，从外面的窗台取进一只饭盒，里面是他中午吃剩的菜。他把菜倒进锅里，再爬上床，从书架顶端取下一个牛皮纸包着的玻璃罐。拧开盖，用筷子从里面勾出几根细长的东西放进汤里。等汤再开，扔进去一包方便面。抬头看一眼正文，又扔进去一包，随后邀正文跟他一起吃。那是正文这辈子吃过的最有滋味的方便面了。

"玻璃罐里是什么啊，那么神秘？"

"酸豇豆，广西人顿顿都要吃的。"扁豆告诉他，豇豆是他母亲在自家院子里种的，然后再亲手腌的。就带了这么一罐，要吃一年，所以他上个学期几乎没敢吃，这个学期，还剩几个月了，他必须算好日子，既不能太早吃完，也不能吃不完。说着，他用筷子的另一端再夹出一条，用小刀割断一小截，递给正文。有点酸，有点辣，但很爽口。

"你妈很会做饭吧？"

"其实我爸更会。我爸在桂林一家很有名的饭店当大厨，不过，我们很少能吃上他做的饭，家里都是我妈做。我妈老说，人要是一辈子把兴趣当职业，其实很吃亏。我爸还不如干点别的，这样我妈至少能享点福。现在可好，他做了好吃的都是给别人的。所以我就想，我这辈子一定要把兴趣和职业分开。"

"那学外语是你的兴趣，还是你以后打算从事的职业？"

"当然不是兴趣，我还没有由着性子来的资本嘛。"

"这么说，你不喜欢学外语？"

"谁真的喜欢学外语?外语就是工具,除非你想当外交家。就是真当外交家,光会说几句外语也是不够的。"

"那你不想当外交家?"

"我?我这个长相?我从来不做这种有损心理健康的梦。外交家都要是美男子,而且要果断一点。我不行,我妈对我的评价是,细致有余,果断不足。"

"那你以后想干什么?"

"我也正在考虑呢。也许去一个外国人家里当管家?"他抬头看看贴在他房顶的画。

"哦?"

"我喜欢十九世纪英国小说,以及所有根据那些小说改编的电影。不是喜欢别的,就是喜欢里面的庄园。喏,就像那张照片里那样的。"

"老想问你,那照片是哪儿啊?"

"曼德里庄园。"

"曼德里?是哪儿?听着挺熟的。"

"《蝴蝶梦》里的,你忘了?'Last night I dreamt I went to Manderley again'①这个电影,我都看了不止十遍了。"

"哦,那你每天一睁眼都在背电影台词呢吧?"

"咦,你知道?"

"猜的。可这好像不是十九世纪的吧?"

"对,不是,只是像十九世纪的。十九世纪的《简·爱》,小

---

① "昨夜,我梦见我又回到了曼德里。"

说我看过不下五遍,电影不下十遍。《呼啸山庄》《傲慢与偏见》《名利场》,我都看过好几遍。对了,还有《尼罗河上的惨案》,也不是十九世纪的,可是我喜欢林内特小姐家那个大房子……"他闭上眼睛想了一会儿,又说:"我总想,到那样的庄园里当管家,一定是最适合我的工作。"

"为什么?"

"首先,我面善,给人安全感。其次,那种地方的管家,内心孤独,但外表高傲。"

"也都挺阴暗的。"

"阴暗,也是因为高傲和孤独。"

他闭着眼睛又想了一会儿,然后问正文:"你呢?你以后打算干什么?"

"我?想到处走,做独行侠。"

"怪不得呢,整天看你一个人骑着车东奔西忙的,还以为你在找什么人呢,原来你是在享受独行的快乐。这就是你独行的意思吗?"

"当然不是。"

"那什么意思?"

"我也说不好,但总要走得远一点,人少一点,像美国西部片里的,方圆多少里都没人。"

"那是美国,中国还有没人的地方?"

"有,也有。"

"什么地方?"

"比如有鬼的地方。"

"什么地方有鬼?"

"人看不见的地方就是鬼出没的地方。"

扁豆立即瞪大眼睛:"那你应该去学考古!学外语跟你的理想有点南辕北辙了。你当时转学,为什么不转到考古系或历史系呢?哦,对了,一直没问你,你为什么要转学?Y大学不好吗?那可是全中国学外语最好的地方了。"

正文沉默了一下,说:"我不指望把外语学得多好,够用就行了。"

"够用?你要是不跟人打交道,甭说外语了,连汉语都用不着。"

"那倒是,其实,我也不知道为什么要学外语。可能就像你说的,选不出别的,就选了外语。"

"那你可惜了,你那么爱看书,应该学一门真正的专业。"

"外语不是专业吗?"

"当然不是,就是个技能。你不觉得学外语的人都头脑比较简单吗,跟学唱歌、跳舞的差不多?"

"倒没注意。不过要真是这样,我觉得也不错。"

"我同意,简单点最好,对身体健康有益,想太多的人容易生病。"

D大学各种各样的讲座很多,校园里每栋楼前都立着告示牌,上面总是贴满红红绿绿的通知。无论是哪个系的讲座正文都愿意去听听,他也偷偷溜进过其他系的大课教室,听过中文系的当代文学、历史系的魏晋南北朝史、考古系的考古悬疑,甚至跑进英语专业大三的选修课教室听了几堂欧洲文明史。

北京 1980

过了清明,更是进入讲座的旺季,几乎每天都有热点题目,到晚上,整个校园一下子就静下来,只偶尔从大教室敞开的窗户里传出热烈的掌声和笑声。那天,正文吃过饭匆匆赶去第四阶梯教室,听一个叫"新时期小说"的讲座。七点半开始,他七点十分进去,里面已经没了空位,连过道的阶梯上、两边的窗台上都坐满了人。幸亏扁豆到得早,先占了座位,也给他留了一个书包大小的空地。

这次讲座是由校文学社主办的,演讲人的名字他没听说过,既不是本校教授,也不是知名作家,不过是外校的一个年轻老师。人不高,寸头,穿一身还算合体的藏青色中山装,领口敞着,开着第一个扣子,如果不是那副眼镜,看上去很像个结实的农民。他穿过人群大踏步走到讲台上时,还带着几分羞涩。然而,等他一张口,教室里原来沸沸扬扬的喧嚣声立刻像潮水一样退了下去。

奇怪的是,对于那次演讲,正文现在已完全没有任何印象了。他在学校记过四本半的笔记,对这次演讲也都只字未提。不过他能记得的,是演讲人的声音,那种像打磨过的粗粝的音色,也记得那天灰亮的天色,女生涨得发粉的脸,以及阶梯教室里热气腾腾的温度。虽然只是四月,他的感觉却完全是盛夏。演讲人声音不高,却口若悬河,教室里每隔几分钟便爆出一阵大笑和掌声,学生的情绪好像一直保持在沸点。他还记得在沸点后的短暂沉默里,演讲人从桌上拿起一根粉笔,一边继续低声讲着,一边背向黑板,恰到好处地露了一手倒写板书的绝活。之后,他轻轻将粉笔扔回桌上的粉笔盒。台下沉默了片刻,随即一阵雷鸣般的掌声,伴随着女生的轻声尖叫在教室的每个角落炸开来。演讲人抬起头,羞涩地看着大家。掌声持续了整整两分钟，他的憨笑也持续了两分钟。那次，正文却没有鼓掌。他慢慢从书包里拿出他常带在身上的《棠棣之花》，直接翻到聂政自杀那一页。掌声平息下去以后，他感觉后面有人拍他的肩膀，他扭过头，那人问他：

"看什么书呢？"

正文把书立起来，给他看封面。

他没再说什么，又拍了拍正文的肩膀，让他继续看。十分钟后，讲座还没结束，那人站起来走了。等正文再见到他，已是两个星期以后，在图书馆里。

那时他已经知道他也姓梁，大名梁此禾，大家都叫他老柴，是中文系的，比他高一年。虽然是云南人，却说一口纯正的普通话。

"又看什么呢？别跟我说还是'棠棣'啊。"他走过来问他。

他的样子有点像正武，一样的个头，一样的宽肩膀，一样的长腿，只是单薄些。他跨坐在正文坐着的那条长凳上，拿过书看了一眼，还给他，问道："这么喜欢老郭？"

"倒不是，就喜欢这个剧。"正文问他，"那天那讲座，你怎么没听完就走了？"

"太煽乎了，哄哄一年级女生还可以，现在的讲座都跟口才比赛差不多。"他问正文，"你老抱着这本书，就一直看这个剧啊？"

正文"嗯"了一声。

"这么久还没看完，至于吗？"

"早看完了，就是还没腻。等看腻了，就再也不看了。"

老柴笑笑："真他妈矫情。老郭就够矫情的，你比他还矫情。你不觉得？"

"是挺矫情的，不过他那种矫情，一般人还真做不到。"

"怎么做不到？"

"聂政那个自杀法儿，你做得到？"

"没什么做不到的，不就是先割掉上眼皮，再割掉嘴唇和鼻子，割下两个耳朵，割得一张脸不成样子了，才最后割断脖子。我——"他把"我"的音节拖长，"做得到也不做，太他妈矫情。"

沉吟片刻，他又说："不过，话说回来，我——一直以为我是整个校园里硕果仅存的维郭派。好，现在又多了一个你。走，"他抬腕看看表，"饭厅正好开饭，咱们到食堂边吃边聊岂不更好？"

"来，碰一下。"他举起粥碗碰了碰正文的碗，然后大大地喝了口玉米面粥。"我——喜欢你这种人，不因人废言，好就是好，不好就是不好。他的《女神》糟糕，但他的《棠棣之花》还可看。有高潮，有悬念，说白了，有戏剧元素，一边看就可以一边想象舞台效果。"他停了停，又问正文，"西方现代戏剧你看不看？"

"看过贝克特，费劲，就不看了。"

"不看不对，看了不喜欢还可以。要看，那么多好书，你不能把时间都浪费在一本书上。要不要我给你开个书单？一百本，给你开个一百本的书单，你要在一年之内都看完，看完就什么都不用再看了。我——也不喜欢现代戏剧。不是我说的，不出十年，现代戏剧就不会有人看了，戏剧还得回到老莎的路子上来。还是要讲故事，不讲故事还算什么戏剧？也还是要说些人说的话，老郭的最大毛病也是太过诗化。"

"可莎士比亚的语言也是诗啊。"

"语言可以是诗，但表达的东西如果只停留在诗意上，那什么诗都是垃圾。"不等正文回答，他又说，"看小说吧，小说比戏剧靠得住。你现在英语不行，可以看翻译的。海明威、福克纳、马克·吐温、毛姆好看啊，卡夫卡、茨威格，都好看，甚至大仲马，《基督山伯爵》你肯定看过了吧？那是我——十岁时的启蒙教育。还可以看些传记，莫洛亚，他的写法可以商榷，但确实好看，欧文·斯通的梵高和弗洛伊德……现在的好书太多了，行，就先跟你说这么多，太多你也消化不了。"

停顿片刻，他突然说："下周二带你去美国领馆玩一次。"

"去那儿玩什么？"

"甭管了，跟我去就是了。你要有专业课就请个假，选修课无所谓，回来借谁的笔记看看就行。不是我说的，这学校的选修课都太差，还不如我自习。对了，会有个女的，你别别扭。"

那天天气晴朗，他们一早就骑车穿过整个北京城，骑到领馆门口。门前静谧森严。老柴掏出一张皱皱巴巴的纸给门卫看看，门卫似乎跟他认识，嘻笑两下，就让他们进去。穿过门前空地，走进房内，三拐两拐拐进一间小客厅，迎面见三五成群站着十几二十个人，热烈地聊着。有人说英语，也有人说汉语，有黑人有白人更多的是黄种人。见到正文，一个四十几岁的中国女人端着杯迎过来，老柴把正文介绍给她，她让他们先取吃的，随即被一个说一口流利中文的混血男人叫了去。门口的长桌上摆着各式饼干、蛋糕、面包、火腿，还有咖啡和饮料。老柴很自然地倒了咖啡，正文左右看看，才取了一碟点心和一杯橘汁。女人又走过来，牵着老柴的手把他带到靠沙发一边的几个外国人那里。老柴含着笑和他们一一握手，说着标准的英式英语。随后，有人出来招呼说时间到了,厅里的人纷纷放下杯子进入隔壁。

隔壁是一间小放映厅,摆着七八排蒙着宝石蓝丝绒面的椅子。墙上垂下一片很小的银幕,已经亮起来,大概在等待信号。正文在最后一排坐下,看见前面老柴和那个女人坐在一起,他搂着她的肩膀,她目不转睛地看他。十分钟过后,信号终于接通,一个花白头发的亚裔男性出现在银幕上,冲着镜头打声招呼。

然后这边的中国人一个接一个拿着话筒站起来发言,像是提问又像在表达什么,有人用翻译,有人自己讲,都讲得啰里啰唆,磕磕绊绊,以正文有限的英文完全听不懂。将近一个小时过去了,银幕上的人要么回答两句,要么干脆不讲话,皱眉,挠头,最后用手托腮,沉思,面状越来越痛苦。这时,老柴从不知什么人手里抢过话筒,仍旧坐着,平静地说:"我是 D 大学的学生。老黄,问你个问题,I want to go to Broadway too. Can you tell me how?"①因为信号延迟,银幕上的人停顿了两秒,随即大笑起来,对着镜头认真地说:"飞过来。我去机场接你。"

从会议室出来,不断有外国人过来拍老柴的肩。中年女人搭着他的腰,也不时轻轻拍拍他的屁股。她在门口跟他们分了手。

晚上,老柴约了正文出去喝酒。正文问他银幕上的人是谁,老柴说:"就是一美国戏剧家,刚在百老汇拿了个大奖。"又问他那些提问的是谁,老柴冷冷地"喊"了一声:"说是都是国内最棒的导演,戏剧批评家和理论家。你听听那说的是人话么?"

正文又问他那个女人是谁,老柴说:"咱们学校法语系老师。"

---

① 我也想去百老汇。你能告诉我怎么去么?

"法院系的，怎么英语那么好？"

"她在英国长大的，在法国读的书。"

"你跟她——"

"有一腿。"他问正文有没有女朋友，正文说没有。又问他有没有过，正文也摇摇头。他拿着筷子朝他点点，说："不对，这样不对，这样你要犯大错误的。我——认为，青春期就得过得像个青春期的样子。"

"怎么叫像青春期？"

"疯，疯够，疯恶心疯吐了算。这样等你到四五十岁，疯不动了，才能够找个人踏踏实实过日子。要不然，你这辈子越老越觉得亏，瘾没过够呢，最后不是个窝囊废，就是个老不正经。"

"怎么叫疯够？"

"多找几个女人啊！"他压低了声音，"我——的观点，什么样的女人都要试试。"

"都有什么样的女人？"

"这我——不能告诉你，得你自己碰。但仅限于试试，千万别陷进去。陷深了，心要不够狠，撤可不容易。"

"那你找过几个女人了？"

"我——不多，还不够多。"

"一个都没陷进去吗？"

"没有，我——不会陷，我怎么能陷进去。"

"怪不得听说这学校里有很多女生恨你。"

"爱我，恨我，其实都跟我没关系，又恨又爱的倒可能还有那么点意思。"

"这个算一个?"

"算。"

正文在食堂里见过他跟一个同年级女生一起吃饭。那个女生是校舞蹈队的，跳过天鹅湖，四个小天鹅中最丰满的一个。胖，柔软度却最好。他也在校园里又见过几次法语系教授，他们的关系似乎不是秘密。她长他十九岁，生过两个女儿，丈夫也是法语系教授，教法国革命史。但几乎没有人见过她与男教授同时出现，倒是有不少人见过老柴和女教授一起去食堂买饭，买了饭又一起回女教授家。

随后，正文又听说老柴还有一个女人，是个发廊老板，名叫陈青，也比老柴大几岁。她开的"青发廊"在南校门外，正文回家时路过，见过她，见过几次。她要么正低着头不紧不慢地忙着，要么跷着腿安静地坐在转椅上，眼神像太阳地儿下的猫，幽幽地看过路的人。显然跟校园里的女生不同，像波提切利笔下那个向维纳斯递上花斗篷的季节女神，尤其那一头茂密、卷曲的长发，也是随意地在脑后扭卷几下披散开垂在腰间。她喜欢露着胳膊，喜欢穿紧身上衣、紧绷绷的牛仔裤，四肢结实修长。人还说，看她就知道老柴的动向。她嘴里哼着歌忙着的时候，多半是老柴刚在她那里过夜；假如她一天都一声不吭坐在转椅里，老柴一定正跟教授在一起。

正文向老柴求证这些传闻是否准确，老柴说："都不准确。但如果一定要我坦白的话，我——认可老陈这一段。"

正文有些吃惊。

"你说为什么？因为用不了几年，我们在学校这点破事儿就得被别人嚼了舌头。要是讲到我，说老陈，我——至少可以说是出于欲望，过多少年理由都正当。其他的，不管出于什么原因，以后都有可能变成笑话，让我自己都害臊。"

"那你干嘛不就跟她好呢？"

"你说呢？她能满足我么？"

"教授也不能？"

"教授——有太多的可能性，也有太多的不可能性。"

老柴是个天才。据说他刚入校时参加过外语水平测试，结果出来，老师们都大吃一惊，说他可以直接上大二英语或法语。他又参加大二水平测试，结果又让老师吃了一惊。他接着再测大三。测试完大四，教务处的人把他叫到办公室，问他想不想转到西语系，或者改上英语专业、法语专业，可以跳过本科直接读研究生。老柴说不想。教务处的人又说，西语系和国外有交换学生的机会。老柴仍是说不想，他愿意待在中文系，他宁愿留级也不愿跳级。

正文问他为什么。

"留级空余时间多，可以多跟几个女人睡睡觉。这可是人生最重要的一门课，可惜只能自修。我——不是胡说，这门课要是修不好，一辈子都别想过得舒坦。"

当然，跟教务处的人他没有这么说，他只说喜欢中文。"这也是事实。不是我——扫你的兴，外语算哪门子专业。你趁早再给自己找个专业，哪怕多选点课也行。"

那天他们喝完酒已是将近十一点。老柴突然问他："跳舞会吗？"

正文摇摇头。

"倒也没关系，那种舞不用学就会。走，带你去个地方。"

他们骑上车，拐个弯就到了邻近的农林学院。老柴领着他在校园里转了一圈，却说："得，今天运气不好。"

下一个周五，老柴又来叫他。"这次消息比较确切，陈青的话一般比较可靠。"

他们先在小饭馆里吃了饭，喝了七八瓶啤酒，快到十点时，才骑车过去。

从外面看，那就是间普通的房子，像传达室，立在操场边。走进去才发现，它的秘密不在地上而在地下。一段阴暗的楼梯向下盘旋二三十米，通向两扇玻璃门。门内是间大屋，足有两百平米，拱形屋顶。砖墙很厚，一股股阴凉的风像是穿墙而过，让正文一下子就想起老防空洞的味道。桌椅靠墙摆成一圈，几个男生坐在角落里，正静静地嗑着瓜子聊着天。屋角挂着两只黑色音箱，从里面传出保罗·赛蒙的歌声。

老柴带正文在正对玻璃门的座位坐下。十点半一过，音乐声从弱渐渐变强，门开始频繁地开开合合，陆陆续续进来些男生女生，看着却并不都像是学生。人越聚越多，椅子不够，许多人就坐到桌子上，或干脆坐在地上。有人隔着半个教室叫着、打着招呼，女生羞赧地互相笑着，叽叽喳喳地笑，笑成了一团。男生大多安静地躲在角落里偷偷地瞧着。教室里的情绪像炉子上做的水，慢慢加着温。不知从什么时候开始，音乐突然变成了柔慢的旋律，不知谁也不知在什么时候往玻璃门上挂了厚重的黑色窗帘，灯关了几盏，人声越发混杂，有人开始往教室中间移动。

陈青和另外一个女孩子将近十一点半才进来,用眼睛轻轻一瞟,瞟到老柴。那时灯光已全部熄灭,只在四角点着几只蜡烛。音乐也越来越暧昧,音量忽高忽低,无形的情绪却像烧开的水,无声地沸腾着。陈青脱下外衣挨老柴坐下,让她的同伴坐在正文的旁边。老柴大声地责备她:"干什么去了,这么晚才过来?"又搂过她的肩。陈青嘻嘻笑着跟他耳语了两句,老柴低下头在她胸前闻闻,她笑着推开他。微弱的光打在她的脸上和裸露的胳膊上,正文看见她肌肤上一片柔密的茸毛披着金色的光。

越来越多的人走到教室中间,手搭在一起轻轻转起来。正文点着他那天晚上的第四根烟,吐出的烟雾又浓又重,飘在他眼前,遮住他的眼睛。老柴说得没错,那种舞的确是不用学就会。他旁边的女孩子一直靠在椅背上,侧着头看他。几支舞曲之后,她说:"老这么坐着有意思么?"

"你要怎么样?"

"跳啊。"

"你找别人跳吧。"

"怎么了,找你不成么?"

"我不会。"

"喊,这种舞还有什么会不会的。"

"那你带我?"

"行啊,不早说。"

正文掐灭了烟,跟着她下去。她先把正文的一只手放在自己的腰上,放好,然后另一只手握在她的手里。她带着他,慢慢踩上节奏。走稳以后,她把正文的另一只手也放到自己的腰上,又把自己的两只手轻轻搭在他的肩头,一下子,正文刚才和她之间保持的半米距离便没有了。不知是她的呼吸里还是音乐声中有淡淡的白酒的清香,她的头发一定是刚刚洗过,用的是带苹果气味的洗发香波。她的领口开得很低,一道深深的乳波随着音乐的节拍轻轻地晃动,每抖动一下,紫罗兰香水的气味就从那道波里往外窜一阵。正文从来没被这么多气味包围过,立刻感觉刚才喝下去的酒翻涌上来,脸胀得滚烫。慢慢地,气也透不过来了,甚至连抬起头仔细看她一眼的勇气也丧失殆尽,只感觉到她的两臂沉沉地搂在他脖后,头离他越来越近,那道乳沟几乎晃到了他的眼皮底下,乳沟两侧两团结实的胸脯在他胸前翻滚,最后挤在他肋骨处上下颠簸。他被她搂着,越搂越紧,他的汗一点一点从额头、太阳穴和后背渗出来,越渗越多。最后,当音乐声突然拔起来的时候,她突然间将略略隆起的小腹贴到他的两腿之间,再左右轻轻摇摆几下,正文便彻底地崩溃了。

  他不记得他们是什么时候离开的农林学院,但还记得出了校门,他跌跌撞撞地跟着他们三个走进对面一家小饭馆。他们不知喝了三瓶还是四瓶白酒,陈青和那女的都很能喝。喝的时候,那个女的一直直着眼睛看正文,然后问他:"你是不是第一次?"

  他明知故问:"什么第一次?"

  "你说什么第一次,装傻。"

  他说不是。

  她不信。

  他问她为什么不信。

  她就一直趴在饭桌上笑,然后说:"第一次也没什么大不了的,你要承认了是第一次,我还可以指点指点你。"

正文仍然坚持说不是。他们一直逗着,后来不知怎么到了床上,像是为了向她证明,他又一直使劲绷着。一共做了几次,他记不清了,但屋里始终弥漫着一股化学物品的气味,让他觉得置身实验室的一间密室,禁不住十分亢奋。她的身体很柔软,腰、膝盖、脚腕的韧性都很好。正文问她为什么这么好,她说跳过芭蕾。正文不信,她就站起来掰腿给他看。然后她咯咯笑着倒下来,一边继续笑一边由他胡来,好像一直都不太认真。他还记得隔壁陈青的叫声,有点凄厉,穿透力很强,像猫,在混乱的夜里给了他十分强烈的刺激。

第二天醒来,他发现自己赤身躺在一张陌生的床上。屋里仍有很强的化学物品的气味,但他很快分辨出这是间发廊。床,不过是四只板凳架了块木板。床侧挂着块脏兮兮的布,床脚堆着一盆拧成麻花状的毛巾,颜色已经看不出是白还是灰,他自己的衣服也团成一团堆在旁边。掀开布帘,看见对面也有一块布帘,帘下是老柴的皮鞋。中间地上堆着水盆和塑料水桶,外间墙上挂着一面大镜子,镜子下面的横木板上杂乱地堆放着梳子、剪刀。一个女子坐在一只转椅里抽着烟,扭过头来,却不是陈青,默然地看了他一眼。正文立刻把头缩了回来。他一时间竟然拿不准自己该做何反应,是应该感到愧疚,还是应该对她热情一些。

他又在枕头上腻了一会儿,突然意识到他的第一次就在这么个地方完成了,不禁有些怅然。然后又紧张地朝外看一眼,想这应该不是她的第一次吧?如果是,就太对不起她了。他躺不住了,从床脚找出内裤穿上。内裤的前面仍然有些湿,贴到生殖器上时,他感觉一阵烧灼似的痛。他拉开内裤看了一眼,有些红肿。"妈的。"他心里骂道,"只听说女的头一次会疼,不知道男的也会疼。"他觉得头很沉。发廊显然未开门,窗户和门上都挂着简陋的白布。

"你要洗脸就用盆接点水洗,水池在这边。"女子说。

正文应了一声,却没有动,过会儿从脚底下的衣服兜里摸出烟,却找不到火柴,女子过来把自己的烟递给他。

"醒了?"老柴在另一边的床上问他。

正文又应了一声,吐出烟圈,靠在床头看着天花板发了会儿呆。然后把烟捻灭,弹到地上,翻身下床,穿上外衣。女子一直坐在转椅里看着他。

他正要往外走的时候,陈青推门进来,手里端着一只铝锅,两个饭盒。"我买了饭了,一起吃吧。"她说。

"不了。我的车在外边吗?"正文看着镜子里的自己,胡噜了一下头发。陈青把头探出门,看了看说:"在呢,还行,醉成那样还没忘了锁车。"

正文在兜里摸了摸,掏出钥匙,拉开门走了出去。

空气里飘浮着浓郁的葱蒜炝锅味,以及各种混杂的饭菜香。太阳淡淡地挂在天上,让正文一时分不清是中午还是傍晚。他看看表,差五分五点,应该是下午。隔壁原先一家国营小吃店不知什么时候已改成了私人饭馆,门口放着一只水缸,几条鱼正在里面游来游去。隔不多远,他发现街上又多了一家发廊,玻璃窗上贴满了邓丽君、林青霞和其他一些港台明星的头像。屋里,一个瘦高个、穿细腿裤、满头波浪小卷儿的时髦男青年站在高靠背椅后面,嘴里叼着烟,正在往一个女学生的头上上着塑料卷。

正文骑着车,浑身上下都有些酸疼。他没有从南门进校,而是拐到西门。西门外的自由市场有的已开始收摊,有的还围着三三两两的学生。他刚要骑进校门,突然看见扁豆站在一个搪瓷摊前,他于是捏闸停在他身后,见他一手拿着一只带把儿的金属锅,一手攥着几张粮票在跟摊主讨价。他拍拍他的肩,扁豆回过头来,一边把粮票递给摊主,一边拿上锅,跳上正文的车后座。

"你昨晚回宿舍睡过觉么?我睡下时宿舍里一个人也没有,起来以后还是一个人没有,我都怀疑我是不是睡错地方了。你去哪儿了,是不是根本没回来?"

"哦,没在学校里。"正文敷衍着。

"回家了?"

正文含混地"呃"了一声。

5.

正文再见到毛榛,是二年级开学以后了。

那天他在阶梯教室上欧洲文化史大课,课间休息时,注意到右前面有个女生一直扭着身子在看他。被看了好一会儿,他才抬起眼睛看回去。是毛榛。正文"忽"地一下站起来。毛榛低低地朝他挥挥手,正文走过去,在她旁边坐下。

好像知道他要问什么,毛榛说:"上学期我休学了,这学期需要补很多课。"

"休学？怎么了？"

"身体出了点问题。"她的声音仍然像以前一样嘶哑，口气很轻淡，"本来可以不留级的，水平考试以后教务处说，专业课应该没什么问题，还可以跟上大四。可是算了，再上一年算了，可以多看点书。我这学期选了我们年级的课，也选了几门你们年级的。你呢？什么时候转过来的？我那天在教务处办手续，看到你们年级有'梁正文'这个名字，就想可能是你。"

"身体出了什么问题？"正文想想，又改口说，"都好了吗？"

"没什么大事。"

正文侧过脸去看她。她仍旧梳着齐耳短发，刘海打薄了，垂在额前，被她不时地用手指勾到耳后。意识到正文在看她，毛榛扭脸问他："我胖了很多吧？"

"没有。"

"变了？"

"有点。"

正文怕她问哪儿变了，但她没问。

"你晚上干什么？"她问。

"自习。"

"自习以后我们出去走走吧。"

他们约了时间，正文就回到自己的座位上。从后面看毛榛，她一直低着头，像在写着什么。宽松的衬衣后领口很低，露着又弯又长的脖子曲线。胖了么？倒好像瘦了一些。她的脸色很好，不像有什么病态，好像，比以前还红润了一些。不过正文还是觉得她哪里变了,好像她的脸被一个模型重新整理过,五官还是那些五官,但每一个骨节都圆平了一点。

晚上八点,正文骑着车来到校西北角的小角门。毛榛已经在那里了,仍旧低着头,一只手揣在兜里,一只手放在嘴唇上撕着暴皮。看见他,露出淡淡的笑容。"哦,你骑车了,我也应该骑车就好了。"

"没关系,"正文说,"我可以带你。"

正文推着车,毛榛跟在他身边,他们出了校门。正文问她去哪儿,毛榛说:"哪儿都行。"他们就沿着马路往西走。

不多远碰到几个正文年级的同学,朝他点完头,便都乜斜着毛榛。有两个走过去了又在他们前面站住,回过头来看。毛榛始终低着眼睛,走前两步,和正文隔着半肩的距离。

已经立了秋,夕阳那时已完全凉却下来,往西山的后面退着。街上人不少,有慢悠悠走着的,更多是三三两两搬张板凳坐在树下聊天,像是被漫长的暑热憋闷够了,那时都终于神清气爽,脸上露着怡然自得的神情。

走了一阵,毛榛拐上左手边一条小路,正文跟了过去。

那条小路一直通向一片农田,田里正盛开着白灿灿的菜花,肥大的菜叶伏趴在田面,靠近花球的几片被轻轻扎住。风轻轻吹过,地里飘出阵阵清香。

再往前,换成一片黄瓜地。细圆的黄瓜秧绵长盘错,黄绿色的心形锯齿叶和几簇五角小黄花在微风下轻轻摇曳。毛榛走下田里,摸了摸叶片上的毛刺,而后突然发现了什么轻轻叫起来。她小心地拨开盘错的瓜茎，抽出一根墨绿色的黄瓜给正文看。正文把车子支好，走过去，四下望望，然后迅速掰下那根黄瓜，藏到怀里。瓜刺很尖利，他"嗷"地轻叫一声，想把黄瓜扔掉，又舍不得，站在那里乱跳。毛榛忍不住哈哈笑了，立刻又捂住嘴。两个人跑回田埂，正文蹬上自行车，示意毛榛也坐上来。毛榛扶着正文的车座，斜坐到后架上。正文用力蹬车，蹬了好几下，车才飞跑起来。出了那片菜地，正文拿出揣在怀里的黄瓜，背过手去交给她。

毛榛问："你想不想现在吃？我用手绢给你擦干净。"

"别了，你再被刺扎着。一会儿找个地方，当下酒菜吧。"

他说着，把车子蹬得越来越快，蹬了十几分钟，身上冒了汗。他脱下外衣，毛榛在后面接在手里。外衣下面是一件白色的圆领体恤，他想起那原是正武留下的，便感觉到后面的毛榛似乎沉默了。他也沉默了片刻，然后更快地蹬着。白T恤被风吹涨开，呼呼地响，像是要飞脱他的身体。这样又骑了一阵，他大汗淋淋了才慢下来。一会儿，毛榛说："你抽烟了？"

正文问："你怎么知道？"

"衣服上有味。你才多大，抽烟多不好啊。"

"抽得不多，一个月也抽不到一包。"

毛榛便不再说什么。沉默片刻，她说："你好像瘦了。"

"不会吧，学校食堂的馒头跟发酵粉一样，我都快成馒头了。"

"哪有那么夸张……"

出了菜地，他们又上了大马路。

毛榛说："会有警察吧？"

"这个时候了,你还不让警察下班啊?"见毛榛没有搭腔,正文说,"没关系,我盯着,假如有警察,你就跳下去。"

毛榛"嗯"了一声。他们继续往西骑。西山的影子越来越近,却也越来越黑,像是从一张相片变成了底片。骑过西苑,店铺开始稀少。正文始终保持着平稳的速度,毛榛在后面安静地坐着。一会儿,她突然跳下去,正文一惊,立刻脚蹬地停住。他四下望望:"没有警察啊,怎么了?"

"不是警察,你累了吧?换我带你吧。"

"你,行么?带过吗?"

"带过一次。你要是不害怕,就让我试试。"

正文从车上下来,将车把交给毛榛。毛榛先骑上,让正文等她骑稳了再跳上去。可是试了几次都不成功,正文还没坐上去,她的车就开始乱晃。

"算了吧,还是我带你吧。"

毛榛想了想,把车还给他。"回头我再练练,练好了再试,要不把你摔坏了。"

"我倒摔不坏,车就难说了。"正文等她在后面坐稳,再蹬起来,"你有几年车龄了?"

"两年多一点。我上大学以后才学的。"

"这么晚学车就不如小时候学胆子大。怎么你小时候没学?"

"家里没人会,姥姥就没让学。"

"你爸呢,他也不会?"

"喔,以前住校,没觉得非学不可。这不到了大学,校园大了好几倍,没有车很不方便,这才赶紧找人学的。"

"多长时间学会的？"

"不到一个月。"

"那很不错了，好多人到这个年龄都学不会了。"

再往前走就是颐和园，正文问毛榛要不要进去。毛榛说："这么晚了，关门了吧，还能进去吗？"

"要想进去，就能有办法。"

"什么办法？肯定不是合法的吧？钻铁丝网，还是爬墙头？"

正文"喊"地笑了一声。

毛榛在后面说："今天太晚了，下次吧。"

马路对面正好有一家小吃店，他们都觉得饿了，就下车走了进去。馄饨两毛钱，两个人各要了一碗。正文口渴，另给自己要了一大升啤酒。毛榛把那根黄瓜交给服务员，让她洗洗然后做成拍黄瓜给正文下酒。服务员不肯，毛榛一再固执地要求。讲来讲去，服务员才同意，条件是毛榛要给她五分钱。毛榛答应了。

"看不出你这么倔。"

"是么？有一点吧。不好。"

"挺好的，女孩子应该倔一点。"

"为什么女孩子应该倔一点？"

"不受欺负啊。"

"是吗？"

"我觉得是。"

等待的那段时间里，他们没再说什么。毛榛又低下了眼睛，然后用纸巾擦着摆放在桌上的汤匙。偶尔，正文抬眼看她，发现她在静静地看他，好像要从他脸上看出什么。小吃店里的灯光有几分惨淡，正文倒突然看出来毛榛到底哪里发生了变化。是她的眼神。那蓬密密的睫毛好像长了，在她的眼睛周围投下重重的阴影，她的目光收缩了似的，缩到一个很深的地方，那地方像旺着一片水，偶尔轻轻漾一下。

服务员先送上正文的啤酒和一小碟花生米，然后又端来那盘拍黄瓜。正文端起大杯"咕咚咕咚"一连喝了七八口，缓缓放下杯子时，看见毛榛又在盯着他看。他抿抿嘴，用手抹去嘴角的啤酒沫，也看着她。毛榛微微红了脸，然后垂下眼睛："正文，你觉得人只能活一次是不是很不公平？"

正文的心沉了一下。

"人这辈子应该可以至少活两次，一次实在太少了。"

正文没说什么，等着她继续。

"别的什么事都可以试，比如刚才我带你，试一次不行，下次可能就行了。可是'活'却不行。活的好坏对错，都只能是它。"她抬头看看他，"我是不是很悲观？"

"没有，你说得挺好的，只是我还没这么想过。"

"越怕犯错误，实际上犯的错误可能越多。"

正文在想她指的是什么，是指正武，还是指她自己？

"能活两次，第二次总会比第一次活得好。"

"可也许犯的错误更多。"

"也许，但第一次总能轻松些。"

"活一次也可以活得很轻松。你十岁犯的错误，十二岁不再犯了不就很不错？"

"错误犯了就是犯了，"她突然有些急切地说，"改正是不可能的。"看见正文沉默下来,毛榛把手放到腿上,肩膀贴到桌边,"好啦,不说了,我也没想太明白呢,不知道怎么说,说也说不清楚。你听着很无聊吧?"

"没有,你说得挺清楚的。我大概能明白你的意思。"

"好了,还是不说了,你喝酒的兴致都被我搅了。"

"没有。"看着毛榛真的不想再说下去,正文便朝服务员招招手,让再拿只酒杯。他倒出半杯酒递给毛榛。毛榛跟他碰碰杯,然后一口气喝干,翻过杯底来让正文看。

"还挺行的。不是逞能吧?"

"不是,我姥姥从小就让我喝酒,我有点酒量。你以后可不要跟我斗酒啊。"

"你姥姥——"他想起在滑冰场上毛榛讲过的话,"你姥姥到底是个什么样的人,好像很不简单,给你的教育都挺与众不同的。"

"我姥姥……"毛榛想想,说,"她的故事太长了,以后再给你讲。"

然后他们开始吃馄饨,不再说什么。结账的时候,毛榛坚持要付她那份,正文没有争执,他说:"不管怎么样,我们还是应该把这一次活好。"

从饭馆里出来,毛榛仍旧坐到自行车的后架上,由正文蹬着缓缓地朝学校骑去。月光澄亮,马路上的人已寥寥无几,自从正武死后,正文的心好像是第一次感到这么恬静。不知什么时候,毛榛把手揽在他的腰间,问他:"我可以把头也靠在你背上吗?"正文没说话,右手松开车把,伸到后面,轻轻拍了拍她的头,揽了过来。一路上他们都没再说什么。正文不时抬头看天上的星星,感觉着风从领口灌进他的前胸。毛榛的手一直搭在他腰间，小脑袋有一点分量，轻轻地靠在他的背上。那分量好像越来越重，他猜想她在后面是睡着了，便用一只手轻轻抓着她放在他腰上的胳膊。

随后的两三个星期里，正文又见过毛榛几次，大多是在选修大课上。上大课，他每次提前十分钟到阶梯教室，总先四下望一眼，认出毛榛的位置，然后在她后面七八排远的地方找个座位。毛榛偶尔会回头，不等他看见她即匆匆转回去。课间休息时，两人也在走廊里照过面。她大多低头不语，就像跟他不认识。渐渐的，正文发现，毛榛来去上课几乎总是是一个人，背着书包，抱着书来，再抱着书走，跟同学很少讲话。偶尔碰到熟悉的女同学，她会搭讪两句，但从来不像别的女生那样叽叽喳喳。偶尔有男生在她旁边坐，她也从不交谈，只是低头看书，或写字，偶尔抬着一只手撕着嘴上的暴皮。

还有一次，他在校浴室门口遇上她，她也是一个人，他正要进男生部，她则刚从女生部出来，一个要还钥匙一个要取。她端着脸盆，发梢滴着水，肩膀上湿着一片。见到正文，愣了一下，很快又低下头，一言不发地走开了。

那个学期，正文差不多过了一个月才回过一次家，可那次，他母亲却没在，正在北京展览馆忙着做一个电子机械的布展。他父亲一个星期前跟着机关的一个代表团出差去了德国，那几天大概正在法兰克福考察电梯设备。家里很静，他的房间里已经有股潮闷的气味，他想开窗换气，窗户很紧，使劲推了好几下才"噗嗤"

推开。

不回家的周末,他大部分泡在图书馆里,偶尔和扁豆去海淀剧场看场电影,或去美术馆看看展览。出了门的扁豆跟在宿舍里不太一样,喜欢走在他后面,只要正文不说话,他就很少吭声,好像根本不存在。要是过了半天再看他,无论是骑在车上,还是在公共汽车上,他大半是眼望着天,晃着脑袋,嘴巴里正喃喃自语,像个自呓症患者。

"又背课文呢?"

扁豆点点头。

"哪儿那么多可背的?"

"怎么没有,词典上就得有几万个单词吧,再加上词组,得有几十万。我这学期给自己订的计划是一天背四百个单词,一个星期至少背两篇课文。"

"我的妈呀!"正文叫起来,"使那么大劲干吗呀?"

"妈妈的,难啊,就跟背唐诗一样,不背就不会用。out of question 和 out of the question①,我都背了九九八十一遍了可还是老混。你说,十八个字母的单词,要只记住十七个,不就等于白记了。"

"所以才要词典啊。要是你什么都能记住,你不就真成了工具了?"

"有什么办法,只能争取做一个好使的工具吧。不过,我不反对背东西,我希望到七八十岁时我还能背,能背就不会患老年痴呆。"

---

① out of question,意为"毫无疑问"。out of the question,意为"毫无可能"。

大约是十月初的一个星期五,正文刚刚吃过午饭回到宿舍,就听老柴在楼下叫他。在这之前,老柴已经有快一个月没来找过他了,听人说,他正在给校话剧队排练一出莎士比亚大剧,准备参加下学期高校会演。

正文从宿舍楼出来,见他无精打采地伏在自行车上,便问:"你的话剧排得怎么样了?今天歇了啊?"

"他们排着呢,我不行了,我要是再在那儿听他们念一遍台词,我就得吐了。"

"怎么了,不是莎士比亚吗?"

"任谁也禁不住天天念叨。所以我很佩服你,《棠棣之花》一看能看一个多月。不过我挺怀疑,到一个月的时候,你看的还是不是《棠棣之花》?"

"当然还是。"他问是莎士比亚的哪出剧。

老柴卖了个关子:"到时候你就知道了。下午有课吗?"

正文说没有。

"那就走吧。"

正文问他去哪儿,他说:"还是老地方,到那儿以后再看去哪儿。老陈也去,她还说她有个朋友要介绍给你。据她分析应该是你的type。"

"我的type?我都不知道我是什么type。"

"那不正好,等着她来找你,你多省心。"

"陈青是你的type吗?"

"我?所有的女人都可以是我的type,如果我只想要个女人的"

话,而且她们也不打架的话。我——不像你那么较真儿。"

"我真佩服你,能把这么多人都搞妥。"

"我——不搞,我不过是从不撒谎,也不许诺,她们愿意跟我就跟,不愿就拉倒。"

刚到农林学院门口,他们便被一群人拦住,正文惊异地发现老柴的"天鹅"也在里面。一个戴眼镜、长发披肩的男生急急地骑上车说:"好,赶紧着,今天不在这儿了,移师外交公寓。"一群人十一二个有男有女有白种人有黄种人都骑上车,朝建国门外奔去。

到了外交公寓门口,看见陈青靠在自行车横梁上正等他们。她朝"天鹅"瞥了一眼,没说什么,跟老柴淡淡地打了声招呼。她身边确实还跟了个女的,个子跟陈青一样高。瓜子脸,直长发从中间分开,沿着眉外侧在脸上铺下来,露出两只眼角向上挑的丹凤眼,两片亮闪闪的橙红色嘴唇,以及脸蛋上刻意涂得很圆的两团桃红胭脂。乍看上去,像幅年画。陈青说她叫谭力力,她手揣在牛仔裤后兜里,朝老柴和正文点点头。

门卫向他们要证件,大部分人没带,年轻的门卫绷起脸。有人叫:"小高,小高,赶紧给老杨弄个证件儿。"[①]一群人都笑,又有人叫:"卫子,你那个吐了血才弄到手的美国证件呢?快拿出来让他开开眼。"一个灰白头发的人果真从上衣口袋里掏出一张卡,递给他。那人朝门卫晃晃:"知道是什么吗?是进美国的卡。他连美国都能随便进出,这儿还不能进?"门卫面无表情地看看他们。

---

① 电影《野火春风斗古城》里的台词。

有人骂:"得了得了,别他妈在这儿显摆了。"僵持好一会儿,电话响了,门卫听了片刻,说了两句,然后朝他们挥挥手,让他们进去。

乘电梯走至三楼的一间公寓,眼镜门也不敲就拧把手。门竟然没锁,推开,进去。里面有十来个一眼看不出是哪国人的外国人,有男有女,正坐在沙发上用不同口音的英语聊着,见他们进来并不起身,仍热烈地继续着他们的话题。屋里像是没有主人。一个女佣模样的人面无表情地在客厅和另外一间屋之间来回穿梭几次,之后就不见了踪影。

那间客厅,在正文的记忆里,比他家所有的房间加起来都大,门也多,屋子一间套一间,一眼看不出房子的格局。他们三三两两在几只真皮大沙发上坐下。陈青和谭力力坐左边,天鹅坐右边,老柴犹豫了一下,径直走到阳台上,拿出烟点着火,然后朝正文挥挥手。正文走了过去。

"不知道北京还有这种地方,好像很资本主义呀。"正文看着屋里的人说。

"这儿是北京最资本主义的地方,可也是最共产主义的地方。"

"怎么讲?"

"人人可以按需索取啊。"大概是看出他的茫然,他拍拍正文的肩,"一会儿你就知道了。怎么样,是你的 type 不是?"

"还没仔细看呢。"

"还要怎么仔细看啊?"

"那头发太怪,脸上一团红一团蓝的,看不清真模样。"

"感觉一下就行了吧,又不是马上让你跟她结婚。"

"没什么感觉呢。"

"那就赶紧感觉。"

他们从阳台望进屋去,看见陈青和谭力力靠坐在沙发的一角,正在抢着一本画册。两个人嘀嘀咕咕说了几句,又划了几下"剪刀、锤子、布",大概是谭力力输了,她耍着赖,陈青无奈,把杂志放到茶几上,两个人头凑在一起。

"她们俩好像很铁啊?"正文说。

"据老陈说是她最蜜的女友。"

"那怎么上次农林学院没带给我?"

"上次?你不是还没开窍呢嘛,老陈舍不得,怕你糟蹋了人家。你这次可不能像上次那样,睡一觉起来话都不说一句就走啊。"

"谁说没说,都说了快一夜了。"

"夜里说的能算吗?睡醒了跟人打个招呼那是教养。真是,连这个都得我教你?"

正文笑了:"你,一会儿打算跟哪个啊?"

"哪个都不用我跟。她们就这点好,我离了她们行,她们离了我也行。"

女佣这时又出现在客厅门口,说是饭准备好了,屋里人便纷纷站起身。老柴和正文进了屋,跟在陈青和谭力力的后面,在餐厅门口取了盘子、刀叉。摆在中间的红木大餐桌足够十五六人同时用餐。桌上有四只脸盆大小的白瓷盆,一盆里面是淡黄色的水果沙拉,一盆纯绿色的蔬菜沙拉,一盆红色的意大利面条,一盆褐色透明的凉拌粉丝。旁边立着二三十只高脚酒杯,十几只平底酒杯,以及十几瓶颜色各异的葡萄酒,靠墙的地上还放着二十四瓶装的两箱啤酒。谭力力拿了一只大高脚杯递给正文。"你喝红的吧？"她问。

"都行。"

她拿了瓶红酒往正文手上的杯子里倒了个杯底，放下之前用桌上的纸巾擦擦瓶口，然后又拿了只瘦长的高脚杯，往里面倒了同样少的白葡萄酒，自己拿着。她问他要吃什么，正文说除了绿色沙拉，其他都可以。她把那三样各搛一小坨放进他的盘子，自己搛了绿色沙拉，然后跟在正文身边回到客厅。她侧着身子，盘一条腿垫在屁股下，眼睛看着远处，好像在等着正文开口。

"你知道这是谁的家吗？"正文问她。

"不知道，管它是谁家呢，谁家都一样。"她晃晃酒杯，"这些人你都认识么？"

"不认识，除了老柴他们俩。是些什么人？"

"有几个好像是诗人，那个是翻译，专译他们的诗的，也有画家、跳舞的、搞电影的，头发长的那几个是玩音乐的，其他干什么的都有。"她抬起头，"听说你在D大学上学是吗？"

正文"嗯"了一声。

"你不爱说话啊？"

"没不爱说啊。"

"还说没有，这么半天才听你说了几个字。你不问问我么？"

"你，在哪个学校上学？"

"我早不上学了。我高中毕业没考上大学。"

"那你在家待着呢？"

"干嘛待着啊？我已经工作了。"

"在哪儿工作？"

"西苑饭店。"她问,"你去过吗?"

正文摇摇头:"有几次路过,没进去过。"又问她:"在那儿做什么,不是端盘子吧?"

"为什么不能是端盘子?"

"你胳膊这么细,不像。"

谭力力瞥了他一眼:"做大堂经理。"

"你,经理?"正文眯缝起眼睛看看她。

"怎么,不像?"

"你才几岁啊?"

谭力力笑了:"不需要几岁,长得好一点就行了。哪天你去找我吧,我带你进去转转。"

"你算长得好的么?"

"当然算了。你不觉得?"

"还可以,就是头发有点怪,脸蛋上那两团红疙瘩也挺逗的。你们总经理对你这个样子没意见?"

"我平时不这样儿。"

"哦?"正文又看看她,来了兴趣。

"叫你去找我嘛,去了就知道了。"

客厅里各种语言的谈话声混搅在一起。诗人在数落着谁的诗最近用什么手段得了什么奖,翻译凑在诗人的身边听得一丝不苟。搞电影的在说钱,不时有一两句国骂从嘴角滑出来。"天鹅"坐在地毯的边上,面窗,背靠一个青花大鱼缸,她的脚下一会儿凑来个黄种人,一会儿是白种人,一会儿是叼着烟的,一会儿是端着酒的,都跟她很熟。她要么叼过他们的烟吸两口,要么就他们的酒杯啜几下,两种语言在她嘴里转换得十分顺畅。

"你认识那个女的?"谭力力用臂肘碰碰正文。

"不算认识,我们学校的,不过今天看着有点不一样。"

"一到这儿,谁都会不一样。"

"为什么?"

"到了这儿还跟平时一样,那还到这儿来干什么?"

正文看看她,没太明白她的意思,低头喝了口酒。抬头后看见一个戴帽子的瘦男在"天鹅"身边坐下,说了两句又起身,再回来时手里拎把吉他,"卜楞卜楞"拨几下,竟弹起《春江花月夜》。老柴一直站在阳台外,和一个长头发画家安静地聊着。陈青仍旧端坐在刚才坐过的那只沙发上,皱着眉,身边一个东欧女人一边挑着长长的粉丝往嘴巴里送,一边"叽哩咕噜"费力地跟她比画。过了好久两个人像是也没明白,但女人还是搂着她放声大笑。

谭力力也喝了口酒,然后拿着叉子开始吃沙拉。正文看见,便问:

"这个好吃么,看着跟草似的。"

"开始可能吃不惯,吃惯了就觉得什么沙拉都没这个好吃。你要不要试试?我去给你拿一盘。"

她放下酒,去了餐厅,然后端着两个盘子回来,一盘纯绿色的递给正文,一盘面条留给自己。正文吃了两口,推给她:"能还给你么?"

"怎么,那么难吃啊,再吃两口。"她看着他又吃了两口,仍是一副难以下咽的表情,"要真那么痛苦就算了。"她用叉子卷起面条,放在鼻子下面闻了闻,"也不知道谁准备的这饭,这么素,顶多用了点橄榄油，还中不中，西不西的。"

"素么？里面有虾啊？"

"能有几段，拨拉半天都找不到。"

"你觉得缺东西？"

"缺肉，这么多酒，没肉就不对了，怎么也得有几块牛排。"

"这要求有点过分了吧？"

"一点不过分，牛排是最基本的。"

"跟你们西苑饭店肯定没法儿比了。"

"不用跟西苑比，跟我比也比不了。算了，多喝点酒吧，酒还不错。"

她拿起正文的杯子，放在他手上，然后拿起自己的，和正文碰碰。正文又吃了两口绿色沙拉，还没嚼完就说："留给你了？"

谭力力笑了："放那里吧，我一会儿饿了再吃。"

没过多久，餐厅桌子上的空酒瓶就多了起来，地上的啤酒箱也已经开了包，瘪了好几个角。刚才满满的几大盆沙拉、面条和粉丝都渐渐露了底。这时那个眼镜大叫一声："小崔，东西呢？"站在窗户边、一个鼻子又尖又高的瘦高个抬起头，放下酒杯，走到大门口，从一堆衣服里摸出他的书包，掏出两盘录像带。眼镜问他是什么，他张口吐出流利的中文："我都没看呢，刚去蔡老头家取回来的。"

"不会他妈的又放不出来吧。"

"应该不会。"

眼镜叫人把大灯关了，房间随即暗下一半。

谭力力问正文："你要看吗？"

"什么？"

"还能是什么，暴力加情色呗。"她用两根手指做引号状，"'艺术的'。"

"又没别的事，看会儿吧。"

第一盘录像的质量很差，是部外国电影，可是正文完全听不出说的是哪国语言，似乎连电影的名字都没出现过。也许不是从开头放起，只是截下了电影的某个片段。画面上一会儿是大块大块的黄，一会儿大块大块的红，配着像雨帘一样的划痕。震耳欲聋的音乐，砰砰、砰砰极端刺激的响声没完没了…… 房间其他角落里的谈话声和笑声不时搅和进来，吉他弹完了《十面埋伏》又弹起《夜深沉》，天鹅一听立刻跪起身，扎开两臂比画着云手，随后又把酒杯叨到牙齿间，咯咯笑着朝后弯下腰做了个漂亮的卧鱼。另一张沙发上一个漂亮的混血和她喝高了的德国男友腻在一起，男友不时举止怪异，被混血一声高过一声地笑骂。

正文看得头痛，正想起身往阳台去，眼镜叫起来："停了，停了，你他妈还号称是搞电影的呢，就弄这么个德行的来，能看么？眼珠子都要掉下来了。另一盘是什么，换了换了。"

再换上的一盘是《查特莱夫人的情人》，倒是有头的，画面也还清楚，起码能看清大部分人影。灯又关上了，屋里这次静了些，几个站着的人也回到沙发坐下。可带子走到三十多分钟却突然卡住，房间内顿时响起一片中文和其他多种语言的叫骂。小崔赶忙跑到电视机前，把带子倒出来再放进去。看着不动，又把带子退出，打开保护盖，将带膜抻出一截，剪断，再接上。可播放键怎么摁都是不动，小崔满头大汗，朝录像机狠狠砸一拳，回过头来对眼镜说:"不行啊,黔驴技穷了。"

"真他妈够笨的。"

"我不承认是驴了么。你他妈要是不笨,你来弄。"

"算了,放不出来再使劲也没用,谁让咱们就这条件呢。"老柴不知什么时候已靠陈青坐下。

"多难受啊,看一半。"眼镜说。

"还有别的么?"老柴问小崔。

"没了。"

"旧的呢?"

不等小崔回答,眼镜想了起来:"那盘呢?"

"哪盘?"

"就是那盘,跟这盘意思有点像——《感观世界》,还在么?"

"还看《感观世界》啊?都看了无数遍了,快看成毛片了。"有人说。

"本来就是毛片。"那个混血漫不经心地说。

"滚蛋,谁再说是毛片?"眼镜叫。

"行了。"老柴止住他,"就放那个吧,带了没有?"

"应该就在这儿,上次就没带走,除非有人拿去跑片了。"小崔蹲在地上,打开电视机旁边的一只矮柜,找了片刻,从里面抽出一盘带子,"行,还在。"他舒口气。

"那就快放吧。你丫拿了这么多盘带子,就这么一盘没什么毛病。我们想受点艺术教育怎么那么不容易。"

陈青把腿从沙发上放下来,跟老柴说了两句,然后问谭力力:"我们不想再受教育了,你们呢?"

谭力力看着正文。正文问："受什么教育？"

老柴笑笑："看来他还没受过，那就受受吧。"

"你不怕他出问题？"谭力力抿嘴笑。

"到他这个年纪再不受教育才会出问题。"老柴拍拍正文的肩，跟陈青站起来，"力力，把他交你了啊。"他们往阳台旁边的一个门走去。

电影开始得很慢，音乐如游丝一样纤细。片头结束，画面开始，正文发现它竟是部日本电影，多少有些意外。几分钟之后，他就意识到这肯定不是一部毛片，可是却极其色情，以他有限的对这类电影的知识，他无法给它下个比较准确的定义。全部是搭景，布光很精致，画面很干净，色彩过于——除了"美"，他想不出其他更合适的词，唯一真实的好像就是女人和男人的身体。他从来没有看过那么多的裸体，甚至连想也没想过世上还有人能拍出那么多种多样的做爱。

放到一半的时候，他隐约看见"天鹅"从地上站起来，一手端着酒杯，晃晃悠悠走到老柴和陈青进入的那扇门前举起拳头敲门。他听不见声音，但看得见她的拳头一下一下落在木门上。敲了很久门才打开，老柴和她隔着昏黄的光线对着僵持片刻，最后把她拉进门去。

电影结束以后，客厅里一片沉寂。过了好一会儿，灯才开，正文深深地呼口气，歪过头来看谭力力。刚才在录像带转动的两个多小时里，他其实感觉到，谭力力的眼睛似乎并没有盯在电视屏幕上，而是一直在瞟着他。

"怎么？"正文问她。

"要不要去阳台上换口气？"不等他回答，她起身去餐厅又取了酒，拉上他，开了阳台门出去。

北京的秋夜清爽沁人，正文晕晕沉沉的头立刻轻快了一些。长安街上的华灯像水纹一样恬静，远处故宫沉沉的屋顶隐隐可见。左边不远处"友谊商店"的霓虹灯还在一闪一闪地亮，门前门后却已歇息下来。

"你以前真没看过这片子啊？"谭力力端着酒杯趴在栏杆上，歪着脑袋看他。

"真没有。你呢？"

"看过。"顿了顿，她喝口酒，"你觉得这片子怎么样？"

"挺好的。"

"怎么好？"

"挺震撼的。"

"怎么个震撼法儿？"

"有点——翻江倒海吧。"

"怎么翻江倒海？"

正文笑了："反正以前没看过这么拍的电影。"

"你是不是以前连毛片都没看过？"

正文摇摇头。

"真的那么纯洁啊？"

正文低头笑笑，然后问她："你很不纯洁了吧？看过多少这样的片子了？"

"我，比你多看了几部吧，不过还是挺纯洁的。我每次看《感观世界》，都特别佩服那个男演员。他每次可都是真做啊，镜头都是从他的脸上一直摇到下边,真没替身。你说,当着那么多人,他怎么能每次都行呢?"

"不知道。"

"肯定是制片给了他很多钱。不过,换了我,就是给我再多的钱,不行还是不行。"

正文看看她:"说什么呢,你是女的。"

"去,"谭力力推了他一下,"说真的,我第一次看到结尾时,吓得差点没晕过去。后来知道结果了,还是害怕,每次看到那儿都闭眼。你呢,刚才害怕了么?"

"倒没有怕,不过有点意外。"

"不是闹着玩儿么,他怎么真就让她勒死了呢?"

"玩儿疯了。"

"你说,她为什么要把他的那个东西割下来,拿着到处走呢?"

"那是真疯了。"

"你不觉得活和死都挺偶然的?她也没想什么,就那么勒了他一下,他就觉得那个死法挺好,就那么死了。我以后要死,也希望是这么死。"

"你这才多大,就想死的事。"

谭力力笑了,停顿了片刻,问他:"问你个问题行么?"

"那有什么不行的。"

"你得说实话,"她看着他的眼睛,咬了咬嘴,"算了,不问了。"

"怎么不问了?"

"怕你不说实话。"

"你还没问呢,怎么知道我说不说实话。"

"那你先答应我一定说实话。"

"我一般都说实话。"

"真的?"她继续看着他,丹凤眼挑得很高,"那你说,刚才看的时候你有反应么?"

正文抬眼瞧瞧她,没太明白她的意思。

"别这么看我,就是这个意思。"

她的样子不像醉了,却也不像完全认真。正文还是没说话。

"说话呀,你说要讲实话的,有反应没有啊?"

"有点吧。"

"有点是多少?跷跷板了?"

"曾经有过。"

"然后呢?想做?想自己做,还是想找别人做?"

"都不想。"

"那想怎么样?"

"没想怎么样。"

"还是没说实话。"谭力力抿抿嘴,"不说?算了。其实,我是有个很严肃的问题想跟人讨论,本来以为你是合适的人呢,看来也不是。"

"什么严肃问题?"

谭力力想了想:"好吧,跟你说说也无妨,可你不许说我二百五。"

"不说。"

"我男朋友——我有男朋友,不奇怪吧?"

"当然,你这么好的人,没有男朋友倒奇怪了。"

谭力力眼角往上挑挑。"可我们分手了。"她脸上的两团胭脂红跟着她的眼光一起沉了下去,"他很奇怪……好几次了,都是我从他家离开,忘了东西回去拿,刚开开门,就听见里面有喘气的声音。进去一看,是他一个人正在那儿看黄色电影呢。开始时还忙着要关电视,不想让我看见。后来见我进来,也无所谓了,就还那么放着,裤子也不穿上……唉,为了搞懂他,我的头都疼死了。又不是我不让他碰我,他也不是没碰我,他干嘛要这样做呢?"

她一副痛苦的表情,可那痛苦被那两团红胭脂搞得多少有几分滑稽。停了片刻,她接着说:"也许是我太无能,满足不了他?可是我每次都让他做了的啊,只不过没让他那么做而已。可是他自己看黄色电影,结果不也一样么?哎,你说呢?"

"应该是吧。"

"那他干吗还么做呢?"

"你没问问他?"

"问过,他说不知道,就想那么做。唉,我真是拿他一点办法也没有。"

正文看看她:"他自己做总比出去找别的女孩儿要好吧?"

"我倒宁肯他去找别的女孩儿。"

正文一时不知该说什么。停了好一会儿他才问:"那现在呢?"

"分手了,他这么做,我觉得很可耻,也觉得很受侮辱。"

"看毛片也不一定就是坏事,他愿意自己解决你就随他去呗。"

"那还要我干什么?"

"你?又不只是让他……不是吗?"

听到这话,谭力力的眼角又挑上去,叹口气,说:"你呢,你有女朋友么？"

正文想了想，摇摇头。

"那你跟人睡过觉么？"

正文点点头。

"睡过几次？"

正文没有立刻回答。

"啊，多得都数不清了？原来以为你很纯洁呢。都是跟一个人吗？"

"那肯定不是。"

"跟不同的人睡感觉肯定不一样吧？"

正文笑笑，没有说话。

"真的，一样么？"

"你说呢？"

"我不知道，所以才问你。我只跟一个男人睡过，不知道换个人什么样。要不，哪天我们也睡一次，让我也体会一下？"

正文看看她。

"好，那就一言为定了。"她凑到他眼睛下面看他。

正文不由得笑了。

"怎么样，刚才看电影的那个别扭劲儿过去了吧，一会儿回去不会睡不着觉了吧？用不用我现在就陪你回家？"

正文说："不用。"

那天的聚会直到夜里四点才结束。他们离开时，屋里留下一地的酒瓶，烟缸里积满了长短不一的烟头，餐厅的桌上横七竖八地扔着刀叉、粘着菜叶和奶油的盘子、残留红渍的高脚杯，四个大白瓷盆里只剩些黑色和绿色汤汁儿。沙发的靠垫丢得四处都是，东一个西一个，原先服帖地摆在扶手和靠背上的钩花织巾也滚到地毯上，扭骨碌成一条。正文在走出门时回头看了一眼，心里想着，不知道天亮以后这间屋子会是什么样。

下了楼，"天鹅"坐上吉他手的摩托车后座，一溜烟走了。谭力力说家近不让人陪，自己骑车离去。老柴、陈青和正文一路，到发廊门口两人跟正文告了别。回到宿舍已是凌晨，正文倒头便睡，一直睡到第二天下午。

6.

一连两个星期，正文没在大课上见到毛榛。她终于露面的那天一进教室就显出异样，右脚穿只男式松紧布鞋，脚跟缠着厚厚的纱布，几乎是一瘸一拐地走下阶梯。那一堂课，正文上得心绪烦乱。终于熬到课间休息，他走过去，问她怎么了。她说，受了点伤。那堂课正好是周五的最后一堂，正文丢下一句"下了课我跟你一起回家"，然后回到座位上。

下课的铃声刚响，他就收拾好书包，坐在那儿，看着前面的毛榛站起身，抱着书，慢慢朝后走。他正想等她走过便也起身，没想到她经过时，快速地扔下张纸条。正文愣了一下，心惶惶地跳，待教室人走得差不多了忙打开来——

不是大伤,我可以骑车,你不用陪我。如果你真想一起走,五点半在友谊宾馆门口等我。万一我二十分钟不到,你就先走。

正文看看表,匆忙赶回宿舍,拿上要带回家换洗的衣服,骑上车出了校门。一路车轮飞蹬,到双榆树时还不到五点十五。街上很热闹,公共汽车站前挤满了附近各个学校的学生,友谊宾馆旁边的友谊商店正在敲敲打打地扩建。十分钟过去了,毛榛还没到。他从书包里拿出刚从图书馆借出的《王尔德传》,靠在车梁上心不在焉地看着。

五点三刻一过,正文想她大概不会来了,却突然在马路对面看见了她。她身边似乎还跟着另一个人,男的,三十来岁,若即若离地与她保持着半个身子的距离。两人同时向右拐,过了十字路口,男的径直骑下去,毛榛再右拐,拐上他这边马路牙,下了车,一瘸一拐地推车走到他身边。

正文把书阖上,看着已经骑过去的那个人,问她:

"你跟别人一起过来的?"

毛榛说:"没有啊。"

"我还以为那个人跟你是一块儿的呢,看着好像还有点眼熟。"

"不是。"毛榛推着她的永久牌黑色小26,问他,"看什么书呢?"

正文给她看了看封面。

"能看英文传记了?"

"看不太懂,硬看。"

"都说人要到四十岁以后才会喜欢看传记呢。"

"王尔德么,我是拿他的传记当小说看。"

"那他自己一定很高兴。"毛榛看一眼他,"走吧。"

骑上车,正文问她:"到底怎么受的伤?"

"嗨,说了你可能也不信。那天我忘了带车钥匙,想出去买东西,就让人骑车带着去了。我懒,把脚架在后轴上,突然鞋子就卷进了轮子。我在后面叫,人也不知道我叫什么,还嗖嗖往前骑,结果我的后脚跟也被卷了进去。"

"咿呦!"

"吓着你了吧?我也是,后来别人告诉我,说我脸都吓白了。"

"伤得要紧么?"

"不要紧,骑车没问题。当时挺疼,到了医务室,医生说是小伤,没碰到筋,立刻就不觉得疼了,不过要留个大疤了。"

"什么人啊,这么大劲?是男的吧?"

"不是。"毛榛说,"你肯定要说我笨了吧?"

"那还用问,幼儿园小孩儿才会犯的错误。真是女的干的啊?这么大的牛劲。"

"反正以后我可再不敢让人带了。"

"以后,我带你。"

毛榛的家离正文家不远,在工会大楼南面靠西护城河的边上。那里是一片日本人留下的老式三层居民楼,有院墙围着,是几个研究院的宿舍。送她到家,正文看她跛着脚走进黑魆魆的楼道,熟练地伸手摸到墙上的信报箱,借着微弱的光翻检出自己的邮件,然后朝正文挥挥手,问他想不想进来坐坐。正文看了看门牌号,摇摇头。毛榛就拐了进去。

他骑上车,慢慢在院子里转了一圈。院子里几乎没有人声,只有轻微的锅铲碰盆"噼里啪啦"的响动,不知怎么这声音让他心中升起一丝怅然。毛榛家里是什么样?他突然很想知道。她刚才自己用钥匙开门,难道家里还没人回来?这么晚了,她父母和她姥姥还没下班么?她瘸着脚,会不会还要自己做饭?要出大院门时,他看见院墙根下有一间很小的裁缝店,店外挂了个"公用电话"的红字招牌,一个四十多岁的女人正好推门出来,正文问她:

"这个电话是只给院里的人用的吗?"

"都能用,交了钱都能用。传呼,就只给这院传。"

"哦?整个大院都能传到吗?"

"只要人在家,准能传到。"

正文记下了电话号码,抬头又看了看毛榛家那座楼的楼号,然后骑上车离开了。

那天晚上和第二天一天,正文翻来覆去地拿出那张记着电话号码的纸条,有一次甚至跑到外面的公用电话亭把号码拨通了,可最终却还是挂上了。

十月从来都是北京最美的时节,那一年也不例外。从正文宿舍的窗口就能看到的西山,在他和扁豆每天的远眺中,从山顶往下,一天天由星星点点的淡黄演变成片片的深黄、橙红,最后变为鲜红。扁豆从十月的第一天就计划着要去爬香山,为此他在每天的晨练中还增加了跳远,说要增强脚力。每个周末,七点钟不到,他锻炼回来就趴在窗台上,拿把塑料尺朝远处比量着,然后叫正文:"梁正文,梁正文,爬山去吧,叶子又往下红了一寸了。"看到正文总不响应,他终于自己穿上球鞋出了门。

正文在等毛榛。她那只伤脚两个星期后取掉了纱布,穿上了统一的鞋子。随后,她换了一辆火红色凤凰26自行车,蹬在车上的脚已看不出任何异样。到十月的最后一个星期五,正文看着她骑车出了校门,骑回了家,他终于鼓足勇气把电话打了过去。她既吃惊又有几分欣喜,听说要去爬山,竟一口答应了他。

第二天早上六点,天刚蒙蒙亮,他们便在木樨地丁字路口会合。开始的一段路路宽人寥,他们骑得很快;可骑出市区后,马路就越变越窄,人却越来越多,运货卡车常常从身边呼啸而过,溅起的砂粒几次迷了毛榛的眼,她几乎流了半路的眼泪。到山脚下时已近十一点。园门口售票处前面,围了黑压压一片人群,大多是学生,中学生、小学生,吵吵闹闹,喧嚣不已。

他们避开前山的人群,从后山上的山。后山路野,斜径多,树木却茂密,甚至有几分杂乱,红的正红,绿的还绿,偶尔也有泠泠的泉水声,在陡峭中添出一种柔静。

出乎正文的意料,毛榛走起山路来,显出了非凡的脚力,一直"噔噔"走在前面,未出两百米,他就已看不见她的身影。她不时停下来等他,可他们之间的距离还是越来越大。走至一段陡坡,正文直起身子喘气,毛榛从上面跑回来,从他肩上抢下自己的背包,然后拉起他的手,拽着他往上。

手心很快攥满了汗,汗衫的前胸也湿透了一片,快到下午两点的时候,正文跟在毛榛的后面隐隐看到了山顶。毛榛没有带他再往上,而是拐过弯,来到一个豁口处,说:"就在这里先歇一下吧,待会儿等上面人少点再往上爬。"

豁口前面是一块还算干净的平地。豁口下不很陡峭,又正好有个开阔的视野,可以望见山下的黄栌树林。树叶红得像炭火,夹杂着红得像火柿子的红树,卧佛寺隐隐地掩在山脚,樱桃沟远远的在山的西北,靠近他们的这边还有露着一个檐角的香山寺,寺院掩在松萝竹柏的密荫下。

毛榛从背包里取出一块塑料布铺在地上,又捡来几颗石子,把塑料布的四角压住。阳光那时正在他们头顶偏西,她取下头上的纱巾,把头发散开,用手指理了理。脸蛋又嫩又光,红得像刚熟的桃子。她披上外衣,转过头来叫正文也把衣服穿上。正文说不热,她坚持让他穿上。"山上风猛,出了那么多汗,小心回家感冒。"

然后她从背包里拿出食物,一一放到塑料布上。

"带了这么多,怪不得你的包那么沉。"

"赶紧吃掉,也好减轻你的负担。"

满满一饭盒的鸡蛋饼,用屉布包着,还略微有些温度。另一只饭盒里是切得很齐整的火腿片,足有半斤之多。再一只饭盒中间有个隔断,塞着满满的凉拌土豆丝和豆腐丝炒豆芽。毛榛拿起一张饼,各样菜都掭一些放在上面,卷紧,递给正文。

正文咬了一口,连说好吃,过会儿又说:"你真行,看不出你腿力这么好。"

"嗨,体育老师也这么说。唉,要不是我平衡不好,她就让我练平衡木了。"

"怎么会平衡不好?"

"屁股比较大吧。"

正文拿出水壶,递给她。毛榛说:"你先喝吧。"

"我可对嘴喝啊?"

"没关系。"

正文喝了一口,再递给她,毛榛接过去,"咕噜咕噜"喝了好几口。

正文问她:"你来过多少次香山了?好像很熟。"

"从三岁开始,姥姥每年都带我来两次。后来我就自己来了,秋天肯定来看红叶,有时夏天来,带个西瓜或几个西红柿到碧云寺水泉院待一天,把瓜放在院里的方池里镇着,中午眯一觉起来,就彻底凉了。冬天也来过一两次,看雪景。"

"那你很喜欢山了?"

"是吧,我也这么想。古人说山无情却有致,真是很对,在山里走一趟,就什么都忘了。"她眼睛望着山下,说,"你呢?好像很不行嘛。"

"爬山实在不是我的强项——"

"那什么是你的强项?"

"打球好一点吧,也不怎么样。"正文不好意思地笑笑,"这鸡蛋饼是你自己烙的?"

"好吃吧?不是,我家小阿姨烙的。"

"你们家用保姆啊?"

"嗨,不算保姆,就是给我们做做饭。我出门,我姥姥都让她烙这个饼给我。今天我们爬山估计会又累又饿,我就让她多准备了点,要够四个人吃的。"

"四个人?你以为我有三个人的肚子啊?"

"两个半吧,另外一个半是我的。"

正文低头看她:"原来你只说屁股大,没看出来你的肚子也大。"

毛榛轻轻打了他一拳。

"我以为是你做的呢。"

"我不怎么会,以前住校一个星期回家一次,姥姥都不让我进厨房。"

"她不怕你以后饿着?"

"不怕,她说你不做,总有人做。"

真是饿了,几个饭盒不一会儿就都见了底。毛榛拿出手绢擦擦嘴,又递给正文。正文没接,只用手背在两个嘴角抹了一下。太阳已经到了山的另一边,地上开始有了些凉气,毛榛的脸色恢复了晶莹的白色。这时,她从包里拿出一只国光苹果,抓在手里,又翻出一把小水果刀,削了苹果皮,然后用拇指和食指抓着苹果的两头,在苹果中间"Z"字地一刀一刀刻着,刻到两头相接,她放下刀,将苹果从中间掰开——一只苹果顿时成了两朵莲花。

正文惊诧不已:"哪儿学来的这一手?"

"好看吧?咬起来也方便了,不用那么龇牙咧嘴的。"

"也是你姥姥教的?"

毛榛点点头,问:"你没看过'分瓜笑绿媛'吗?"

正文摇摇头。

"《红楼梦》里的,说八月十五祭月,'分瓜必牙错'。小时候不懂,就去问姥姥。姥姥就拿了个苹果,切给我看,就是这样子。"

"你很早就看《红楼梦》了?"

"嗨,五岁吧。姥姥去东风市场逛旧书店,我都跟着,什么书我都可以自己拿。"

她吃完苹果,把水壶再递给正文。他们的旁边斜斜地长着一棵红树,斜得几乎与地面平行。毛榛伸出手,够到树梢,揪下一片圆叶,拿到鼻子底下嗅嗅,再递到正文鼻子下。

"哟,香的,有股药味。"

"所以才叫香山啊。你呢?喜欢看《红楼梦》么?"

"还可以吧。"

"里面那么多支钗,你最喜欢哪一支?"

"最早当然是喜欢黛玉,后来就烦死她了。"

"我也不喜欢她。其他的呢?"

"其他的——"正文想了想,"每支钗各有不同。以前,有人跟我说,要想找老婆,就找宝钗;找情人,就找史湘云;找小妹妹,就找妙玉;找大娘子,就找秦可卿。要想找个没事折腾自己的,那才找黛玉。"

毛榛笑笑:"谁这么明白?"

正文想告诉她是正武,却没说,只说:"就是我们院里的一个人。"

"那最后呢,他自己找了哪支钗?"

"不知道,怕是都找过了,可都没成。"

"那要是你,你挑哪支钗?"

"我,没那么挑剔,是支钗就行。"

"有点言不由衷吧?"毛榛看着正文的眼睛。

正文岔开话题,问她:"老听你说你姥姥,怎么从来没听你说过你妈?"

"我妈？"她沉下眼皮,"她不跟我们住一起。"

"那你爸呢？"

"也不住一起。"

"他们单住在别处啊？舍得跟你分开？"

"舍得。习惯了。你呢,从没离开过你父母吧？"

正文摇摇头。

山上起了风,毛榛抱起胳膊。正文要把自己的外衣给她,毛榛不肯。正文便问她愿不愿意靠在他身上,她靠了过来。

看着天色越来越沉静,照在山顶西侧的夕阳光线越来越柔和,他们不再说话,就那么静静地坐着。毛榛柔顺的头发贴在正文的脖窝里,细细的,痒痒的。她不时抽出手,把脸边的一缕碎发朝耳后别别。正文偶尔低下头,看见她鼻尖一颗雀斑微微地泛着光,手里的红树叶仍然散着幽幽的药香。这时他想起,他还带了正武的相机来,就从背包里取出。那一瞬,他看见毛榛的眼睛亮了,盯着它看了片刻,而后默默地移开。正文立刻意识到她见过这个相机,正犹豫着要不要说什么,毛榛说道:

"你要照么?我给你照吧,要么就多照些风景,不要照我。"

"你不喜欢照相?"

毛榛转头望向山下,说:"不喜欢。不过,没关系,你要喜欢就照,要是能把卧佛寺也照下来最好。"

正文在她身边从各个角度朝山下噼里啪啦照了一通。几次想偷偷拍她,她都立刻把脸埋到腿里,脸色也严肃起来。

他们在那里又坐了一会儿,夕阳的余晖渐渐从山顶褪去,顶上熙熙攘攘的人影也一点点稀疏起来。

"正文,你说,为什么说'仁者见山,智者见水'?是说,仁者都喜欢山,智者都喜欢水么?"

"应该是吧,原话好像是'仁者乐山,智者乐水',后面还有两句,是'智者动,仁者静;智者乐,仁者寿。'"

"反过来为什么不可以?"

"水比较软,能随机应变,跟聪明人一样;山体积大,傻呵呵的,比较像忠厚老实人。"

"可是老实人不一定长寿,聪明人不一定快乐啊。"看到正文转过脸来看她,她问,"你呢,正文,你是爱山,还是爱水?"

"我都爱,山山水水的我都爱。"

"那你是智者,还是仁者?"

"都不是。"

"不至于吧,总有个倾向吧?"

"得看情绪。情绪好的时候想当仁者,情绪不好的时候就向智者看齐。"

"那你现在是情绪好呢,还是不好?"

"现在,比较好。"

"那就是仁者了?"

"你说是就是。"

毛榛转过脸去,看着山下,停了一会儿,她问:"那正武呢?"

说了这句话,两个人都静默了片刻。自从他们又见面以来,这是毛榛第一次提到正武的名字。正文说:"你说呢?也许你比我更了解他。"

一点晶莹的东西慢慢从她眼里闪烁出来,但很快,被她淡淡

一笑柔化了。她侧过身去,手里拿着水壶,放到嘴上喝了一口,而后看着山下,大声地,几乎是嚷着说道:

"正武啊,正武就是一个没福的人!"

说完,她跪在地上,收拾好东西,从地上拉起正文,拉着他朝山顶上跑去。

跑到山顶,他们回过头朝后看,连绵不绝的群山被烟雾笼罩,那些晶莹的东西又一下子充盈了她的眼眶。她抿抿嘴唇,嘴角颤动着,两滴眼泪随即滚落而出。正文顿时慌了神:"别,干嘛哭啊……"他说着,想去搂她,可是她跑开几步,把头扭向山的另一边。再转过来时,她的脸上又是盈盈的笑了。

他们顺着前山的台阶,一路小跑着从山上下来,跑过植物园,跑到公园入口处,取上自行车。看看表,八点刚过,一群群自行车响着铃从他们身边嗖嗖飞过。太阳在他们身后,像个烧红的圆盘,挂在浅灰的天上。山脚下的温度显然比山上高些,越往城里走,天色越暗。正文问毛榛累不累,她摇摇头,可是她的速度却明显慢了很多。正文伸出右手,放在她的后背上,一路推着她骑回了家。

两个星期以后,正文从照相馆取回冲洗好的底片,给他中学同学马杰打了个电话。

马杰在三里河有套房子,他爷爷留下来的,虽然只一间,却不小,他一个人单住着。他把房子隔断,做两扇木头拉门,漆成黑色,弄来一套洗相设备,就成了个暗房。正文上中学时,常和同学偷偷带着酒去他那里洗照片,也常打地铺睡在那里。这间屋子不知被多少同学借过。

"什么时候？"

"下周六。"

"就你一个人吗？"

"还带一个。"

马杰沉默了一秒，说："行啊，别弄得哪儿哪儿都是啊。进来的时候分着进，别让居委会老太太看见，回头又跟我妈那儿告状。"

他们约好当天早上正文去取钥匙，正文便挂了电话。他犹豫了一下要不要等回学校以后再告诉毛榛，想想，还是决定现在就往她家打电话，听听她的声音。

接电话的还是上次的那个中年妇女。她记下门牌号，就搁下听筒。过了足有二十分钟，听筒里才响起毛榛气喘吁吁的声音。

正文答应了。

"是你啊。"她似乎有点失望。

"怎么，你等别人的电话呢？"

"没有，没想到你会打电话。你怎么知道这个电话的？"

"我上次就打过，你忘了？"

毛榛沉默了一下，问："找我有事么？"

听她淡淡的口气，正文几乎想改变主意，但咬咬嘴唇还是讲了。

毛榛问："去哪儿洗？"

正文说了地址。

"这是什么地方？不是你家吧？"

正文说了马杰的名字。

毛榛又沉默片刻，说："下星期六我下午有点事。晚一点行吗？晚上七点以后。"又说，"我那天可能不骑车，你到钓鱼台对面部长楼前头的路口接我吧。"

正文应着,毛榛便挂了电话。

那个星期六晚上,正文先到三里河商场买了点吃的东西,七点之前骑车赶到部长楼院门口,坐在马路牙上等她。一直等到八点一刻,才终于看见她穿着桃红色厚毛衣外套从不远处的电车上跳下来。他慢慢站起来迎上去。"走吧。"她说。正文以为她会为晚到作点解释,可是没有。他推着车走在她身边,问她:"怎么这么晚啊?"

"不是跟你说了,我今天下午有事儿。"她略略提高了嗓音,正文不由盯着她看了两眼。

"怎么,太艳了是不是?"她夸张地侧过身子。

正文没说话。

"不喜欢就不喜欢呗。"她伸出一只胳膊,耷在正文的肩头,"直说就行了。"

正文隐隐闻见她嘴里淡淡的酒气,身上还浮着挺浓的烟味。他转过头去看她的脸,即使在路灯下,他也看出她的脸蛋绯红,眼皮浮肿,眼睛因睁得大而显得有些憔悴,嘴唇大概很干,她不时伸出舌头舔舔。他断定,如果他能摸一摸,她的脸、眼睛和嘴唇肯定都是烫的。

"喝酒去了?"

"喝了一点点,"她抬起右手用大拇指和食指比画了一下,"就一点点。"

"这么大的味,还说一点点。"

"有味吗？"毛榛用手盖在嘴上重重地哈出一口气，然后放在鼻子上闻了闻，"没闻到什么味儿。"

"等你闻到，还不得躺酒缸里啊。"

走到马杰家楼下，正文指给她看楼上的窗口，说："你先在下面等，看见楼上灯亮了再上来。"毛榛点点头。

正文走上楼，打开房门。他没有开灯，而是走到窗前，看见她抬着右手撕着嘴唇，一只右脚往后蜷着蹬在树上，整个身体也往后靠，眼睛闭着，一副疲倦不堪的样子。她刚才去了哪里？怎么累成这样？正文想着，看见她从口袋里拿出钱包，打开，像是抽出了一张照片，对着端详了片刻，又放回去，然后朝上抬起头。

正文闪回身，转过头去开了灯。几分钟过后，毛榛敲门进来。她惊异地说："这间屋子这么大啊。"环顾四周，看见右手尽头开放式的厨房，走过去，上下打量几眼，最后看见台面上的咖啡壶，说："你的同学这么讲究，还喝咖啡。"

正文问她要不要也喝点，去去嘴里的酒味。毛榛说："不用，没了酒味，你又会说臭咖啡味了。"

正文看看她，拉开抽屉又翻开柜门，找到一瓶咖啡，舀了几勺，兑好冷水，通了电，咖啡壶随即"咕噜咕噜"响起来。他从书包里拿出几包方便面、一包烟、一包花生米、一只苹果、一只梨，统统放到台面上。书包里还有一瓶二锅头酒，他想想，没动。最后，他抽出一根烟，放到嘴上，掏出打火机点着。毛榛见了，问他：

"怎么，你还没吃饭？"

正文吐出个烟圈："你肯定是吃过了，对不对？"

"这个时候了，我当然吃过了才来的。"

"那好啊,我反正也没什么好东西,就是方便面,不能跟你有酒有肉比。"

"酒?你想喝酒么,我去买。"她这么说着扭身要走,正文在后面小声叫住她:"还没喝够啊你?"

毛榛歪过头,像在琢磨他的意思,而后轻声叹口气,拍拍他的肩膀,从他手里抢过方便面,撕开,一手拿着,另一只手拉开头顶柜门。

"找什么?"

"锅。"

正文走过去,从下面的橱柜里拿出一个给她。她没有接,自己弯下身,取出一个稍小的,接了半锅冷水,放到炉灶上。炉灶只有一个火眼,毛榛没有找到火柴,便从柜台旁一个本子里撕下半张纸,撵成卷,从正文手上接过烟,点着,再凑到火眼上,拧开旋钮。"嘭"的一声,火着了,她吓了一跳,往后躲了躲,再把锅放上,盖好盖。想想,又把火灭掉,扭身要走。

"干嘛?"

"出去买点菜。"

正文拦住她:"这个时候了,到哪儿买去?"

毛榛绕开他,去拉门把手。正文忙把烟叼在嘴上,伸出手使劲拉住她的胳膊。她的胳膊很软,他松了点劲,但还是坚决地拉她到餐桌前推她坐下。毛榛呆呆地坐了一会儿,神色慢慢回转过来,再站起身走到灶前,把火点上。她转身靠在柜台旁,看着正文,等水烧开。

咖啡壶"咕噜咕噜"的响声渐渐停下来,屋里陷入沉默。毛榛又把手放到嘴唇上。沉默片刻，正文过去把她的手拿下来。

毛榛没说话。水开了，她扔进去方便面，用筷子搅搅，盖上盖。等冒了汽，她关掉火。拉开柜门找出一只大碗，用筷子把面挑到碗里，端到桌上。"快吃吧，这么晚了。"她低着眼睛说。

她又去拿醋瓶过来，问："放点么？"正文摇摇头。她拿着醋瓶，坐正文对面看他吃，下意识地拔开醋瓶的盖，又盖上，拔开，又盖上。

正文从她手里把醋瓶拿开，放到桌上。"喝了不少酒吧？"

毛榛点点头。

"白酒？"

又点点头。

"半斤？"

毛榛没说话。

正文吃口面，低声问："跟谁喝的，喝了这么多？"

"一个朋友。"

"什么朋友呀这么灌你？"他抬眼看看她，"不能说是吗？"

"说了你也不认识。"

"那人是不是抽了一条烟，弄得你身上这么大的味儿？"

毛榛没回答。

"要不就是你自己抽的？你不是最不喜欢人抽烟吗。"

毛榛还是没回答。

正文低着头又吃了两口面，然后问："怎么了，不理我了？今天要是我生日，你也不理我？"

毛榛抬起眼睛："真的么？"

正文点点头。

她站起来，又要走。正文问她干什么去。

"去买瓶酒。"

"这么晚了，到哪儿买去？"他从门口把她拉回来，然后从包里拿出那瓶二锅头，"瞧你的样子，就没拿出来。今儿不喝了。"

"干嘛不喝，带来就喝。"毛榛去抽屉里找开瓶器。

"你没醉吧？"

毛榛打开瓶盖，拿了两个杯子，说："不是告诉过你么，我从小就喝酒，有量，你未必喝得过我。"她往杯子里各倒了半杯，一杯递给正文。

"真想喝？"正文看着她问。

毛榛拿起自己的杯子，跟他碰了碰："干了？"

"别，慢慢喝吧。"

"那你慢慢喝，我先干了。"说完，她一仰头，把空杯子放到桌上。

正文看着她，先抿一小口，接着也仰头干了。

毛榛又往两个杯里各倒半杯，拿起自己的一杯，冲正文说："生日——快乐。"随后"咕咚咕咚"连喝几口。看她又想喝干的样子，正文把杯子夺下来："行了，别逞能了。这是二锅头，再有酒量也不能这么喝。"

"怎么不能？"毛榛把杯子抢回去，再喝一口，然后一只手攥着杯子，另一只胳膊支在桌上，手扶脑门。正文没有看她，抓了一把花生米，挫掉皮，递给毛榛。毛榛抓了几粒，放进嘴里，而后轻声叹口气："今天真是你生日啊？"

"不是，骗你的。"

毛榛趴在桌上歇了一会儿，再抬起眼，眼神变得迷茫："今天要真是你生日,你多大了?"

"你说呢?"

毛榛把头支在手里,摇了摇:"不知道。"

"正武比我大两年零七个月,你说我多大?"

听到正武的名字,毛榛的眼皮落下去,闭上眼睛默想了片刻,睁开眼说:"那就应该是十九了吧。才十九啊,怪不得看你老像个小孩儿,真是小,还不到二十??"

"你觉得自己很大吗?"

"我?当然比你大。"

"喊,能大多少。"

"大两岁就是大两轮。"

"凭什么?"

"凭我一年流十二次血啊。"

"什么意思?"

"什么意思,这都不懂,可见你小。"

他们又喝了会儿酒,毛榛的脸色红得像透了一样。屋顶的灯光把她两蓬浓密的睫毛在眼周围投下重重的阴影,阴影下两只细圆憔悴的眼睛幽黑明亮,亮得让正文的心有点疼。

"干嘛不能告诉我你今天跟谁喝酒去了?"

"告诉你,你也不认识。"

"肯定是个男的,对不对?"

毛榛拿着杯子转转,眼睛抬起来。

"不说话就是默认了。是——男朋友?"

毛榛仍是看着他。

"怎么从没听你说过有男朋友。不是咱们学校的,对不对?"

毛榛看着他。

"年龄很大?"

毛榛继续看着他。

"工作了吧?有房子?你们自己在家做饭吃的?"

毛榛还是看着他。

"要不就是你让小阿姨做了饼带过去的,对不对?喝了一瓶,不对,两瓶酒,不是太高级,但肯定也不是这种老二。衡水老白干儿?"正文又挫一把花生米。"他抽的是坤烟儿吧,又细又长的那种,你给他买的?"

毛榛终于开了口:"懂得还挺多。"

"是不是吧?"

"是,都猜对了。"

"真的么?那人是谁,我真的不认识?"

"不认识。"

正文摇摇头:"不对,我有种感觉,这个人我一定认识。"他想了想,突然说:"他不是有妇之夫吧?这么神秘。他老婆这个星期不在?要么就是他老婆今天晚上回来?所以你们一星期前就约好了今天下午见面,对不对?"

毛榛仍用一只手支着头,目不转睛地看着他,问道:"还能猜出点什么?"

"没了。你一点线索也不给,能猜这么多已经很不容易了。"

毛榛伸过手来拍拍他的脸,带着笑意说:"那就别猜了,你呀,不懂装懂。"

"懂,我什么都懂。"

"懂什么?"

"什么都懂,比如,那次滑冰,还有那次在老莫吃饭,你和正武——怎么回事,我都懂。"

毛榛低低眼睛,站起身,走过来,从后面搂住他。"懂什么,你这么说,就说明你不懂。"她拿起酒瓶,"还喝么?一人半杯就能喝完了。"

"你说喝我就喝。"

毛榛把椅子搬到他身边,坐下,一只手耷在他肩头。把酒平分了,跟他碰过杯,大口地咽了四五口,又吃了几粒花生,然后看着他,好像要从他脸上看出点什么。大约是没看到她想看的,她叹口气,眼神弥散开,说:"我要先躺一会儿。"

"咖啡不喝了?"

她站起身,摇了一下,走到地上的床垫边。"咖啡怎么能和白酒一起喝呢,说你不懂,还是不懂。"她坐下,两手撑着床,叫正文,"帮我把鞋脱了吧。"

正文过来,这才发现她穿了一双老式军皮靴,鞋带从脚面一直系到小腿上。他帮她解开,把鞋子拔下来。鞋子很沉,起码有半斤重。

"哪儿弄的军靴?"

"一个朋友送的。"

"同一个朋友?家里是当兵的?"

毛榛没有回答,只说:"袜子也脱了吧。"

正文褪下她的白线袜,手碰到她的脚趾,很凉。

"我就躺几分钟,一会儿起来看你洗照片。"

正文"嗯"了一声,看她闭上眼睛躺下去。他起身给自己倒杯咖啡,站在她身边喝了两口。听她好像轻轻呼了口气,他关上顶灯,走进里面的小隔间。

隔间是用两扇大推拉门隔开的。正文打开台灯,看见马杰已经把显影机放在桌上。地上摆着两只跟桌面差不多大小的塑料大盘,盘旁边立着一瓶显影液。靠窗那边,从里墙上拉出一条绳子,绳头拴在拉门上方,绳子上穿着十几只木夹。正文拿上两只塑料盘,分别接了些冷水,把显影液兑进其中的一只,用挂在盘边的竹木夹搅了一下。他起身从包里拿出两包东西,一包是底片,另一包是相纸。看看差不多准备就绪,他拉上厚窗帘,打开显影机上的荧光小灯,关掉台灯,听听毛榛没什么动静,便轻轻拉严拉门。

屋里顿时黑下来,荧光灯的微弱蓝光,让他觉得像实验室,有几分虚幻。他先抽出一条底片,放到显影机上方的卡口里,然后抽出一张相纸放在显影机底盘上。他闭起一只眼从上方的监视孔往下看,然后转动焦距旋钮,转了一会儿,"啪嗒"一声摁下曝光按钮,用竹夹子把相纸夹起来,斜着滑进靠右边的塑料盆里。

一会儿,相纸便渐渐变深,由点而线地显出白、灰、黑各种层次,最后连成片,出现完整的影像。那是他们坐着吃饭的那块空地。那棵树从相片的左上方延伸到右下方,肥厚的圆叶占据了大半画面,光滑的树皮爆裂成一粒一粒碎方块,斑痕深刻饱满。

正文用夹子夹着相纸,在显影液里涮涮,拎出来,扔进另一只大盘。几分钟之后,他再把它拎出来,看看水印已经均匀,便抖抖,夹到绳子上。

过了大约一小时,绳子上已挂了十几张照片,他听见拉门外好像有动静,不一会儿就听见毛榛敲门。他关掉荧光灯,把门拉开,让她进来。她立刻注意到绳子上的照片,站在那里借着微弱的光亮仔细地一张一张看过。"很不错。"她坐到桌边的椅子上,团起一条腿垫在屁股下,又问他,"相纸很贵吗?"

"五块钱一包,一包里面十二张。你算算。"

"那是两毛五一张?"

正文笑了:"你没上过小学算术啊?"

"那是五毛一张?"

正文"喊"了一声。

"还不对?告诉我得了,我对数字没概念。是四毛多?很贵吧,好像比外面洗还贵。"

正文看着她:"你知道外面洗一张这么大的要多少钱?"

毛榛摇摇头。她睁着两只略微圆肿的眼睛,好像还没睡醒。她的脸在蓝光下像一件精巧的瓷器,正文情不自禁地伸出手去拍拍。毛榛拿下他的手。

洗完了他们在香山的照片,正文看看相纸还有富余,便拿出另外一小包底片,依次放到显影机的卡口上。看到最后一张时,他低声叫毛榛:"过来看,是不是你?"

毛榛凑过来,趴到显影机上。趴了很久,没有抬头。"怎么了,不会看啊?"正文问她。她没动。"要是不清楚,可以调一下。"毛榛还是没动。正文正要帮她调,毛榛侧过头,神情严肃地问:"你怎么会有这张照片?"

"怎么了?是正武相机里留下来的。"

"正武?"毛榛向后震了一下。

"有问题么?他相机里留了一卷胶卷,我这次一起冲了,想看看里面有什么。那张是你吗?太小了,看不大清楚。"

毛榛身体又晃一下,咬咬嘴唇,靠到门上。

"怎么了?"正文过去想扶她。

她推开他的手,仍然咬着嘴唇,然后转身从显影机上抽出那张底片,想撕。底片立刻变了形,但并未被撕开。她嘴唇咬得更紧继续使劲,还是撕不开。她放到牙齿上咬,一下子底片拉破了嘴角,她松了口,眼泪从眼眶涌出来。

正文吃惊地看着她,从她手上拿下底片,关掉荧光灯,拉开隔门,推她出去,坐在床垫上。他转身进厕所,在马桶旁边找到卫生纸,撕下一张,摁她嘴角上。血不多,他在她身旁坐下。

月光把两扇大窗在地上投出两个拉长的浅灰色方格。毛榛的脸在黑暗中,腿在方格里,窗外的树变成几块黑斑在她腿上轻轻跳动。她抱着两条胳膊,眼睛低着,好一会儿,又一滴泪从她眼睛中间滚出,顺着她的脸颊,滚到下颌,悬了片刻,最后掉到地板上。

"怎么了?"正文凑到她脸前,去拉她的手。她的手冰凉,他想握住,她却抽回去。他看她,她把脸别转开,留给正文一个细窄的后背。随后她的肩头缩着颤起来,正文不能断定她是冷还是在抽泣,他拉过被子想围在她身上,被她推开,又从毛巾架上取了条毛巾,从下面递给她。她接过去,还没来得及擦,身子猛地扑在被垛上,攥紧一只拳头,无声无息地,哭着。她的头发披散在被垛上像一朵盛开的黑色菊花,扭曲着的腰肋骨凸出着一条,不停地起伏。过了很久,她喑哑的哭声才透过厚重的被垛一点一点传出来，很闷，很费力，每哭一声就跟着一声喘息，好像很委屈。正文从后面看着她，从最初的惊慌渐渐变成担心。他几次伸手想把她扳过来，她都更紧地抓着被垛，不肯。最后，他只好坐在床边，头埋在手掌里。

不知哭了多久，她的喘息才渐渐平复，只有肋骨还在惯性地抽动。她深深吸口气，抬起脸，从被垛旁拿过毛巾，垫在眼睛下面。放了一会儿，她把毛巾还给正文，拳起腿，整个身子疲惫地歪靠到床脚的被垛边上。

"到底怎么了？"正文问她。

"没什么。"她简短地说。

"跟我说说不行么？"

她摇摇头，很坚决。

地上的两个浅灰色方块渐渐移上了屋顶，毛榛一直靠在被垛边闭着眼睛，像睡着了一样。正文把她挪出来，在床上放平，把枕头垫到她头下，又拉过被子轻轻盖她身上。她没有说什么，也没再执拗，像只玩累了变得顺从的猫。

之后，正文走到对面，开了一点点窗，靠坐在窗台上，点了根烟。吸了两口，吐出几串白色的烟圈。漆黑的夜空繁星点点。看看表，已过了两点。周围整齐的三层居民楼一幢连着一幢，仍有一两个窗口亮着灯。楼前一棵老榆树轻轻摇着枝叶，一对男女靠在树下，正脸对脸站着。两人一会儿搂紧，一会儿又互相推开，低声争执着什么。不远处一机部大楼的旧式屋顶，在夜色下体积好像膨胀了一倍。他靠在窗前又站了一会儿，想听听下面那两个到底在为什么争执，但女声压得很低，男声浑浊，他听不清，便掐灭烟，关上窗，拉上帘，想想，走进里面的隔间。

那张底片，应该是一座楼，照片就照到楼的二层。楼下像是一条小路，几段树根，几辆自行车停在树边。楼旁边是一片乱草丛，草丛外有一截砖墙，看着像围墙的一段。二楼有两扇窗口，其中一扇里有张脸对着外面。就是这张脸，让他觉得像毛榛。那张脸的旁边是一个很厚的影子，也许是一件家具，也许是另一个人。这张照片让毛榛反应如此强烈，他差不多可以断定那张脸是她，并且相信照片里一定藏着一个秘密，一个只有正武知道的秘密。这个秘密，毛榛在看到照片前一定不知道正武知道。旁边的那个阴影是个人么？如果是，是谁？这座楼看着像某个校园的一栋宿舍楼，是Ｄ大学么？如果是，是哪一栋？正武怎么会照到这张照片，又为什么要照这张照片？藏在里面的秘密究竟是什么？他又仔细地看了看，实在看不出什么了，便从隔间走出来，走到床垫边，在毛榛的身边轻轻坐下。

她的眼角挂着颗泪，他用手把它擦了。被子盖在她的腰下，两只手臂放在身体的两侧，右手仍然攥着拳头，扣在大腿上。那件桃红色毛衣因为太厚，很别扭地堆在她的腰上。

正文解开她毛衣的纽扣，先退出她的一只胳膊。毛衣下面，她穿了一件白色棉布衬衣，棉布很柔软，皱皱地贴在身上。衬衣领口开得很低，露出脖下胸前一片雪白的肌肤，也露出最里面白色贴身背心的吊带。正文正要去退她另一只毛衣袖子，毛榛动了，睁开眼。正文想解释，毛榛却主动转过身，让正文把另一只袖子也拽下去。然后，她自己开始解衬衣的扣子，都解开以后，抬了下身体，把衬衣脱下来，放在枕边。吊带背心紧裹着她的胸脯，她没有穿胸罩，两个饱满的乳点微微凸出来。黑暗中，正文看见她睁着两只乌黑幽亮的眼睛一动不动地看着自己，随后舔舔干燥的唇，轻轻叹一声，用两只手抱住他的头，把他揽过去，揽到自己的怀里。

可是那一夜，他没能进入她的身体。

他先是被她搂着，继而又搂着她。他冲动的时候几次要去褪她的长裤，都被她用手死死地拦住。她的乳房算是小的，但很鼓胀，他含着的乳头很大，几乎有小个儿杨梅那么大。他轻轻咬住的时候，情不自禁地想起在发廊的那个夜晚，比起来，那个女人让他含过的像颗米粒。他正在责备自己在这个时候怎么会突然想到那次，她已经推开他的嘴，抓着他的手，翻身上来，把他的手放在她的腰后。她睁着眼睛又看了他一眼，使劲地看了一眼，然后就贴着他的身体朝下移去。正文的手松开了她的腰，滑过她的脸，只抓到她那一蓬柔顺的头发。他摩挲着，感觉着她的舌头温暖而柔韧，她的手指有些凉，但极为有力。他听见自己的呼吸越来越重，心跳也越来越快，他很想翻过身来抱住她，可是这时，她用双唇含住了他。

"要不要去喝口水？"安静片刻之后，正文说。

毛榛摇摇头。

第二天，正文被一阵广播体操的音乐声吵醒。看看表，十点半。他的身边是空的，抬头四处望望，又叫了两声"毛榛"，她显然已经不在屋内。他靠在墙上，吸了根烟，轻轻晃晃有些沉重的头。

昨天的确是他十九岁生日，他并不在乎这个日子，却还是觉得过得有些乱，跟他设想得不同。

他从床上起来，进到里面小隔间，看了一遍绳子上晾的照片。有几张曝光似乎过了一些，但大部分还说得过去。他又转过身到桌边，想再看看昨晚那条底片，但找了半天没找到。这时他看见机器旁边有一张对折的纸，拿起来，打开。是毛榛留的：

　　正文，这个底片我拿走了。对不起，没有经过你的同意。

他想了一下，继续看：

　　我知道你一定有很多疑问，其实，我也一样。你就是问我，我恐怕也不能全答上来。所以答应我，别问，至少是现在。

随后的一个星期，选修课教授生病，停课一周。再在大教室见到毛榛，她低着头，眼神里有种坚硬的东西，显然不想说话，也不想让正文说话，更不想让正文走近她。

很快到了年底。年前最后一节体育课是上午，达标考试，正文和扁豆扔铅球、跳远、跑完1600米，已是一身汗，匆匆披上棉衣，横穿操场，想从历史系办公楼后门抄近路回宿舍换衣服。刚刚跑出操场围栏，正文一眼看见拐角处的一棵老槐树下，穿着象牙色羽绒服的毛榛，双手把着栏杆站在那里。隔开她半米，一个留寸头的男的靠着栏杆，脚蹬在身边的一辆凤凰28男车的低梁上。他歪着头正在讲什么，那个样子让正文一下子想起他是谁，于是有些吃惊地放慢脚步。看他们的样子像是很熟，甚至不像老师和学生。男教师脸上有些紧张，不时朝毛榛笑笑，又不时朝四周望着。

扁豆问他："看什么呢？"

他朝那边抬抬下巴："那边那个像不像上次做讲座的那个人？"

"哪次讲座？"

"就是爆满的那次。"

扁豆伸伸脖子，说："好像是。"

"他不是外校的么，怎么会在这儿？"

"嗨，你看不出来？他是对那个女生发生了一点兴趣。"

正文看了一眼扁豆，不由吃了一惊。

"怎么，有什么问题吗？"

正文没说话，又回头看了两眼，带着满肚子疑惑跟扁豆跑开了。

转过年来一门接一门的考试便开始，正文整天泡在图书馆或教室里，就是睡觉做梦也几乎在背书。他偶尔会想到毛榛，偶尔在食堂看见她排队打饭，大多是半个馒头一粥一菜，戴着大棉手套端着，匆匆离去。

考试全部结束已到月底。考完最后一门，他回到宿舍，见扁豆和另外两个外地同学在打包。

"怎么寒假还回去啊。"他问扁豆，"不是说一年只回一次么？那你夏天不回去了？"

"夏天再说夏天的，现在说什么也得走，想家想得厉害。你帮我取成绩单啊。"

他答应着，看着他们兴奋地上铺下铺地忙乎，听扁豆指着窗户、门和锁，以及安全和卫生等诸多问题啰唆了一番之后，他送他下楼，骑车送他到公共汽车站。

"要是我回来晚，你记着先帮我把被褥拿出去晾晾。"车开过来，扁豆一边跟他说着，一边拽着行李挤了上去。

正文转回校园，骑到古庙附近。不断有女生三三两两结伴从楼里出来，从他身边走过，快乐地议论着刚刚结束的考试和即将开始的寒假。正文坐车后座上等了一会儿，见人渐渐少了，才悻悻地骑上车，骑到女生宿舍区。按照学校规定，男生是不能随便出入女生宿舍的，他犹豫一下，还是走了进去。问过几个人，在一楼的西头找到毛榛的房间。一个女生让他进去，他推开门，里面的样子吓他一跳：虽然是冬天，三张上下铺有五张仍挂着蚊帐，蚊帐外面顶天立地地挂着衣服，地上、桌上、窗台上沥沥落落扔着各种物品，宿舍中间拉着的一条铁丝上密密麻麻地挂着乳罩、三角裤、袜子以及月经带。一个女生从蚊帐里探出头，告诉他，毛榛还没考完试就走了。

"是不是回家了？"正文问。

"不知道。"又说，"她走得很急，那不——"女生指指窗外，"她的被子都忘了收。你要是没事儿，干脆替她收进来得了。"

后院空地上长着几棵大树，树之间拴着铁丝，一床白色的被子孤零零地挂在那里。阳光仍有几分温暖，地面的草全枯了，牵牵绊绊没过脚踝，沿墙爬到楼顶。正文翻开被子看看里面，被头和被面都是军绿色的，他不禁有些犹豫。

"对，就是那床，"女生趴在窗户上朝他喊道。

被子中间已经有一道浅浅的锈迹，倒还暄和，拍拍，飘出一股被阳光晒透后的土腥味和像是烟熏过的混合甜味。

那女生又叫道："你别抱着被子再走来走去了，就从窗户这儿递进来，我接着。"

正文照她的话做了，又看她把被子甩到那张没有挂蚊帐的上铺。女生转过脸问他："你找她有什么急事儿吗？等她回来，我告诉她。"

正文摇摇头，谢过她。

期末考试的成绩很快发下来。扁豆的成绩单上一片红，不是"A"就是"优"，最差的是体育，"B+"。而正文只有翻译课得了A，其他都在B一级。这个成绩算不上垫底，但恐怕也不足以让他父母高兴。他没有主动把成绩单拿给他们，他们呢，也没提出要看。

7.

那年寒假，校园一下子空了，真有些凄惶。连湖畔椅子的漆皮也在冷风中爆裂开来，像生了一个个冻疮裂口。河边的柳成了秃柳，瘦垂着。校园里唯一的绿只剩下松柏，可在黯淡的冬日阳光下也像蒙着厚厚的一层灰尘，没了光泽。

正文去老柴的宿舍找过他两次，他的门始终关着。

走的人太多，学生食堂很快关掉一半，开的那几个也只开一半窗口。挂在大门外足有二寸厚的棉门帘上,残留着一团团油腻。饭菜的温度和质量跟着人数的下降而急剧下降,晚去十分钟,米饭就没了热气。

正文一直住在学校里。月底的时候,母亲说给他做了一床新被褥,他把旧的送了回去。从家出来以后,他没有径直返回学校,而是绕到毛榛家楼下,支上车,找了块石墩儿坐了好一会儿。他希望能碰上她,希望她偶然从窗户往外望时,能一眼望见他,可是都没有。眼看着太阳西下了,他只好骑上车离去。几次路过街头公用电话,他又想给她打个传呼。可是,说什么呢?现在跟她说什么似乎并不是最重要的,他只想能看见她,知道她没事就行。

住到学校,没两天,他又觉得心里长了草,乱蓬蓬地四处蔓延,即使在图书馆,也无法安下心来看书。他又骑车出去,不知不觉又骑到她家楼下。这样反复几次之后,那天回到宿舍,他决定给她写封信。

他犹豫了一下是否要提正武。不说正武,他和毛榛似乎就没有更实在的关联,他就告诉她,正武死以后,他的确希望能再见到她,想知道她和正武是不是好过,想知道正武请她吃饭,她为什么要带着冯四一。关于正武的死,他也的确有很多疑问,不一定就跟她有关,但他希望能跟她谈谈,因为"你是我唯一认识的跟正武熟的人"。

他告诉她那天的确是他的生日,能跟她一起过他感到高兴。他承认他小,她的一些话他的确不太明白。他为那天惹她哭感到不安和不解,他想知道原因,他想知道那张照片的故事。不过,他说,既然她不让问,他现在就不问,等她什么时候想说了再说。

他告诉她他替她把被子收了，放她宿舍的床上了。然后问她假期里是不是还想去哪里走走，"无论你想去哪儿，我都愿意陪你去"。

封好信，他翻开扁豆的抽屉找到一个旧信封，浸了水，揭下上面的邮票。他把邮票晾干，在后面重新涂上胶水，贴在给毛榛的信封上。邮票上虽然只有一半邮戳——另一半在扁豆的旧信封上，但不仔细看，应该看不出破绽。他不想让毛榛知道他到她家去过，不知为什么，他觉得毛榛不希望他去。

第二天中午吃过饭，他又骑上车，来到毛榛家楼下。看看四下无人，他走进黑洞洞的楼道，借着微暗的光线，摸到那个信报箱。他从书包里取出信，迅速地插到信箱里，然后掉头出了楼门。正是中午，邻里的居民应该都在午休，院子里静悄悄的没有一点声息。

等待总是让人焦虑。对毛榛的思念变得渐渐具体，她的呼吸，她樱桃一样的乳头，她的舌尖，她唇上的暴皮，尤其是他要退她的长裤时，她死死拦住他的那个动作，以及她冰凉的手，那一切都让正文越来越坐卧不安。他又去找过几次老柴，宿舍门仍是锁着，猜想他一定是回了云南老家。那时他倒有些羡慕家在外地的同学，至少生活里有一些被强迫的因素，不用动任何脑筋就不得不离开原先的生活轨迹。他那时很希望被什么人或什么事强迫一下，让他摆脱眼前的烦恼。

那一阵子他在食堂吃得越来越马虎，省下的钱都买了烟。有一次回家，他母亲嗅着鼻子，在他父亲身边来回来去地闻，又伸手翻开他所有的兜。没找到什么，就坐在厨房里赌气。他父亲陪

北京
1980

着笑脸替自己辩白，最后说是单位最近烧树叶烧草，母亲才算放过他。正武死后，他们两个倒越来越像孩子了。正文便什么也没说，匆匆离开了家。有些时候，他希望母亲能对他多用点心，哪怕是疑心他，诘问他，关心一下他最近都做了些什么，是否交了什么朋友。正武虽然不在了，可家里仍到处是他的影子。不过，他不怪父母，他们能有自己的生活不用他担心，他觉得很好了。

有时，实在闷得慌，他会去陈青的发廊坐一会儿。就坐在那里抽两根烟，看着陈青给人洗头发，剪头发，把头发卷成一个一个的卷，吹高，或是吹低，最后用扫帚把落在地上的残发扫进簸箕里。她有时慢条斯理地跟他说两句，大多时候什么也不说。有客人的时候她忙她的，没客人的时候，她也坐在高高的转椅上，吸烟，看街上过来过去的人。每次从发廊出来，正文就会更想毛榛，想得心里发慌。

他一个人骑车去过圆明园。那时离过节已经不远了，圆明园附近寂然无声。园对面几百米的地方有一座院落，围墙两人多高，墙顶上密密地扎着碎玻璃、铁丝网。他骑车绕过去，绕到院子的正门，探头往里看着。这时有人走出来，问他干什么。他说不干什么。那人说，不干什么就去干点什么，别在这里乱晃。他只好悻悻地走开，怀疑那里不是座监狱就是管教所。想想住在空气这么新鲜的监狱里，好像也不是件太难过的事。

他骑车到圆明园东门口，存了车，缓缓走过一大片洼地，头年秋天收割的苇子和高粱秸仍然堆在洼地里，有些已经冻烂，沤成一坨。他走到大水法对面，在一截齐腰高的石墙上坐下。他的左面离他两米来远，一个三十多岁的女人支着画架，坐在一只马扎上正在画画。他静静地看着她的画布，大水法的残垣断壁已清晰地落在了上面，背景上也已经添加了几棵暗红色的树，她正在一笔一笔，不厌其烦地把夕阳糅合进去，涂得画布越来越厚。

不知不觉中，正文坐在那里看了三个小时。石头的凉气慢慢浸透到他肚子里、胃里、胸腔里，寒风猛地一刮，他浑身上下打起寒颤。到底是冬天，天黑得早，女画家开始收拾画架。抬头看了他几次，最后问他要不要一起走。正文站了起来，跟在她后面。到了门口，两个人都推上车，她又问他要不要跟她去她家，他没说什么，仍跟在她后面。

现在正文已记不清她家的确切位置，应该是在白石桥附近。好像门前有条大沟，正在修公路，或是地铁，要么就是紫竹院公园推倒了原来的院墙正在扩建。土堆得好像比他还高，一道一道的坎前后左右地挡在面前。画家指给正文她住的那栋宿舍楼，看着就在眼前，可推着车拐了无数个弯才终于走到一个进口。画家带他存好车，先到楼前面一家小饭馆吃饭。正文吃的时候，她一直看着他，连筷子也没动。正文吃完，用纸巾抹抹嘴，画家付了账。那一夜，他们一直断断续续地做，好像一整夜都是做了睡，睡了醒，醒了再做。女画家始终不出一声，甚至连气都像不喘，只偶尔低低唤一声"宝贝儿"，然后就用力地抓他，抓他的头发，他的脸，他的背，他的屁股。正文疲劳之极，最后却无法沉沉睡去。

第二天，他起了床，看看天阴得厉害，决定走得更远一点。他告别了画家，骑上车，往十三陵方向骑下去。

这条路他以前从未走过，但顺着425路公共汽车，应该不会走错。走着走着，天下了雪。开始是一粒一粒的雪花，最后缀成雪片，一片一片像鹅毛从天而降。虽然是正午,天却黑下来,黑得像傍晚。越往前走,越看不清道路,风夹着雪,朝他劈头盖脸扑来,自行车也越蹬越费力。但他没有停下来。累了,就走进路边的小饭馆,要二两二锅头,一个菜,吃三两饭,然后继续走。

骑了不知多久,路上已不见任何人影或车影,这时,前面突然出现一条笔直的柏油路,路两边的树木越来越密,他知道应该是快到了。

一座白石牌坊,在混飘的白雪下显得晶莹剔透。穿过去,石象、石马、石狮、石麒麟,或卧,或立,面面相对。文官拱手持笏,武将盔甲披挂,浑身落满白雪,既威严又凄迷。正文那时感觉自己像骑在马上,便人不下鞍,脚不离蹬,就那么照直骑了过去。骑到再也不能骑的地方,他掉过头,开始往回走。

雪一直不见小。路过同一家饭馆,他又进去要了二两二锅头,吃两口饭,然后再走。雪落在他的军绿色棉衣上,落了一层又一层,从肩头和前胸浸进去。直到他感觉胸口发冷,才用手掸掸。雪飘进了他的鼻子,随后化成水,流到他口里。他吐一吐,仍旧往前骑。耳朵冻得僵硬,耳道里似乎也有雪流了进去,他掏掏,又用手焐焐,继续往前骑。

大雪一路裹着他,天一直是阴灰的。回到学校,他也不看表,进了宿舍,洗把脸,倒头便睡。

昏昏地睡了不知多久,他睁开眼,天仍然是黑的,就继续睡。再醒来,天还是黑的,再睡去。他好像听到过扁豆的声音,说他大概是醉了,要么就是休克了。他想争辩,但张着嘴说不出话。又想到,扁豆不是回家了吗,应该不在宿舍里。他想睁眼看看那人是谁,但眼皮沉得怎么都睁不开。

最后一次醒来,他坐起身,拉开窗帘,天仍然很暗,窗外白晃晃的一片,不知是白昼还是黑夜。雪已经停了,静静地卧在操场上,反着白光。这时对面下铺有人大叫:"可醒了,再不醒,就得叫救护车了。"

那人他不认识,想必是哪个外地同学的老乡在此借宿。问他,果然,是对门宿舍一个重庆同学的弟弟,来北京过春节。

正文问他什么时候了,他看看表,拿过一张纸,用笔划拉了几下说:"整整睡了五十六个小时。你躺下时是前天晚上九点过一点,现在是两天之后的早晨五点十分。"

"你怎么这么早就起来了?"正文问他。

"乖乖,我这两天一直就没敢睡太死,一直看着你,隔一会儿叫你几声,隔几个小时给你号号脉,怕你就这么一觉睡过去再醒不过来了。"

"耽误你玩了吧,对不住啊。"

"没事,这两天反正下大雪。你干什么去了,累成这样?"

正文没有回答,靠在床头,抽出烟想点上,但想起扁豆的禁令,就又放了回去。

"没问题,不想说就不说。下地走走吧,看还走得了不。"

正文从上铺下来,觉得头有些晃。下铺的铺盖卷着,露着光溜溜的床板,他依旧靠墙坐下,看着窗外。看了一会儿,决定回家。该是帮他母亲买年货的时候了,他有点想家。天大亮以后,他包好换洗衣服,拿上几本闲书,把包放到自行车后架上,用带子扎好。走到南校门时,他突然想起西门农贸市场有个卖瓜子和花生的摊子，就往那边拐过去。

快到西门口，远远看见他年级辅导员从外面买菜回来。她正怀着几个月的身孕，一手拎着两只大塑料袋，另一只手端着一只铝锅，走几步便把东西放下，歇歇，换着手。正文下了车，要帮她把东西送回家去。这时，突然有一辆自行车从他身边急驰而过，朝校园西侧骑去。是毛榛。虽然只是一瞬，他还是清晰地看到了她脸上的表情。她戴着耳机，神情极为坚毅，两只眼睛一动不动地盯着前方，眼睛里像是蓄满了泪水。正文大吃一惊。

辅导员还要推辞，正文抓过她的塑料袋，在车后座固定好，问清地址，便飞身上车朝毛榛追去。毛榛的车速极快，不久就消失在一片家属楼群里。正文转了一圈，没有见到她的身影，便先把老师的菜送到她门口，然后冲下楼，跨上车，在楼群里继续找。

他没有看清毛榛自行车的颜色，应该还是那辆红凤凰。如果她停在这一片，他就应该可以找到。家属楼共有八栋，每栋有一个大门，两个边门。正文挨着把二十四个门洞前后左右都看了一遍，却没有找见。也许她又换了先前那辆黑色永久？他依次又找一遍，仍是没有。校园西侧就是河沟，应该不会再有侧门。即使有，她也应该不会刚从西门进来，再从西边小门出去。

这一片，除了这几栋家属楼外，还有几所独门小院。院子大多掩藏在密实的树林间，院门关着，通往院门的小道上都积着厚厚的雪。正文骑着车把这些院落也穿了一遍，仍是没有发现目标。他不能确定自己看过了所有的院落，但还是决定止步。

回到家，他立刻又给毛榛写了一封信，告诉她今天早上在学校看见她了。他想说他看见她哭着，可是他又划了去。他想，只要告诉她,他看见她戴着耳机骑在车上,骑得很快,她就会知道他都看见了什么。他问她这一阵是否都在学校里,是否有什么事,要不要他帮助。他提到了上一封信,问她是否收到了,希望她能给他回信。他说:"我会尊重你,什么也不会问,但不能忍受你的默不作声,好像我们之间什么也没发生。"看看最后这句话,他划掉,改成"好像我们之间什么关系也没有"。看看,又划掉,最后改成:"好像我们是完全不相干的两个人。"

　　写好信,他像上次一样找张旧邮票,贴上去。晚上吃过饭,借故离开家,骑车到毛榛家楼下,把信投入信报箱。他看见毛榛家的灯光亮着,但拉着帘。有人影映在帘上,像是毛榛,却又不能确定。

8.

　　刚过大年初三,便到了开学的日子,很多外地同学都未能按时返校,连老柴都是一个星期以后,才出现在图书馆阅览室,站到正文对面。看到他的那一刻,正文几乎从椅子上跳起来,收拾了书包,一把搂住他的肩膀,跟着他出了图书馆。

　　"怎么样,寒假过得怎么样?"他们坐到校门外一家兰州拉面小餐馆里,老柴点了两碗拉面,要了一瓶二锅头、一个肉皮冻、一盘煮花生米。

"不怎么样。"

"怎么不怎么样,说说,都干什么了。嗯,"他抓了一把花生米放在嘴里,"真想北京的花生米,五香煮花生米,花椒、大料、姜块,我——在家闭着眼睛都能闻到这个味。也想二锅头,来,喝一口。"

正文举起杯,跟他碰了一下。

"还没回答我呢,都干什么了?"

"什么也没干。"

"什么也没干?那就是说干了最重要的事。谈恋爱了?"

正文摇摇头。

"好像不太兴奋嘛,怎么了,还没谈?还是已经失恋了?要么就是单相思?或是被人家甩了?"

正文仍是摇摇头。

"瞧瞧你,过了一个寒假,过腼腆了。嘿,兴奋点,看见我——回来了,还不兴奋么。我可是很惦记你啊,上学期尽带你学坏了,老担心你一个人做什么出格的事。说说,没做什么兜不住的事需要我为你擦屁股吧?"

"没有。"

"那就好。真什么都没干,成天睡大觉了?好,养精蓄锐也好,这学期咱们干点正经事。赚点钱怎么样?"

老柴告诉他这学期他要在校刊《汇编》上开个专栏,"你也帮我写,读书小故事、轶事,或是翻译点什么都可以。把你喜欢的那些人,老王——王尔德,艾伦·坡什么的,还有老郭,等等等等,都找找,看有什么东西可以写,译也行啊。写了还有稿费,好事儿吧？虽说钱不多，但起码够喝几顿酒。"

"这么容易？"

"容易。只要你写，我——就保证给你发，保证把钱交你手上。怎么样，干吧？"

"让我想想。"

"这有什么好想的，想也没用，先干起来，干起来再说。"

翻译点东西，倒像是个不错的主意。正文上学期考试唯一一拿到 A 的就是翻译课，好像它是外语专业里唯一一门他还称得上喜欢的课程。他答应了老柴。

拿到第一笔稿费的那天，他激动了一阵。虽然只有十五块，却差不多是他父母每月给他的伙食费的一半了。他揣在怀里，很想把这个喜悦和什么人分享一下。晚上，便又给毛榛写了封信。

可是，两个星期过去了，他仍没有得到她的回信。在课上，也没有见到她。他又去她宿舍找，另一个女生从蚊帐里探出头来，告诉他，毛榛这学期还没报到呢，好像是请了病假。又问他是不是有什么急事，如果有，可以到教务处去问。

正文转头往毛榛家打了个传呼。来接电话的是个老太太，上来就问他是谁，有什么事，正文立刻把电话挂了。他随后骑车去了外交学院，找到冯四一。他已经很久没有见过冯四一了，她穿着件粗纹蓝印花中式棉夹衣，原来的直发编成了两条长辫，辫梢几乎扫到腰上了，一下子妩媚了许多。正文把假期里看见毛榛骑车的事跟她讲了。四一咬咬嘴唇："是吗，这人就这么倔，什么都不爱说。"

"跟你也什么都没说？"

正文又问她知不知道她在哪里，冯四一摇摇头，沉思片刻，说："这样吧，我去打听打听，有消息就告诉你。"

那年冬天格外漫长。虽然二月初就立了春，可进了四月，草木还没露出绿头。

四月五日，中文系文学社悄无声息地在大礼堂举办了一场诗歌朗诵会。虽然没发告示，不少同学还是从各种渠道得到了消息。头天晚上，老柴来找正文，要他到后台帮忙，第二天吃过晚饭，他便早早赶到礼堂门口。

刚到门口，就听见里面有人在骂。大堂那边围着七八个男女，一律留着长发，穿着黑色衣服，都像是很久没晒过太阳，或很久没睡过觉，脸色都晦暗苍白。老柴这时在后面叫他，正文来不及琢磨，跟着他走进礼堂。

礼堂有将近八百个座位，已坐满六成，只靠近舞台的几盏大灯亮着。台上没有任何装饰，也没有桌椅，只在中央孤零零地立着一架麦克风。

老柴带着他从舞台侧进入后台。后台十分杂乱，烟雾很重，大幕后面三五成群地堆坐着几拨人，脚边堆着酒瓶和用纸杯代替的烟灰缸。一个戴眼镜的人过来招呼老柴，正文认出他是上次在外交公寓见过的那个。他跟老柴嘀咕了几句，好像是说朗诵的顺序有点问题，有几个人不干要走，想让老柴出去协调一下。"真他妈事儿多。"老柴丢下正文跟着眼镜去了。

过了差不多半小时，礼堂突然暗下来，后台有人开始"嘘、嘘"做手势，正文便搬个马扎在幕侧坐下。刚坐稳，第一个诗人晃着单薄的肩膀，甩着一头长发就走上了台。他握住麦克风，低下头，握了足有两分钟，直到台下"噼里啪啦"翻椅子的响声彻底安静下来，才轻轻念出诗的题目："无题"。他的声音很低沉，诗的内容应该也是低沉的，因为正文在听他念过之后就立刻看了一眼台下，那黑压压一片人头跟他的诗和他的表情格外相称。接着上来的四五个诗人都像受了他的感染，一律蹙着眉，低着头，闭着眼睛，偶尔仰起脸发出几声声嘶力竭的吼叫，让正文一直觉得他们是在念同一首诗，金斯堡的那首名诗。

随后出场的黑衣诗人个子瘦高，气质不凡，留了一头灰白的及腰长发，用橘红色宽皮筋在脑后松松扎了个马尾。他的诗是关于希望的，说到激动处，他和田玉般白里透青的脸涨得绯红，最后缓缓弯下一条腿，弓起一副玉树临风的身体，手抚胸膛，头几乎垂到地面。这时，正文的手突然被坐在他身边的一个女生抓住，她说："这诗听得叫人发抖！"她的眼睛直直地盯着舞台，眸子里蒙着一层晶莹泪光。他的手被她攥得很痛，想抽却抽不出来。"你不知道他过的是什么日子。"她喃喃地像是自言自语。等到那黑衣诗人缓缓走下舞台，她才松开他，站起身追过去。

接下来要上场的诗人有一个以水草命名的名字。可这根想象中柔软的"水草"一出场，台下就笑了。他不但矮，而且圆胖，腿短，脑袋硕大，跟水草全不相干。他刚张口念出第一句诗，后台尽头也传出一阵哄笑，隔着老远有人叫："真他妈臭！"——不知道说的是谁，是什么。

正在水草诗人充满诗意地朗诵着时，台下突然响起一阵吵闹。靠舞台口阶梯处，一位穿工装制服的工人梗着脖子晃着胳膊，和什么人拉扯起来，观众的头于是齐刷刷地歪向了那边。

过了片刻，大概是觉察到台下的异常，诗人停下来，镇定地敲敲话筒："安静，请安静，请大家拿出欣赏诗歌的态度来听诗人的朗诵。"

后台又是一阵哄笑。

工人师傅一手抓着台下一个诗人的衣服，一边朝台上叫道："滚他妈蛋！都他妈少跟我提诗人！"

台下也笑。

台上的诗人仍然坚定地拿着话筒，说："这位师傅大概是早上忘了刷牙。请他明天务必刷了牙，再来我们纯洁的校园上班。"

台下大笑。

工人师傅冲着台上："你他妈找抽是不是？滚，滚蛋！"

诗人敲敲话筒："对不起啊同学们，今天我的情绪受到了干扰，没有心情再继续朗诵了。以后有机会，我一定还会再来的。再来时，希望这位工人师傅不但刷了牙，而且已经成了一名诗歌爱好者。"说完，他朝台下深鞠一躬，然后甩甩头发走下舞台。

台下有人拍起手，有人吹口哨，还有一个人高声叫着："回来——你怎么能就这么被工人师傅赶下舞台！"

礼堂里叫和笑乱成一团。

工人师傅要往外拖他手里抓着的那个诗人，才拖了两步，又突然改变主意，一个箭步奔向上台的台阶，截住另一个要上台的诗人，紧接着又是一通吵嚷。正文这次隐约听见他们在说烟，然后看见那个诗人嘴里的烟头一闪一闪地亮。

"我让你们他妈的出去，听见没有？！"

"凭什么呀？我们今天租了这块地方了，我们就有权在这儿待着。"

"租？跟他妈谁租的！我叫你们出去，你们就得出去！"他梗着脖子，"出不出去？非让我动手是不是？"

"甭理丫！"后台有人叫。

工人师傅一把揪住诗人的衣领，把他从台阶上踉踉跄跄往下拽，然后他又揪住另外那个诗人的衣服后背，像提小鸡一样一手提溜着一个。

这时，礼堂前方的顶灯亮了，观众席里"倏"地静下来。

一个留着寸头的男人走过去，向工人师傅低声说了几句。师傅汹汹地瞪着眼睛，勉强点点头。寸头回过身，从诗人的嘴上拿下烟头，扔到地上，又扭头去跟师傅说。师傅慢慢松开手，仍然梗着脖子。寸头再转向两位诗人，两人僵持片刻，最后怏怏地跟在工人师傅的后面走出了礼堂。寸头走在他们的后面，快到礼堂门口时，他仰起脸，朝楼上放映室做了个手势。礼堂前方的顶灯灭了，朗诵会继续进行。

正文认出来，他就是先前和毛榛在大操场谈话的那个外校教师。

老柴和眼镜这时已回到后台。刚才朗诵过的黑衣诗人抱着胳膊，一脸严肃地站在他们身边。老柴跟他说着，摇头晃脑地讪笑："就他妈该把他们弄食堂里去。一闻不到那股溲味，这帮人就没了样儿。"眼镜则一迭声地催着："下面该谁了？该谁了？快上啊！"

后台又是一阵忙乱。正文站起身，冲老柴点点头，不等老柴说什么，就从后台的小门走了。他觉得自己本来对诗歌就不是太懂，现在就更不懂了。

出了礼堂，发现外面的天突然暗下来像要下雨。正文在校园里兜了一圈，回到宿舍，终于在传达室看到毛榛的信。白信封，因为字少，显得很空洞。左上角详细地写了正文的收信地址，右下角却只有"毛寄"二字，没有寄信地址，一张四分邮票，盖着北京的邮戳。他揣着信回到宿舍，打开看到：

　　正文，对不起，应该早点给你回信。可是，过年的时候出了点事，我现在已不在北京。

正文拿起信封，疑惑地又看一下邮戳，继续读信：

　　这个学期我又向学校请了病假。不过你不用担心，没什么大事儿。你不用想着我，你自己好好过一段你自己想要的大学生活是最重要的。假如正武还活着，我相信这一定也是他最希望的。
　　谢谢你帮我收了被子。上学期，我好像一直都处在蒙头蒙脑的状态，估计还有别的事情也忘了。不过，我看出来了，你的邮票是从旧信封上揭下来的，对吧？你是自己送到我家楼下来的对么？正文，真对不起，让你浪费了这么多时间，以后千万不要再这么做了。
　　先不用给我回信，也不用找我，更不要往我家打电话。
　　好吧，上课好好记笔记，我回去也许还要向你借呢。

多保重。

正文拿着信看了好几遍，看完之后又把信纸和信封翻来覆去地研究着。她不在北京，可信封上盖的却是北京的邮戳。不在北京，那会在哪里？为什么不让他回信，也不让他找她？她能躲到什么地方，又为什么要躲？他拿着信再看一遍，放下，想起那天她含泪骑在自行车上的神情，他觉得胸口发闷，堵得厉害。

说到底，他不明白的是，困扰她的究竟是什么？肯定不仅仅是正武。

第二天中午，正文又去了趟外交学院。他请冯四一出来吃冷面，在饭桌上问她：

"毛榛不在北京，你知道么？"

冯四一用餐巾纸擦着筷子，说："知道。"

正文"忽"地站起来，急冲冲地问："知道你为什么不告诉我？"

冯四一这才抬起眼，平静地看着他："别没良心，她的信谁给你转的？"

正文沉默了，慢慢坐下。他点了根烟。"对不起，"他递一根给四一，四一摆摆手，"你知不知道她干嘛要这样？"

"别问我，我也不知道。"

"骗我呢吧？"

"又没良心了。我是真不知道，她那脾气——"

"你怎么可能不知道？她既然托你转信，就肯定还跟你说了别的。"

"没有。"

"我不信。她到底有什么事需要你替她这么瞒着？你肯定知道她的地址，对不对？"

冯四一默默吃完面，擦擦嘴，把碗推开，像是要甩出句狠话，又咽了回去。"梁正文，我看你还是算了吧。你就是聪明，还能比得过梁正武？毛榛对你来说，深了点。"

离开冯四一，正文回到学校。刚进宿舍楼门，传达室值班老师叫住他，说有个姓"谭"的人给他打过电话，然后递给他一个电话号码。正文想不起认识什么姓谭的人，但还是打了过去。

"是我，谭力力，不记得了？"

正文犹豫片刻，恍然说道："外交公寓的那个？"

谭力力咯咯笑起来："忙什么呢？"

"快考试了，复习呢。"

"不是还有一个月才考呢嘛，这么早就复习？"

"我不是笨鸟先飞嘛。"

谭力力又咯咯笑两声："我去看看你行吗？"

"现在？你现在在哪儿呢？"

"饭店呢。昨晚上的夜班，这会儿刚下班。"

"那就过来吧。用不用我把陈青和老柴也叫上？"

"不用了，他们都挺忙的。"

一个小时以后，谭力力就到了学校南门。她从车上下来时，正文眼睛一亮。要是在大街上碰到，一定认不出了。她上身穿一件银灰色薄皮短外衣，白衬衣，束在一条黑色阔腿长裤里，脚上是一双黑色亮皮船鞋，一头长发在后面扎成高高的马尾。见她走过来,正文下意识地四下望望,周围过来过往的学生都在瞟着她看。待她走近,他看见她的脸上很匀净,脸蛋上那两朵像年画一样的红云不见了。口红很淡,浅浅的细眉下仍是那双往上挑着的丹凤眼,好像随时都在笑。她伸出手,正文不由得"喊"了一声,不好意思地被她握了一下,然后笑着跟她走进隔壁的冷饮店。

"没耽误你复习吧?"她用白磁勺舀着杏仁豆腐,问他。

"还行。"他看看表,"下了夜班还不回家?"

"不想回去,想看看你干什么呢。"谭力力看看他,又沉下脸,"其实呢,是我这两天心情不太好。"

"怎么了?"

"我男朋友下个星期要去美国了。"

"你不是跟他分手了么?怎么,还——"

"唉,本来也不是真要跟他分,总觉得还会好的。可他这一走,就一点都没可能了。"

"那也不一定。没准他到那边不喜欢,又回来找你呢。"

"哪个去的人是真喜欢啊,不都是硬撑着吗,不混出个样子都不会回来的。"

正文没有说话。

"你不安慰安慰我啊,光这么看着我?我都哭了好几回了。上个月我爸妈又外派了,一走又得两年。我一个人整天守着那几间空房子,真没意思,想找个人陪我。怎么样,你陪我一天吧?"

正文笑了。

"认真的。行不行?"

正文仍是笑。

"上次在外交公寓你可是答应过我的。"谭力力压低了声音。

"上次喝多了,不记得说过什么了。"

"没想到,你也是个不负责任的人,还以为你跟别人不一样呢。"谭力力凑过来,声音压得更低,"你反正和那么多人有过了,再陪我一次又怎么了?而且,没准我们什么都不干,只躺着说会儿话呢。"

正文看着她。

"走吧,求你了。"

正文"喊"了一声,被她拉着出了冷饮店。

谭力力的家在建国门内。他跟着她绕过社科院大院,绕进后面一条细长幽深的胡同,没走多远,便闻到一股异味,吸吸鼻子。谭力力说:"别闻,前面有公共厕所。"他们从公共厕所旁边的一条横过道穿过去,路过几间平房和两三个杂院。胡同挺深,尽头有间门脸很小的杂货店,旁边支着个修车的摊子。正文还要往前走,谭力力突然在一棵树下停住,他这才看见树下一个两米来宽的院门,紧闭着,门上方靠右手的位置有个摁铃。谭力力一边从门缝往里瞧着,一边掏出了钥匙。"进去时别说话,把看门老头吵醒可麻烦了,又问个没完没了。"

这是个非常西式的院落。碎石子铺就的甬道,两侧搭着葡萄架。甬道尽头,几棵高大的白杨树掩映着一座二层小楼,灰砖墙,爬满嫩绿的常春藤。两大扇细木方格的白色落地窗棂,窗棂上檐雕着几条简单的旋涡图案。楼内幽暗静谧,一抹斜晖从尽头的另一扇门照进来。那扇门的外面一片绿光。

谭力力推着正文走过甬道，然后推他向右一拐。右边是一小片果园，种着十来棵果树。再拐，到楼后，一棵红木枝干的桃树斜斜地立在边上。隔开小楼二十几米，是一排五开间平房。也是灰砖，咖啡偏红色门窗，绿屋顶，一棵枝叶繁茂的老榆树从后墙外探头过来。

谭力力拿出钥匙，打开中间那扇门。一股阴凉带着草腥的潮气立刻扑上来，好像草长进了屋。花砖地，露着深暗的绛紫色，像是刚刚冲洗过，洗得很狠。房顶不高，开间很狭窄，陈设十分简单。

放下包，谭力力赶紧推开两侧的窗户，接着推开左边的一扇门，朝里看一眼，又走到右边，推门进去，过会儿走回来，趴在门上探出半个身子说："你先坐，我换身衣服，关一下门啊。"

正文在正中的方桌前坐下。桌靠墙摆放，侧面是一个长形矮柜，一只脚断了半截，用半块砖垫着，柜上摆着台十二寸电视机。窗下立着一台蝴蝶牌缝纫机，一只精巧的玻璃鱼缸静静地卧在红丝绒罩布上。缸里有两条寸长的金鱼，一条默默地游着，另一条稍大的侧翻着肚皮浮在水面。窗外，对面的小楼悄无声息，像扁豆的那幅画。不一会儿，谭力力从里间走出来，换了条牛仔裤，长袖汗衫，头发也放了下来，仍是从中间分开，沿着眉尖顺到胸前。这个样子，正文觉得眼熟了。

"热不热？要不要把你的上衣脱了？"

"不热。"

"脱了吧，我刚才都闻见你身上的汗味儿了。"谭力力伸手帮他，正文不好意思地笑笑，问："这几间屋子都是你家啊？"

谭力力点点头:"其实只三间,这边头上是个储藏室,我们和小楼公用,那头是厕所,门在外面。"

"没有厨房啊?"

"哪能呢,什么没有也不能没有厨房啊。在外面,"谭力力从窗户指出去,"那边墙根下,大的那间是小楼家的,小的是我们家的。"

"小楼里住的什么人?"

"老外交部的。"

"这是他们家的房子?"

"不是,还算外交部的。"看见正文欲言又止,谭力力说,"我爷爷以前是给他们开车的。爷爷去世以后,因为爸爸也在外交部,这房子部里就没收回去。"她突然想起什么,又问正文,"几点了?"

正文看看表:"快六点了。"

"坏了,从昨天到今天一天都没喂我的宝贝呢。我先喂了他们,就去做饭,你也饿了吧?"谭力力走到鱼缸前,从窗台上拿过一个玻璃小瓶。

"这条大的快不行了吧,怎么老翻着半个肚皮?"

"老这样,快一个月了。没关系,你看着,一会儿我一扔食儿,它立刻就翻过来。看着啊——"谭力力从小瓶里捏出几粒鱼食,还没扔,那条鱼已经打挺翻过身,急切地摆着尾巴游到她手下,张着小米大小的嘴往上蹦。"看到了吧,一点问题也没有,就是条懒鱼。"她又扔了几粒,眼睛盯着,"只要能吃就没问题,跟人一样。"她拍拍手,"好了,我去做饭。你跟我一起到厨房来吧?"

他们刚拉开门，就看见小楼里跑下一个胖墩墩的女孩儿，也正要往厨房里去。看见他们，操着浓重的山东口音热烈地招呼道："力力姐姐，有男——客人啊？你今天又要做好吃的了吧？做不做糖醋排骨啊？鲁爷爷老念叨呢，总说让我跟你学。"

"今天没打算做。爷爷在家啊？"

"现在没在，说是七点回来。"

"奶奶呢？"

"姑爷下午急慌慌地把奶奶接走了。"

"小姑姑还没出院啊？"

"没呢。"

"唉，奶奶得急死了吧。"

"可不是。我不跟你说话了，一会儿爷爷回来吃不上饭，奶奶知道了，又要训我。这个星期都挨了七八顿训了。"

谭力力带着正文进了厨房，山东丫头隔着墙朝这边喊："力力姐姐，今天招待客人吃什么啊？"

"琶斯它。"

"什么？"

"意大利面条。"

"真的啊？我可真佩服你，中国的外国的，什么都会。一会儿可别让爷爷闻见，要不又不吃我的了。"

"我多做一点，一会儿给爷爷盛一盘。"

"那可好，省我的事了。"

正文听那边静下来，问谭力力："要我帮忙么？"

"不用。"扭脸笑着，"你，能帮什么？"

"剥葱剥蒜的，我都会。"

"不用。我请你来，哪能劳你动手？喝水么？石台那边有凉白开，你自己倒。"

正文倒了杯水拿在手里。

"坐吧，坐那儿陪着我就行了。"

正文在靠门的木凳坐下，看着谭力力用力地清洗水池。这间厨房有七八平米，靠墙的一端有一片一米来长、三寸来厚的案台，架在两排大方石垒起的支脚上。案台下面有一个黑乎乎的铁箱，猜不出什么用途。地面也是大方石块，缝隙处用水泥砌死，多少有些凹凸不平。这边靠墙，摆放了一台东芝牌双门冰箱和一只木橱架，架上拉着白布帘。一盏电灯泡旋在屋顶，灯泡四周，落下来十几根铁构，零零落落地挂着两三只完整的金华火腿、腊肉干、香肠、鱼干、蒜辫、辣椒串。

谭力力从头顶的铁丝上取下围裙，一边戴上，一边从蒜辫上抽下一头蒜，放到案板上。"不用看，除了蒜和辣椒是我的，其他都是小楼家的。他们家屋顶冬天漏了，家里这阵又乱，到现在还没顾得上修。"

"你们刚才说谁还没出院？"

"小姑姑，他们家二女儿。上个星期生孩子，这会儿还在医院里。"

"是大人有问题还是孩子有问题？"

"都有点。"她说着，从草篮子里摸出一块鲜姜，洗净，然后撩开橱柜的布帘，取下一只大锅，接了冷水，放在煤气灶上，点着火。再转身打开冰箱，从里面取出番茄酱和其他几个瓶罐，用围裙兜着，放到案板上。最后从冰箱里取出一头剥好、洗净的洋葱,两只盖着保鲜膜的碗。她揭开一只碗,拿给正文看。

"什么?"

"海蛏子。"她拿出一粒,放嘴里咬着,"已经切碎了,要不有两只可爱的小脚。"又揭开另一只碗,说:"这是蛤蜊干,我爸最爱吃的,我用酒泡了一夜。"她用筷子夹出一小块,示意正文张开嘴,放进去。

"真鲜。"正文嚼着,"看你这样子,昨天就准备了?"

"实话告诉你,我上个星期就计划了,就看你有没有这个口福。"

"这么玄啊。万一我没福呢?"

"你今天要是不来,我就到大街上随便抓一个人来陪我吃。"

"那多不负责任啊,幸亏我来了。"

谭力力笑起来。

不多时,厨房里就飘起番茄和洋葱的香味。山东丫头隔着墙又叫:"力力姐姐,做西红柿汤了吧?"

"没有,炒番茄酱呢。"

谭力力朝正文笑笑。她再打开冰箱,从里面取出一只银质托盘,托盘也用保鲜膜包着。揭下保鲜膜,里面整齐地码放着切成片的水果。

"什么?"正文问。

"苹果和桃。"

谭力力往上浇了些蜂蜜样的粘汁儿,然后蹲下身,把托盘放进案台下的铁箱里。转了一下箱上的旋钮,箱里的灯亮了,开始发出闷闷的轰隆声。

"这铁箱子是烤箱么？"

"是，古董烤箱。真的是古董，我爷爷留给我的。"

"遗产啊？怎么会给你留个烤箱？"

"他以前在山东给一个德国人家做过厨子。"

锅开了，她从一只纸盒里抓出一大把发黄的硬面条，扔了进去。一边敞着锅盖煮面，一边继续翻炒着番茄酱。正文见她不时往里面倒些东西，有蒜，有白花花的他叫不上来的碎末，以及切碎的海蛏子和蛤蜊丁。最后，她从冰箱里取出一小碗黄澄澄的鸡汤，兑进锅里，搅拌着，过会儿用铲子尖沾一点点放到舌头上尝尝。看着她那副专心致志的模样，正文的肚子开始咕咕乱叫。

"别急，别急。"谭力力好像听到了似的，"马上就好，不出二十分钟。再坚持一会儿，这个面硬，得多煮一会儿。"

二十分钟以后，她关了两边的火。先捞出面，盛了一平盘放到一边。然后取出两只青花大盘，用筷子把面条捞出来，盘成一团，堆在盘中间；再端起炒锅，把红艳艳的酱汁兜头浇在面上。她让正文把盘子端进屋去，自己端着另一只盘送到隔壁，随后，拎着两只酒杯跟了过来。

"用筷子还是叉子？"她问正文。

"都行。"

她从矮柜里取出两把叉子，然后进到她说是储藏室的那间屋，从里面拎出一瓶白葡萄酒。

谭力力的手艺大大超乎正文的想象。他风卷残云很快吃完一盘，谭力力回厨房又给他端来第二盘，这次还在面上撒了些起司末和胡椒粉，那个味道一下子让正文想到他在老莫吃的那顿西餐。

相比起来,这一顿虽然简单,却更对他的胃口。

"怎么样?"谭力力看着他说,"我没有吹牛吧?我看我男朋友就是在美国,也不一定能吃上这么好的琵斯它。"

"肯定,肯定。真说不定他因为想你的手艺,就跑回来了。"

"他那人,才不会为食色回头呢。"

"太可惜了。你这做的算西餐?"

"中西混合。我是用做打卤面的方法做琵斯它,味道很丰富吧?"

"嗯。"正文使劲地点点头。

"琵斯它应该盛在平盘里的,我这个是兜边儿的,不对。而且西餐色浓,该用白色或单色餐具。没办法,谁让我就喜欢青花呢。"

"说真的,真不错。你还会什么?"

"很多。如果你老能让我高兴,我就都给你做一遍。"

"是你在职高学的?"

"不是,职高学的是饭店管理。我自学的。"

"哦?"

"有什么奇怪的,多吃多看,再有点悟性。"

"不会这么简单吧,我也吃了很多饭馆了,还是什么都不会。"

"要么是你不用心,要么是你命好,老天不用你会——坏了,几点了?"她扭头看看矮柜上的闹钟,放下叉子,一溜烟跑出去。等回来时,手里端着两个白色大盘,放到桌上——每个盘里都像多米诺骨牌似的摊倒着六块烤好的苹果片和桃片,肉质有些焦黄,仍然滋滋吐着气,果片的中间堆着几粒青色葡萄干。

"嚯,真香!"正文说。

"快尝尝，是不是太硬了？好像过了一点点。"谭力力用叉子叉起一块苹果，递到正文的嘴边，正文一口咬下去，汁液顺着嘴角流下来。"哦，"他一边吸溜着一边说着，"太好吃了。"

谭力力用刀切下一小块桃片，放到嘴里。"嗯，还不错。"她慢慢咀嚼完，说，"我妈临死的时候，我就给她做的烤苹果排。"

"你妈——"正文糊涂起来，"不是……"

"忘了告诉你。"谭力力又切下一块苹果片，叉进嘴里，"现在这个是我的继母，我亲妈在我五岁的时候就过世了。"

正文慢慢放下了叉子。

"有点惨是吧？"她继续咀嚼着苹果。

"是得病？"

"对，胃病。唉，跟你说，怎么死也别被胃病折磨死，听见吗？"

"这个，自己能决定吗？"

"当然能。活决定不了，死还决定不了？"

"有那么严重？"

"嗯，你不知道，我妈没病之前，有一百三十多斤，我爸每次出差回来，抱完我总要捏我妈的脸蛋。后来她脸上的肉说没就没了，躺在里屋，一点一点耗到六十斤。"她抬眼看看西边的屋子，正文也跟着看过去。"就一点好，嘴馋，什么都吃不下了，还嚷着要吃苹果。"

"苹果？"

"她就喜欢吃苹果。可她病的季节不对，外面没卖苹果的，小楼家园子里的苹果才刚结果，人家就给摘了一网兜。我的天，没吃过那么涩的，直拉嘴，她哪儿咽得下去啊。爷爷就从储藏室抱出个铁箱子，就是你刚才看到的那个烤箱。他把苹果切成片，切好一片就教我赶紧抹上砂糖,浸半个小时,然后放烤箱里烤。我后来端给我妈,她鼻子尖,马上笑了,问我,苹果吧?"谭力力用叉子叉起一整块苹果片,闻闻,放回盘里。

"一网兜都吃了?"

谭力力摇摇头:"主要是我吃的,她每天吃几口。不过她走的时候挺高兴的,直说,没想到能吃上我做的饭。她以前老念叨,什么时候能让她拿苹果当饭,就好了。跟小孩儿似的。"她又看看西屋,继续说:"不知道怎么那么喜欢苹果。我刚懂点事,就知道分一半给她。她怕爷爷知道,假装带我到胡同口遛弯儿,找个背风的地方跟我一口一口抢着吃。吃完以后,她总喜欢拉我的手,她手上黏糊糊的,蹭的我手上也是粘的。还让我闻,自己也闻,说真可惜,回家就得把手洗了。"谭力力抬起手,放在鼻子下闻闻,然后递给正文:"就这个味儿。好闻吧?"

有点酸,可正文还是点点头。

谭力力喝了口酒,然后端着自己的盘子问正文:"把我这两块也吃了吧?"

"你吃不了了?"

"喜欢看你吃。"她说着搛给了正文。

"那我不客气了。"

"客气什么。你吃得越多,我就越高兴。以后我做饭,你最好抢着吃。"

"好,没问题。"正文吃完,把盘子上的汁儿也刮干净。"那你什么时候有的这个后妈?"

谭力力左手端着酒杯,右手支着头,说:"亲妈死了三年以后。"

"后妈对你好么？"

"过得去。后妈嘛，对你当然不会像亲妈那么好。也不是她不想好，是她不知道怎么叫好，她没养过孩子嘛，以为我一天到晚傻笑就是真高兴。"

"那你不高兴？"

"也不是，不过主要是想让我爸高兴。"

"你后妈没再给你生个弟弟妹妹？"

"想生来着，可没留住，掉了。"

"不小心掉的？"

"大概是吧，爷爷说是她没这个命。我还挺替她可惜的，可爷爷说，没这个心总比偏心好。唉，就是爷爷死得太早了，她进门还没几个月。"

"也是生病？"

"嗯，他是肠子。"

"肠子？"

"嗯，肚子鼓得像皮球，老要揉，揉也软不下去。老头儿脾气都变了，很不讲理。有一次半夜把我叫起来，说要喝粥，让我给他熬。后来又说要吃起司蛋糕，让我给他做。我那时候连起司蛋糕什么样都没见过。他很不耐烦，把被子都蹬到了地上，说不知道不会问吗。我赶紧去问对面的小姑姑。过两天，鲁爷爷给了我一个方盒子，打开一看，里面是一块巴掌大的圆蛋糕，最上面是厚厚的一层奶油，中间巧克力，下面是黄色的鸡蛋糕。"

"那个时候哪儿能弄来那种蛋糕？"

"小楼总有办法。我们只有红薯和土豆吃的时候，他们家也老挂着个金华火腿。"

"哦,特殊阶层。"

"我可不是说他们不好。"谭力力抬头看看窗外,"我们家其实沾了他们不少光,我妈和爷爷,都得谢他们。人家不帮你也是理所当然的,对吧?"

正文点点头。

"折腾了两次才做成的,高兴得我直哭。那时候老头儿已经不大能动弹了,我端给他,他闭着眼睛尝了一小块就不吃了。我很难过,说我辛辛苦苦做了,您无论如何也得再多吃几口。他摇着头,跟我说,傻孩子,爷爷其实就是想让你学会门手艺。虽然是个手艺活儿,可是有它,你一辈子不会吃亏。以后,也不必拿它当个饭碗,能拿它讨你后妈的欢心,再以后拿它讨到个好小伙子的欢心,就够了。我哪懂他的话啊,就问他为什么心还要讨。他说,那当然,像爷爷和爸爸这样,你不要,也会把心给你,可这世上这样的人就这么两个,其他的心可不都得你自己去讨。"谭力力说到这里,把胳膊放平,头枕在上面,好像一副很辛苦的样子。

正文看着她,给她倒了半杯酒,端给她,她抿一小口。

"老人家就这么走了?"

"走了,两天以后走的。走的时候脾气可好了,脸上的皱纹都像酒窝儿一样。我那时还想,嗯,爷爷怎么这么放心地就走了啊,一定是会做比会吃还重要。"

"你就这么学的做饭?"

"我没怎么学,我天生就会。爷爷死了以后,爸和后妈成天不着家,我不做就没的吃。"

"你那时才多大啊？"

"说的就是呢。"谭力力笑了，"我第一次把饭菜端上桌，他们都无动于衷，还以为是鲁爷爷家小阿姨做的。我看见他们吃得挺香，就问他们好不好吃，他们说好，我才说饭是我做的。他们吓了一跳。我说，煤气罐也是我一个人换的。我后妈就说什么都吃不下去了，眼泪流了一脸，一直流到脖子里。我拿毛巾递给她，她一把抓过我的手，哭得鼻涕都蹭我衣服上了。能哭成那样儿，说明她是个有良心的人，我就什么都原谅了她。你说应该吧？"

正文点点头。

"爷爷说得没错，那以后，她真就对我百依百顺了。"谭力力拍拍脑袋，"怎么搞的，越说越远了。就是想告诉你，我是个有天赋的厨师，同意不同意？"

正文点点头。

"吃饱了么？把酒喝了吧？就剩一个瓶底了，我们分了？"看正文没有反对，她把整个瓶底都倒给了正文。

这时院子里有响动，从窗口望出去，是山东小阿姨。她急促地向平房这边跑过来，谭力力赶紧迎上去，拉开门。

"力力姐姐，爷爷问你能不能过去帮个忙？"

"出了什么事？"

"小姑姑要什么东西，奶奶没在，爷爷找不到就急，乱发脾气，让我叫你。"

谭力力回头跟正文说："我去去就来。"

几分钟后她又跑回来，对正文说："我得跟鲁爷爷去趟医院。你先在这儿待会儿，等我？"

正文问："很严重吗？用不用我陪你去？"

"不用，我去就行了。"她走进屋，扭开电视，调到一个正在播武侠电影的频道，"真对不起，你看会儿电视吧，要么跟鱼玩一会儿？挺好玩儿的，我有时光看它们就能看大半天。"她又拉开矮柜的门，"这里有花生、瓜子，你自己拿着吃，还有过去几天的报纸，你——"

"你去你的，不用管我，我带着书呢。要么，你有事，我就先回去——"

"别。"她扭头看着他，"说好了陪我一晚上的，我去去就来。"她有些着急地说。

"那好吧。"

她仍是不放心地看他一眼。

"放心，我等你。"

谭力力急匆匆返回小楼。不一会儿，正文看见对面的灯灭了，三个人影从一扇门里出来，穿过走廊，从前门出了院子。

天不知不觉黑下去。

电影到了尾声，正文看看表，将近一个小时过去了，院子里没有一点动静。他站起来，将桌上的盘子摞着拿到厨房。摸到电灯绳，拉开。灯泡的瓦数不高，厨房的一切都好像加重了颜色，突然看着很眼生。他又返身回去拿来酒杯，跟盘子一齐放进水池，用水池边一块拳头大小的丝瓜瓤把它们抹一遍，用水冲净，摆放在案板上。

他关了灯，往屋里走。院子里空气清爽，飘着淡淡的果木香。他使劲吸吸鼻子，故意弄出点响动，却蓦然看见小楼边的红木桃树无声地落了几瓣叶子。他在平房门口站住，没有进去。厨房外

北京
1980

的围墙很高，后墙头探过来的老榆树此时像团巨大的阴影，把后院围得密不透风。头上有一弯细月和一圈紫青的天。胡同应该就在围墙外，却传不进一点声音。正文又看看老树，用眼睛测量了一下，突然心血来潮，"蹭蹭"几下，蹬着平房的窗台爬到屋顶，再从屋顶爬到那棵树上。他骑坐在两根树杈的中间，看见树后的另一所院子。院子很杂乱，一间挨一间密密麻麻亮着灯的屋子。狭窄的过道一辆靠一辆地停满了自行车，一个车后座上还夹着几只茄子和一把长豇豆。有做饭的油香。有人正从晾衣绳上收衣服。有扇门不停地开阖，一个戴围裙的人端着碗、盘出来进去。不知道哪间屋里有婴儿的啼哭声。隐隐的电视声和收音机里的评书声混杂不清。正文转转身子，看见侧面的胡同。胡同这时很静，偶尔有自行车"叮呤呤"闪过，消失在另一所大杂院里。胡同尽头的那间杂货店也亮起一盏黄灯，一个女人探出半个身子，正跟旁边摆摊修车的师傅说着话。

他从树杈上站起来，想再看远一点，不小心，踢到一块屋瓦，瓦"哗啦啦"滑下去，"啪"的一声掉到后院。他缩缩头，赶紧从树上下来，进到屋里。电视里有个男声正在唱歌。他旋了一下开关，将电视"噗"的灭掉。在黑暗中坐了一会儿，然后开开灯，拿出世界史讲义心不在焉地读着。

过了不知多久，他的鼻子被人捏了一下。睁开眼，看见谭力力一张水汤汤的脸，揉揉眼睛，确认是她，再看看表，竟然快十点了。"你什么时候回来的？没事儿吧？"他急切地坐直身体。

"没大事儿。"她用毛巾把脸擦净，拿梳子通着头发，"真对不起,让你一个人待了这么半天。困死了吧?"

"还行。"他把书合上。

她用下巴点点地上,说:"洗洗吧。"正文的脚边放着一盆水、一只暖瓶和一个马扎。她进到里屋又出来,脸蛋、额头和下巴上多了几块白点。"这是我洗脸的水,你先洗脚,我一会儿再给你接洗脸水。"她把脸上的油脂涂开,然后用香喷喷的手将他从椅子上拉起来。

"算了,还洗什么呀。"正文仍有些迷瞪。

"洗吧,洗了舒服,也干净啊。"她推他在马扎上坐下,要去脱他的鞋。

"别动,脚脏着呢。你不是刚洗了手了?"他慢慢脱了袜子,脚浸到水里。

"那怕什么,可以再洗。"

"真的没事儿啊?"正文看看她的脸色,不放心地问。

"没事儿,起码孩子没事儿,小姑姑还有点问题。"她拿条毛巾要帮他擦。

他不好意思地把脚缩回来,架在盆边,控着。

谭力力拿出双大拖鞋放他脚下,硬搬过他的脚替他擦干,抽出水盆,端着出了门,片刻,又端着一只画着小鱼的蓝搪瓷盆进来,兑进热水,用手搅搅。"洗脸吧。洗完脸你自己出去刷牙,这是牙缸和牙刷,牙膏我给你挤好了。"她把一套东西放门边的窗台上,探头往外瞧着,"你要上厕所就进去上,我没锁门,动作轻点,也快点。"

"有点偷偷摸摸的。"

"嗯，有点，不想让小楼看见。"

正文端着脸盆出去，将水泼到池里，快速地刷好牙，钻进厕所。厕所很小，后墙上方开着一扇小窗。他站在便池边，尿着，想探头看看窗外有什么，却看不清。凉凉的风吹进来，他的头脑清醒了不少。

回到客厅，谭力力在里屋轻声叫他："把锁撞上，再把上面的插销插上就行了。"正文照她的话锁好门，进到里屋，见房内已经挂了窗帘，床头亮着一盏小灯，谭力力换了一身白色碎花连衣裙坐在屋当中一张小号双人床上。她抬起头，看着他，眼角挑了挑，然后拍拍身边已经拉开的一床空被。"睡吧，有人陪的感觉真好，我得赶快躺下享受享受。"

正文脱下牛仔裤，扔到地上，留着衬衣，钻进被子。

"衬衣还不一块儿脱了啊？"谭力力一脸灿烂地取笑道，"还不好意思？"

"真让我脱啊？"

谭力力爬起来，抽掉他衬衣的袖子。

她的房间东西很少，颜色单调，最醒目的是床头上方密密麻麻几乎贴到屋顶的黑白照片。那么多，在床头灯的阴影后仿佛白墙上裂开无数个黑的洞口。正文仔细看，认出是一些影星的头像，以及一张一张手的特写。好像是男人的手，硬朗的骨节，细密的毛发，中间一张最大，手指绞扭在一起，像树枝一样从左上方斜劈下来。靠在这双手旁边的脸，是《邦妮和克莱德》里的沃伦·贝提。再稍稍往下一点，几乎一样大小的，是王心刚。正文心里一动："你也喜欢王心刚？"

"嗯。"谭力力歪过头来看他，"为什么你不问我是不是喜欢沃伦·贝提？"

正文没有回答。他扭着脖子，仔细端详着那张照片。"为什么女孩子都喜欢王心刚？"

谭力力翻身朝下，凹着背抬起头："因为他长得好看。"

"好看的多了，为什么就是他？"

"还有谁好看？"

"冯喆，不更好看吗？"

"冯喆太高贵了。我只喜欢他的手。"她指指右边的一张照片，"喏，这就是他的手。"

"高贵不好么？"

"高贵就不性感了，不能亲近。我这屋里这么阴凉，得要个能暖被窝的人。"

"王心刚能暖你的被窝？"

"感觉上可以啊。我这么看着他，就能感觉到他的呼吸，热乎乎的。"她转过脸来，"你还没回答我呢，是不是还有谁喜欢王心刚？"

"很多，我们班女生没有不喜欢他的。"正文岔开话题，"罗伯特·雷德福，或者阿兰·德龙，不比沃伦·贝提好看么？"

"罗伯特·雷德福也很好，呐，他在这边呢。"谭力力指指左上方的一张小照片，然后躺下来，靠着床头，"阿兰·德龙我从来都不喜欢。我也不是喜欢沃伦·贝提，是喜欢克莱德。"

"诗人罪犯？"

"嗯，应该说是有点坏的青年。就像我以前的男朋友，坏得让人挺心疼。只可惜，我不是邦妮。"

她拿起正文这边的枕头，靠墙竖起来，让正文靠在枕头上。

而后，下床，从写字台抽屉里取出烟灰缸递给他，说："你要想抽就抽。"

"你还给人预备烟灰缸啊？"

"不是，我以前自己用的。"

"你也抽烟？"

"以前抽过。"

"现在戒了？干吗戒了啊？"

"有一阵子干什么都觉没意思，就说干脆把烟戒了得了，也算干了件事。"

正文点着烟，递给她，她吸了一口，又吐出来。"别让我浪费了，要是没瘾，一点味儿都没有。"

正文吐了个烟圈，问她："医院到底怎么回事？"

谭力力翻过身靠墙半躺下。"唉，小姑姑啊。"她叹口气，"生孩子把眼睛生瞎了。"

"瞎了？怎么回事？"

"不知道，医生也不知道。"

"怎么叫瞎了？"

"瞎了就是瞎了，看不见了。"

"怎么会呢？"

"是呀，大夫都没碰见过，所以到现在用不了药。唉，你不觉得，医院里的事儿一大半都挺偶然和神秘的？"

正文没有说话。

"奶奶着急，不知从哪儿弄的偏方，要在医院煮。小姑夫煮了不会用，我去看看。"她偏头看看正文，看了一会儿，"你吸烟的样子真有意思，有点像克莱德。"

"是吗？让你心疼了吗？"

"哎，上次问你有没有女朋友，你说还没有，怎么样，过了这么久，现在有了吧？"

正文想了想："不知道。"

"怎么叫不知道啊？你追她，还没追上？"

正文点点头。

"那现在的状态是还属于要好的女同学？"

正文又点了点头。

"要不要我给你算算命，看你能不能追上？把手伸过来。"

正文伸出右手。

谭力力拿过他的左手，说："男左女右。哟，我就说你什么地方吸引我呢，原来是手，可以照下来，挂我墙上了。"

"还没问你呢，干嘛贴这么多手的照片啊？夜里起来上厕所，黑乎乎的，不害怕啊？"

"有什么害怕的，多好看啊。男的长什么样不要紧，但手一定要好。"

正文不解地看看她。

"就像你这样的，手指又长又软，手掌又窄又厚。"

"那不就是不干活的手？"

"差不多。不喜欢男的干活，男的干活心肠都硬。只要对我好，我干就行了。"

她翻过他的手掌，看了一会儿，说："也许你不爱听，这个女同学你应该追不上。最后跟你一辈子的人会有两个，但绝对不是这个女同学。"她抬眼看看他，又问："怎么，失望了？"

"没有。"

见他沉默，谭力力用脚尖轻轻蹭蹭他，"两个还不好啊，说明你很吸引女孩子啊。呐，就像王心刚。"她转过脸去看看墙上的照片，"你还记得银环在电影里说的那句话吧？"

"哪句？"

"就是她跟金环说，老杨啊，好，什么都好，跟着他工作，心里亮堂。"

"那你现在心里有多亮堂？"

"跟点了八十瓦的灯泡差不多。"

正文看看她，两人都笑了。她轻轻拿起正文的手，很自然地放进她自己手里，握着，想了一会儿，问他："你以后会跟你女朋友说你跟多少人睡过觉吗？"

"大概不会吧。"

"她要是非问呢？"

"那就只好实说了。"

"说多少？"

"你说呢？说多少你们女孩子不会生气？"

"还说实说呢，露馅儿了吧。说一个太少，说七八个又太多，说三四个吧。"

"好吧。"

"我算一个么？"

"到目前为止还不算。"

"啊，躺在一张床上了还不算？"谭力力松开他的手。

"你说呢?"

"那你跟别的女孩子有过这种经历么?就躺着,什么也不做。"

"没有。你呢?"

"有一次。"她往下躺躺,"我上职高的第二年,刚放暑假,收到一封信,那个男生已经毕业了,说他家里也是外交部的,他父母和我父母还认识。他说一直就喜欢我,但没机会说,然后问我能不能到学校来看我。我很好奇,想不起来他是哪个人,就回信给他说,你愿意来就来吧。那个周末他真就来了。让我很失望,一点也不是我想象中的,一点不像外交部的子弟。"

"外交部子弟什么样?"

"我也说不清,应该比较瘦吧,脖子应该长一点——"

"像长颈鹿那样?"

"讨厌。"谭力力轻轻打他一拳,"反正他不像。可是他大老远来了,我也不能让他掉头就回去,总得跟他在外面吃顿饭。吃了饭,也不能说你走吧,只好又跟他在校园里逛。逛到很晚了,他还没有走的意思。我说累了,就回宿舍。他也跟了上来,还要聊。我就躺在床上,听他一个人说。最后,十一点都过了,我只好说,你还不走啊,末班车都没了。他看看表,大叫起来,说怎么都这么晚了,已经没末班车了,你不能让我走回家吧。我说,那你要怎么样?他说,就在你宿舍睡一晚上吧。那天宿舍里倒是没别人。我说,那你随便挑一张床吧。他就挑了一张下铺。后来,关了灯,他说,你说,我要跟人说我跟你睡一间屋子里,什么都没做,别人能相信么?我困得要死,就说,不信,跟谁说谁也不会信。他好像很满意我的回答,一会儿就睡着了。"

"就那么睡了一夜？"

"是啊，睡了一夜，第二天一早，他脸也没洗就走了。"

"这个人不错，挺君子的。"

"是吗，这样就算君子吗？你们男的要做到这样，是不是很不容易？"

"那当然，要不然也不会有柳下惠的故事了。"停了一下正文问她，"你老是这样么，谁给你写信，你都回信？"

"嗯。别的女孩子都不这样吧？"她看看正文，"总要矜持一下，或起码先打听打听再说，对吧？可我不行，我对所有对我感兴趣的人都太有兴趣了，想知道到底都是些什么人对我感兴趣。"

"结论呢？"

"很惨，差不多都是那种，家里像种了几亩地特别需要劳动力的。可我没觉得我看着特像劳动力啊！"她把两只手从被子里拿出来，放眼前看看，"你觉得呢？"

"不像，谁能舍得让你下地。"

她笑了，头发松下来挡着半张脸。正文替她撩开，她抬起眼，片刻，轻轻凑过来，在他脸颊上亲了一下。"知道么，你眼神里有一种东西，老好像让人怪难过的。是为了她？"

正文没有回答。

"你很喜欢她？"

正文说不知道。

"喜欢不喜欢还有什么不知道的。"

"她是我认识的一个人以前的女朋友。"

"以前的？他们已经分手了？"

"他两年前死了。"

谭力力沉默了下来。过了好一会儿,才说:"关灯吧?"又歪过头问:"你困么?"

"有点,你呢?"

"也有点。昨天上的夜班,这会儿快三十六个小时没睡觉了。"

谭力力伸手关了床头灯,屋里顿时陷入一片黑暗。渐渐地,月光一点点透过窗帘,渗进房间。正文把被子往上抻抻,盖在胸前。谭力力一动不动,闭着眼睛,仍旧靠在床头,像睡着了一样。

过了很久,她才小声说:"你知道么,我刚才发了个誓,我一定得从这儿搬走。你看,我在这儿住了不到二十年,可已经碰到这么多不幸。我能长这么大,不知道是谁把福都托给了我。不行,我得离开这里。"

"别胡想了。"

"不是胡想,我是认真的。"说完,她身子挪下去,躺进被子,然后把正文也拉下来,用被头盖严他的肩膀。"你的头发有股烧焦了的味道。几天没洗了?"

"学校澡堂坏了两个星期。馊了吧?"

"那倒没有,就以为你到哪儿烧荒去了呢。没关系,以后我租个能洗澡的房子,你就到我那儿洗。"黑暗中,正文感觉到她扭着头一直看他,然后听她说:"死的那个人,跟你很近么?"

正文点点头。

"他怎么死的,能说说么?"

"游泳死的。"

"他水性很好吧?"

"他什么都很好。"

谭力力沉默了一会儿。"总是这样……"她伸过手来，拉拉正文的手，轻声说，"睡吧，今天不说了，有点困了。"

"明天上什么班？"

"还是晚班。这会儿就应该在上班，我让人替我了。"

谭力力侧转过身，背对着正文，然后把他的手拉过来，轻轻放到自己的胸上。正文的心像被刺了一下。

"正文，我下星期还可以去学校看你么？"

"行啊。"

"再下星期呢？"

"多累啊，跑那么远。"

"我没觉得远，你只说愿不愿意我去？"

"你愿意去就去。"

"听上去有点勉强。你放心，你要是跟她好了，我就不去了。"

正文闭着眼睛又笑了笑，她的胸在他的手里像两只被捂热了的，心脏"咚咚"跳着的鸽子。

第二个星期，谭力力没有露面。第三个星期的星期一，正文下午下了课和扁豆一起回宿舍，刚穿过操场，隔着很远就看见宿舍楼前的花坛旁，一个女人搭着两条长腿坐在那里。走到近前，看出是谭力力，他放慢脚步，让扁豆先上楼去。扁豆一边往前走，一边扭头看他们，到楼门口时险些被台阶绊倒。

她又恢复了上班的装束，马尾扎得更高，换了双高跟皮鞋，一下子从花坛上站起来，比正文还要高出半头。正是晚饭前的空档，从操场上锻炼回来和拎着饭盒要往食堂去的学生来去不断。在无数直瞪瞪或偷偷摸摸的目光注视下,她把手里的一只牛皮纸袋带递给正文。

"什么?"

"看看就知道了。"

正文打开纸袋,从里面取出一只塑料饭盒,摸着,仍有温度。他轻轻打开,一股浓郁的焦香立刻飘了出来。是满满一盒糖醋排骨,他拿到鼻子下,使劲闻了闻。

"慢慢吃,别一天都吃了,该吃顶了。"

"行,我尽量。你吃了么,跟我在食堂吃吧?"

"不了,今天我又是晚班,同事家里有事要早点走,我得赶紧过去了。"

"你怎么来的?"

她说骑车。正文就跟她去取了车,然后送她出南校门。

回到宿舍,见门关着。扁豆在屋里点着电炉,烧着水,手里端着一只碗在打蛋花。"拿出来吧。"他放下碗,朝正文伸出手。

正文把纸袋递给他。他打开饭盒,立刻抓了一块排骨放进嘴里。嚼完,又抓一块。一连抓了四块,咽下,把打好的鸡蛋花倒进煮开的水里,撒上盐和葱花,端上桌,拔掉电炉电源。也不说话,端起饭碗就撰排骨,一连又吃掉五六块。正文把饭盒挪下桌,放到自己身边。

"至于那么小气嘛,家在北京就比我们好了,还有人专门做好菜给你送过来。"

"咦,我真纳闷,你怎么知道她带了菜来?"

"你忘了,我要当管家的,什么我不知道。"他问,"是她自己做的?"

"呣。"

"长得漂亮,还会做饭,追她的人很多吧。你有优势吗?"

"我还没追呢。"

"没追?她自己找上门的?你凭什么?"

"不凭什么。"

"你家是高干——"

"庸俗不庸俗?"正文用筷子胡噜了一下他的脑袋。

"这怎么算庸俗?那你会什么?总得跟别的男生不一样吧?"

"我用不着。"

"为什么用不着,你又不是 Michael Corleone[①]。你就是 Corleone,也还得有马龙·白兰度那么个父亲吧?"

谭力力两个星期以后又来,接过正文还给他的饭盒,换给他另外一个。这一次,是十二只鸡蛋,用茶叶和橘皮卤过。

"蛋可真不能多吃,也跟扁豆说,一天顶多吃两个。听见了么?"

正文点点头。回到宿舍递给扁豆,扁豆一口气吃了四个,蛋沫含在嘴巴里,口齿含混不清。"嗯,正文,要我说,这个女孩子不错,懂事。"他使劲咽下去,喝口水,"懂事是我给女孩子的最高评价。"

现在的孩子恐怕很难想象二十年前大学里文艺会演是怎么一

[①] Michael Corleone,电影《教父II》主人公,由 Al Pacino 饰演。

回事了吧。其实那时候对文艺的想象力很有限,外语会演尤其如此,不过是几出英语话剧片段再点缀一二其他语种的歌曲,节目单都毫无看头。但会演仍然叫人充满幻想和无限期待,是一个让荷尔蒙旺盛分泌的过程。而且,马拉松式的会演还让人相信好戏在后面,只要看下去就一定能看到好戏。

果然,老柴的莎士比亚就是在最后一天浮出水面的。那天,据说全校所有的宿舍楼都一片漆黑。上演的是《哈姆雷特》第三幕。为什么是第三幕而不是第四幕,校刊记者围着老柴采访时,他却拒绝做任何解释。"这就跟你问我为什么今天穿黑衣服没穿灰衣服是一个道理。有理由么,肯定有。但有必要解释么?没有。"

老柴到底是老柴。他的演员一律是校话剧队队员,不是英语系的口语尖子,不是对文艺一窍不通的木偶,虽然发音说不上标准,但他们是演而不是背诵,即使没有穿演出服,没有戴假头发,他们也仍然是哈姆雷特、母亲、叔叔、奥菲丽亚。说是莎士比亚,老柴当然不会让它只是莎士比亚。虽然不是他自己粉墨登场,但里面处处有他的影子,甚至扮演奥菲丽亚的女生,也让正文立刻想到他的"天鹅"。丰满的身体,暴露的半个乳房,颀长的脖颈,无辜的表情,迷茫的四肢,就连她身后茂密的花草都带着一股青春的风骚。大幕关闭的时候,正文发现自己竟湿了眼眶。

可接下来的两个节目在开场的一瞬又让他笑破了肚皮。

一个是D大学校女子体操队十六人的球操表演,另一个,也是最后一个节目,是他们学校最著名的四小天鹅芭蕾舞。闭着眼睛想象一下,那样一排全校腿最长、腰肢最柔软的女生,穿着低领、无袖、截到大腿根的柿子红色紧身体操服,把过度发育和尚未发育的身体"哗"地一下甩给你看；想象一下一两个屁股滚圆的女生光着两条腿，跟着丢掉的球追到观众席里；再想象一下那四个又小又白、胖瘦不均的天鹅，穿着从专业舞蹈团借来的白色束身衣、蓬蓬裙，一次一次在你面前辗转腾挪，踢腿踢到半空，弯腰弯到酥胸半露——经过了这样的刺激的正文他们，在将近午夜回到宿舍后，怎么能安静地睡去，又怎么能不陷入下面的一场谈话。只是这场谈话的结局是正文无论如何也没有想到的。

子夜的月亮挂在半空，银白盘的四周泛着炭红色的辉光。窗户大开着，从外面吹进来的风跟他们的心情一样，热的。走廊里有人穿着拖鞋"趿拉、趿拉"地跑动，水房那边隐约飘着沙哑却激昂的歌声。隔壁房间，砖头收录机放着"咚咚、咚咚"几乎没有任何旋律的音乐，几个男生还在厉声怪叫。但正文和扁豆的屋里却异常安静，静得像能听见彼此的呼吸。

这么静了好一会儿，睡在正文下铺的北京同学终于在黑暗中缓缓问道："谁知道那胖天鹅是哪个年级，哪个系的？"

这一问，几只床立刻"嘎吱、嘎吱"动起来，好像大家都正等着这个问题。

"是我们系一年级的。"外地同学说。

"一年级的？"下铺同学有点吃惊，"大一的屁股就那么大了！"

另一个下铺同学笑。

"这芭蕾舞仙味太少人味儿太重。"扁豆说。

"可惜了，那么好的一只肥鹅，估计被不少人吃过了。"

下铺又窃窃地笑。走廊里突然没了声音，楼根下的蛐蛐开始不停歇地叫。正文枕着胳膊，闭上眼睛也在想那只天鹅的样子。

"这小胖天鹅吧,其实脸蛋一般,可那对兔子不错。"

"兔子最好的,是你们日语专业一班的那个。"

"什么兔子?"扁豆问。

又有人窃笑。

"兔子都不懂,什么能把女生的衬衣撑破?"

"胸脯啊。"扁豆说。

"教他们班精读的那个男老师,都以为他会找一个真尤美呢,结果却被那对兔子击中了。"

"击中?"扁豆的声音。

"倒下了。"

"兔子肥了,屁股也圆了。"

下铺又笑。

停顿片刻,有人说:"你们说说,我们学校哪个女生的屁股长得好?"

"历史系五班的那个四川女生,而且据说她还是原装的。"

"你怎么知道?"扁豆问。

"上学期她暗恋他们系刚毕业留校的一个小白脸,给他写了封情书,没想到那小白脸把信交给系里了,害得她差点没上吊。不是原装的就不会写情书了。"

"小白脸这么操蛋啊。"

"嗨,小白脸嘛,能有几个好的。"

"不是小白脸又怎么样。"下铺北京同学说,"原来英语专业三年级那个北京女生倒是找了个长得挺糙、挺男人的人,结果又怎么样?"

"三年级哪个女生？"扁豆问。

"就是上学期老跟你们年级上大课的，短头发，屁股也挺圆乎的那个。"

"这学期休学的那个？"

正文睁开了眼睛。

"是不是姓毛？"扁豆问。

"好像是。"

"怎么了，她也有事？"

"没事能休学？这已经不是她第一次休学了，你们不知道？"

"不知道。"

"不知道就不用知道了，知道多了对这世界肯定无比失望。"

几个人催促他快说，他还要卖卖关子："说起来还挺复杂。她先不是跟这个好，是跟她的一个中学同学，那人据说忒帅……"

正文的心跳起来。

"具体的我也不清楚，反正结果是那人突然死了。"

"哪个突然死了？"

"中学的那个。"

屋里出现了短暂的安静。

"怎么死的？"

"好像是出了什么事故。"

又一阵短暂的安静。

"然后呢？"上铺探头往下问。

"那人一死，她就休了半年学。有人说她是伤心过度，也有人传，她是堕胎去了。反正他们年级的人都说，她回来以后，样子变化挺大的。后来又有人说，她休学其实是为了躲另外一个人，就是刚才说的挺糙的那个。好像她跟那个男生好的时候，跟另外这个已经有了点瓜葛。"

正文的心像被人揪了一把。

"谁是这挺糙的这个，咱们见过吗？"

"应该见过吧，他原先也是咱们学校的老师，哲学系的，但老在中文系混，后来不知怎么，就调走了，都说跟这件事有点关系。他父母以前当兵的，后来在咱们学校管行政，资历挺深，据说在西边有个小院。他本人以前分的房子学校也没收回去，好像是按规定，他父母够资格再分那么一间，所以偶尔还能在学校见到他，老骑辆 28 破车。"

正文脑子里闪过上次在操场边见到的那辆车。

"这人怎么糙啊？"

"长得糙，不过据说人倒真是有点才，前两年挺出风头，什么讲座都敢开，在咱们学校也讲过，迷他的女生多得不得了。"

扁豆小声说："你说的有才是什么概念？"

"有才么——就是比老柴那样的天才差点。"

"差多少？"

"那你问梁正文吧。反正大多数女生都能被她煽乎晕。"

"姓毛的这个也属于这个大多数？"

下铺打断他："后来怎么样了？那个男生死了，她跟这老师了？"

"跟是跟了，可据说，这个挺糙的这个，是结了婚的。"

"啊？"

屋内又静下来，正文闭上了眼睛。

"然后呢?"有人问。

"然后——就是那人的老婆知道了,不干了。据说,寒假的时候,这个男的带着她在外面开会,他老婆去他开会的地方闹了一场。不知怎么闹的,反正她回来就割腕自杀了……"

"谁割腕了?"

"还有谁,姓毛的这个女生呗。"

"啊!"几个人又叫起来。

正文的喉咙里热了一下,猛地咳了一声。

"不过,没死,不过这学期,她又休学了。"

屋内再一次陷入沉默。

燥热的风透过纱窗一阵一阵往屋里涌,房间里室闷得让人透不过气。扁豆从枕头下抽出一把折扇,使劲扇着,床铺也跟着"嘎吱、嘎吱"响。

"有那么热吗,使那么大劲?"下铺的同学用脚踹踹他的床板。

扁豆没有回答。

"到底是真的还是假的啊,那个女生看着挺聪明的,应该不会这么傻吧?"

"能休学两次,肯定是真的。要不是非休学不可,一般人谁敢这么冒险,考上大学多不容易啊。"外地同学说。

"咱们替她揍那男的一顿得了。"

"可别。"下铺北京同学说,"恋爱这事儿,只有自己知道是怎么回事。你去了,人家说不准还怨你。"

静了一下,扁豆说:"唉,有这么多男同学不爱,非要爱一个结了婚的吗?"

"我们班女士说,她们就爱成熟的。成熟的也都比我们有钱,听说那人给她买了不少东西,自行车、皮鞋、walkman,对了,好像还给她买了一台打字机。咱们行么?顶多买得起两根冰棍儿。"

"是不是弗洛伊德说的那个情结?"

"梁正文。"下铺的人叫道,"怎么半天没说话了,他对弗洛伊德有研究,让他分析分析。"

扁豆说:"我只知道他对郭沫若很有研究,这故事可比郭沫若还复杂。正文!"扁豆叫他。

正文没有回答。

"睡了?可惜,这么好的故事他没听到。"

"唉,这算什么好故事,够让人灰心的。好像像点样的女生都跟了不像样的男的。"

"不用灰心。"扁豆说,"你也有成熟、不像样的那一天。我老爸的经验,二十岁以前,从来没有女生正眼瞧过他。二十三四以后,女人追得他都烦。行了,睡吧,做个好梦,我就等二十三岁一觉醒来,什么都有了。"

大家不再说什么,几个人翻身躺下,没过多久,屋里开始传出均匀的鼾声。

楼道的灯正好有一盏在他们宿舍门前,昏黄的光从门上方的玻璃窗泻进来,照到正文侧面的墙壁上。天花板上有一圈浅黄的水渍,清晰得竟像涟漪一样一点点扩张开来,越扩越大。正文的眼睛开始发花,突然间感到一阵恶心。他闭上眼歇歇,然后又睁开。

不知道过了多久,他仍然没有困意。拿出手表看看,已经是夜里两点。他觉得胃隐隐有些痛,翻身下床倒了杯热水喝下,还是不舒服，他转身跑到厕所，蹲了片刻，排泄出一些东西，然后站在水池前干呕了几声，吐出些白沫。楼道里悄无声息，只有污水池的龙头滴答作响，他的干呕传出巨大的回音。他回到宿舍，上床躺下。胃仍然痛，痛在很深的胃穴里，让他摸不着也够不到。他用一只拳头抵了很久，最后终于有些累了，昏昏睡了过去。

第二天，他一天没起床。扁豆晚上回来问他："你是出去过，还是根本没起过？"他没回答。隔过天来，下起蒙蒙小雨，连着两夜的热气一下子散去，屋里凉爽不少。上午有两节听力课，将近十点钟时他挣扎着想起来，却浑身无力，便又躺下。扁豆中午端着饭回来，见他的神色，便丢下碗，拽着他去看病。他晃晃悠悠地坐在扁豆的自行车后座上，到校医务室先化验，结果一出来，医生把他留下了。

躺在医务室的病床上，身上更觉虚弱。年轻的女护士给他配好大大小小五种药片，连同热水一起端给他。

他吃了药，默默看着女护士推来吊瓶架，拿过他的胳膊，勒上胶带，在他的臂肘弯里寻找着血管。

"怎么这么不在意啊，都三个加号了才来？"她戴着口罩，露着一双樱桃圆的眼睛嗔怪他。

"白天还没事，夜里才开始难受。"

"真够行的。一点点疼啊。"她说着，把针扎了进去，然后接通输液管，看着吊瓶里的液体滴答掉下来。"行了，先输着吧，得输到半夜了。给你开张假条吧。一个星期的，够吗？"

正文点点头。

天一直有些暗，蒙蒙细雨在不知不觉中变成了嗦嗦中雨，雨点"噼里啪啦"落在窗台上,像一个不断重复的音符。正文恹恹地睡过去,醒来以后,看见扁豆坐在床前,口里正振振有词地背诵着什么。

"醒了?胃里暖和了点?"

正文没说什么,点点头。

"想吃东西么?"

正文摇摇头。

"那就还没好利索。什么时候想吃了,就好了。"

正文睡到第二天天亮,胳膊上的针头已经不见了,房间里很静。阳光透过薄薄的白色窗帘照进来,屋里浓郁的药水味好像被略略蒸过,散发着熟过头的甜味。床头放着一只饭盒,盖半扣着。他认出是扁豆的饭盒,打开,看见里面放着一小块奶黄色的蛋糕。

不久,女护士走进来,正文想下地。她一边挪开吊瓶架,一边问:"要不要让你同学来接你?"

"不用。"

女护士把药封好,检查一遍上面的服药说明,然后交给他,嘱咐道:"记着按时吃啊,别再回来了。"她看着他走出门,随后"哗"的一声拉开窗帘,打开窗户。

正文骑上车,骑到西校门门口的糕点店又买了一块蛋糕,一杯热巧克力。慢慢吃完之后他又骑上车,往南骑去。

快到紫竹院时,他看到路边的一座电话亭,想给谭力力打个电话。可想想,又变了主意。骑到展览馆附近,他想起那次正武带着他在老莫请毛榛吃饭——不过是两年前,却好像是上辈子的事了。他存了车,走过过街天桥,走进动物园。拿出烟,放在嘴巴里，刚要点着，一名清洁工拍拍他，把烟从他嘴里抽下，扔到簸箕里。他趴在狮虎山的围墙上看了会儿老虎，之后拐到猴子笼，十几只猴子正追着跳来跳去，周围骚味呛鼻。再往前，出现一片用薄竹片围起的水塘，突然一只大鸟飞来落在围栏上，又飞进水塘，他认出是只白鹭。

几个中学生模样的女孩子从路边经过，惊异地低声叫着："是什么鸟啊？"然后站在那里唧唧咕咕。一个说是鹅，另一个说是天鹅，再一个说是鹤。正文说是白鹭，她们互相看看，吐吐舌头。

白鹭往前移动的姿势和芭蕾舞里的天鹅十分相像。两只纤细的褐色长脚轻轻抬起，再轻轻踩入水中，头和颈始终保持不动。然后站住，好像听着什么。突然，"叭"的一声，头探进水里，又猛地直起身——眨眼的工夫，一条小鱼已经叼在它两片艳黄色的喙之间。女生们"哎呀、哎呀"叫起来。那条小鱼拼命抖着尾巴，阳光下，它的身体像透明的褐色玛瑙，鲜嫩无比。白鹭仍然优雅地一动不动，任由鱼在它嘴内挣扎。几秒钟后，鱼不再动弹，白鹭这才"簌"地囫囵将它整个吞下，一个巨大的鼓包立刻凸现在它那足有半米长、直径不过几个厘米的脖子的顶端，随后顺着细长的脖颈一点一点拱下去，直到拱进它的肚子。

正文几乎要呕吐出来。

突然，白鹭展开翅膀，贴水面划了个优美的弯弧，然后用力振两下翅膀，朝高空飞去。

女生们站在那里，仰着头，一副依依不舍的样子。

正文又转回到狮虎山附近，刚才白鹭往下吞鱼的样子，仍让他感觉想吐。他在一张长椅上坐下，突然开始怀疑自己这两年来的感觉和生活。他脑子里闪过毛榛的笑容，毛榛托冯四一转来的那封信，他试着想再理解一遍她信中的话，可是他想不下去，他感觉自己的喉咙里也像刚刚吞了条透明的鱼。他又想起在校园西门看见毛榛从他眼前飞驰过去的样子，她眼里的泪水和她那坚毅的神情。

难道这一切都是因为那个人？

他不想回忆两天前宿舍里的人都说了些什么，也不想判断那些话是不是真的，有多少是他应该相信的。但是，有几个细节，像纹进了他的脑子里，怎么也无法祛除。她真的为那个人活不下去么？而且是在正武死后？这个疑问让他痛心。她在和正武好的时候，难道真的和那个人也在好着？她到底和正武好过没有？如果没有，她在香山上的眼泪是怎么回事？每次提到正武时她眼神里的忧伤又为什么？他摇摇头，像是做了回答。他也想起正武请他们去老莫吃饭，毛榛一定要带上冯四一的事。他闭上眼睛，想起那次在双榆树友谊宾馆门口等她，那个跟她一起拐过弯来的男人。他想起她受伤的脚，她身上混合的烟草味和白酒味，想起她那天疲惫的神情，发亮的眼睛，想起他在大操场见到的那个人和那辆自行车，以及毛榛的背影。他心如乱麻，还是觉得想吐，就走到小卖部买了一瓶汽水，然后出了园门。

往学校的方向骑了几步，他觉得很想回家看看，便拐个弯，从西苑饭店的路口掉了头。

他母亲前些日子不知从什么地方弄来只小猫。他推开家门时，那只猫跑过来，瞪着一双迷迷瞪瞪的眼睛看他。他伸出手，够起它的前爪把它抱手里，用大拇指抹它眼角的眼眵。小猫很乖顺，没有抵抗。刚抱来时只有一把小骨头，这才半个月，已经大了一倍，毛质也明显亮了，圆滚滚的。

转眼又到了期末考试的时候。考完前两门的那天下午，谭力力说要过来，他便到校门口等她。她戴了副银丝边眼镜，头发披在肩上，分缝似乎往左边挪了挪，眼睛似乎更长了，眼角也吊得更高。他们在门口的花坛边坐下，正文抽出烟，把烟盒递给她，她摇摇头，正文便没坚持。就那么坐了好一会儿，谭力力问他：

"你不想问问我今天为什么来么？"

"为什么？"

谭力力看看他，然后站起来。"不为什么，走了。"说完，她跑过马路，正好有一辆公共汽车开过来，她挤上去，很快跟车一起消失在马路尽头。

正文把烟抽完，悻悻地回到图书馆。

第三天下午，考完最吃力的精读和口语课，他回到宿舍，看见传达室窗口站着冯四一，窗玻璃后面插着一封写有他名字的信。

9.

"你怎么来了？"

他从值班老师手里接过信，捏捏，信很薄，寄信人地址是北京。

"来看看你啊，也——有点事。"

"什么事？"他立刻想到毛榛，心跳了一下。

"你要不要先看信，看完再说。"

"那你等我会儿，我把书放上去就下来。"

一边往楼上走，他一边抽出信。是谭力力寄来的，很短，只有几行：

本来想告诉你我搬家了，可觉得你不感兴趣。本来还想告诉你，我的两条鱼今天早上都死了。算了，也许你更不感兴趣。不管怎么样，这是地址。你如果想记就记下，不想记，就撕掉好了。能问问你今天是怎么了么？如果不想说，我也不勉强。

正文看了看那个地址，把信放回信封，塞到枕头底下，然后"咚咚"跑下楼。

"去哪儿？"他推上车，这才看见冯四一穿一条艳黄色大花长裙，白色无袖镂空绣花棉衬衣，露着两条白嫩的手臂，手里拎着一只黑色棉布袋。

"就站这儿说吧。"她看看表，"一会儿要去美术馆。"

"去美术馆打扮得这么漂亮？"

"当然了，我去美术馆都打扮这么漂亮。行了，不跟你多说了，你问我来干什么吧。"

"有她消息了？"

冯四一抿抿嘴，从布袋里拿出一张明信片。

正文接过来，先看正面。是一张风景照片，飞檐翘角的一座亭形建筑，碧蓝的瓦，艳红的拱脊，白墙灰石，背景是大朵蓝天白云。正文不知是哪里，便翻过来，密密麻麻的一片字从左铺散到右，左一道右一道划着插入符号和转行箭头。他立刻认出是毛榛的字体，抬头问四一："可以看么？"

"看吧。"

他顺着那些符号把毛榛的话连贯起来："四一，很想你！你也没忘记我吧？没想到我在这里一住就是五个多月！放心，一切都好！上次跟你说的书我都看了，现在在看王尔德的 De Profundis①。很累，被他折磨得快死了。你觉得应该翻译么？最近雨多，蚊子也更多。听你的，种了丁香，可还是咬得不行。北京热了么？那个人怎么样？别老是看画展，还做了点别的没有？这是'南阳诸葛庐，西蜀子云亭'的子云亭，美吧？想不想趁放假来玩？告诉我，我等你。"

结尾是红圆珠笔画的一颗心，右下角横线上是收信人地址、姓名以及寄信人地址。

"绵阳？"正文抬起头，"在哪儿？"

"四川。"

"怎么在那儿？"

"她有个舅公在那边。"

正文抬起头，看着她。

"别这么看我。我是跟她通过信，可她不让讲，我不能骗她。"

正文拿着明信片又看一遍，递还给她。

"你要不要记一下地址？"她说着，从布袋里拿出笔，又从笔

---

① 《在深处》，王尔德因同性恋官司入狱获释后写作此书。

记本上撕下一页纸。看着正文写完,她把明信片放回布袋,两手插在裙子的大侧兜里,问:"没生气吧?"

正文没说话。

"我就知道这些。"

正文还是没说话。

"真的,不骗你,你看她这信,well,也不叫信,她也没跟我说太多。"

"怎么这次你跟我说了?"

"这次,她口气不一样,她想让人去看她,就说明她缓过来了。"

"缓过什么来了?"

"这个——我答应过她替她保密,你就别难为我了。行了,能做的我都做了,该怎么办你自己看着办。别再骂我了啊。"

"谢谢你。"正文说。

"那我走了,还有人在门口等着我呢。"

正文骑车送她到东门口,看见一个栗色头发的矮个子青年靠在车后架上向着他们张望。四一从正文的车上跳下去,跳上他的车。正文目送他们离去,掏出那张纸,看看,放回兜里,骑上车往北拐,沿着围墙顺河边向西。七月的柳叶沉甸甸地垂在河里,水鸭静悄悄地凫在水面上。他从口袋里摸出那张纸条一只手拿着又看一遍,然后从北门骑回校园,骑到图书馆,一口气跑上四楼,跑进文史资料室。资料室一进门的墙上贴着"中国历史大系年表"和"中国地图"两张大图,正文踩着梯子趴到地图上,找到四川,用指头寻觅着"绵阳"两个字。在成都的北面偏东,是个中等大小的双线圆圈,有河流、公路线和铁路线从城内穿过。他下来,又进入工具书阅览室,在百科全书地理卷找到"绵阳"的词条。

从图书馆出来,已经到开饭的时间,但正文不饿,又骑上车,出西校门,穿过热闹的货摊,骑上大路。正是车流熙熙攘攘的时候,车铃声,车后座驮着的孩子叫声,要进站的公共汽车售票员咣咣敲打车皮的声音,都让他觉得从没有过的热闹和喧嚣。他想起那条小道,便拐下去,顺着小道骑过那片菜地。地里种的已经不再是白菜花和黄瓜了,但那条田埂还在。毛榛在埂上捂着嘴笑的样子像根尖刺,不停地扎着他的喉咙和他的下腹。他在田埂坐到天黑,才又骑回学校。路上起了一阵风,树木被哗哗地甩在身后,也许不是风,反正有无数的东西迎着他吹过来,吹得他眼睛发酸,直想流泪。

回到宿舍,见扁豆躺在床上,戴着耳机,眼睛盯着天花板,又在背着什么。正文换了件干净的衬衫,爬上扁豆的上铺,拉他出去喝酒。扁豆执意不肯,但禁不住正文的死拉硬拽,跟着他出了南校门,坐进一家小饭馆。正文要了两扎啤酒,一扎推到扁豆面前。扁豆说不喝,正文硬是推给他。

"喝不了这么多。"

"先喝着,剩下的给我。喝完了我有事求你。"

"你发疯了吧?明天还考不考试了?什么事,先说再喝。"扁豆瞪着眼睛看他。

正文平静了一下:"我明天要赶火车,来不及请假了。最后这几天考试你得帮我对付一下。回来我谢你。"

"怎么对付?"

"随便你。"

扁豆仍旧瞪着眼睛看他,然后问:"是为那个糖醋排骨?"

正文端起杯跟他碰了碰。

那一夜，他翻来覆去计划着第二天要做的事情，眼看着晨曦一点点透入窗口，六点不到，便下了床，跑到海淀火车售票处，排了将近两个小时的队，买到当天晚上去绵阳的票。回到学校，他收拾了几件衣服，又从书架上抽下一本霍桑小说，一本艾伦·坡的探案集，最后跑到图书馆，直奔英文书卡片柜，填了书单，借出 De Profundis。

下午，他乘车到火车站，在大厅里找到公用电话，先拨了谭力力的号码。整整响了两分钟，没人接。他只好挂上，又打给他父亲。他父亲是从会议室跑出来的，喘着粗气，声音里都是不安。正文告诉他有个同学得了急病，要把他送回四川，送到以后，他也顺便在四川玩几天。父亲问不是要考试了吗。他说，老师同意他回来以后补考。父亲沉默了片刻，应该是没有相信，但还是关切地问他钱有没有带够。正文让他放心，不够先跟同学借着，开学以后再还。他父亲轻声叹口气，嘱咐他路上小心，就挂了电话。

过了二十分钟，正文又往谭力力的办公室拨一次。响了整整三十六下，仍是没人接，他挂上电话，拎着包走进候车室。

10.

梁正文永远也不会忘记毛榛见到他时的表情。

先是皱着眉抬起头来，随即瞪圆了眼睛，手捂着嘴巴看着他，看了足足十几秒，才像明白过来似的，上来揽住他的腰，又很快松开，只紧紧拉住他的一条胳膊，侧过头来看着他笑。

她明显瘦了，整个人好像装在一只大口袋里，缩小了一号。左手拿着本书，右手拿把蒲扇，上身穿一件白色男式汗衫，袖口挽到肩上。下边是一条宽松的军绿色短裤，挽起很多堆在膝盖上，脚下随便地趿着一双草鞋。一条长毛大狗跟在她腿边，"呼、呼"地喘气。她的头发也长了，从左侧分开，松松地扣在耳后。床头灯幽暗的逆光从后面罩过来，把她罩成一片柔和、干净、轻飘飘的树叶。

然后他看见她的床边另有一张小床，里面躺着个健硕的孩子正在熟睡。

毛榛说："是我舅婆的孙子。"

毛榛的舅公和舅婆都是听见小阿姨开院门的声音从睡梦中起来的。正文不住地道歉，她舅婆连连地说着："难为你这么黑还能找到这里。"接着叫在一旁发呆的小阿姨下厨，给正文煮汤圆。她自己很快收拾出客房，随后把正文叫进去，将冷水房和盥洗用品一一指点给他，又突然压低声音说："初次见面，请你不要怪我直率，我和他舅公是答应了榛榛的姥姥的，请你们不要睡在一起，好不好？其他的，我们都不管。"正文的脸蓦地红了，赶紧点头掩饰着。

舅婆和舅公又去睡了，毛榛看着正文吃完汤圆，拉他回到她的房间，推他在床边坐下。她抱起一条腿挨在他身边，不时歪过脸看他，最后长吁口气，紧紧揽住他的胳膊。正文这时看见她左腕根上戴一块半寸宽的红翡玉镯，不禁拿起她的手，问她："是新的？"

毛榛"嗯"了一声，又说："也算旧的，是姥姥从前戴过的。"

正文这才想到那块玉下面大概会是什么，他说："让我看看。"

毛榛摇摇头，把胳膊背到背后。

"干嘛做这种傻事——"正文刚问到一半，毛榛用手捂住了他的嘴。

"怎么找到这里的？"她问。

"火车站有三轮车，我把地址给车夫，他就拉来了。"

"四一给你的地址？"

正文看看她："还有谁知道你在这儿？"

毛榛又吁口气，歪过头，靠到他臂上。

看见她床头扣着书，正文问："还没睡啊，看什么书呢？"毛榛拿给他。"哦？《包法利夫人》。你不是跟冯四一说正看王尔德呢么，怎么，这么快就又喜欢真实的现实主义了？"

"是遭到抨击的残酷的浪漫主义。"

小床里的孩子突然蹬了蹬腿，肥藕似的一截小腿从毛巾被下露出来，毛榛赶紧转过身去给他盖严。

"这孩子多大了？"正文问。

"十六个月。"

"怎么会让你带？"

"嗯？"毛榛抬起头，"哦，小舅妈又怀孕了，夜里老睡不好，我没事儿，就帮他们照看几天。"

"你还会带孩子？"

"不怎么会。"毛榛拿起孩子的一只小手，放在自己嘴里含吮一下,"主要是舅婆在带。"

"哎,你别说。"正文看看孩子又看看毛榛,"这孩子好像什么地方跟你还真有点像。"

"是么?"毛榛眯眼看着孩子,"也不奇怪,我是他姐姐嘛。"她抬眼看看正文,"跟你不像?"

正文笑了。

毛榛起身推开通往后院的门,拉正文出去。院子里并不凉爽,温度似乎还更高些。外面窗台上摆着一盆丁香,院中间摆着四大盆直径一米的灰陶缸,里面浮着大蔓青绿的植物,正文问她是什么,她说:"水葫芦。就是水浮莲。"旁边有张竹藤椅,毛榛推他坐下,自己搬过一只带靠背的小竹凳。一只手抱着腿,一只手继续拉着他的胳膊。正文注意到她的腿:"哟,怎么搞的?"

她低头看一眼,用扇子扇扇,说:"蚊子叮的。"说完又用手挠。

"别挠。"正文拿开她的手,"挠破了多疼啊。"

"疼也比痒好,没事儿。"

"真够狠的。"他看见她的脚,"哪来的草鞋?"

"街上买的。你喜欢?"

"有点意思。舒服吗?"

"刚穿时有点硌,穿开了就好了,很凉快。你要是喜欢,明天我带你去买。"

围墙前面种了几丛竹子,一轮皎白的半月挂在天上,银光泻入院子,映得竹叶和竹身肥厚透亮。正文突然发现竹丛深处有两点黄琥珀色的光在闪,定睛看,是只全身黝黑的猫,团着卧在里面,正在直勾勾地看他。他吃了一惊:"哟,还有个活物。"

"哦，猫啊，舅公的，那边应该还有两只。"她指指对面，一只白毛绿松石眼睛的，一只黑白大点毛黄琥珀色眼睛的，靠着卧在一起，也都正幽幽地瞧着他们。"白天他们都待在楼上书房，天黑了才卧这儿。"

正文"哦"了一声。

"明天我带你出去玩儿吧。"

"怎么，在这儿待腻了？"

"倒还没有。"毛榛低下头，"住了五个月了，没想到你来，想带你出去走走。"

"好啊，去哪儿？"

"去青城山吧。"她立刻说道，又想想，"去都江堰也可以，青城山离都江堰很近。先去都江堰也行，更近点，然后再到青城山。

"要不然——去乐山也行，看大佛去。你知道那个大佛有多高么？我小舅说我坐在大佛的大脚趾上，肯定还不到他脚趾盖的五分之一。听说风化得很厉害，所以要趁早去，晚了，恐怕连鼻子都看不到了。

"然后可以去成都，从那里到成都坐汽车不过几个小时。也可以先从这里去成都，再从成都去别的地方，到成都车就多了，去哪里都方便。可以去杜甫草堂。我舅公这房子不算小，但据说还赶不上杜甫草堂的一个角儿。不过还是先去青城山吧，趁体力好，先去最难去的地方，你说呢？"毛榛侧过头来看着正文。

"听你的。"

她眨着一双细圆的眼睛："你都被我说糊涂了吧？"

"没有。"正文拍拍她的头，"你做了很多研究啊。"

"算不上研究，都是想象。"

"你现在能爬山吗？"

"能，我喜欢爬山。"

一点风也没有，竹影映在墙上纹丝不动。远处有蛙鸣，把夏夜叫得愈显湿闷。他们在院子里又坐了一会儿，毛榛看看表，快五点了，就让正文去睡。"坐了那么长时间的火车，骨头都散架了吧？"

"还好。一路上都想你见了我会什么样，就不觉得了。"

"跟你想的一样吗？"

正文看了她一眼："差不多。"

毛榛低下头："正文，你能来，我真太高兴了。谢谢你。"

正文伸出手抚她的脸："还这么客气。"

毛榛抬起头，没有拿开正文的手，而是用自己的一只手握住。

她的手心略略有些温，手指尖依旧冰凉。嘴唇上没有了暴皮，显得润泽而丰满。正文用另一只手搂搂她，又不由得轻轻把她揽过来，把自己发热的嘴唇贴到她的眼睑上。毛榛似乎抖了一下，正文很想把她抱得再紧一点，却想起她舅婆刚才说过的话，便轻轻抽出手，低声说："这会儿还真的有些累了。"毛榛说："那就睡吧。"

"可是又有点舍不得，见到你可真不容易……"

毛榛把他推进凉水房。

水房像地窖一样阴凉。月光透过细窄的天窗直照到地上，白得不太真实。正文开了水龙头，水里似乎流出股淡淡的咸腥味。这真是个陌生的地方，连空气和水的味道都不同。如果不是毛榛，他大概一辈子也不会来到这里，更不会在这间屋里洗澡吧。这样想着，他为这唯一的牵系感到几分温暖。他把全身打了遍肥皂，水冲下来的时候，他感觉疲倦终于跟水一起涌出，又一截一截退下去，他脑子里开始一下一下回闪毛榛乍见他时那两只瞪圆的眼睛。不知怎的，他觉得毛榛似乎并不喜欢这个地方，或者说喜欢但又带点犹豫。这让他有些难过。然后他隐约听到嗡嗡声，像是蚊子，又像是孩子的哭声，很细弱，飘在很远的地方，或是另一所房子里，让他不能肯定是不是毛榛身边的那个孩子。他又似乎听见一个女人哄孩子的声音——"哦，哦"，一声接着一声，像是毛榛，又不像。

他快速地擦干身体，出来时看见毛榛的房门仍旧开着，她歪在床边凑在灯下看着书。他放了心，走到她门口，说："别看了，也睡吧。"

"就快看完了。"

他走过去，把书从她手里取下。头顶的床头灯把她长长的睫毛打出浓浓的阴影，她的一边脸颊在阴影下显出几分峭立，原先的圆下巴尖了出来。她轻轻问："我变了么？"

正文说："没有。"

"一点都没有？"

"瘦了一点。"

她摇摇头："你来之前，想象我会有变化么？"

正文点点头。

"变成什么样？"

"就像你现在这样。"

"现在是什么样？"

"又轻又薄，像片叶子，可以夹在书里带走。"他看着她，"我带你走吧。"

"去哪儿？"

"听你的。"

"那还叫什么你带我走？你不是只想去没人的地方么？可我不行，得待在有人的地方。"

"那就找个有人的地方。"

"就我们俩？"

"就我们。"

"哪有那么好的地方。"毛榛看着他，"我瘦了好不好？"

"你怎么都好。"

她用手指点点他的鼻子："会说话了。你更瘦了，学习太用功，还是谈恋爱了？"

正文笑笑："想你想的。"

毛榛把眼睛移开。"是吗？"再看着他，"睡吧，想我的话留着明天说吧。"

他俯下身，在她左眼上轻轻吻了一下，然后帮她关上房门，自己进了斜对面的客房。

第二天，他被脖子上一阵瘙痒弄醒，用手摸摸，是密密的一层汗。他一刹那有些恍惚，不知道自己身在哪里。看到窗外的竹子，他回过神来。看看表，已经是午后一点钟。屋里闷热，仍然没有风，窗外是晃眼的青灰色，看不出云际。他到凉水房又冲个了澡，换了身干净衣服来到客厅。客厅里没人，他听见前院有叽叽喳喳的声音，便走了出去。毛榛的舅婆戴着眼镜坐在一张矮竹桌前看报。长毛狗趴她脚下，见了他，立刻直起身，吠了一声。舅婆厉声喝住，转脸高兴地招呼他："睡得好不好？是不是热醒的？"

"不是，睡够了才醒的。"

"年轻人多好，欠了觉会补，不亏自己。"

正文笑笑，不由朝四下看一眼。毛榛似乎不在。

"找榛榛啊？"舅婆从眼镜上方打量他，"她看你没起来，就先跟她舅公去学校还书去了，刚走了没几分钟。"

正文"哦"了一声，又问："学校很远么？"

"不远，他们爷俩多半是坐三轮，一会儿就到。"

"毛榛的舅公是老师？"

"一小半是的，学校请他教一门历史课。"

正文又"哦"了一声。

靠大门的地方，小阿姨蹲在地上拣菜，这会儿正睨着眼睛偷偷瞧他。几只鹅黄小鸡唧唧叫着，围在菜堆边转来转去。昨晚放在毛榛屋里的小床这会儿摆在舅婆旁边，小家伙坐床头，手上抓着几件玩具，看到正文，突然挺直身，把一个塑料熊朝他扔出来。正文慌忙去接，小熊在他手里蹦了两下，还是掉到了地上。正文捡起来递还给他。

"这孩子……"舅婆嗔怪道，"这会儿正是人事鬼事都不懂的时候。吃点东西吧？"不等正文回答，便向小阿姨吩咐了几句。小阿姨应着，在门口的水池洗了手，那几只小鸡又唧唧地跟在她身后进了厨房。

"吃了饭跟我上街买菜去，好不好？本来要跟榛榛去的，正好，你起来了。还困不困,要不要再睡一会儿?"

正文摇摇头。

"那你吃完我们就走?"

舅婆提着一只蓝花布兜,交给正文一只大竹篮,拉着他出了院门。院外是条小马路,两侧种着半高的梧桐。走过小马路往右拐,不多久便走上一条斜斜的下坡。走了几步,舅婆挽起正文的胳膊。

"还是很累吧?这么远跑来看榛榛,我替她谢谢你。"

"您不用客气。"

"不是客气,你别怪我说话直率,我想问问你,不是现在,以后,你们都毕了业,你会跟榛榛结婚不?"

正文愣了一下:"您问这个——"

"唉,我昨晚见了你,一夜里都在想你们见面时的神情,就好像又看到我自己年轻时的样子……虽然榛榛从没跟我提起过你,可我是过来人,多少能看出点眉目。你喜欢榛榛,对吧?要不也不会跑这么远来看她。"她从眼镜上方瞟着他,正文不禁红了脸。"榛榛这孩子看着聪明,其实傻得很。"

"您为什么这么说呢?"

"现在哪个女孩子还会这么做?她妈妈——她姥姥经历的也都不少,可也都没走到这一步啊。"

正文沉默了一下,说:"您也许不知道,其实到现在我都还不太清楚她到底出了什么事儿。"

"她不爱说,越是身边的人她就越不说。连我也是她来之前,她姥姥跟我说又出事了,想让她再到我这儿住一段。"

"听您的意思,她这不是第一次住您这儿了?"

"不是,去年也是这个时候,比这稍早点,住得还长……"

正文深深呼口气,想张嘴,又闭上了。

"你想问什么就问吧,我能告诉你的我都会讲。"

"不瞒您说,我来之前有好多问题想问她,可是见了她就又觉得那些问题问不问的也没那么要紧了,只要她现在心情好就好。"

"你这么说,我真要替她再谢谢你了。"

"您不用那么客气。"

"不是客气,难得你这么体谅她。我没看错你。跟你说句实话吧,也不怕你知道,榛榛跟她姥姥,其实没什么血缘关系,她没爸没妈,是个私生的孩子。"

"啊?"这个消息惊得正文心脏仿佛停止了跳动,他张大了嘴巴,半响说不出话来。

舅婆再紧紧地挽了挽他,一边拉他往前走一边继续说:"那年她姥姥早上去上班,一打开家门,就见门口放着个包袱。下面楼梯上还坐着个老太太,见她出来闪身就跑了。这孩子命不错,她亲生母亲托人把她放那儿,肯定是打听过的。她姥姥虽说不富裕,可读过书,从前也是大家里出来的,又在那么个大机关工作,榛榛跟着她,不会委屈到哪儿去。榛榛从来没跟你讲过这些?"

正文懵懵地摇摇头:"她家里人,她只提到过她姥姥,但也说得不多。"

"那我就都跟你说了吧,她母亲不是没名没姓的人,年轻时演过电影还写过书,当年名气很大的。"

正文的心又是一震。

"榛榛的样子跟她母亲很像,谁一看差不多都能猜到。不过她是谁,你不要问了,已经不重要了。她妈妈当年嫁了人的,可不知怎么就跟另外一个男的有了榛榛,而且还把她生了下来。生了又没法养,只好把她送出去。"

"能生为什么不能养?"

"那个年代,她又是那么个身份……"

正文沉默了。他心里翻江倒海,可是舅婆的脸上却一片宁静。他跟着她迤迤地往前走了好一段路,这才又问她:"那时候——她多大?"

"榛榛啊?姥姥在门口发现她的时候,不到一百天吧。"

"她那会儿什么样?哭着呢么?"

"没有,要不说缘分呢,一声没哭,光瞪着一双玻璃珠一样的眼睛瞧着。她姥姥把她抱进屋,搁床上,家里没玩具,就随便抓了本书给她。她那小手抓书抓得可紧了,怎么都不撒,姥姥想夺也没夺下来。这么着,就把她留下了。"

远处不知什么地方的汽笛"呜——"地叫了一声,正文又停下脚步,鼻子一酸,忙转头望向远处。

"江在东边,哪天让榛榛带你去江边喝茶。绵阳这里停着不少的船,汽笛叫,就是有船要下江了。"

"哦。"他答应着。

"绵阳很热吧?"

他点点头,又说:"还可以,比北京热点。"

"要不这里的人都爱喝茶,喝了茶就不热了。去吧,下午就叫榛榛带你去。"

"好。"正文问,"那她母亲现在在哪儿?"

"榛榛的母亲啊,不是在北京就是出了国。"

"她们后来见过吗?"

"见过,榛榛去过她家一次。可回来也没跟她姥姥说什么,后来好像也再没去过。"

"她父亲呢?"

"那人,怕是都不知道有这么个孩子。不过,不是叫骨肉嘛,她是他的骨头,他的肉,是他的命,他就早晚会知道的。你信命吧?"

正文犹豫了一下,没有点头也没有摇头。"那时候姥姥就自己一个人么?"

"是,那时候是……唉,她的事说起来话就更长了。"

"那她带着毛榛一定很不容易……"

舅婆拉住他的手,抬头看他:"好孩子!难得你懂体谅人,我真是没看错你。"见他仍旧一副沉郁的样子,她安慰他:"你听了这些,替榛榛难过,是不是?没关系,她家里的事你不用担心,这么多年了,她早就皮实了。我现在担心的是她现在的事。女人这辈子,虽说不可能每一步都走得可丁可卯,可也得差不离,该糊涂就得糊涂一下。可榛榛啊,还没多大,就非走那么一步——唉,快到了,今天说不了,你一定还有很多问题吧?你们要是不急着走,我找空再跟你说。"

"毛榛昨天说,想去青城山。"

"那也没关系,她要是信任你,自己会给你讲的,给她点时间。我还想再问那个问题,你别介意。你是不是真的很喜欢榛榛?要是真喜欢,你毕了业,就跟她结婚。"

正文下意识地挠了挠头,舅婆的脸上立刻显出失望。"也许我问的不是时候,也可能不该我问——"

"舅婆,我能也这么称呼您吗?我不骗您,我还从来没想过结婚的事儿——"

舅婆轻轻"哦"了一声,又赶紧说:"不用你现在就想,你们不是都还没毕业吗,还有两年,对吧?两年以后结就行。趁着我还没老,还能去北京给你们办事。"

"舅婆,毛榛她——不一定喜欢我……"

"怎么会不喜欢你!"舅婆斩钉截铁地打断他,"你看看她看你的眼神。不喜欢你,能让你来看她?这个孩子,就是书读得太多,都读糊涂了,心里想什么都不会说。你要是喜欢她,就主动一点。你们差不多大吧?你多担待她点。虽说她不是我亲生的,可在我这儿住了这么久,我就把她当自己的孙女,我不能看她再有什么闪失。"舅婆的眼里闪了泪花。

正文心里也跟着一阵难过:"那好,我答应您。"他的胳膊被她紧紧地挽着。"我一定好好照顾她,不让她再有什么闪失。"

"那我就放心了。"

走到坡底,再转个弯,农贸市场的浅灰色木板房顶就露了出来。正文突然想起什么:"舅婆,我能再问您一件事么?毛榛去年休学到这儿来,您知道是为什么吗?"

舅婆愣了一下,停下脚步,眼里一副诧异地看看他:"怎么,你不知道?"

正文摇摇头。

"她没跟你说过?"

正文又摇摇头。

舅婆的目光收了回去,沉默一阵,最后轻描淡写地说:"嗨,还不都是同样的原因。"

他们买了东西从农贸市场回到家,毛榛正盘腿坐在客厅的沙发里看书,手里有节奏地拍着身边的孩子。孩子又睡了,扎着两手,张着嘴巴。大狗趴在毛榛脚边,看见正文进来,动动,想起立,见毛榛没动便又卧下,"呼呼"地喘着气。从昨天晚上睡下到现在,还不到一天,正文却觉得像做了个很长的梦,看到她的第一眼,感觉有些陌生。他挨她坐下,胳膊搭在她背后的沙发靠背上。毛榛放下书,歪过头:"跟舅婆买菜去了?"

正文点点头。

"有心事?"她看着他,"舅婆跟你讲故事了?"

"讲了点你的事儿,你不介意吧?"

毛榛没立刻回答,俯身凑到孩子的脸前,轻轻拉起他的手,在他手心里挠了一下,小孩子睡着竟咯咯笑了一声。"看来她很喜欢你。知道了也好。"她抬起头,"都知道了些什么?"

"你的身世。"

"可怜我了?"

正文盯着她的眼睛,摇摇头:"怎么会呢?"

"就是,千万别。其实,我对我那个妈当年做的事挺满意的。她要是随便给我扔在什么地方,我也没什么可说的,对吧?"

"你可真大度。"正文伸出手想去拍她的头,她躲开了。"你不用可怜我。我跟姥姥说不定比跟她还好。"

正文默然了片刻。"听你舅婆说你后来见过她？"

"对，我十五岁那年去过她家一次。"

"她怎么样？"

"不怎么样，大哭了一场。我能长这么大，她没想到。可她并不希望我去见她。"

"为什么？"

"怪我出现的不是时候，'就不能让我清静一会儿吗？'她这么跟我说的。"

"这也像一个亲妈说的话！"

"我觉得挺好，起码她没跟我见外。"

"那是两码事。"

"她觉得我去找她是想占她什么便宜。其实她有什么便宜能让我占的呢？"她皱着眉摇了摇头。

"后来呢？"

"没有后来，跟我没有后来。她自己的后来我也不那么关心。"孩子呛咳了一声，毛榛立刻把他从床里抱起来，放肩膀上，轻轻拍他圆滚滚的后背。

正文想问问她，她母亲到底是谁，可也突然觉得舅婆说得对，她是谁现在还有什么重要的呢。他拿过她身边的书，看看封面，问她："还在看《包法利夫人》啊，不是昨天就要看完了么，怎么还在看？"

"已经看完了，等你们着急，摆样子打发时间的。也别说，这本书，说看完了吧，随便翻到哪儿，还像是没看过。"

"这么喜欢爱玛？"

"那倒不是，福楼拜也没想让人喜欢她。"

隔着客厅，能听见院子里小鸡"唧唧"的叫声，偶尔也能看见那几个肥肥的鹅黄身影优哉游哉从门前踱过。舅婆端着切好的西瓜站在客厅门口，招呼大家到院子里坐。"都来吃西瓜——"话音刚落，二楼平台上也呼应一声"吃西瓜——"与舅婆的口气一模一样。正文诧异地跟毛榛走到院里，抬头看见楼上一只羽毛乌亮的鸟，支棱着尾巴扒在一只半米高的笼子里。笼子上刚刚洒过水，滴滴答答落着水珠。鸟身通体泛着紫蓝色的光泽，喙和足上顶着鲜艳的橙色。"这是什么鸟？"正文问。

"鹩哥，最会学人说话了。"

昨晚见过的三只猫都趴在二楼的窗台上，隔着玻璃朝外觑。一会儿，舅公摇着一把大芭蕉扇，缓缓走下楼。刚刚坐定，大门吱扭一响，舅婆的儿子和媳妇推门而入，狗立刻扑上去，院子里顿时热闹起来。

"怎么先没说一声？"舅婆问。

"她说吃我做的饭腻了，非要回家来。"丈夫说。

舅婆弯下身看媳妇的肚子，而后赶忙跑进厨房，嚷着让小阿姨加菜。

那个肚子的确很显大了，毛榛拉着她浑圆的胳膊，指着她的肚子让正文猜是男是女。正文猜不出，被毛榛唤作小舅的人在小竹凳上坐下，拿起一块西瓜——"肯定是个和尚，我那天趴她肚皮上想跟小鬼头说句话，他一脚踢过来，隔着肚皮差点把我的眼镜踢掉。"

"是你讨厌呗。"他媳妇说，"你不惹他，他会闹你？"

院子里的人都笑了，舅婆推她媳妇坐，媳妇说不坐外面了，板凳太矮。这时里面的孩子醒了，"哇哇"哭了两声，毛榛立刻站起来往里跑，媳妇也扭搭着跟了进去。

外面的人闲聊着，舅婆和她儿子慢慢说着孩子出生以后的事。楼上舅公的电话响了几次，他跑上去就再没下来。正文偶然往客厅里看了一眼，正好看见大肚子的那个从兜里摸出一件像信的东西，快速地递到毛榛的手里，毛榛又快速地把它装进了短裤侧兜。正文心里恍了一下。

没多久，晚饭端上了桌。舅婆招呼他们先吃，吩咐小阿姨把舅公那份送到楼上，自己又从毛榛手里接过孩子，拿了奶瓶塞他嘴里。

晚饭很丰盛，正文这辈子没吃过那么新鲜的鱼和青菜，毛榛还一个劲往他盘里夹足有小孩巴掌那么大、白嘟嘟几乎不带一丝红色的肉片。他偶尔看她的脸，却看不出任何异常，可越看不出，他就越惴惴不安。

孩子吃好了奶，被竖起来站在舅婆的腿上跳着脚。毛榛立刻放下碗，接过手，让舅婆吃饭。

不知为什么，正文觉得那顿饭几个人吃得都有些匆忙。刚刚撂下碗，毛榛便把孩子丢给小舅妈，和舅婆帮着小阿姨收拾了桌子，把剩菜端进厨房。院子里还是那么闷，小舅两口子话始终不多。一会儿，舅婆把洗净的葡萄和茶水端上来，黄毛小鸡仍旧"唧唧"叫着跟在她身后。毛榛过了差不多一盏茶的工夫，才又回到院里，从大肚子的手里接过孩子横抱胸前。正文又注意地瞄了她一眼，发现她换了一件汗衫，脸上默默的有种沉郁。长毛狗见她出来，马上趴到她脚边，"呵哧、呵哧"吐着舌头。

天越来越闷，不一会儿便滴起了雨珠，雨珠很快连成雨线。楼上的鸟叫了声"再见"，便被匆匆收进了屋。窗台上也已不见猫咪们的脑袋。小鸡们扭着屁股着急忙慌地躲进后墙下的一个小洞。狗先是趴在那里不愿走，待他们把凳子搬进屋里，也只好摇着尾巴乖乖跟了过去。

直到今天，正文再回忆起毛榛的时候，还常常会想起在绵阳度过的这个下午，想起毛榛快速从那个大肚子小女人手里接过那封信的情景。毛榛后来从没提过那封信，他也没问。他偶尔会想，假如他当时问了她，她会不会实话告诉他？假如她说了，后来的事还会不会是后来的样子？

那顿饭过后，他就有些急不可耐地想离开毛榛的舅公家，那里好像隐隐约约藏着个他看不见摸不着的危险，让他很不踏实。可毛榛似乎改变了计划，不那么急于出门。她每天带他坐三轮车上街，逛子云亭，逛遍绵阳的每一家书店，累了就到江边的茶园歇脚。江边的茶园建在废弃的码头上，任何时候里面都密密麻麻坐满了人，打牌，看报，嗑瓜子聊天，一动不动，好像都可以一坐就是一天。江边永远停着两艘破旧、乌黑的小轮船，船上没人，像文物一样搁在那里展览。整整过了一个星期，毛榛才终于决定上路。乘车到达青城山脚下时，已过了下午三点。他们还是选择躲开前山的人流，从后山顺狭窄的土路迂回上了山。

山中的天气一直变幻不定。有时走走，觉得天马上就要黑了，可走出几步，天色又亮起来。一路上，枝叶青绿繁茂，山门、石岩，甚至道路大多隐藏在密林之中，不小心便错过路标。他们就错过了几次，走了几段不近的回头路。

长长短短的栈道很多，最长的一段绵延百米。两侧苍崖对峙，栈道大多悬于山腰，沿山势委蛇上下。支撑栈道的立柱为一根一根巨石，仿佛从涧底自然拔地而起。纵梁用几握宽的滚木相连，有些滚木长达数十米，用粗如末指的铁丝捆在一起。纵梁上再铺横梁，有的用木板，大多仍用相同的滚木，切短，用大方头木钉固定住。磨损日久，横板之间有些已露出近半米的空隙，一眼望下去，或是深不见底的涧，或是湍急的水流。即使腿力强健的毛榛，也常常闭上眼睛不敢再往下看。

想来一是走后山的人本来不多，二是天色到底将晚，一路上，他们没有碰到一个游客，整座山里，好像只有他们。四周偶尔响起鸟叫，回音袅袅，更觉山高水深。山风穿过树林一阵阵沙沙作响，淙淙水声隐在若远若近的地方，像有个隐身人躲在暗处一路与他们相随。

"怕么？"正文问。

"有点。"

"不用怕，就是有鬼，也不能只捉你，除非他是风流鬼。"

"风流鬼就不对你感兴趣了？"

"对我感兴趣，就不是鬼了。"

"是狐狸精。"

"对。再说，不是你说的，仁者见山，山里即使有鬼，肯定也是仁义的鬼。"

途中他们遇到两三个挑担下山的女子,都穿深色衣,系绑腿,头扎围巾,貌似武侠片中的人物。向她们问路,都回答说:"不远,再走个二三十分钟便到得。"他们走了五六个二三十分钟仍不见一丝人迹。经过一处道观,香炉里虽然燃着浓烟,却无烟火气。进得观去,里面有种诡秘的静谧。几位道士静坐凳上,看见他们进来,身子不动,只把眼珠转几转,用眼角瞄着。右边是一座茶园,门却锁着。院内不知什么地方传来隐隐约约的川剧声,屋前檐下拉着绳晾着衣物,一位老道士在廊上踱步。他们从他身后走过,他立刻敏感地转过脸,露出瘦削的面颊,深凹的眼窝,盯着他们问:"要住店么?"毛榛拉拉正文的衣角,正文便说:"不了,我们还要赶着上山。"

直到夜色落下时,他们才终于听到远处欢腾的人声,一排小木楼随后出现在眼前。毛榛的脸终于生动起来,拉着正文加快了脚步。

楼前是敞开的饭铺,厨架上摆满了鲜红艳绿的辣椒、黄瓜等各种青菜,灶台上几个女人不住手地操持着,不断地吆喝。沿山边摆了几排桌椅,已经有不少人坐在那里,喝酒,吵闹,频率高扬的川音沸腾似的响成一窝。广播喇叭里正在播放中央人民广播电台的晚间新闻。正文不经意地转头看一眼毛榛,突然发现她眼里含了一汪泪。"怎么了?"

"没事儿,就是好久没听到这么纯正的普通话了。"

他们先到租房处订好了房间,把身上的背包放下,然后毛榛在靠山崖的一边找到张桌子,正文买了饭菜和一小瓶白酒随后过来。脚下是倾斜的山涧，对面是层峦叠嶂的藏青色山，远处是幽灰的云天，毛榛的眼窝很快又湿润了。

"瞧你，怎么搞的。"正文说，"一进山就变成林黛玉了。"

毛榛不好意思地揉揉眼睛，然后端起饭碗。

他们一起喝了那瓶白酒，走了几个小时的山路，肚子的确是饿了，毛榛吃得很香，饭和菜很快就见了底。正文又去买了两碗饭两个菜，另买了一瓶一斤装的当地产白酒。

"酒真香。"毛榛一边喝着一边说，渐渐地，两颊泛起了红润，眼神也开始有些飘忽不定。

"正文。"她叫他。

"嗯？"

"没什么。"她说，手里端着酒杯，靠在椅背上，眼睛似远似近地望着。广播喇叭已经关掉，人们陆陆续续吃完饭进了房间。山色如墨，星云淡出。毛榛端着酒杯伸到栏杆外面，向着山下倒了几滴。"你知道么，正武原来也说过要到青城山来的，可惜他更喜欢水，到底没能来。这就算是给他的吧。不多，就几滴，也够了，他反正不那么喜欢喝酒，尤其是白酒。"

看着酒缓缓洒下去，正文望着对面的山，轻声问："你跟正武好过，对吗？"

她抬起眼，看他："你说呢？"

她的眼里迷蒙地浮着一半忧一半怨，正文便没法儿再说下去。

他们在外面又坐了一会儿，山风很响，由远而近地吹来。远处的树木依然静默，对面的山更加一团幽黑。正文把她从座位上拉起，她的头轻轻靠在他的肩上，胳膊揽住他的腰，跟着他进了房间。

房间里只有两张单人床，一字排开。正文把她扶到里面的那张，她坐下，身子靠在墙头，蜷着腿，见正文要转身，她拉住他，拉他坐上来，坐在她身边。

"开开灯吧？"正文问她。

"不用。"

就那么坐了好一会儿，她说："正文。"

正文"嗯"了一声。

"跟我说说正武吧。"

"你想听些什么？"

"他小时候什么样？很淘气吧？"

"小时候——"正文想着。

"你们都生在河南，对不对？"

"对，洛阳，我父亲的部队当年驻在洛阳。其实我妈怀上他是在甘肃导弹基地，差一个月要生的时候，我爸才换防到洛阳。"

"他在洛阳什么样？"

"真可惜，我一点印象都没有。"

"真的吗？"她露出点失望。

"我出生没多久，我妈就把他送到江西南昌我们九姨母家了。后来，九姨母自己生了孩子，就又把他转送到我们在北京的姑婆家。"

"你妈怎么舍得啊？"

"她不舍得，她老说，我要是个女孩儿，她是绝不会把正武送出去的，两个男孩儿实在太闹了，她还要上班。"

"那你们什么时候搬到北京来的？"

"我五岁那年。我爸先调过来在一机部支左，我妈带着我后来的。"

"你到北京以后才见到正武的？"

"到北京的第二天。"

"那会儿他什么样？"

"他啊——不怎么爱说话。我记得我妈带我去姑婆家，我们从十三路地安门那站一下车，远远就看见他朝我们跑过来，拿下我妈手里的网兜又往回跑。"

"他一定高兴坏了吧。"

"大概是吧，我那会儿还不太懂。"

"然后呢？"

"他把我们带进姑婆家，还是没怎么说话，一会儿捅捅煤炉的火门，一会儿从炉子上取下水壶给我们倒水。后来突然下了冰雹，我在洛阳从没见过冰雹，地上落了那么多玻璃球我觉得很奇怪，正武挑开帘子就冲了出去，姑婆在屋里使劲儿叫他，他也不听，然后满脸是水地回来，捧着满满一脸盆的冰雹给我。"

毛榛低下头默默地笑笑。"再然后呢，他跟你们一起回家了？"

"那天没有。他已经上学了，要等上完那个学期才能转到我们家这边的学校来。过了差不多半年，我妈把我从幼儿园接回来，我发现房里多了张床。"

"他转到了育民小学，对不对？"

"对，就在我们家楼后。"正文停了片刻，问她，"对了，你那时是在哪个学校？你们家那个位置，你们学校应该离我们不远吧？"

"我上的是复兴路小学。"毛榛说，"不远。那时候去机场迎宾，我们两个学校还有三里河三小，老是在一个方阵，一般彩排都在我们学校，我们学校的操场最大。"她的眼皮低了下去，像在想那时候的情形，随后又抬起来，"正武被外语学校挑走那会儿，你才上学吧？"

"嗯，上学的第一天。正武早上带我去的学校，出早操的时候，我还看见他站在主席台上领操，后来就没了，一整夜也没回来睡觉。第二天一睁眼我就跑去问我妈，她这才说，你哥呀，去了一个很特殊的学校，以后只能每个星期回来一次了。我到现在都记得她说那话时的表情。"

"很骄傲，是不是？"

"何止是骄傲，得意，有点神秘，又不愿让我看出来……"正文的眼睛涩了，他赶紧岔开，"你姥姥也一样吧？"

"姥姥，还不太一样。"毛榛的下巴抵在膝盖上，"她不太愿意我去住校。"

"为什么？"

"一方面是我走了，她一个人挺寂寞的。另一方面是太远，我一个人坐长途车她不放心。那时候还没有车能到学校门口，下了郊区车，要走一大段路。那段路很荒，是片盐碱地，左边还有片芦苇，后来又种了高粱。她第一次送我去学校就开始担心，觉得让我一个人走那条路太危险。她那时都五十七岁了，还每个星期送我返校，然后再一个人回家。"

"她真不容易。"

"是啊。她每次把我送到宿舍再自己走,我都特别难过,每次又都再送她到校门口。我就老琢磨怎么能不让她送,好在没多久我就认识了正武。你不知道这个秘密吧?"

"不知道。他的事儿他从来不会跟我说的。"

"他那个人呐……"

"你,不也一样。"

毛榛没有说话。

"那你告诉你姥姥了?"

"什么?正武啊?告诉了,我不用她送,得给她一个理由。"

"她见过正武?"

"见过。正武第一次去我们家接我,我姥姥一定要见他。"

"你的事正武都知道?"

"知道。"

"你姥姥喜欢他么?"

"她没说过。"

"那她同意你跟他一起上下学?"

"她没赞成过,也没反对过,可能比较矛盾,希望我能找个女同学结伴,可又觉得两个女孩子要真遇上什么,也无济于事,就只好随我们了。"

"遇上过什么事儿么?"

"哪能没遇上过呢,我们学校的女生差不多都遇上过。那时候,我和正武说是结伴,其实也不能让人看见一起走,都是我在前面,他跟在我后面几米远的地方,遇到事儿了,他才赶上来。有一次,真让人从背后给了一砖头,不过打得不狠,他又穿着棉袄,肩膀上青了一块。我陪他去的医院,快吓死了,一边看着他一边发抖。护士在的时候他没说什么,护士一出去他就把我训了一顿,说我没用,哭都不让我哭,不过我后来还是哭了一场。"

挂在竹楼外面的灯被风吹着,摇来摇去,房间里忽明忽暗。毛榛靠在他身边,问他:"你后来看过那个《新闻简报》电影吗?"

"正武给外国老太太献花的那个?"

"是总统夫人。"

"看过。那几个月,育民小学组织看的每场电影前面,放的都是那个短片,结果弄得谁都知道我是他弟弟了。"

"那你很骄傲吧?"

"没有,好像还挺不愿意的。"

"不愿意是他弟弟?"

"不愿意老有人趴我们班教室门口看我。"

"你爸妈也看了吧?"

"是啊。那里面有个镜头,那个外国老太太拉着正武的手,亲了一下他的脸。那个镜头也就一秒,几乎是一闪而过,谁都不会注意,可我妈一下子就晕了过去,几分钟后才缓过来,然后就掉下两颗那么大的泪珠。"正文用拇指和食指团成圈比画着。

"那么大?"

"对,那么大。所以,后来正武死,我妈就一滴眼泪也没了。"

说完这话,正文沉默下来,毛榛也沉默着。突然他想起什么:"一直想问问你,那次送正武,你怎么没去?冯四一说是她不让你去的,是么?"

"大概是吧。"

"为什么她不让你去？"

毛榛沉吟片刻："我都不记得了。"

月亮移到了他们窗户的角上，是个大半圆的月亮，一半又白又亮，边际清晰，另一小半突然就灰蒙蒙起来，像是好端端的一块玉被捏碎了一角。

"正文？"毛榛叫他。

"嗯？"

"你常想正武么？"

"常想。"

"什么时候想得最厉害？"

正文想了想，说："看见你不好受的时候。老想知道他如果在，会怎么做。"

说完这话，他们又静下来。毛榛的头埋在膝盖里，两条胳膊圈揽着腿。正文看着她，替她把头发往耳后别别。"你呢？你想么？"

"想。"

"什么时候想？"

"现在就很想。"

夜越来越深了，山风也歇下来。正文说："去水房冲个澡吧。刚才看告示说热水不多，这会儿估计只剩冷水了。我们得早点睡，明天还要下山呐。"

"你去冲吧，我一会儿提两瓶热水在屋里随便擦一下就行。"

正文拿上要换的内裤："那你等我冲完，如果没热水了，我就顺便提暖瓶回来。"

毛榛点点头。

果然，喷头里只剩了冷水，正文脱光衣服，吸足一口气，冲到喷头下，胡乱地冲冲头，又跳着脚从上到下抹一遍，便迅速关了龙头。他用毛巾擦干头发，对面的山又沉又黑，从窗口望出去，好像就压在眼前。山顶上布满星斗，近得像伸出手就能够到。每颗星星都又圆又亮，使劲地眨着，像毛榛的眼睛。

水房的外间，还剩下三个暖瓶，拎拎，都是满的。正文便拎了两瓶回到房间，打开灯，看见毛榛歪靠在墙头，好像睡着了。他拿上脸盆又去水房接了半盆冷水回来，倒一半在另一个盆里，兑进热水，从她的包里拿出毛巾，浸到水里，然后将盆放在凳子上。他过去轻轻推推毛榛。她睁开眼，看到水盆，蜷着腿慢慢挪到床沿，坐在那里，困得睁不开眼睛。

正文看看她，慢慢帮她脱下裤子，露出她两条浑圆光洁的大腿和腿根上的白色三角内裤。她仍是没有睁开眼，只轻轻说了一句："把灯关了吧。"

正文关了灯，屋里暗了一下，只一下，屋外挂在楼角的灯光便迅速透了进来。正文站在她身边，看她还是闭着眼，却慢慢抬起两臂，伸直。他过去，把她的白色T恤顺着她的头、两臂退下。她两条细长的胳膊落回到腿上，一条白色棉布胸罩裹着她的胸脯。待了一会儿，她伸手到身后解开胸罩搭扣，把吊带从左右胳膊上退下，放到床上，又抬起身体，把三角裤脱下。她浑身赤裸，只手臂上留着那只红翡玉镯，站起来，站到水盆旁，对正文说："你给我擦吧。"

正文把毛巾拎出来，拧干。他先撩开她的头发，擦她的脸，她的眼窝，鼻翼两侧，嘴巴，耳朵，然后擦她的脖子。上次她躺着，他没有注意到她的脖颈很长，很光滑。他擦她的后背，她的后背很瘦，长着一节、一节的脊骨。他又浸了浸毛巾，擦到她细窄的腰，腰下面、脊骨的尾端一个圆圆的窝。那窝继续延伸下去，成了一条深深的沟。他一只手扶着她的腹部，另一只手擦着她的屁股。她自认为过大的屁股这样看着却圆润合适。只是左右两瓣稍不对称，左边略小，在胯骨后面还瘪进去一个细圆的坑。

水有些凉了，他换上另一个盆，兑进去热水，把毛巾浸进去，拧得半干，开始擦她的前身。她的胸看上去比他上次见时要大些，但仍然算是小的，像两颗一长出来就有点长歪了的幼桃，柔嫩地在他手下左右摆动着。还是深色的乳晕，还是樱桃般大小的乳头。他轻轻地擦着，抬头看看她。她已经睁开眼睛，正默默地望着他。他的手继续往下擦，擦到她略微有些隆起的小腹，看到她的肚脐像一颗螺旋形的纽扣，突出的一点点肉芽小巧而俏皮。肚脐下面有几道浅色的斑，从毛发处向上散开。正文问她那是什么。

她说："孕纹。"

正文没有听懂，想起那天同宿舍的人说她怀过孕，就觉得是那回事。很多年过后，当他对女人的身体有了更多的了解，他才恍然大悟她那天说的到底是什么。他为自己当年的无知感到懊恼，可是，那时的他，的确就那么单纯。冯四一说得没错，毛榛对于他，不仅仅是深了一点。

然后，他的手移到了她的下面。

"还要我擦么？"他抬头问她。

她没有说话，看看他，而后用戴玉镯的那只手，拿着他的手，一点一点擦过她卷曲、茂密的毛发和两侧的股沟。毛榛略略分开两脚，正文继续擦她浑圆的大腿，他的手几次从她两腿中间穿过，虽然很小心，还是碰到了她的下面，她微微颤了一下。她让正文把水倒掉，再接了小半盆冷水回来。正文把暖瓶里最后的热水都倾进去，水几乎要溢出盆来。毛榛蹲下身，坐进盆里，自己用水撩了撩，然后让正文把毛巾拧干，给她擦净。正文扶着她的腰，隔着毛巾，也能感觉到她的下面很绵厚，很温热。她的身子向前倾着，两只乳不时碰在他的胳膊上，他几乎是同时接触到她最敏感的两个地方，奇怪的是，那一刻他却异常平静，没有一点点欲望。他把流到她腿上的水也擦净，然后抱她到床上，从她包里拿出干净的内裤和背心给她穿上。

他再出门把水泼在门外，把暖瓶送回水房。回来时，看见毛榛支着胳膊靠在墙边，睁着眼睛看他。她拍拍身边的空地儿，正文擦净手躺了过去。

他伸出一条胳膊，让毛榛枕在上面。看了他半晌，她用一只手摸摸他的脸，问他："上一次你跟我说你都懂，什么都懂，还记得么？"

"记得。"

"那你说说都懂什么。"

正文侧过身，脸对着她："正武请你吃饭，你为什么要带上冯四一。"

"为什么？"

"你还不想跟正武好。"

她深深叹了口气，摸着他的脸："说你小，你还是太小。"

"那为什么?"

"因为那时候,我有一点恨他。"

"为什么?"

"因为我发现我怀孕了。"

正文没有说话,学校的传言被毛榛这么亲口证实,他有点不知所措。他睁开眼,问她:"他知道么?"

"不知道,我没告诉他。"

正文想想,好像并没完全理解,但他随即被另一个问题困扰住,沉默了一会儿,说:"问你,你别生气,是跟正武的么?"

毛榛没有回答。屋里陷入沉静。似乎过了很久,一股温热的液体顺着他的胳膊流下来,悄无声息地流到床单上,他的胳膊下面渐渐洇湿了一片。他轻轻搬起她的脸,说:"别哭,最怕你哭了,我不问就是了。"看着毛榛的脸,眼里像星星一样晶莹的泪,正文说:"你跟我好吧,我没有正武那么好,但我保证能让你幸福,不管你以前发生过什么,我都让你以后不再受苦。"

毛榛看着他,笑了:"还保证,拿什么保证?你这个什么都不懂的大男孩儿啊。"

他们慢慢闭上眼睛,过不多时,强烈的疲倦和困意便袭来,正文还想挣扎,却怎么也抵挡不住。朦胧中,他觉得他们上了开往北京的火车。毛榛靠窗而坐,他在中间,外面似乎还有一个陌生旅客,却又似在不在的样子。窗外夜色沉沉,沿路的树木向后快速闪倒过去。火车偶尔靠站停下,他们便挤着脑袋看窗外的风景。风景美不可言,正文在任何地方都未见过比这更美、更干净的景致,像童话,像西洋油画,像雪莱在他的诗里说到的坐火车穿越的阿尔卑斯山。天是藏青色的蓝,透明似的深到无限。树木一律是青黑色,全都一样笔直没有一个骨节的弯曲,树的顶端长出银白色的分枝,像伞骨。没有叶子,只是树干,近处是一样的高,远处是一样的低,整齐地排列开来。然后是湖,穿插在树木中间,湛蓝幽绿的湖,浅得好像一汪水洼,却又稠得像凝固的绿色牛奶,像那次他和正武一起见到的八一湖。皎白的月光在湖上投下一道道白色阴影,没有一丝灰尘,一星杂质。

火车又启动了。毛榛说困,身子躺下去,像是要睡。正文也躺下去,和她并排躺着。他轻轻拿过她的手,想放到自己的胸前。

毛榛小声说:"别人看着呢。"

正文说:"没有。"

毛榛仍是说"看着呢",用眼角瞟着四周。正文顺手从什么地方拿来一床棉被,摊开,正好把他们从脖颈下面盖住。毛榛转过头来看他,两只眼睛眯缝着,像在笑,然后她的手像条柔软的蛇慢慢伸过来,伸进他的衬衣,在他的衬衣下,解开他的皮带,解开他裤子上唯一一粒纽扣,拉开拉锁,然后一点点伸下去。她的手不冷,也不烫,温暖适中,很轻柔,抚摸他的动作十分流畅,一股暖流随即从他的腹内涌起,缓缓流遍他的全身。他用力握住她的手,握得也许太紧,他听见她的指骨发出"咯哒、咯哒"轻轻的响声。可他还是紧握住她,不让她的手从他的身体上离开。这时周围如果有人在看他们,一定以为他们是两个旅途上疲惫不堪的年轻人,可是如果有人起了疑心而凝神静听,他们一定能听见,这两个年轻人的呼吸在一点点加重,越来越急促。

过了很久，正文才平静下来，他轻轻舒口气。棉被不知何时已经不见，他手里捧着一本毛榛的日记。本子很大，像一本杂志，带着螺旋滚环。可是字都只记在迎面的一页上，翻过篇来就只有空白的横格。正文快速地从头到尾翻过一遍，发现几乎每页上都有他的名字闪过。每次都是翻页时，才似乎看见了"正武"两个字，待他翻回去再找，却又怎么都找不到。他试着读了两段，没有读懂，虽然是方块字，却不是中文，又肯定不是英文，他疑惑毛榛是不是在绵阳又学了另外一种语言。这个猜测让他不安起来。然后他注意到有两个字几乎在每一页都反复出现几次，他直觉那是一个人的名字，而且每次出现后隔不远就会跟着一个细小的叹号，好像一声拖长的叹息。突然之间他又产生了那种很不稳妥的感觉，阿尔卑斯山离他远了，八一湖不见了，丰台站近在眼前了。他愈加觉得不稳妥起来，想在到达丰台站前把那本日记丢下车去，好像只要那本子能离开他们，他们就可以永远待在阿尔卑斯山里。

"被子呢？"他小声问道。于是他胡乱地丢下日记，站起来去找棉被。找到以后，发现毛榛还在他身边，他重新把它盖在他们身上，他们就又闭上眼，毛榛的手就又像刚才一样来抚摸他。然后他听见她叫他的名字。

"正文，正文。"

他睁开眼，月光照在毛榛的背后，不知什么时候她已挪到他的外面，正趴在他的脸前看他。

"你冷啊？"她问。

"冷。"他喃喃地说了一句，搂紧她。

他们从青城山后山下来，又草草地爬了一遍前山。之后转到乐山，在乐山脚下的旅店住到半夜时正好遇到公安局查房，毛榛正打算躲进床下，警察却只趴在门上看了一眼，听店老板说是两个学生便过去了。第二天他们爬上了山，沿阶梯从大佛的头顶走到大佛的脚底。毛榛躺在佛的脚趾上，看天上低低的白云仿佛从她鼻尖飘过，她兴奋异常。没有过瘾，两个人又在山边三江汇合处坐上轮渡，从江面向大佛做了最后的告别。

正文已记不清他们是怎么到的峨眉山，是直接从乐山换坐长途车去的，还是先到了成都，在成都游玩了几天才又乘车到的峨眉。总之他们到达峨眉山时，两个人都已相当疲惫。头晚宿在山脚，第二天想看日出，赶早起来了，却是个阴天。刚爬完第一座寺庙，毛榛突然说想家了，想回北京。他们就又宿回山脚，第二天买了回绵阳的车票。排队上车时，毛榛的草鞋被人在后面踩了一脚，立刻从中间断开。她把鞋拎在手里，说："看来我们真该回去了。"

回到绵阳，毛榛的小舅第二天就去给他们买火车票。他们在绵阳又住了两夜，第三天，舅婆把给毛榛姥姥带的两大包东西，放在他们的行李旁边，然后叫过来正文，嘱咐他一定帮毛榛带到家里。毛榛搂着那个孩子哭了很久，直到也在一旁哭红了眼睛的小舅妈把孩子从她手里抱过去。孩子一直瞪着两只大眼睛，既不慌也不闹，很乖。舅公和小舅站在门口，毛榛过去搂搂他们，最后转身搂住舅婆，眼泪哗地流下来。舅婆不住在她耳边说着什么，她的头埋在舅婆的肩胛里使劲地点着。那条狗眼前耷拉着好几缕毛发，摇着尾巴，在毛榛的脚边蹭来蹭去。见毛榛不理会，就蹲在一旁歪着脑袋迷茫地看她。毛榛最后弯下身，搂过狗的脖子，亲了又亲。

11.

他们从北京站出来时，还不到早上六点。街道两侧的店铺尚未开张，有人正卸着门板，有人从里面出来往门口泼水，清理昨天留下的污垢。长安街上几名清洁工正在扫街，一辆洒水车"叮咚叮咚"像唱着儿歌一路开过去。

从公共汽车上下来，到毛榛家还有四五百米的距离，中间隔着一家门脸很大的百货副食商店，也还未开始营业。夏天临时搭起来卖水果蔬菜的铁货架上仍是空的，地上残留着一堆一堆腐烂的菜叶和一摊一摊绛红色的碎西瓜。

他们拖着大大小小几件行李正要走过去，突然从铁架子另一头走出一个人。毛榛立刻停下脚步，神色大变。正文当即认出了那人，只是这次离得近，觉得有些眼生。还是壮实的身材，平头，宽脸，镜片后面的眼睛很小，却灼亮，穿一件深蓝色衬衫，斜肩背着一只军黄色书包。毛榛呆立了片刻，随即镇定下来，小声对正文说道："你先走吧。"

正文沉默着没有回答。

毛榛再次小声又十分坚定地说："正文，你先走。"

那人这时已来到他们跟前,像没有看见正文一样,什么也不说,只朝毛榛笑着。那副笑脸,正文这辈子也不会忘记,什么时候想起来,都会条件反射似的产生他在动物园看见那只大鸟往下吞咽活鱼时给他的生理刺激。他扭过头去,压低了声音对毛榛说:"你不想让我跟他说两句?"

毛榛仍旧冷冷的:"不用,你先走。"

正文无奈,拎上行李,说:"那我在前面院门口等你。"

毛榛拦住他:"不用了,谢谢你,行李我自己拎回去。你先走,正文,先走。有什么话,我们以后再说。"

正文拎着箱子抬眼看她,她低下眼皮,脸上又露出那副坚毅的神情。他看了她几秒钟,然后把行李放到地上,掉头走开了。

12.

开学前一个星期,正文回学校参加了补考。考试成绩很快发下来,他过了关。

返校那天,他扛着铺盖刚走进宿舍,扁豆便一步跳下床,追在他身后急切地问:"怎么样,怎么样?这么不顾代价的成果怎么样?"

正文爬上铺,铺着褥子,淡淡地说:"不怎么样。"

"那个糖醋排骨,你不是说很好追么,怎么还用你追到四川去啊？"

扁豆还要说什么，这时老柴敲门，一进来就大声问正文暑假去了哪里，怎么一直找不到他。正文恹恹地说去了外地。老柴等他从铺上下来，拽着他下了楼。

校门外，又新开了两家小餐馆，一家朝鲜冷面，一家西餐。他们进了冷面馆，老柴要了两扎啤酒，一盘水煮花生米。等着上菜的时候，老柴一反常态，很沉默。正文抽出烟，递给他，他也没接。

"怎么了？你不说话，就一定是出了大事。"

"没什么大事。"老柴掰开桌上放着的一次性筷子，刮着筷边的毛刺儿。"这学期要考虑毕业以后的事儿了，有点烦。"

"你有什么好烦的，还不是你想去哪儿就能去哪儿，谁还敢跟你争。"

"就是想不好去哪儿。"

"怎么？可选择的太多？"

"不是太多，是没有，不外乎考研继续上，要么出国……"他吹吹落在盘子里的木屑，"烦的不是这个，教授和老陈那里都有点麻烦……"他抓抓头发皮，"唉，不说了，你呢？怎么也蔫头蔫脑的？"

正文说："正想问你件事呢。"

这时服务员端来啤酒和花生米，老柴拿起杯子，又放下："最讨厌这种塑料杯，老好像没洗干净，黏糊糊的。服务员，换个玻璃杯来。"

一个怯怯的姑娘走到桌边说："没有玻璃的，凑合着使这个行么？"

"凑合？怎么凑合？跟你也凑合行么？算了，算了。"他挥挥手让她走开，拿瓶子跟正文碰了碰，"你要问什么事？"

"哦，就是上次诗歌朗诵会上见过的那个人，原来是你们中文系的老师，后来调到外校去了，你了解他么？"

"知道，在阶梯教室做讲座的那个。最开始不是中文系的，但老在中文系混，人就都以为他是中文系的。怎么？"

正文喝口酒，问："他还住咱们学校？"

"好像是，住八号楼，我去过一次，具体房间不记得了。怎么？"

"不怎么。"正文又喝口酒，夹起一颗花生米。

"瞧你这人，不怎么你老问。有话就说，吞吞吐吐的，难受不难受啊！"

服务员端来冷面，正文先喝口汤，老柴又仰脖喝下几口酒，然后才开始吃面。面酸甜合适，清凉爽口，他们一口气连面带汤吃个干净。正文点上烟，把烟盒递给老柴，老柴从里面抽出一根，对着正文的烟点着。吐了好几个烟圈之后，正文问他："刚才说的那个人，后来调哪个学校去了？"

"好像是化工学院吧。怎么？"

"这人到底怎么样？"

"不太了解，都说有几分才气，不过你也听了他的讲座，我是不喜欢，你呢？"

"人怎么样？"

"人就难说了——问这干什么？"

"不干什么。"

"到底他妈的怎么了？你小子有话不说是不是？"

"真不怎么，就是有个朋友想打听。"

"打听他干什么？"

"他没说，只让我打听打听。"

他们静静地坐在那里又抽了两根烟，正文问："你这学期怎么打算？"

"不知道，可能要出去实习两个月。"

"去哪儿？"

"估计在北京。妈的，我现在真希望去外地，躲开这儿一段时间。"

"怎么了，陈青给你找麻烦了？"

"我现在才发现，女人说到底，就是女人。我早跟你说过，不能陷进去。"

"我没看出你陷进去了啊。"

"我——是没有，可我管得住她么。早跟她说是玩玩的，她他妈认了真。"

"她是不是要结婚？"

"比结婚严重，她要生孩子。你说是不是捣乱？现在生，我拿什么养活？"

"她不会用你养活吧？"

"她也这么说，生了以后随我爱干什么干什么，爱上哪儿上哪儿，不用我管。那成什么了？养之不得教之？那小东西跟女人不一样，不是想甩就能甩掉的。他可是不论我走到天南海北，这辈子只要见到我就要跟在我屁股后面管我叫爹的。"

正文笑了——这世上竟也有能让老柴烦恼的事情。

"你看你还笑。"

"那你现在怎么着?"

"怎么着?最近只能躲了。原来是我不愿戴那东西,她老逼我戴。现在反过来了。男的在这种事儿上本来就处于弱势,我很难扛得过她。"

"躲也不是事儿。"

"躲一阵算一阵,所以想赶紧找个地方实习去。"

"有眉目了?"

"有个报社可能有意思。"他把腿跷到旁边的椅子上,叹口气,"过几天再看看吧。"

正文又喝口酒,又问:"教授那儿,也有情况?"

"你以为女人年龄大一些,有几分阅历,应该能沉得住气,对不对?"老柴靠在椅背上,往嘴里一粒一粒送着花生米,"又错了。女人不是按年龄划分的,是性格,性格决定命运一点没错。别管她多大,二十几还是四十几,都一样!"

正文没说话,等着他继续说。

"教授那天突然告诉我,她跟她的教授马上要办手续去。"

"什么手续?离婚吗?为了你?"

"你觉得是为我吗?"

"那还能为什么?"

"不知道,我也不想知道,最好什么都别告诉我,我负不起这个责任,也不能负。"

"负不起,你整天跟她双出双进的。"

"我跟她说了,都是我的错,我可不愿她因为我,放弃她舒适安逸的生活。"

"你这么跟她说的?"

"是啊。"

"你搅都搅和了,这会儿再说这话,是不是太晚了点?"

"那你让我——怎么办?等她离完婚跟她结婚?"

"我不知道。"

"你看你这是多么不负责任的回答。一边指责我,一边又敷衍我。"

"我没经历过这种事,真不知道。"正文说,"那她最后怎么说?"

"这不昨天,她给我来了封信,说是下个星期要去美国,机票都拿到了。"

"那不是挺好的,你正好解脱了。"

"解脱了么?我怎么觉得更沉重了。唉,你没经历过这些事,你体会不出来,人的性情真是太不可捉摸,性和情不在一条轨道上,性是性,情是情,情也许能天长地久,性不知道。我这几年的经历看来不太成功。"

正文沉默下来,没再说什么。他们就着花生米把酒喝干,老柴付了账,然后各自回了宿舍。

毛榛在开学后的第三天也回到学校。虽然她大部分补考成绩过了分数线,但包括政治经济学在内的三门主课都未及格,所以,学校还是让她降一级,降到正文的年级。

虽然同年级,正文在学校里见到她的机会反倒比以前少。她换了一间宿舍，还睡上铺，正文班上的一个女生正好在她下面。正文一向和班里女生来往不多，犹豫了一个星期，才终于在一次大课上坐到那个女生旁边。女生对他的问题兴奋莫名，一股脑儿把她所知道的倾心相告。她说毛榛不经常住学校，有课的时候才来，顶多上下午都有课时中午才会到宿舍里待会儿。不过也不睡，也不跟人说话，只看书。正文问她看的什么书，她说小说，她好像只看小说，从来不看课堂教材，更不看英语，不过她英语很不错。女生还说，毛榛从没在宿舍洗过衣服，连袜子都没洗过，很神秘。抽屉也不锁，有一次她偷偷打开，以为总能看见点卫生用品，也没有，空的，什么都没放。

"什么卫生用品？"正文问她。

"还有什么？女生的那什么呗——"她害羞地趴在桌上笑起来，红了脸。

正文问她知不知道这学期毛榛选了什么选修课，女生愣了，摇摇头，过两天又两眼冒光地告诉他，只选了一门，《语言学讲义》。正文点点头，他明白这是一门他自己最不可能选的课。

"还想知道什么？"女生急切地问。

正文说没有了，谢过她。

"那你问这些干什么？"

正文说："没什么。"

"那我能跟她说你问过我这些么？"

"随你便。"

因为不同班，他们上专业课的时间也总是错着。偶尔一两次，正文的听力课排在她的听力课后面，她下课，正文正在教室外面

北京 1980

等。两个人见了，互相看一眼，毛榛没有说话的意思，只是垂下眼睛快步离开。正文心里有说不出的难受，以后再在教室外面等，就干脆靠墙根蹲着。那种时候，他总是感觉自己好像根本没有去过绵阳，没听她舅婆讲她的故事，他们没有一起去过青城山、乐山、峨眉山，没有在青城山上那间小木屋里待过那一夜，讲过那些话。唯一真实的，似乎就剩了他做的那个梦，不但真实，也越来越像是现实。

一进入九月下旬，天就彻底凉了。天远云轻，风也不多。有一天下午正文下了课离开古庙，突然想去操场上跑几圈，便骑车回宿舍换上运动衣。四百米的跑道，他一口气跑了二十圈，又在运动架上做了五十个引体向上。回到宿舍，他上了个很痛快的厕所，五脏六腑顿时轻了不少。从那以后，每天四点半，无论刮风下雨，他都准时站到操场上，二十圈，二十五圈，两个星期以后，增加到三十五圈，一百个引体向上。浑身的肌肉从酸痛、微痛到不再有知觉，腿和脚腕抽过几次筋，渐渐稳定下来。每天他都出透了汗，食欲越来越好，睡得越来越沉。而且，每过一天，早晨睁开眼，他都觉得头脑又清醒了一些。慢慢地，他不再想绵阳，脸上也有了笑容。

"乖乖，还以为你真失恋了呢，这么折磨自己。"扁豆趴在床上戴着耳机，看他换下脚上的球鞋。

"你听什么呢？"

"法语，这学期可以选二外了。你选了没？"

"没有，不是下学期才正式开课吗。"

"我字典背腻了，想背点别的，就先选了。"他摘掉耳机，"你这么做就对了，像你这样的人要把自己练得刀枪不入，去折磨别人才对。"

"那你也跟我去跑吧。"

"我不用，还用不着。"

"怎么用不着？"

"我还不打算谈恋爱，起码在学校里不谈。"

"怎么，都看不上？"

"北京的女生的确是没看上，找外地的吧，到时候毕业不能分在一起，还不是自找麻烦。我现在最不想要的就是麻烦。己所不欲，也不施于人。"

"北京的女生怎么就让你看不上了？"

"北京的女生啊——对了，我上个月看到一首打油诗，一直想给你，可你老是那么一副痛不欲生的样子。"他说着，从枕头下边抽出本书，翻开夹着书签的一页，抬头看他，"这讲的是燕赵女子和江南女子的区别，当然说的是过去，不过仍有现实意义。听着啊——"他咳了一下，开始念，"门前一阵骡车过，灰扬，哪里有踏花归去马蹄香？"他抬眼看看正文，"听懂了么？"

正文点点头："继续。"

"棉袄棉裙棉裤子，膀胀，哪里有佳人夜试薄罗裳？"他又抬眼看看正文，再继续，"生葱生蒜生韭菜，肮脏，哪里有夜深私语口脂香？开口便唱冤家的，歪腔，哪里有春风一曲杜韦娘？开筵空吃烧刀子，难当，哪里有兰陵美酒郁金香？头上鬏髻高尺二，蛮娘，哪里有高髻云鬟宫样妆？行云行雨——好了，到此为止，后面的就不用念了。怎么样？"

"你从哪儿搞来的？"

"别管我哪来的，说的对不对吧？"

"不对，没有一个应对景儿的。"

"你怎么那么较真儿，跟你说了，说的是过去，你就说大体上对不对吧？"

正文笑了："给我这个干什么？"

"我看你还是找个南方女生算了。"

"为什么？"

"不那么折腾你啊，能让你健健康康地活着。再说，你要是找个南方女生，不还能成全人家留在北京嘛？让人家欠你好过你欠人家，这样她不对你更百依百顺？"

"嗯？你不是没谈恋爱吗，怎么什么都知道？"

"咦，不谈不等于不明白道理。"

那年的秋季运动会因为操场要赶着翻修，从十月底提前到了十月十日。正文没准备就被体育老师推荐去参加高年级组的万米长跑。进入决赛的人共六个，其中一个中途退了场。正文本来一直跑在第二，和第一相差不过两步，但快到终点时他突然改变主意，放慢脚步，等后面两个人跑上来，三个人像是商量好似的一起跑过线。广播站先宣布他们并列第三，但很快又宣布名次作废，校学生会体育组的代表也把发给他们的奖品——一本塑料皮的大相册要了回去。正文对名次和奖品都不在乎，只是觉得对本来可以得第三名的那个同学感到抱歉。

没等运动会结束，他就回了宿舍。换下运动衣，拿脸盆到水房兜头浇了个澡。等到食堂开饭，去买了三个馒头。馒头吃了一半，菜吃了几口，就突然不想再吃了。远远看见老柴和"天鹅"坐在一起，"天鹅"不说话，嘟着嘴，还一个劲往嘴里送着饭，看样子像是要哭。他站起来，把饭倒进垃圾缸。又回到宿舍，从枕头下翻出谭力力上学期寄来的那封信，然后骑车出了校门。

那个地方究竟叫什么，现在他已经记不确切了。好像叫塔院，又好像叫学院路，总之离双榆树应该不远，是一条新开的马路，路两边仍堆着不少石板和灰土。路上他看见一家卖鱼的小店，便进去挑了两条拎在手里。

按照地址他很快找到那片居民区。小区里有几排青石灰色的六层楼，典型的七十年代建筑。刚刚拐到谭力力的那栋楼前，就看见她披件厚绒衣从楼里出来，身边跟着个高个子男青年。

正文刹住闸，脚蹬住地面。等她走近，看见她的脸，吓了一跳。她的脸明显异常，肿得像发面馒头，丹凤眼被挤成了一条细缝。她没有跟他说话，只低着头趿拉着鞋从他面前走过去。

看着他们慢慢走出院子，正文把车支在路边。他知道谭力力很快会转回来，果然，五分钟不到，就听见她"噼里啪啦"的脚步声，接着又看见她那张异样的肿脸。她仍是没说话，径直走进门洞。

正文跟在她身后，走上三楼，走进左手边的单元，在后面把门关上。谭力力没有开灯，屋里有些暗。地上铺着地毯，他脱了鞋，看见门口有双大拖鞋，犹豫了一下，没有穿，光脚进去。走过细长的过道，闻见一股腥鲜味。过道尽头一只伞状的白纸灯从天花板上吊下来，灯下面是一张长方形餐桌，桌上堆着些吃剩的螃蟹脚、螃蟹背。

左手的门开着，对着他，谭力力坐沙发上，抬着她那张大了起码一倍的脸，穿着一条白色长裙，把腿拳在裙子里。他忍不住"噗嗤"笑了，走过去，站她身前，把手里的塑料袋递给她。

"什——什么？"她显然张嘴有些困难。

"两条小鱼。不是还没祝贺你乔迁之喜呢吗。"

"我已经不再养鱼了。"她含混地说着朝左扭过头。左边离墙两米的地方有个像吧台一样的高台，上面放着一套精巧的索尼音响，音响旁边放着她原来的那只鱼缸。

"还是养吧，我特意挑了两条活蹦乱跳的。"他走过去，看见鱼缸里水很干净，里面的水草、碎石和一大块长满青苔的珊瑚缝隙中还冒着气泡。

"不养。"她坚决地说。

"那这两条怎么办？"

"你想怎么办就怎么办。"

正文把塑料袋里的鱼连水一起倒进鱼缸。两条小鱼显然一下子不能适应，立刻惊慌地甩着尾巴，蹭着缸边不停地游。游了一会儿就沉到缸底，自在了。

"过来坐吧。"谭力力看了他好一会儿，然后叫他。

他坐到她旁边。

"喝点什么？"

"什么都行。"

她下了沙发，穿着拖鞋"噼里啪啦"走到厨房。他听见她开关冰箱，在案板上切着什么，而后一边"泠泠当当"像是搅着冰块,一边又"噼里啪啦"走回来,把水杯递给他。再返身回到餐厅,收拾桌上的东西。

正文喝了一口:"咦,是不是放了稻草?"

"好喝是不是?"

正文点点头。

"说对了一半,是草,但不是稻草。"

"那是什么草?"

"薄荷草。"

"还有橘汁儿,对不对?还有一种东西,味道有点呛。"

谭力力轻轻"哼"了一声:"舌头还挺尖,是兰姆酒。"她走回屋,开了沙发边的落地灯,在正文身边坐下,看着他。

"在你这儿老能享受到资产阶级生活。"正文连喝两口,再一仰脖把余下的喝完。谭力力接过杯子,放到茶几上。

"干什么来了?"她问。

"来看看你——和你的新家。"

"看到了?"

正文点点头。

她看着他,像是等着他的评价。

"挺好。"他说,"这是谁的房子?"

"我租的。"她用手把头发卷到脑后,欠身从茶几上拿过一杆圆珠笔把发卷插住。晃晃脑袋,两只细细的眼睛就又盯在正文脸上。

"你的脸怎么回事?"正文问她。

"过敏。"

"对什么过敏?"

"螃蟹,和柿子,昨天忘了不能一起吃。"

"都这样了,你今天还吃?"

"我才不怕呢。"她的眼睛仍然盯着他。

"租这个房子,很贵吧?"正文躲开她的视线。

"还行。你这一阵子干什么去了?"她扳过他的脸,"怎么一下瘦了这么多?"

"学校今天开运动会,跑了几千米,有点累。"

谭力力摇摇头:"不会是因为跑步吧,你自己没照照镜子,颧骨都凸出来了。"

"是么?"

"是啊。"她仍是盯着他,然后问,"还是不能说?"

"有什么不能说的。暑假里去了趟外地,爬了三座半山,大概是体力消耗比较大……"

"跟她一起去的?"

正文没有回答,让她再去倒杯凉白开。

谭力力从厨房回来,把水放他身边,见他喝了一口,自己抿嘴使劲笑笑,突然提高了声音问他:"嘿,怎么样,我这房子改造得怎么样?"

"不错。怎么改造的?"

"你看呢?"

"看不出来,你改之前我没看过。"

"笨。告诉你——首先,我把阳台打通了,这也看不出来?"

正文看了看,似乎明白了一些,问:"是你自己弄的?"

"我哪有那么大本事。对了,带你看看我的储藏室。"她绕过床,走到最靠里面的墙边，拉开一扇小门，又拉开里面的灯。

正文走过去，看到一副他意想不到的情景。"嚄，这么暗！"他轻声说。里面是促长的一间屋，两边顶天立地地立着黑色铁架，密密麻麻挂满长短不一的衣服，衣服下面又是几层黑色铁架，齐刷刷码放着几十双鞋子。四周贴着大团花紫黑色印染布，从地上打起来两束酱紫色灯光，在两壁和屋顶投下无数细密幽暗的影子，很像有人斜斜地吊在高处。那间屋完全不像是女孩子的储藏室，倒像间密室，似乎哪个犄角还点着熏香，人只要一闻就能立刻晕倒。

"这间屋怎么这么大？"他退出来问她。

"嗯，我加大的，我就喜欢大储藏室。墙布好不好？"

"颜色——是不是深了点，跟哥特小说里的阁楼似的。"

"那最好，是不是很神秘？"

正文又探头看看："你自己晚上不害怕？"

"有什么好害怕的。"谭力力眯着一条细缝的眼睛笑笑，拉他出来，"去看看我的厨房吧？"

她关了储藏室的灯，正文跟在她后面，走过卧室门时，突然在门上看见了她的那些照片。这次，王心刚被放在了正中间，罪犯诗人克莱德不见了。

厨房也是狭长的一条，水池前有一扇小窗可以望见对面的楼，窗上挂一只葫芦，垂下几株绿萝。台面很干净，尽头一溜摆着烤面包机、榨汁机、微波炉，当然还有一只烤箱。

"这还不错，像浪漫小说里过的日子了。"

正文注意到水池上方挂着一只四四方方长形的电器，便问她是什么。

"热水器。"

"干什么用的？"

"把冷水加热，通到浴室里就可以洗热水澡了。"她说着，扭开几个开关，带他去了浴室。

浴室被刷成了桃红色，左墙是一整面镜子，右边是一片黑白两色的浴帘。谭力力拉开浴帘，露出门后的一只喷头。她旋开扳手，水"哗"地流出来。流了一会儿，她用手试试，对正文说："行了，水热了。你洗个澡得了？"

"算了。"

"洗吧，洗吧，瞧你一脸的疲倦，身上闻着都是苦的。"她说着，从水池下的柜门里拿出条大毛巾，挂在门后的挂钩上，"地上有洗发水、洗浴液，也有肥皂，随便你用什么。我没把水温开到最高，你要是觉得凉，就告诉我。"她随手带上门走了出去。

正文犹豫片刻，才慢慢脱了衣服站到喷头下面。水温挺合适，水压没有学校澡堂那么大，浇到身上很温柔。他浸湿了头发，往头上和身上都抹了一遍肥皂，打出厚厚的泡沫。然后闭上眼睛，让水顺着他的头顶流下来，流过脸颊、肩膀、前胸、肚脐，顺着两条腿，流到地上，流进地漏里。

谭力力站在门口问过一次："水温怎么样？"

他答："可以。"

过会儿，他听见开门声，猜想是她进来了。他以为她会拉开浴帘看他，却听见门又关上了。

他在水洒里又站了好一会儿，身体的各个关节都像被热气蒸开，变得很松懈，手指肚上的皮也泡泡地起了皱纹。他关上喷头，拉开浴帘，用毛巾擦干身体，看看镜子里被桃红色衬着的自己，捏捏被谭力力认为凸出的颧骨。他转脸看见马桶盖上他自己的衣服上面，整齐地摆着两件干净的男式衣服，一件套头衫，一条大裤衩，都带着淡淡的薄荷香味。他想了一下，抽出自己的衣服穿上，拿着那两件衣服走了出去。

"还坐这儿吧。"谭力力拍拍她坐着的沙发。

正文走过去，把衣服递给她。

谭力力接在手里，没说什么，放在身边。"怎么样，感觉好点吗？"

"嗯，有点困。"

"那你在沙发上躺会儿吧。"

谭力力递给他一只靠垫，正文歪躺下去。

她搬起他的脚放到沙发上，自己坐他脚下，说："瞧你这么累，我都不忍心说了。"

"什么？"

"我今天不能留你睡这里。"

"怎么，学乖了？"

"不是，你有女朋友了嘛。要么就你睡这儿，我回建国门去睡。"

"不用，我躺一会儿就走。"正文说，心里突然有点难过。

"怎么了？不高兴啦？"谭力力凑到他眼前，"瞧你，到底怎么搞的，眼睛都凹进去了，什么样的女生让你追得这么辛苦啊？还是那个女同学？"

"不是。"正文用两只手揉揉眼睛，然后把胳膊肘架在脑后，问她，"没去看看啊？"

"不用。"

"也没吃扑尔敏?"

"没吃,过两天就好了。"

"你真行。"他问,"照片怎么挪了地方,不贴你床头上了?"

"不用他们陪我睡觉了。"

"怎么,有人陪了?"

"不是,是不需要人陪了。把他们贴门上,我推门进来,他们就跟着我一起进屋,我走时把门关上,他们又能看着我走。"

"哦,是不再需要心上的人了。"

"对,他们现在是我的家人。"

"那心上的呢?刚才那个是——男朋友?"

"嗯——还不能算。"

"是以前那个?"

"不是,是我们饭店一个老大姐给介绍的。"

"你还让人介绍?"

"怎么,不行么?"

正文看她,她过会儿也扭过头来,两人对视了片刻,都忍不住笑了。

"说说吧,那人怎么样?"正文问她。

"你觉得呢?"

"没看太清楚,是不是梳了个中分?像青年徐悲鸿。"

"哎。"她兴奋地晃晃大脑袋,"我就觉得他像什么人,可又老想不出来。对,是有点像。"

"跟王心刚可不是一回事。"

谭力力看看他。

"他在什么单位工作？"

"保密。"

"这还不能说？"

"不是，是保密单位。他是大翻译，专译情报的。"

正文摇摇头："你跟这保密青年好，不是因为他是译情报的吧？"

"也算个原因，觉得他有点神秘。"

"没想到你也有这种不着边际的时候。"他正过身躺着，看着天花板，"那你们——同床共枕过了？"

"你是想问我们睡没睡过？还没有，只是见了几面。不过，睡容易，能聊到一起难。"

正文没说话。

"他话挺多的，反正比你多，什么都跟我说。我想听的时候就听，不想听的时候假装听着也行，跟他在一起挺轻松的。"

正文想想，问她："搞清楚他到底是什么单位的了吗？"

"什么单位都没关系。"

"最好搞清楚，有些保密单位会很麻烦……不过，是你自己的事，可能不需要我提醒。"正文朝里翻个身，闭上眼。

"怎么啦，不高兴了？"谭力力看看他，然后把身子正过去，眼睛望着天花板，"行了，我知道你是为我好，我念你好就是了。你呢，你的女朋友到底怎么了？"

正文仍然闭着眼，叹口气："没有什么女朋友。"

"真的没有？"

正文摇摇头。

"那你这两个月到底干什么去了，怎么找都找不到你？"

"你都到哪儿找过我？"他睁开眼。

"宿舍，老柴那儿，陈青那儿，你家——"

"还去了我家？！"

"不可以么？我还见了你妈呢。"

"你怎么跟她说的？"

"我说找你。她说你去四川送病人去了，我听着就不信。本来想揭穿你，后来一想，算了，没准以后还得再见她呢，还是别把事做绝。"

"难怪扁豆说你还算懂事。"

"那你到底去哪儿了？"

"跟你说过了，去了趟外地，爬了三座半山。"

"真的不是跟那个人去的？"谭力力转过身来，看着他，然后挑挑眉说，"好吧，我信你。我愿意信你，我干嘛非要自己跟自己过不去呢？"她走到床边，把床罩掀开，又从壁柜里拿出个枕头和一床薄被。她从沙发边想把正文拉起来："行了，睡吧，看你累成这样，不忍心再折磨你。"

"不用，我再躺一会儿，就还回学校去。"

"干什么？"

"真的，我得回去。"

谭力力费力地咬咬厚嘴唇："那你躺吧。"她关了灯，自己走了出去。

不知过了多久，正文在昏昏沉沉中被一股浓郁的香味刺激得醒了过来。窗外已是漆黑一团，看看表，十一点了，厨房里大概在煮肉汤，他仔细闻闻，辨不出是什么。门虚掩着，门缝镶着米黄色的光边。他翻身下地，走了出去。谭力力正在看杂志，眯眯笑了一下："哟，起来了。饿不饿？我炖了鸡汤，给你下碗面？"

她快速地做水，煮了一把挂面，捞进碗里，又烫熟几根小白菜叶，摆在面上。盛出几勺汤从面上浇进去，又从砂锅里拎出一条鸡小腿和一个翅膀扣在面头。

"快吃吧。没给你煮太多，怕你一会儿接着睡积食。"

正文先吃了翅膀，然后吃了腿，最后"吸溜、吸溜"吃起面。偶尔抬眼看看她，发现她肿着的脸皮被绷得又薄又亮。他这才发现她背后厨房的门上贴着一张五寸大小的黑白照片，照片里一双十指握在一起的手从上垂到下。

"又是谁的手？"

"什么？"谭力力愣了一下。

正文用下巴朝后面点点。

"哦，是协和医院一个医生的。鲁奶奶前一阵住院了，我去看她，碰上这个医生正在给她做检查。"

"哪个鲁奶奶？"

"就是建国门那个，你都忘了？"

"哦，小楼里的。得的什么病？"

"好像是血管出了什么问题。她不让说，我也不好多问。"

"然后呢？"

"什么然后？"

"你跟那个大夫说，要照他的手？"

"我第二次去带着相机去的，他坐在屋里开会，手正好放了这么个姿势,我就从外面偷偷拍下来了。这是放大以后剪过的。就剩了他的手,有这双手就够了。"

正文又回头看看那张照片,然后问她:"你爸妈还没回来?"

"没呢。还得有一年。"她看他碗里的面,"好吃么?"

"嗯。"正文端起碗,把汤喝干净,"你做的还能不好吃。"

"再盛碗汤吧?"

正文把碗递给她。

她又盛了一碗,放到他面前。

"走了。"喝完汤,他抹抹嘴,在门口换上自己的鞋,出了门。从外面关上门的时候,他用余光看见,谭力力肿着一张发亮的脸站在餐厅里一直看着他。

13.

那天正文看到扁豆放在他枕头上的几片浓艳的黄栌叶,这才想到自己快要满二十岁了。他想起去年的这个时候和毛榛骑车去香山的情景,然后突然地,想到正武死时的年龄,二十岁零五个月。再过一百多天,他就要活过正武了,以后,他再多活的每一天,就都是比正武多的了。这么想着,他突然很想去Y大学看看。

Y大学传达室的值班员换了新人,他推车进去,值班员却连头也没抬。主楼侧面,东花园里新摆了几张石头砌的乒乓球台,两个女生借着楼里的光在打你来我往的和平球。食堂熄了大灯，只有卖饭的小窗口还透着光亮。从食堂往图书馆去的路上，他又看到了那几块看板。大概是刚刚清理过，只残留着几小块没刮干净的纸片。

图书馆还是老样子，温黄的灯，灰砖地，酱红色的楼梯扶手。一楼阅览室的窗口露着一个一个脑袋。他顺着窗口找到他原先常坐的位置，看见一个胖胖的戴眼镜女生低着头，不住用手绢擤着鼻子。

一会儿一个女生从楼里跑出来，推上自行车就走。紧接着出来一个男生，也推上车，在后面追。追上，堵在女生的车子前面。两个人什么也不说，僵持片刻，女生突然伸腿踹他的车子，男生"啪"地把车子推倒在地，过去一把扭住女生的胳膊，把她整个身体扭在他胸前。女生又僵持了一会儿，默默地哭了。

正文骑上车，朝对面游泳池骑去。那里已完全变了样，四周围起高高的围栏，围栏外面整齐地堆着一大片青石板垛。他把车靠树停下，爬上一垛青石板趴在围栏上往里看。水泥已浇到差不多四层楼的高度，密密麻麻的钢筋像血管一样一根一根立着。他在青石板上坐下来，意外地发现从这里也能看到壮阔的夕阳。夕阳已近尾声，刚才还那么灿烂、铺散那么开的红云已被灰色的云霭一点一点裹进去。

正武离开这里确实有两年零两个月了么？他深深吸了口气。现在这个校园里应该有一半人根本没听说过他名字吧？另外一半，听说过，伤心过，现在怕也不常想起他了吧？还会有人在偶然的时候偶尔讲到"那时候有个人……"吗？那是什么时候？那是个什么人？他在这里度过自己青春最膨胀的日子，可这里已经连他的一丝痕迹都没有了，更不要说他的呼吸。会不会早晚有一天，连正文自己也先是不再那么经常地想起他，继而只偶尔地想起他，到最后不怎么想起他了？

正武离开的时候大概也没有想到过任何人。他一定没有想，他就那么死了，父母怎么办？他肯定没有想正文的大学生活会怎么样？他当然更不会想到，正文会和毛榛再次相遇，遇到毛榛以后还会有这些新故事。正文一直拒绝假设正武没有死，但有一点他不能否认：假如他没有死，这个世界会跟现在不同，至少，正文的大学生活不会像现在这样寂寞。

他在青石板上又坐了几分钟，抽了根烟，然后默默站起身，骑上车返回D大学。看看时间还早，他没有回宿舍，而是拐进图书馆阅览室，从书架上取下那本他经常看的《文史资料》，在那个他经常坐的位子上坐下。看了一会儿，他感觉他必须写点什么，于是拿出笔，从笔记本上撕下一页纸。

> 我刚刚从Y大学回来。在那儿看见一男一女两个学生吵架，虽然没有看到结果，但我相信结果肯定是一样的，因为我想起了你。我断定你从四川回来后，一定又经历了一些事情，或者说，又有什么人或事让你回到了你以前的某种状态。我不能断定的是，这个状态是你想要的，还是你不想要的。这些事你不愿说，我自然无权勉强，虽然我很希望你能让我多少知道一点，到底是什么原因让你在我们经历了四川的那一切以后，现在这么快又变成了从前那副拒人千里的样子？毛

榛,这一切究竟是为什么?为什么你不能跟我说?为什么他会知道你从四川回来的日程?为什么你还要见他?难道我们在四川建立起来的信任真的就那么不堪一击,在你见到他的一瞬就立刻土崩瓦解?

也许我没有权利这样问你。这一阵我其实一直在想,是不是我误解了你?是不是我在四川时就误解了你?是不是我从来就没有过某种权利,而我却一而再、再而三自以为是地认为我有?

今天去丫大学,是因为我突然很想念正武。这么说,不是想伤你的心,更不是要责备你。我只是觉得假如正武活着,对我的疑问,他多半会有答案。我没有,说明我没有他聪明。你总说我不懂,我现在不得不承认你说的对。以我的能力,我是理解不了你。可是,你希望我懂么?你给我这个机会么?我曾经以为你是希望的,也许就连这,也还是我没懂你的表现。

希望这封信没有让你生气。其实,我只是想告诉你,你如果需要我的帮助,我会始终在你身边。这个,你总该知道吧?

回到宿舍,他把信装进信封,写上毛榛家地址,投进了邮筒。

两天以后,老柴接到北京最大一家报社的信函。实习期定了下来,三个月,到寒假结束。报社位于城东,因为离学校太远,报社给他安排了临时宿舍。走的头一天,他说要提前给正文把生日过了。正文怕他忙,想推辞。

"也不全是为你,算是找个理由见见老陈。"

"那不应该你们两个单独见?"

"不能单独见,单独见就吵。你和谭力力在,她就不至于那么拧。"

他们约在学校西门外新开的那家西餐馆。老柴和正文先到的,服务员带着他们穿过光线黯淡的过道,穿过几个火车头座,停在最靠里面的一张空桌边。不多久,陈青慢悠悠地从暗中走来。她没跟他们打招呼,径直在正文旁边坐下。

老柴歪着身子,看看表,然后半斜着眼睛像是问陈青:"谭力力怎么还没来?"陈青也半斜着眼睛:"这个时候,车那么好坐啊。"

老柴叫服务员拿来菜单,然后凑到桌上的蜡烛光下仔细看。这个情景突然让正文觉得眼熟,猛然想起正武请他和毛榛以及冯四一在老莫吃饭的那天。

"你不去接接力力?"陈青问正文。

"她不用接。"正文回道。

"你怎么知道她不用接?你问过她?"

正文没有回答。

"我敢说,你从来没问过。"

"她那么能耐。"

"怎么能耐? 你以为这世上就力力一人儿特别,对吧?"

"她没那么娇气。"

"你怎么知道她不娇气?还是你希望她不娇气?"

"我知道她不。"

"你就那么了解她?"

"今天是不是只说问句或是反问句?"老柴插了一句,眼睛看着大门口。

陈青瞪着他看了一眼。

"吃什么？"老柴又乜斜起眼睛。

"等力力来再说吧。"

空气显然很重，他们两个说话时的眼睛都像抬不起来，陈青只看到老柴的腰，老柴只看到她的手。其实，正文想，老柴真应该好好看看陈青，因为她那天实在动人。一件黑色套头毛衣，很短，就到胸下，很紧地兜着她丰满的胸脯。毛衣下是一件血红的圆摆衬衣，最上面和最下面的两颗扣子都没系，袒露着带几粒雀斑的胸脯和一抹雪白圆润的前腰身。

半个小时以后，谭力力才气喘吁吁地跑进来，一屁股坐进老柴那边的沙发，然后一迭声地道歉。

陈青问她："这么忙啊，你昨天不是夜班么？"

"是夜班。唉，别提了，饭店里出了点事儿，一直没走成。"

正文这才注意到她穿着兜口绣着"西苑饭店"的藏青色西装，烛光下，面色十分苍白，嘴唇也像是白的，颧骨上的几粒雀斑格外突出。正文从没见她这副样子，有点吃惊："怎么了？"

"值了一夜班，白天也一点没睡，瞧瞧，穿这身就过来了。"

"这身也挺好的。"正文说。

"不好，我离开饭店就不愿再穿这个。"

"别皱眉头就挺好。"陈青看着她，"脸上怎么也没涂两下啊，看着跟被谁欺负了似的？"

"卸了，一下班就卸了。没心情，饭店里出了点事……"

服务员过来催促他们点菜，老柴让谭力力点，谭力力说你们点吧,你们每人点个主菜,我来点抬头好了。老柴和正文点了牛排,陈青点了羊肉,谭力力点了鱼,抬头她点了鹅肝酱素菜色拉和洋葱汤。

老柴问正文要不要喝酒,正文说算了。老柴说,你要说算了那就算了,今天是给你过生日。陈青手支着头,问谭力力:"你想不想喝?"

谭力力说:"你想么?你要想,我就陪你。不过他们都不喝,我们还喝么?要不我们也以后再喝吧。今天真有点累了,想早点吃了回去睡觉。看看,蛋糕也没买一个。我们饭店的不好,想去新侨来着,一直走不开。"

"你刚才说饭店出事儿,什么事儿?"正文问。

"我们前台一个小姐……唉,不说了,给你过生日,虽说不是正日子,可还是别说不吉利的事儿了。"她说着拿起眼前的碟子,发现边上有没洗净的污垢,就朝服务员挥挥手。服务员过来,她轻声训了两句。换了一只,又是破口的,她让拿走再换。陈青看着她,低声说:"职业病。"

谭力力这才挑起丹凤眼露出笑脸,拉拉陈青的手,嗔着:"德行。"然后又对正文说:"下次吧,你真正生日那天,我做一个蛋糕补给你。"她再转向陈青:"可惜老柴那天不在,要不你们也一起过来,老柴还没吃过我做的饭呢。"

"他在不在有什么关系。"

"那你们就到我那儿去,我给你们做饭。想吃什么?"

陈青说:"酱鸭,我最喜欢你做的鸭子。"

"那得提前几天就做上。好吧,你点了,我就肯定做。老柴你要是能回来,一定也过来。"

老柴点点头。

"力力,不是我说你。"陈青托着下巴看她,"你好得有点过分了。你看现在还有谁像你这么爱过日子?你这么使劲,这世上又有谁会念你的好?服务员——"她转头轻声叫道,"还是拿瓶长城干白来吧。"

"真喝呀你还?"

"喝吧,今天我想喝。不是每天都知道自己想要什么,今天好容易知道想喝酒,不喝多对不起自己。"

"你还不知道你想要什么?"正文问她。

"老陈是想说,知道想要什么,可不一定就能有什么。难得的是知道要什么,这个东西还是能得到的。"老柴说。

"哟,有人比我还明白我。"陈青又盯着老柴的腰,"这世上这么好的事可真不多。"

"你最近是不是不开发廊了?"老柴仍旧乜斜着眼睛问陈青。她皱着眉抬起眼,抛出个冷峻的问号。老柴继续说:"动不动就'这世上''这世上',以为你调到哪个部委成国际问题专家了呢,这么有世界观。"

陈青冷笑一下:"你甭讽刺我。"还要说什么,正文打断她:"那就喝点吧,想喝干吗不喝。"然后看着谭力力问:"我怎么不知道你还会做鸭子?"

"你不知道的多了,我刚才说什么来着,你以为你对力力什么都了解了?"

"那我不敢说,我肯定不如你了解她,我还要进一步了解。"

他转向谭力力,"饭店里到底出了什么事儿?"

"倒不是饭店的事,"谭力力叹口气,"你们要是真不忌讳,那我就说了啊。"

"说吧,说吧。"

"我们前台一个女员工,管票务的,平时看着挺有福相的一个人,可不知怎么,老碰上倒霉的事。"

"有福没福,看是看不出来的。"老柴说。

"话是这么说,可是同一件倒霉事儿,要让我遇上两回,我肯定就完蛋了。"

"瞧你,到底什么事啊?"陈青点上烟,给正文也点着。

"唉,还不到三十,竟死过两个丈夫了!"

"死人的事还不是经常发生?"老柴拿着打火机,"啪"地点着火。

"可是两个丈夫都同一个死法那怪不怪?"

"到底怎么回事?"

"她第一个丈夫跟她结婚不到一年,突然在家上吊了。死了两年了,她才又碰上这个,今年春节才结的婚。今天早上,我下夜班,想在饭店睡一会儿。刚躺下,就听前台急呼我。我跑下去,看人都围在前台,柜台上一个支应的都没剩。我赶紧过去看,原来是那个女工昏过去了。有人给她掐人中,有人给她喂水。我一边叫当班经理招呼人上岗,一边拉过一个平时跟这个女工关系不错的人,问是怎么回事。他告诉我说,她刚接到家里的电话,她前脚出门来上班,她丈夫后脚在家里又自杀了。"

"也上吊了?"正文问。

"不是，说是喝了农药。"

"死了？"

"是啊，当时还想救，路上其实还醒过来过，可到了医院，一洗肠，反倒坏了，没多久就死了。"

"这是什么狗屁医院？把人往死里救。"老柴接过正文递的烟，往桌上磕磕。

"就是呢，她婆婆一直骂呢，要跟医院拼命。"

"他为什么自杀？"陈青问。

"这个问题问得多余。"老柴吐口烟，"想死的人大多是没有理由的。要是有清楚的理由，也就不会死了。"

"也许是吧。"谭力力说，"后来她醒过来，眼睛倒是睁开了，可人一动不动，脸色煞白，直瞪瞪看着地上。我让人送她回家，她不肯。我又劝她先上楼找间房歇歇，她也不肯。就那儿坐着，也不哭，也不说话。旁边的人也都不说话。也是，谁都不知道还能说什么。有人又给她倒了碗水，她还知道说谢谢，然后就说要接着上班。"

谭力力深深喘口气，接着说：

"我回到休息室，往她家打了个电话。是她婆婆接的，大概从出了事就一直在哭，嗓子都是劈的，听说我是饭店的，马上歇斯底里发作，气急败坏地骂了很多很难听的，骂着骂着就又哭起来。"

"骂什么？骂谁？"正文问。

"还能骂谁，骂她儿媳妇呗。"

"为什么要骂她？"

"唉，她儿子突然就这么不明不白地没了，她当然会认为是她儿媳妇造成的。"

"不难想象，谁乍一听这件事，都会觉得这个女人有点问题。"老柴说完，继续吐着烟圈。

"她儿子要死！跟他老婆有什么关系？"陈青突然提高了嗓门，对着老柴问道。

"你别问我，我是说一般人会这么想，一般人不一定代表我。"

"后来她婆婆平静了一点，就问我她回来了没有。我赶紧说这就送她回去。她就又发疯了，说她丈夫被她害死了，她连回来看看都不回来。我放下电话，就赶紧派车，劝了她半天，才把她劝上车送回家去。"

他们的抬头和酒一起上来的。服务员拿来杯子，用开瓶器旋开木塞。陈青往几个杯子里都倒上酒，然后把杯子递给正文，跟他碰了碰："干了？"仰起脖子像是要一口气喝到底。

"行了。"谭力力从她手里夺下酒杯，往她盘里夹了一小块鹅肝酱，"看你，是不是就想醉啊。要知道你这样，今儿就不该喝。"她又往老柴和正文的盘里各夹了一块，"尝尝，怎么样？"

"怎么不该？正文，你说该不该？"

"想喝，喝得高兴，就该。"

"一会儿要是我喝高了，你送我回家啊。力力自己走，行不行？"

"那有什么不行的。我反正要直接回家睡觉。不过正文，你得问一下老柴的意见。"

"我没意见。"

"听见没有，老柴说没意见。"陈青看着老柴，"老柴对什么都没意见。"她又喝口酒，吃了鹅肝，"你们说，为什么她两个丈夫都要自杀?"

谭力力要说,陈青止住她,让正文和老柴说。老柴冷笑了两声没说话,正文问:"她看着是不是很厉害?"

"一点也不。"谭力力应道,"很温和,也很沉静,人都说,她第一个丈夫死了以后,她就更沉静了,从来不多说话。"

"也许就是太沉默了,她丈夫才受不了。"正文思忖道。

"那为什么?"谭力力问。

"漂亮,又冷淡——"

"对,搞不好是性冷淡。"老柴不等正文说完,"整天在你眼前晃,又不让你怎么样,男人不被折磨死才怪呢。"

"凭什么这么说?难道就没可能是男的无能么?"陈青低声愤愤地说,"这些男人真是自私!他们就这么死了,不是成心不让这个女人活?"

"他们死他们的,她活她的。"老柴说。

"你别混蛋了,他们这么个死法儿,哪个女的还能活?"

"说的就是呢,我看着真替她担心。"谭力力摇摇脑袋。

"放心吧,她能活过第一次,就能活过第二次,女人的生命力都强着呢。"

"所以你们男的就可以没完没了地摧残这种生命力?"

"摧残生命力的是你们,不是我们。要不为什么这个女人没死,死的都是她的丈夫?"

"正文!"陈青转向正文,"你说,这些男人是不是都自私透顶?"

正文想到正武,叹口气:"很多事情,都是说不清的。"

"你现在怎么学得这么滑头。"陈青说,"是不是都跟老柴学的?"

"嘿,你凭什么这么说?以为他就什么都比我好?你们知道他多少?"

"知道他起码只是跟谭力力一个人在好。"

"是这样么,梁正文?"老柴转脸朝向他,"你说说,你是那么纯洁么!"

"纯洁肯定说不上。不过,你们要说什么,最好不要把我扯进去。"

"不扯你,你就回答我一句,你是不是只跟力力一个人在好?"陈青坚持道。

正文抬眼看看谭力力,她的丹凤眼吊着,看着他。他又看看陈青摆着一副不达目的誓不罢休的样子,沉吟片刻,又说:"其实,我和谭力力还不能说是好着。"

"是这样么,力力?"

谭力力眼睛低下去,笑笑,再抬起来:"他说的没错。"

陈青轻轻摇摇头,看着正文:"没想到你也这么自私!"

"不是谁自私不自私的问题。"老柴说,"对不起,力力,我不是有意要伤害你,但我希望你们知道,是男的就都一样,不过是我有什么都说出来,没说的人并不一定就纯洁。老陈,你最近跟更年期似的这么闹,不就是想要一句话吗?"

"是!怎么样?"

"那我明白告诉你,那句话我没有!到我们俩这份儿上,说那句话很容易,不说才难。你想想,想想就知道我说的对还是不对。"

"算了,算了,都是我不好。"力力拉拉陈青的手,"我说不说的,你们非让我说,说了就吵,多没意思。不说了,好不好?"

主菜上来的时候,他们都沉默着,闷头把盘里的东西吃完,然后站起来,走出餐馆。谭力力拦了辆出租车径直走了,老柴也骑上车说要赶回宿舍收拾行李。陈青迎着风打了个激灵,裹了裹身上的毛衣。正文问她是回发廊还是回家,她说回家。她家离学校有两三站的距离,她坚持不坐公共汽车,正文要骑车带她,她也不让。正文只好把自行车锁在餐馆门口,跟在她后面。

路上她还是一言不发,手揣在裤兜里。正文问她冷不冷,是不是要把衬衣最下面的两颗扣子系上。她直视着前方,还是没说什么。过了半晌,她才说,喜欢露着肚皮。她的肚皮下是一条肥腿墨石蓝牛仔裤,"唰啦、唰啦"地拖在地上,把两条腿拖得又长又结实。走没多远,她停下,从包里拿出顶帽子戴上。是一顶墨色窄檐帽,帽口压得很低,她把浓密的长发从帽后挽下来,乱乱地卷几卷,耷在后腰上。她走得很快,一双大脚和跟腱结实的脚踝,走一步是一步,正文使劲跟,还是跟她差着半米。他看着她的背影,觉得这个女人像鲁本斯画里的那些女人,"希腊美惠三女神"里那个背影,他的第二个妻子,暄和,毛茸茸,应该就是人说的那种攥在手里有满把肉感的女人。她如果有了孩子,大概也像鲁本斯画里的那些女人和那些孩子,丰腴,世俗,像烧得密实又圆润的陶土。可现在的老柴,也许要的不是陶土的鲁本斯,也许精细、奢华、白瓷式的提香才更合适?

走了一会儿,陈青站住,等他走到她身边,问他:"我们是不是跟你们不一样?"

"你说'我们',指的是——"

"我和力力。"

"什么不一样?"

"什么都算上。"

"没觉得啊。"

"你刚才说的是真的么?除了力力,你是不是还跟别人好?"

"没有跟别人好,也没有跟力力好。"

"既然你没跟别人好,为什么不跟力力好?"

正文没说话。

"你甭不说,你不说我也知道你怎么想的。"

"我现在就没想跟任何人好。"

"借口。老柴说得也许没错,你们其实都是一路货色,可能他的心比你狠点。正文,我劝你,要是你没这个心,就跟老柴学学,对力力也狠点,省得她以后难受。她还小,周围的环境又这么不健康,你别老这么不明不白地　着她,她有的是别的机会。她看着像个什么都能盛得下的人,其实她比我脆,不禁摔。"

正文点点头:"行,我记住你的话。"

"你现在真的学坏了。"她叹口气,看着脚下的路,"你别不听我的,我是为你好。"

"知道。"

"也别以为我醉了,我没有。"

"知道。"

"你不觉得力力周围很有问题吗?"

"没觉得啊。"

"你真应该多关心关心她,我听她的那些事儿,就老为她担心……唉。"她叹口气,"你跟我说实话,你觉得我和老柴怎么样?"

"说实话,我得说不行。"

"为什么不行?"

"老柴的心高——不是不满意你,我是说他对自己,他正要天马行空呢,怎么会落地上过日子。"

"他是不可能过日子,还是不可能跟我过日子?"

"这我不知道。不过,有什么区别呢?"

陈青沉默了一会儿,说:"就是,没什么区别。其实,结不结婚,我倒也没那么在意,给不给我那句话我也不非得较真儿。唉,我就是老想能碰到个男的,说,不行,你怎么着也得给我生个儿子。不管生不生,我心里都踏实。"她轻轻叹了口气,"算了,跟你说有什么用,什么也不懂。"

"懂,怎么不懂?可你这想法很厉害,哪个男的听了都得害怕。生儿子不是一辈子的事嘛。"

陈青停下脚步,歪过头来,有点吃惊地看看他,然后低声像自言自语道:"一辈子有什么不好?"走几步,回过头说:"再跟你说一遍,别以为力力怎么着都可以,她可脆着呢。"

"知道。"

"我看你不一定知道。她亲妈死的那么早,又是那么个死法儿,她心里其实阴影很大。"

正文站住,问道:"怎么个死法儿,不是胃病死的吗?"

"是胃病……她要没说,你也不用再问她,反正我劝你对她好点,要不哪天她出什么事,你后悔就晚了。"

送她到了家，正文返身往回走。正好有公共汽车过来，他跳上去，坐了两站下来，在餐馆门口取了自行车。

校门口的小卖部还开着，他下来买了包烟，然后从西门进了校园。家属楼群的灯光密密麻麻地亮着，一派温馨和静谧。他渐渐放慢速度，贴院墙抄上近道。院墙边的杂草像是从没拔过，东倒西歪的也快有半人高，他的车轮从上面一碾便发出"嘎吱、嘎吱"的响声。骑到八号教工宿舍楼侧面，他突然看见左面墙根下似乎靠着一辆红色26凤凰小女车。那边杂草更乱，光线也更暗驳，但他还是立刻感觉出那车子的样子十分眼熟。他骑到跟前，停下，看看车牌——果然，是毛榛的。他伸手摸摸车座，凉，有点潮，但车身上没有浮土，估计停在这里没有多久。旁边还歪七扭八地散落着几辆又破又旧的废弃男车，有的车架已散，有的已失了一只轮胎。毛榛的车怎么会在这里？

走出那片杂草，正文抬起头，看看楼上，突然间，他觉得这座楼也有几分眼熟。那两扇窗户，那个门洞，那两棵大树，以及那面院墙。相同的场景他在哪里见过。两秒钟之内，他便想了起来，心里一惊，出了半身凉汗！

正武的相机。

他很快想到，有毛榛的车，附近一定就会有那辆28大男车。他用眼睛四下里寻了一遍，很快在正门的门洞前发现了目标。

他抬起手腕看看表，十点半已过。他推车移开一段距离，停在路灯旁的一棵大树下。从那个位置，他可以很清楚地看到楼的正门以及靠近他的这个侧门，而从楼里进出的人却不会看到他。

他掏出烟点上，蹲在路边。墙根处的草尖时而倒下一小片，像有蚱蜢之类的小东西不安分地蹦来蹦去。路灯很高，玻璃罩下整团整团的虫子乱飞，有的拥到他眼前，他便不停地赶着。

他回忆着那张照片。那个隐约像毛榛的脸出现过的窗口应该是二楼靠右边的那扇。那扇窗此时挂着一层织着兰草图案的白色薄纱，灯光黄暗，窗前没有人影，甚至连一丝阴影都没有。

过了十一点，窗口仍然没有变化，也没有任何人从任何一个楼门走出。正文又等了十分钟，然后开始一点一点反驳自己。也许她只是偶然把车子停在这儿，人并没在楼里？她每天不是都回家，不在学校里住么？虽然她从南门出去坐公共汽车更方便一些，但也许今天正好例外，必须从西门走，就把车子暂放这里，明早再过来取？然而，这些想法一个接一个又被他自己否定掉了。他知道都很勉强，说不通，不过是他想给自己离开那里找个借口。他想象着如果毛榛从楼上看见他，一定会很吃惊，也许，还会难受。他隐约有些明白，洗照片那天，毛榛在看了那张底片之后突然那么情绪激烈的原因。是正武伤了她的心吗？还是她知道她伤了正武的心？

这样想着，他就没有动，像是非要看看自己有没有正武那样的承受力。十一点四十八分，楼上的灯终于熄灭了。他也阖上了眼睛，使了很大劲没有流下眼泪，但他又想到正武，眼泪就还是滚了出来。正武那么骄傲的一张脸一定曾在这里躲过，他那么高大的身体一定曾像他一样蹲在这里。他能拍下那张照片，想必曾不止一次从Y大学跑到D大学，见到这一幕。每次看到，他是不是都很难过，还是很愤怒？从自己对正武有印象起，就不记得他为什么事委屈过自己，如果他要什么，他会拼命。他为什么没有去拼命，而是只拍了那么一张照片？拍那张照片有什么意义？想拿给毛榛看，还是想拿给那个人看，或者就是要给自己看？他的死跟那张照片是否有关系？

过了不知多久，他才又仰起头。星星布满了夜空，若隐若现的，像是一粒一粒还在用力往外长着。他想起在青城山的竹楼前，他也是这么望着天，曾经觉得天上的每一颗星星都像毛榛那对细圆、明亮又噙着泪珠的眼睛。这么想着，心里真的难过起来。叫他难过的不是那些星星今晚不再像她了，而是毛榛的眼睛里也许再也不会有那些星星了。

正文扔掉烟蒂，骑上车，回了宿舍。

几天以后，谭力力打来电话，让正文去她家，她给他补过生日。"做了打卤面，肘花的汤底，"她说，"也做了酱鸭，陈青也过来。"

"你不说，我都忘了。"正文想想，说明天就要期中考试了，不过去了。

"过来吧，我都准备了。"

"真抱歉，我真是过不去了，明天考试我还一页书都没翻呢。"

谭力力沉默了，最后问他："真不过来了？"

正文狠了狠心，说："不过去了，你们吃吧。"

当天下午，谭力力拎着一个圆纸盒出现在他宿舍门口。那天除了正文和扁豆在，还有另外两个新搬进来的外地同学。他们三个见了她都连忙正襟危坐，唯有正文仍抱着书拳躺在上铺。她把盒子撂在桌上就要走，扁豆忙叫正文快下来。谭力力说："算了，你们明天不是要考试么，让他看书吧。"

"考试？早着呢。"扁豆说完，又立刻改了嘴，"哦，他们班可能考得早，期中考试，各班可以自己安排时间。"

正文放下书，从脚底抽过牛仔裤，往腿上套着。

"算了，你不用起来了，我这就走。"谭力力又对扁豆说，"今天不是他生日么，这里面是个蛋糕。"

"蛋糕啊？那一起吃得了。"

谭力力抬起丹凤眼瞄了一眼正文。正文背对着她，正蹬着梯子从上铺下来。"不了，你们忙，帮他分着吃了就行了。"

"是你自己做的？"扁豆问。

谭力力点点头。

"那我们可就恭敬不如从命了。"

"还恭什么敬啊，我出了这个门，你们就更用不着了。"她笑笑，拉开门。

"怎么过来的？"正文跟在她后面走下楼梯。

"骑车。"

走到楼门口，谭力力说："上去吧，别让那几个馋猫都给你吃光了。"

"干嘛还这么大老远地送过来？哪天我过去不就是了。"

"我答应过你生日的时候给你补个蛋糕，我说话算话。"

"瞧你，还真这么认真。"

"有些事，我就喜欢认真。行了，回去吧。等你考完试，我再给你补打卤面。"

正文看着她迈开一条长腿，骗上车，回头朝他点了下头就骑走了。

回到宿舍，看见扁豆他们三个围坐桌边，各自拿把勺子。正文说："还等什么啊，动手吧。"扁豆立刻揭开盒盖。里面是一个圆砣型黄澄澄的奶油蛋糕，直径约有三寸，高度约有五寸，椭圆的面上洒满了略微烤过的白色杏仁片。杏仁片的缝隙中，用巧克力精微地点着"生日快乐"的字样，下面用绿色瓜子铰成丝堆出个阿拉伯数字"20"。几个人"啧啧"地称奇，正文却只他妈想流泪。

在随后的一个多月里，正文像是故意不定时地，或是在吃早饭前，或是上午课间休息时，或是吃过中饭，或是下午下了课，或是晚上从图书馆出来以后，又无数次骑车拐到八号楼那边。不能说每一次，但的确有很多次，他都在不同的时间里又看见了那辆红色凤凰26。每次它都仍是斜靠墙根下，偶尔换个方向，偶尔支起脚架。有阳光的时候，它车身的红会闪出橘色的光，天阴时，车座套的红也就更淫红些。

看到了26，他总会下意识地四下寻一眼那辆28。它们有时离得很远，一个在这个门，一个在那个门。也有时离得很近，甚至并排地靠在一起，像是刚从什么地方回来，人上了楼，马上还会下来，还要再走。有很多次他觉得他就要碰上他们了，不是和他们正面撞上，就是从后面抓到他们并排骑车的影子。可是，冥冥中，像是有那么个人一直在体谅地安排着一切，总是让他在最有可能碰到他们的时候又恰巧错过。

他完全无法解释自己这么做的目的，想要证明什么，还是不证明什么。可是，从第二次在那里看见那辆车起，他的心就平静了很多。即使是晚上，很晚，十点、十一点甚至十二点，他也是看见就看见了，再没在楼下停过或是守过。时间久了，有一两次，倒是他没在那里看见那辆车，心里反而有些不安，想着毛榛那个晚上不知道会在哪里。

冬天的太阳好像离得很远，阳光往地上投落的斑驳光影越来越不分明。银杏树金黄的落叶在古庙的侧墙外堆了好一阵，突然有一天被人收拾走了——冬天最后的一点颜色也就没了。

刚过完元旦，老柴就回到学校。正文去他宿舍，见他桌上扣着一本厚厚的GRE试题书。"怎么这么早就回来了？实习提前结束了？"

"没有。还是得走。"老柴说，"我本来觉得报社那种地方对我还是合适的，这次发现错了。这里大概没什么地方能留得住我了，还是趁早走的好。"

"去投奔教授去？"

"我还不至于。"

"陈青知道你回来了？"

"没跟她说，也管不了那么多了。记住，正文，这辈子你做任何决定，都必须先问你自己，这个决定是不是让你满意，而不是考虑让别人满意。这个世界上谁也别为谁牺牲，因为你牺牲不了。"

正文拿起他的GRE书，翻了两页，又问："打算什么时候走？"

"顺利的话，几个月，那边秋季开学前就应该走了。不过，你先别告诉老陈。"

"放心，你的事儿还轮不到我说。"

"她要是问，你就装不知道。"

"她不会问。"正文顿了顿,问他,"为什么你不早点跟她说,她也好有个心理准备?"

"早?多早?女人的心理准备,给她一年和给她一天,结果都是一样的。不信,你试试。我不自找麻烦。"

期末考试期间,正文在去食堂吃午饭的岔路上碰到毛榛。两个人都骑车,毛榛从女生宿舍那边过来,他等了一下,让她先过去。仍是那辆红色26凤凰,后挡泥板上溅着几星已经发白的泥点,泥点上沾着几根茅草。她右手揣在羽绒服兜里,只用一只左手扶着车把,手上仍戴着那双海军蓝毡毛大手套。到了食堂门口,她用戴手套的那只手把车缓缓推进自行车篷,锁上,再用那只手从前面的车筐里拎出一个布袋,然后仍用那只手将厚重的棉帘挑开一条缝,侧身挤了进去。

食堂总共开了八扇窗。他排在隔开她三行的一条队里,看见她把饭盒递进窗口,然后从羽绒服兜里抽出右手。她的动作有点迟缓,正文不由得起了疑心。待她往外抽饭票时,他看见她右手中指支棱着,上面缠着一圈白色纱布。

她端着饭碗在最后一排桌子靠边坐下。阳光斜斜地从大窗照进来,正好照到她的右脸。她用拇指和食指捏着勺子,慢慢把饭送进嘴里。正文离她几排坐下,眼睛一直盯着她对面的一张空位,犹豫着要不要过去。就在他下决心站起身时,一个女生将一只书包甩到那张凳上,占了那个位子。他愣了一下。在毛榛的事情上,他好像总是慢着几秒。

14.

那个寒假是正文在家里待得最长的一次，说是待在家里，其实大部分时间是躺在床上看书。父母白天上班，他连中饭都很少起来吃。母亲下了班，总一趟一趟往他屋里来看他，几次想问又没问，最后忍不住还是问了，他答说累。她站在床边俯下身说："刚多大岁数就嚷嚷累，有什么好累的？"正文恹恹的，翻个身，回一句："歇会儿不行么。"母亲"喊"了一声，捏捏他的鼻子，把猫放进他房里，从外面关上门。

正武留下的书他大部分都已看过。《包法利夫人》已经看了两遍，正在看第三遍，却还是不明白福楼拜为什么说"包法利夫人就是我"。因为是他，他才可以那么冷酷地对她？爱玛的很多行为他并不理解，可是看到她死，他还是难过了。看到她死以后，她的丈夫卖掉他们的房子，他的心也跟着碎了。多奇怪，他不知道自己到底同情的是谁。他的脑子里偶尔会闪出毛榛，她在绵阳凑在灯下揪着嘴唇看这部书的神情，总让他觉得有些不同寻常。好像就为这，他很想理解爱玛，虽然他知道即使他读懂了爱玛，也未必就能懂毛榛。

《情感教育》，他以前拿起来看过几次，可每次都是读到二十几页就扔到了一边。这一次，他再拾起来，似乎没太强迫自己就把它读到了结尾。他仍然不太喜欢这部小说。弗雷德利克和阿尔努太太最终也没有肉体关系，让他觉得别扭。但是他能感觉到这本小说里有一些伟大的东西，就比如那句"This is like a vision"①，就肯定是只有伟大的作家才能写出的话。他觉得毛榛对于他就像阿尔努太太之于弗雷德利克，就是那个转瞬即逝的"vision"。可这个"vision"到底是什么，他似乎知道，又不那么确定。就像这个词，他似乎很容易就能把它翻译出来，可真译了，怎么看怎么不像。他现在相信人的一生总要有一个叫"vision"的东西，不是物质的，不会中和，不会氧化，摸不着看不透。他想，再有人说他"你说你懂，其实什么也不懂"，他也多半不再争辩了。

猫不是趴在窗台上眯眼望天、晒太阳，就是乖巧地卷曲在他的两脚之间睡觉。偶尔他翻身换姿势，它也会站起来，深一脚浅一脚地踩着他的腿走到他肚皮上，歪着脑袋看他两眼，然后就地卧下。

他父亲的单位年前给他家装了电话，谭力力给他打过一次，问了问他一天的情况，吃了什么，睡了几个小时，听着他没什么话，便挂了。

那个电话是母亲先接的，问他："谁啊？"

"您见过。"

她一脸茫然，再问正文。正文摇摇头："您说说，您总共见过几个跟我有关系的女青年，还想不出来？"

母亲一甩手："想什么，下次你再让我见见不就知道是哪个了。"

正文去外交学院找过冯四一。可是一放假，她就回家了，留

---

① 大致译作"这是个幻觉"。

在宿舍里的外地同学说不出她家的地址。正文悻悻地出来，有点懊恼地想，北京就这么大，一机部和四机部的宿舍不在三里河附近就在北蜂窝附近，他怎么就从没问问冯四一是住在哪里呢。

王府井新华书店停业装修了半年，春节前才又开门。开门的第二天，正文就顶着寒风赶了过去。撩开石墨蓝厚棉帘的一瞬他便感觉不妙，扑面涌来一股热蒸汽，让他顿时冒出一身汗。赶紧脱掉棉衣，已经来不及了，他在一楼新书柜台前的人山人海里挤了一阵，渐渐觉得冷，回到家便发起了高烧。

父亲给他煮了一小锅葱花清水挂面，他从床上坐起来吃了两碗。母亲亲眼看着他用开水吞下退烧药，往他身上盖了两层厚棉被让他躺倒。

眼睛滚烫，迷迷糊糊很黏重，可脑子却很清醒。他想起老柴和陈青，想着明年的这个时候，老柴就不在了。老柴不在，陈青的发廊多半也会关张。这么想着，眼泪顺着眼角汩汩地流了出来。他自己呢？作独行侠的理想多半是没有可能了，这辈子他能离开父母走多远？如果正武活着，他肯定走不过正武。虽然他母亲喜欢正武多过喜欢他，可不知为什么，每次走得远的却总是正武。毛榛呢？要不是又留了一级，她现在也应该跟老柴一样已经要离开学校了吧。她会去什么地方呢？她母亲真的会一辈子不想再看到她么？算了，不想她了。早说了不再想她的事，怎么又想起来？可是，她的手，不知好点没有，不知道这次是怎么受的伤，伤到什么程度，应该没有伤到骨头吧？就在他觉得脑子开始发沉的时候，他想到了谭力力，想到那次她过敏后肿得发亮的脸，想到最后一次见她，她的丹凤眼淡淡的，再也不像第一次见她时好像跳着一对精灵。唉，她这会儿要是打电话过来，母亲多半会告诉她他病了，那她肯定会马上过来，还多半会带着吃的。带什么呢？苹果排？他好像一下子闻到了刚刚端出烤箱还在"滋滋"冒着气的苹果香。

这时，他听见父亲敲他的房门，随后低声叫他。他挣扎了一会儿确认不是在做梦，才睁开眼睛。父亲小声说，有同学找你。正文"唔"了一声。父亲说是女生。正文猜想是谭力力，摇摇晃晃坐起身。来人被父亲让进屋，正文一见大吃一惊，头脑在一秒钟里清醒过来——是毛榛。他一骨碌掀开被子，穿上裤子下地。身子还有点晃，但他仍快速撩开窗帘，开了一点窗，然后急急地把毛榛从门口拉进他房里，在她身后关上门。

毛榛重重地喘着气，脸色苍白，像是刚刚跑了很长的路，浑身微微打颤。

正文推她在床沿坐下，问："怎么了，出了什么事？"

母亲又在外面敲门。正文走过去，拉开一条缝，从她手里接过水杯。母亲小声问她是不是那个人，正文摇摇头，推她出去，重新关上门。

毛榛又喘了一会儿，然后从肺底深深拔上口气："没怎么，就是想来看看你。"

她头上戴一顶浅灰色毛线帽，帽口压得很低。身上仍是那件象牙色羽绒服，手上也仍戴着那双肥大的海军蓝毡毛手套，抱着一个土色帆布包。

"屋里热，把衣服脱了吧。"

毛榛脱下羽绒服。

"帽子和手套也摘了吧。"

毛榛又深吸口气,把帽子从头上拿掉。

正文看见她眼睛红肿,眼角像是有泪痕。"怎么了,哭了?"

"没有。"毛榛别过头去。她的头发像刚刚洗过,一绺一绺贴在脑门上。

"骑车来的,还是跑来的?怎么这么一头的汗?"

"骑车来的。"毛榛一边说,一边慢慢放下包,取下手套。正文看见她右手中指上仍然缠着纱布。

"你的手怎么回事?"

毛榛把手背到身后,说:"不小心碰破了。"

"放假之前我在食堂就看到了,怎么还没好?"正文去拉她的手,她执意不肯。正文见状,便使劲扳过来,取下纱布套,看见那根指头肿了一倍,指甲下面有淤血,指甲正中间有一条细细的裂痕。"在哪儿碰成这样?"

"没在哪儿,就是碰了一下……"

一个念头突然从正文脑里闪过,他"忽"地站起身:"他打你了?"

"不是。"毛榛低下头。

"那是怎么回事!"

"不是你想象的那样。"

"为什么打你?他人在哪儿?是今天吗?放假前我就见你的手包着,他是不是打过不止一次?你今天是从他那儿来,对吗?"

毛榛摇摇头:"我是从家里跑出来的。"

"跑出来?这么晚了,为什么要从家里跑出来?告诉我,毛榛。"

正文站在她面前，扳着她的肩膀，"有什么你不能告诉我的呢？"

毛榛的眼里含着薄薄的泪，里面蓄着慌张、羞恼和惊惧。她的嘴抿得很紧，嘴角向下撇着，像是想说什么，却又不肯。正文看着她，看她慢慢低下头，一会儿两滴泪"啪嗒、啪嗒"掉在两条腿上。她从兜里掏出手绢拿在手里。他叹口气，在她身边坐下。"毛榛，跟我说说吧，说说到底是怎么回事，你不告诉我，我怎么帮你呢？"

"不知道怎么说，也不想让你帮什么。就是想到你这儿坐坐，一会儿我就回去。"

"我能就这么让你回去么？"正文有些急，然后缓缓口气，"干嘛你老那么倔啊？"

毛榛没有说话。

"说说吧，为什么要这么晚从家里跑出来？"

毛榛沉默了片刻，再拔口气，小声说："她今天又去我家了。"

"他？那男的？"

"不是，那女的。"

"哪个女的？"

"他老婆。"

正文"腾"地站起来："她为什么要去你家？她有什么资格去你家！"

毛榛被他的动作吓了一跳，身子向后缩了缩。正文重新坐下，压压情绪，问她："她去你家干什么？"

"哭。"

"哭什么？"

毛榛没说话。

正文沉默了一会儿,问道:"什么时候去的?"

"半个小时以前,我出来的时候,她还没走。"

"那她是在跟你姥姥哭?"

毛榛点点头:"我实在不能在家里再待下去了,就跑了出来。不知道往哪儿跑,想想,就跑你这儿来了。"

"那男的呢?"

"不知道,大概在家里。"

正文"忽"地又站起来,拉住她的手说:"走!"

"去哪儿?"

"我带你找那男的去。"

"不行。"毛榛往回抽手,神色也惊慌起来。正文看着又是别扭又是痛心,他说:"放心吧,我不是去找他打架,你不用心疼他。"

"我不是那个意思。"

"那你是什么意思?"

"不知道,我心里很乱。我只是觉得现在什么也不能做,这会儿做什么都有可能是错的,以后会后悔。"

"后悔?你的手都这样了,你还没后悔?"

毛榛撇过头看着窗户。正文靠在桌边看着她,缓了缓语气道:"要不,这样吧,我们回学校去找老柴,先听听他的意见。如果要去找那男的,也我们俩一起去。你说呢?"

毛榛不说话。

"走吧,我们现在就去,好不好?"正文穿上棉衣,把羽绒服递到她手里,再拎起她的包,一下子竟没拎动。

毛榛马上要抢过去，正文抓紧没有松手，打开，见里面躺着把铁器。他拿出来，是一把木把大圆头铁榔头，几乎有两个拳头那么大。"你要干什么！"他厉声问。

毛榛夺过去，塞进包，抱在胸前。

"你疯了？你是要杀他，还是要再自杀一次？"

毛榛的泪一下子涌出来。

"既然你都这样想了，干吗不让我们去找他谈？"

"是我没用。你们谈也没用。"

"我就不信没用。"正文把包再夺下来，"就放这儿，别带着。傻啊你。"

正文拿手给她擦擦泪，拉她，她虽然犹豫着，还是随正文站起了身。

正文的父母都坐在厨房里，见他们拉开房门，马上站起来。母亲笑着想说什么，正文阻止了她："你们先睡吧，我得去趟学校。"

"那怎么行。"他母亲说，"这么晚了，你还发着烧。"

正文说了句"没关系"，带着毛榛要走。"戴顶帽子啊？"母亲在后面叫道。

"你在发烧么？"出了楼门，毛榛问他。

正文说没事儿。

"要是发烧就别去了。"毛榛在后面站住。

"你是怕我发烧不去，还是怕他？"正文扭头看她。

她仍是叹口气："我还有什么好怕的。"正文把帽子给她戴上。

那真是个寒夜。在正文的记忆里，他们出门时的温度至少低于零下十度。两天前刚刚下过的雪仍堆在墙角、树根,呜呜的西北风一刮,雪砂满天飞舞,迷得他睁不开眼睛。头皮也像被砂一层一层地刮着,没骑出几步就开始发麻。应该戴顶帽子,他有些后悔没听母亲的话。刚才吃了药,汗还没出透,被冷风这么一激便抖个不停。身上很沉,眼皮仍是烫的。心里也烫。风大,一路上,他没再跟毛榛说什么,只偶尔歪过头去看她。她一直低着眼睛,咬着嘴唇。正文大声地问了她几次冷不冷,她都使劲地摇摇头。正文伸出胳膊,搭她背上,推着她往前骑。

将近一个小时后,他们才终于骑到学校。正文让毛榛在下面等,自己跑上三楼,敲开老柴的宿舍门,见屋里正坐着陈青。屋里的空气显然很紧张,老柴端着茶杯,一脸滞闷地坐在对面。正文把老柴叫到楼道,跟他说了大概情形。老柴皱着眉头听完,立即返身取了棉衣出来。"你知道他为什么打她?"正文摇摇头。陈青这时追出来,问:"是力力出什么事儿么?"

"不是。"正文带着歉意,"对不起啊,陈青,我们有点急事。"

出了楼门,老柴快步走到毛榛面前,盯着她。毛榛被看得很不自在,默默地低了头。

"那女的为什么去你家?"他问。

毛榛仍低着头,抿着嘴喘口气。

"你得说话,你不说,我们没法儿帮你。"

毛榛转眼看正文,正文垂下了眼睛。直到今天,正文仍能清晰地想起毛榛看他时的眼神,就像当年一样,想起的时候,他仍是垂下了眼睛。他无法解释自己当时的沉默,也不知道当时除了沉默,他是否还有别的选择。

毛榛再一次深深喘口气，轻声说："她说我拿了她的东西，让我姥姥还她。"

"操他妈的！"正文小声狠狠地骂了一句。

"那你拿了没有？"老柴仍盯着她。

毛榛咬咬嘴唇："没有。"

"那男的为什么不替你说话，反而打你？"

"不是一回事……"

"你可想好了，我们这一去，不是一回事也都是一回事了。"老柴盯着她，足足有一分钟，然后扭头叫正文，"走吧。"

正文那时已经骑在车上，见老柴在前面先蹬出去，便紧跟上。毛榛也跟在他们后面两三米远的地方，既不追赶，也没有拉下太多。他没有回头看她，好像有点不敢看她那时的表情。

八号楼是标准的"筒子楼"，楼道里黑黢黢不见一点光亮。他们深一脚浅一脚穿过二楼走廊，不时碰上各家摆在房门口的灶具和柜橱。走到尽头朝右拐，才看到微弱的月光。老柴和正文东张西望地辨认着方向，毛榛指指右边，小声说："头上那间。"

像是有什么感应，她的话音刚落，那间屋的门就开了。灯光泻出来，一个不高却宽厚的身影投到地上。正文和老柴几乎是不约而同地加快了脚步，"腾、腾、腾"疾步过去。那人反应极其敏捷，他们离着还有几步，他就突然大声叫道："干什么，你们要干什么？"

正文不记得是他还是老柴应了一句"想找你谈谈"。那个人立刻往墙角退去，在他们快到时，突然抡起一个黑乎乎的东西。仓猝间，正文躲闪不及，额头被狠狠地砸了一下。他感到一阵剧痛，不由冒了火，一拳打过去。那人趔趄着退了几步，却并没倒下。老柴冲上去拽住他的腿，将他拽倒，拖出墙角。在倒下时，那人伸手抓住橱柜的柜脚。橱柜一阵剧烈晃动，柜门被晃开，里面的东西被晃出来，"啪、啪"落在地上，发出一声接一声清脆的瓷器破碎声。老柴遇到阻力，刚一放手，那人就腾出脚把老柴勾住，再奋力打个挺翻上来，把老柴压在身下。两个人抱在一起，扭作一团。黑暗中，正文前后左右地看着，最后瞅准那人的头顶狠狠踢了一脚。那一脚踢得又准又狠，他以为那人会叫，可是没有，只死死抱住老柴。正在这时，不知从什么地方突然冒出一只一尺来长的老鼠，没头没脑正好跑到那人和老柴的头顶，愣了一下，随即慌不择路地从那人的脸上一路窜了过去。"啊——"那人惨叫一声，同时"噗、噗"地往外吐着唾沫。吐完几口，又突然从老柴身上抽出手，趁正文不备，一把也将他拉倒，用胳膊死死压住他。

几秒钟不到，楼道内几盏灯同时亮起来，各门各户都涌出了人。一个戴眼镜、穿丝绸睡衣的小个子男人拨开人群，低头看着扭成一团、大口喘着粗气的他们，皱起眉头说："嘿嘿，在这儿玩儿什么呢？"

三人谁也没说话。

"你们知道几点了么？还有点公共道德没有？想玩儿，出去玩儿去！"

三人都没动。一会儿，那人先松了手，正文和老柴也松开，慢慢从地上翻起来。正文看到老柴身上、脸上和头上都沾满了土，再看俯身趴在地上的那人，也像在土里滚了一遍。他拍拍自己的棉衣，尘灰蓬蓬飞起来，楼道灯都立刻暗了。

"嘿！甭在这儿拍，赶紧走！"

人群自动让出条缝，正文和老柴低着头往外走。走没几步，老柴又转回去，冲着地上说："找机会还得跟你谈谈。"

小个子男人说："你要谈，也请换个地方，以后少上这儿来！"他皱着眉在后面嘟囔："还嫌这儿不够乱是不是。"

远远的，正文看见毛榛呆立在楼道的拐弯处，直瞪瞪地睁着她那双细圆的眼睛。他们从她面前走过时，她也没有反应。正文使劲拉她一把，揪住她的胳膊，发现她在瑟瑟发抖。他几乎是拖着她走下楼。

出了大门，骑上车，风一吹，正文立刻感觉额头发紧发热。他摸摸，粘的，是血。老柴说："真挂彩了？"

正文"妈的"骂一声，轻轻揩掉伤口附近的凝血，鲜血马上又流出来，流进嘴里，他吐了吐。

"下来让我看看。"老柴说。

"不用看，肯定是豁口了。"

"那先去医院。"

他们一径骑车到海淀医院，走进地下急诊室，挂了号，坐在长椅上等。毛榛一直默默地跟在他们身后，一点声音也不出，像是不存在。过了一会儿，她拿出手绢递给正文。正文看看她，来不及理会，转头叫老柴："身上有烟么？"

老柴从兜里掏出烟，给他点上，自己也点了一根。两个人一起吐出一口烟圈，老柴说："看清楚是什么东西了么？"

"好像底下带爪儿的那种老铁锅。"

"这小子真他妈有劲。"老柴站起来，对着窗户猛抽几口，想了想，看看表，"不行，得赶紧把你的伤口处理了，咱们得快走。"

"怎么？"

老柴用眼睛瞟着毛榛："他们一会儿肯定还要去她家。"

正文"忽"地站起来。

"你想，他老婆一会儿回家，看见楼道里那个样子，又看见她丈夫那个样子，她还能睡觉么？"

正文急了："那就先别看了，先去，回来再说。"

老柴问清毛榛家的地址，又想了想："医生如果能在十五分钟之内给你处理好，咱们赶在他们前面就应该没什么问题。如果那女的是咱们一走就回了家，然后马不停蹄地返身出来，那我们即使现在就走，也无论如何都追不上她。索性让她去好了。其实，现在我们能不能赶在他们前面，恐怕都起不了什么作用了。甭管怎么着，还是让医生赶紧给你看是正事。"

说着，老柴掐灭烟，疾步走进急诊室。一分钟以后，他挥手叫正文。

"怎么弄的？大学生了吧，怎么还打架？"女医生麻利地给正文清理完伤口，仔细看了看，"得缝几针了。"

"别呀。"正文忍不住小声叫道。

"还怕留疤啊？"医生停住手。

"不怕。"老柴说，"正觉得他长得太没特点了呢。有疤就好了，看着也让人放心。"

"放心，谁不放心？"医生问。

"你们呐，你们不放心啊。你们不是就喜欢脸上有皱纹、有疤瘌的男人？"

"您别听他的。"正文眼睛看着门口，小声说，"快着点，一会儿还有事儿呢。求您缝得好看一点,别太丑了。"

"又不是绣花,缝针还能怎么好看?"她摸摸他的额头,"你发烧呢?"

一共缝了五针,在左边太阳穴上方,离眉毛有半寸距离。缝针的时候,医生把体温表塞在他腋下。"真是不要命了。"她抽出体温表,摇摇头,给他做了皮试以后,往他屁股上打了一针。

正文脑袋上贴着纱布一瘸一拐走出来。毛榛迎上去看看,关切地问:"哦,疼不疼?"

"没事儿。"

已过了深夜十二点。往回骑顺风,风也小点,雪砂只在地皮上打转。街上鸦雀无声,偶尔有货运卡车载着辎重摇摇晃晃呼啸而过。几套进城的马车"踢踏、踢踏"从魏公村路口缓缓行来,抢在他们前面。大黄马喷着粗粗的白色鼻息。一阵风吹过,马身后的粪兜里扬起一片粪渣,跟着是一股恶臭。三个人加快速度超过去,拐上白石桥路。新世纪饭店的大堂入口仍旧灯火通明,门卫来回地踱着步。再往前,甘家口路两边的居民区和办公楼都已漆黑一片。三个人借着风力向前骑着,都没了话,只听见自行车车轮在马路上"嗖嗖、嗖嗖"一圈一圈快速旋转。骑到三里河一带,毛榛终于落在了后面。老柴停住车,正文掉回去接她。接上她,把一只手搭在她后背,推着她往前。

毛榛家的大院十分沉寂。大门像个风口,"呜——"地一下子把他们推进院子。传达室里响着男人嘹亮又均匀的鼾声。毛榛家几个窗口都黑着,楼道里也没有什么异常。

老柴说:"走,去院门口等。"

他们推着车,守在通往院门的小马路和大马路的交汇处。夜深了,风又小了些,却也更冷硬。正文这才发现,毛榛头上的毛线帽和一直挂在脖子上的手套都不见了。她湿薄的头发一缕一缕贴在脑门上,牙齿"嘚、嘚"打颤。正文把她拉到院墙后面,摘下自己的手套,想给她戴上。她用力挡住了:"不用,没关系。"他不由分说,硬给她戴在手上。

老柴趴在自行车大梁上,见他出来,问:"没事儿吧?"

"没事儿。"

"是不是有点恨咱们?"

正文没说话。

"恨也这样了。"老柴转了一下车铃,"记住,这次无论如何,不要碰那个女的。估计咱们拦也拦不住,所以,甭拦。"

十几分钟以后,他们远远看见两辆自行车由西面一点点骑过来,不由直起了身像要准备战斗。女人骑在前面,先从车上下来。她个头颇高,穿军大衣,臃肿里也透着苗条挺拔,眉宇间如果不是那股凛然怒气,应该说得上深邃动人。她一眼看见毛榛,支上车就冲过去。正文赶忙闪身挡在毛榛前面。那女人推开他,也不再理会毛榛,转而往院里冲。正文和老柴几步跑过去,一边一个挡住她。

"滚开!"女人大叫,嗓门极其清亮。正文和老柴都有些意外,愣着没动。那女人再叫:"听见没有?滚开!"

老柴压低声音:"这么晚了,你能不能不叫?"

"滚你妈的蛋!你们这两个流氓,滚开!"她用力拨开他们,径直冲进院子。近旁的楼上立刻有窗口亮了灯。正文跑上去,还想再挡,老柴在后面说:"算了,让她去吧。"

那女人像一头愤怒的豹子冲进毛榛家楼道,随即拳头就重重地擂在门上。

几分钟过后,那扇门"吱"的一声打开,逆光中,一个老人的身影,在一个小个子年轻女人的搀扶下,出现在门口。随即又传来"喵"的一声叫,一只浑身黝黑的大猫跟到老人的脚边。"去把灯开开。"老人低声说。小阿姨跑出来,拉亮楼道的灯。老人的头发花白,披着一件厚实的蓝棉袄,用异常冷峻的眼光打量着屋外的所有人,当然也包括正文。那一刻,不知何故,他心虚地低下了头,突然意识到他在什么地方出了差错,先前满腹的理直气壮顿时消失得无影无踪。

"你们这是要干什么?"老人问。

女人一把拉过她的男人,刚才万丈的怒火似乎已被抑制下去一半。"让您瞧瞧,您孙女趁我跟您谈话的时候,领着这两个流氓上我家打了我丈夫。您说该怎么办。"

老人看看男人,又看看正文和老柴,顿了顿:"您要怎么办?"

"我不知道,所以才来问您。"

老人沉下脸:"既然如此,那就叫公安机关来处理好了。"她转身进屋,两分钟之后再出来,"公安局的同志马上过来。这么晚了,你们愿意进屋就进来,不愿进屋就在外面等。要是在外面,我希望你们不要影响院子里其他人。"说完,她让小阿姨抱上猫,转身进了屋。女人犹豫了一下,拽上男人跟了进去。老人又转回身,看看老柴和正文。

老柴说:"我们在外面等。"

老人冷冷地低着眼睛问:"毛榛在哪儿?"

"应该在外面。"正文答。

"请你们转告她让她进来。"

正文和老柴在楼前没有找到毛榛。绕到楼后,才发现她靠墙角蹲着,两手交叉着揣在袖笼里,头埋在腿里,浑身在抖。正文走上去,伸手拉她,被她推开。再去拉,仍旧被推开。

不多时,一辆吉普车驶进院。两个警察跳下车,走进毛榛家楼道。他们皱着眉头,看看跟在后面的正文和老柴,说:"知道现在几点了吗?"又看见从里面出来的男女,说:"行了,有什么话明天一齐到局里去说,现在先让老人睡觉。谁也不许再闹!再闹,后果我不说,你们也应该知道。"四下看看,问:"是不是还有一个人?"

正文说:"在外面。"

"明天十点,都得到,一个不能少,听见没有?"

老柴应了一声。

警察又转向女人:"你们听见了没有?"

女人也应了一声。

"走,都赶紧离开这儿。"警察说着返回吉普,拉上车门便离开了。

女人悻悻地骑上车,男人这时发现蹲在后墙根下的毛榛,几步走过去,质问道:"这是你要的结果吗?"

老柴拦到他前面,说:"嘿,别在这儿叫!明天有你说话的地方。"

"说啊!是你要的吗?"

"嘿，没听见啊，有话明天再说。"

"你还跟她说什么！"女人把她男人拽开，从鼻子里"哼"了一声，使劲蹬了一脚车子，挺直身子走了。男人对着毛榛摇摇头，神色忧愤地骑上车。

见他们走远，老柴沉思片刻，说："我也得走。"

"怎么？"

"得回学校跟校长办公室的小顾打声招呼，让他明天也去。明天没事就没事了，要是有事，他能帮咱们顶一下。"

"那我跟你一起去。"

老柴朝毛榛努努嘴："她怎么办？"

毛榛仍蹲在那里。正文过去拉她，感觉她的身体像遭了电击，一抽一抽地抖。他蹲下身，看她的脸，她的两眼木木地瞪着，牙齿"得、得"紧扣，脑袋像只拨浪鼓直愣愣地摇。正文伸出胳膊搂她，被她推开。他使更大的劲把她搂过来，她也使更大的劲挣脱开，两只手紧握着拳抱在胸前。正文看着她，好一会儿，说："要不你进屋去吧。"

毛榛没有回答。

老柴在一边看着，问正文："她是不是害怕了？"

正文没有说话，转身拉住毛榛的胳膊，说："我们现在要去学校找个人。你还是先回家吧，明天咱们在公安局见。"

"你们去你们的，不用管我。"

"要不你跟我们一起去？"

毛榛使劲摇摇头："真的，不用管我。你们走吧。"

正文看着她，想了想，一把把她拉过来，推她坐在自己的车后架上。

"干什么?我不想去。"

"别犟了,带你找个地方睡会儿觉。"

他们骑出院门,骑到白石桥附近,遇到一个公用电话亭,正文停住车。力力睡意蒙胧地"喂"了一声,听到正文的声音,立刻清醒过来:"出什么事儿啦?"

"没出什么事。"正文小声说,"这会儿打扰你,真不好意思,有个人想先放你那儿待几个小时,你方便么?"

"女的?"

"当然是女的,我还能给你送个男的过去?"

力力笑了:"那就过来吧。"

到那里时,谭力力披着厚厚的毛毯,已经等在楼门口。"在楼上看见你们进来,我就下来了。"她说着一眼看见正文额上的纱布,抬手要摸。正文躲着。

"怎么弄的?怎么血还往外渗呢?怎么回事?让我看看。"

正文拿开她的手,说:"没事儿。"

老柴伏在车把上说:"力力心疼了?我们刚才跟人打了一架,这小子福气好,被锅爪戳了个洞。"

力力"忽"地一下抖掉毛毯,搭在腰间,大声问道:"谁干的?"

老柴笑了:"你有本事也让他缝几针,替正文报仇。"

"还缝针了!到底哪个混蛋干的?我找他去!"

正文把毛榛推给谭力力,说:"这是我同学,你劝她多少睡一会儿。我们现在回学校,明天一早过来接她。"

"明天去哪儿?"

北京 1980

"得去趟公安局。"

力力问了地址,说:"我明天中班,早点走,把她先送过去。"正文想了想,觉得可以,然后看着她们进了门洞。

派出所位于月坛北街一片居民楼群里。院落四周,高大的杨树在房顶投下斑驳的阴影。天气依然寒冷,但阳光挺灿烂,照在脸上,脸颊多少软和了一些。

会议室在第三排平房尽左头。正文、老柴和校办的小顾差五分十点走进去时,看见毛榛逆光独坐在长桌的端尾,姥姥和小阿姨坐在靠门的一边,另一边是男人和女人。他们对着毛榛坐下。毛榛的脸色已不像夜里那么苍白,但眼皮下浮着重重的黑晕,显然一夜未眠。一夜未眠的自然不只她一个,那个女人也脸色晦暗,深邃的眼睛里仍然流露着昨天的恼怒,却也添了几分凄楚。男人的胡子像是一夜之间发了出来,青拉拉胡乱地扎在腮边和嘴边。只有毛榛的姥姥神色未变,依然看不出是冰冷,还是不动声色。不多时,夜里见过的一位警察带着名书记员走进来,放下茶杯,随即让每个人报上姓名和身份,又低声对毛榛姥姥说:"您就不必了。"

听完每个人的报告,他歪歪嘴角似笑非笑地说:"都是有文化的人啊。"然后靠在椅背上,看着毛榛说:"先讲讲昨天的经过吧。"

毛榛有些惊慌,抬起眼,又赶紧低下去,盯着桌面,半天没有开口。

警察继续看着她:"你要不说话,还上这儿来干什么?"

毛榛咬咬嘴唇:"不知道怎么说。"

"是怎么回事就怎么说，又不是考试，没正确答案。"

毛榛仍然看着桌面，还是没张口。警察正要再说什么，正文抢道："要不我说，行？"

"没问你，问你你再说。"

毛榛拔上口气，缓慢地开了口。她讲的很简单，上来就说正文和老柴不是去打架，但为什么要去，她没有说。她没有讲她与那男人的关系，更没有一句提到那个女人。她没有说正文去医院的事，只说他们从学校出来，他们两个送她回家。讲这三句话，她用了差不多两分钟，然后就结了尾——"他们，又回到我家。然后，你们就来了。"

警察一直盯着她看，让正文怀疑他根本不需要听任何话。等她讲完，他仍看着她，然后转头问其他人还有什么补充。

大家都沉默无语。男人一直低着头，女人的眼睛始终朝着窗外。姥姥的手攥着小阿姨的手，默默地看着毛榛，眼神却像在看一个陌生人。

警察说："好吧，事情不复杂，也没什么处理的必要。打架肯定是不对的，不管本意是不是要去打架，最后的结果是打了，还受了伤，缝了针。"他的嘴角浮起一丝哂笑："出了问题，能找组织是对的。组织解决不了，还可以找政府。至于你们两个人的关系——"他既不看毛榛，也不看那男人，只用钢笔敲敲桌面——"不受法律的保护。好了，回去都好好反省各自的错误，就这样吧，可以走了。"说着，他拿起茶杯，站了起来。

"就这么简单？"女人也站了起来，"他们深更半夜去我家打人，砸了东西，就这么让他们走了？"

"你说呢?"警察皱起眉毛,"你还有什么意见?"

"你们,一点也不处理?"

"你要怎么处理?你丈夫也打了对方,而且对方还有外伤,追究起来,对你丈夫没什么好处。你大概也忘了你丈夫的身份了吧?我倒希望你回去以后能好好帮助帮助他,起码给他提提醒什么是为人师表。"说完,警察带着书记员走了。

女人站在那里,紧紧咬住嘴唇。如果不是她额前那缕头发垂下来,遮住了她的眼睛,正文想他多半能在她眼里看见泪花。那一刻,他突然对她生出几分同情。女人僵立了片刻,突然转向毛榛,狠狠地说:"你干的好事!"

小顾用笔敲敲桌子:"怎么着,你还有意见是不是?有意见可以跟你丈夫说。说不通,你再让他找领导啊,我们可以公对公,你就别使劲儿往里掺和了。"

"你——"女人"啪"地拍下桌子,用手指着小顾,眼泪流了出来,"你还挑事儿是不是?"

男人终于坐不住了,"哗"的一声朝后推开椅子,大步走到毛榛旁边。毛榛略微一惊,向旁边闪了闪。"你不用害怕,我不会伤害你!"他的声音略显沙哑,但仍然动听。屋里立时静下来,几个人都瞧着他们。"我今天只想听你说一句话,我是那么对不起你吗?我是吗!"

毛榛一只手紧握着另一只手腕上的红翡镯,深喘口气,没有回答。

"说啊,我是那么对不起你吗?"

她抬起头,默默地看他一眼,只一眼,她就又看向别处。可是那一眼已经落在了正文的眼里，那一眼里有太多的东西，让他恍然意识到，其实关于她，他很多都不熟悉。

男人的声音随即低下去："还有你们——"他指着正文和老柴，"你们以为你们是在干什么？是在帮她，还是帮你们自己？这就是你们能想出的主意？不觉得自己太幼稚吗？"

正文无话可说，连老柴也只是看了看，没有反驳。

毛榛的姥姥慢慢站起身，走到小顾面前，把手伸给他。小顾赶紧握住。姥姥微微笑一笑，说了声谢谢，然后转身，冷冷地撇过老柴和正文，走到毛榛身边，拉起她，把她的手拽进自己的臂弯里，又拉上小阿姨，转身朝门口走去。

正文看着她们，冬日的太阳隔着大玻璃窗射进来，在她们背后投下几缕光尘。毛榛低着头，姥姥花白的头发挽着髻，一丝不苟地扣在黑色髻网里。她们走出楼道，走过院子，消失在大院另一排房后。那一刻，正文心里明白，他这次是真的失去毛榛了。

第二天上午十点一过，谭力力就来他家看他，还没坐稳，便伸手去摸他的额头，同时拿出一小盒烤苹果排。正文团着被子躺在床上。昨天下午又打了一次退烧针，可这时温度仍居高不下。谭力力要喂他，他推开了，自己掐一块，放在嘴里咬了咬，就又躺下了。谭力力问他伤口还疼不疼，起身要看，被正文摁住。

她坐在床边，问他到底怎么回事。"前儿夜里那个女孩儿……"

"以后吧。"正文打断她，把手枕到脑袋下，"以后再跟你说。你照顾了她一夜，早上又把她送过去，谢谢你。对了，你的鱼还活着呢吧？"

谭力力挑挑丹凤眼，盯着他的眼睛看了看，站起身，穿上衣服，开门而去。

15.

毛榛终于没有上完大学。春季开学以后，她办理了退学手续。正文至今还清楚地记得那个日子，是那年的春分，星期三，下午。那天他正在操场上体育课时，看见她骑着那辆红色凤凰26，驮着一个纸箱从侧面的小马路默默地骑了过去。那是他最后一次在学校里看见她。

差不多一个月后，冯四一到学校来找他，跟他一起在食堂吃晚饭，告诉他说，毛榛的姥姥在一家出版社替她找了一份编译的工作。虽然她是肄业，可英语底子好，人家什么都没说，就要她了。

"那她自己呢，喜欢那工作么？"

"还可以，顺手吧，也算对口。"

"是她让你来告诉我的？"

"不是，是我想也许你想知道。你是不是想知道？"

正文没有回答。"吐噜、吐噜"把玉米粥喝完，拎着饭盒和冯四一沿小路走向西校门。两天前刮了一场大风，前一天又刚刚下过雨，路牙下积着泥水，浮着青叶。温度不高，云重，路灯还没亮。一对男女学生垫着厚厚的雨衣坐在草坪上，女生"咯咯"的笑声不时传过来。冯四一一直盯着他们看,走过去了,还回着头。

正文问她看什么。

"纳闷,那两个人坐那儿,不冷么?你说,谈恋爱的人跟别人的感觉是不是就那么不一样?"

"恐怕是没什么感觉。"

他们默默地走了一段,正文问她:"你一定知道那个人吧?"

冯四一"嗨"了一声:"我要说不知道,你一定不相信。可我知道的的确不多。"

"都知道些什么?"

"知道他人不坏,他对毛榛也不错……"

"正武知道不知道他们两个的事儿?"

"这个——我不知道,真的。"

正文没再说什么。过了一会儿,又问:"她手上的伤到底是怎么回事?"

她又叹口气:"你还问这个。怎么回事?只有他们自己知道是怎么回事。别人看见的都是表面。跟你说句实话,但你不许提高嗓门骂我,他打完她那天其实来找过我……"

正文停下脚步,惊诧地看着她。

"就知道你得瞪眼睛。他就到我宿舍坐了一会儿,抽了一地的烟。"

"为什么去找你?"

"还能为什么,放心不下她呗。我看得出来他很痛苦。"

"你就同情他了?"

"那倒没有,有点可怜他,不过我也一下子意识到他们两个的关系跟我们想的可能不一样，虽然我并不赞同他们的做法。我没谈过他们那样的恋爱，可看他那么痛苦还是挺感动。他后来说了一句，别看毛榛比他小那么多，他其实很怕她。"

"他怕她？"

"他是那么说的。他还说，他要是她父亲就好了。我问是她父亲怎么样？他说，就有权力调教她。"

"就算是她父亲，他也没打她的权力。"

"是啊，我当时也是这么说的，但他这么想我还是挺感动的。"

"你怎么那么容易感动？"

"本来嘛，你看我们同学中那么多谈恋爱的，有几个男生能有这种想法？当父亲就意味着负责任，总比想当弟弟好吧？后来我把他的话跟毛榛说了，她趴我床上大哭了一场。她呀，要是有个父亲，何至于她自己提着那么重的一个铁榔头上山去拼命。"

"上山？什么山？"

"你不知道？泰山。"

"什么时候的事儿？"

"有两年了吧。她一个人坐火车又坐汽车，折腾到半夜才找到他。"

"然后呢？"

"然后，想也能想出来，见了他，心就软了呗，又委屈。"

正文沉默下来，想起毛榛留在他那里的那个布包。小路上的人渐渐少了，路两旁的教学楼灯光纷纷亮起来。冯四一推推他，问："怎么，心疼了？"正文没说话。她看着他："你要是难受，我就不讲了。"

"还有什么？"

"还有一件事，我不知道应不应该告诉你。"

"现在了，还有什么不能说的。"

"你们打过架以后，那个人的老婆又给毛榛打过一次电话，让她把她丈夫写给她的信都交还她。毛榛是让我送去的。我给了她以后，她也把毛榛写给她丈夫的信交给了我。我以为这事到此就了了。可没两天，那人又来找我，告诉我他把信给他老婆之前都复印留了底。我一听气得要死，问他，你怎么能这么做！你这么做让我怎么跟毛榛交代。他说，那就别告诉她了。我问他为什么要复印，他说他老婆要留证据。我一听就炸了，骂他混蛋。他说，其实也是他舍不得那些信，就没反对。我说，甭管因为什么，你们这么做都是欺负她！我气得当时就哭了，问他干嘛要告诉我。他说，他也不知道为什么，打过架之后，他心里憋了很多话想找人说说。我跟他说，你别跟我说，以后也甭来找我，任何有关毛榛的事我都不想听。他当时挺灰溜溜的，低着头就走了。不过，后来平静下来，我想我多少还是能理解他的。毛榛对于他，一定比我们想象得都重要。"

"那又怎么样？"

"是啊，不怎么样。"冯四一低下头。

校园里新种了一溜儿丁香树，花香很浓，一阵一阵飘过来，味道有些腻。他们拐到一条稍窄的路上，路两边的矮松刚刚修剪过，冯四一揪了根松叶拿到鼻子下。走了一阵，她嗦嗦地缩起肩膀说太冷了，正文把毛衣脱下来给她，她执意不肯。正文只好送她去公共汽车站。

"别想了,正文。不是我说,像毛榛这样的人,她要没故事还谁有故事啊。你就当看了本小说,看完就完了,肯定还会有下一本。你说呢?"

正文点点头,然后想到,问她:"这是你最后一个学期了吧?"

四一"嗯"了一声。

"到时候分到哪儿,别忘告我一声。"

送她走以后,正文拐到陈青的发廊前面。门关着,黑着灯。从春分过后,他几次从那儿经过,发现发廊已基本处于歇业状态,即使开着门,原先那种在外面就能觉察到的忙碌也不见了。倒是它旁边后开的那家小发廊里灯光如炬,一群女学生在里面叽叽喳喳闹个不停。可这么好的生意,小老板却好像并不高兴,穿着细腿黑裤,顶着一头细软的卷发,老是叼根烟坐在门口,紧锁着眉头。

第二天中午,正文正在食堂吃饭,老柴过来坐他旁边。等他吃完,他们一起回老柴的宿舍。宿舍里变了样,他的床头空了,床上床下堆着几包东西。

"怎么,你要搬家?"

老柴指指周围,说:"除了包里的,你看见什么想要的都可以拿走。"

正文忙问为什么。老柴从枕头下抽出一封英文信递给他。是哈佛大学英语系的录取通知书。正文狠狠地拍了一下他的肩膀,颇有些兴奋地问:"什么时候收到的,怎么没早告诉我?"

"也不是什么大不了的,在我——意料之中。不是早告诉你我要走么,你以为我会走不了?"

"我倒没怀疑过你走不了。不过，拿到正式通知还是不一样。恭喜你。"

"谢谢。"

"陈青知道了？"

"不提她了，已经是过去时了，she was……更准确地说，是过去完成时，had been……"

老柴从床头取下一台有短波的收音机和一台带两个喇叭的双卡式立体声录音机，放正文手里。他指指屋里所有属于他的生活用具，说等他离开那天，正文也都可以拿走。

"不留个纪念了？"

"干什么？纪念到哪儿都是负担。再说了，什么不是偶然的，连咱们都算上。"

他的书除了放在书架和床上的，床底下还塞着满满两个纸箱。他让正文挑了一遍，剩下的他也没再看，叫来收破烂的，一分钱没要，就让他们用麻袋全装走了。"书看过了，一般都不会再看，留着只是有感情价值。这个价值肯定不是钱能衡量的。要是能落到个喜欢的人手里，那些书还得反过来念人家的知遇之恩。你说是不是？"

正文没说话，问他："毕业典礼也不参加了？"

"毕业考都不考了，还参加什么毕业典礼。"

他回云南老家时，只带了一件小行李——一个随手提的帆布包，完全不像在北京生活了四年积累起的家当，也不像要出一趟一走就是几年的远门。很多同学争着要去车站送他，都被他婉拒了。他订了最早的一趟火车，凌晨四点就和正文离开了校园。一路上都沉着脸,走得很慢,像是还没睡醒。话少,一点也不得意,好像他走不是要去哈佛,而是因为某种原因不得不走。那个永远踌躇满志的老柴,正文熟悉的老柴,似乎一夜之间老了几岁。

没等火车启动,老柴就让正文回去。正文又等了一会儿,实在想不出还有什么话说,就转身"腾、腾、腾"几步跑下台阶。他突然觉得身后的站台很静,但他知道,老柴的眼睛一定在后面看他。

没多久,期末考试又开始了。不知为什么,一到考试,正文就会不由自主地想起毛榛。考试越紧张,他想她的时候也就越多。他想知道她的工作如何,心情怎么样。每天晚上在图书馆复习完,他都想给她写封信。可是,当他真开始写了,他发现他其实不知还能跟她说些什么。

那个学期就那么乱糟糟地结束了。他觉得心里满当当的,再也盛不下任何别的东西,可又觉得空落落的,什么也没留下。他几乎没有想起过谭力力,等到想起来时,已经是八月了,八月五日——老柴去美国那天。他正在宿舍午睡,突然传达室老头"咣咣"砸门。他跑下楼接电话,听出是老柴,他在广州白云机场,说是马上要起飞。他吃了一惊,他一直以为老柴会从北京飞美国。老柴嘆了一声,说他从没这么打算过,他早就订了票,就是从广州飞东京,再飞阿拉斯加,再飞波士顿。还回北京干什么?也许这辈子他和北京都不会再有什么关系了。

机场周围很嘈杂,电话线路"滋滋啦啦"像被割了很多口子。他们说话都像在嚷,费了很大劲也没听明白多少。老柴说:"算了,算了,真他妈腻味。"说完,就挂断了。正文拿着听筒愣了一下,感觉老柴好像就在隔壁的某个校园里，过一会儿他还会再打过来，要么很快就会出现在他宿舍门口。

下午，他到邻校上最后一次暑期英文写作课。课还没开始，他就感觉嘴巴里有辣辣的灼痛。课间休息时，他对着窗户，张开嘴巴，模模糊糊看见上膛生出一小块溃疡。创面发展得很快，到晚上已经有半个一分硬币那么大。他躺到床上，翻来覆去睡不着，很想喝点冰镇饮料，不禁想起谭力力给他调制的那杯汽水。现在要是有那么一杯又苦又带点草腥味，还加了一把冰块的水，含在嘴里，镇镇那个火烧火燎的溃疡面——该多好啊。

对于那年的暑假，除了闷热，正文没有什么别的深刻记忆。闷，出奇的闷，把电扇开到最高档，也只能坐着，坐着随时都有化了的可能。攥在手里的书没翻几页，就已经被手上的汗浸湿了，潮潮的发软。扁豆回了广西，他也失去了回宿舍的兴趣。即使扁豆没走，他也觉得宿舍甚至整个校园跟以前也不一样了。

写作课刚结束，他又在报纸上看见和平门附近一家中学开办的一个为期两周的"字画装裱班"正在招生，想也没想就报了名。开班以后，他每天下午五点钟匆匆吃口饭，便骑车出了门。六点到八点，两节课，中间休息十分钟。他以为装裱班怎么也应该有实物演示，可老师始终只动口不动手，让他越听越觉得云里雾里。几堂课下来，只学会几个术语，记了一堆不明就里、心里清楚早晚会成废品的笔记。班上的人一天比一天少，不到一个星期，就从二十个减到五六个。

天长，下了课，外面都还亮着。他从和平门骑车到复兴门立交桥，总是看见桥上桥下黑压压地堆着一群一群乘凉的人，大人、小孩、小背心、大裤衩，各种各样的扇子摇着，痱子粉、花露水和西瓜的香味混合在一起，一阵一阵地飘。

记不得是哪个机关了，在南礼士路口东北角刚盖起一座新楼，楼前留了很大一块空地。他常常把车停在那里，坐在楼前的台阶上。好几天，他都看见一个女孩子，瘸着一条腿，在空地上练习骑车。她似乎会骑，只是不会上车和下车。他看了几天，再也看不下去，便过去教她。女孩子犹豫了一下，让他扶在后面。一会儿，她的白衬衫的后背就湿了一片。"不用那么紧张。"他说。她更出了满头大汗，不停用手背抹着。"你不用想我教你的目的，没目的。"他先教她滑车，看她滑得差不多了，就松了手，又坐到台阶上看她。过了两天，他再教她下车。她很聪明，按照他说的试了一遍就会了。

她执意要请他到马路对面新开的一家冷饮店吃冰激凌。他没答应。

"去吧。"她几乎要拉他。

"真不用。你的腿怎么回事？"

"嗨，还说呢，都是我逞能，刚会骑就上了马路。那天遇一个大下坡，我不会刹闸，就从胡同里冲了出去，一下子冲到马路对面，刚好有一辆车开过来，就把我撞翻了，没锯掉这条腿算对得起我的了。"

她说着，揉揉还绑着纱布的腿，正文歪头看她，不禁想起了冰场上的毛榛。那时候的毛榛，就跟现在的她差不多。他没再推辞，推着车跟她过了马路，吃了一个大号的带奶油的香草冰激凌。

开学以后，正文连着收到两封老柴从波士顿寄来的信。两封信都很短，一封是告诉他学校的宿舍还没安排好，他的担保人先把他安顿在附近的一家小旅馆里了。第二封是说他终于开始上课了，但每天读着维特根斯坦和康德，快搞不清楚自己到波士顿来的目的到底是什么。

正文没有给他回信。老柴既不需要他安慰也不需要他鼓励，很有可能，等他的信寄到他那里时，他早就有了一千条在波士顿待下去的理由。但他一直把那两封信带在书包里，偶尔想起来，会拿出来看看。

他又从陈青的发廊前经过一次，发现它已经变成了一片平地，或者说一堆废墟。原先的门脸被全部拆光，地上堆着碎石块烂木头，洗手盆和一团脏兮兮的毛巾卷埋在土里。几个浑身是灰、连口罩都是土色的工人在那里转来转去，慢悠悠地清理着垃圾。正文问他们什么时候拆的。一个操着浓郁河南腔的人说，一个星期前。正文问他们拆了以后准备干什么。另一个河南腔告诉他："盖餐馆。"正文问他知不知道餐馆的主人是谁。几个人互相看看，都摇摇头。

九月下旬。那天，他上完报刊阅读课回宿舍，路过传达室，值班老师拉开玻璃窗，叫住了他。"喂，喂，刚好，这儿有你一个电话。"他拿过听筒，没有立刻听出是谁的声音。"喂"了好几声以后，才在一句"是我，听不出来啊"的责怪声中醒悟过来。是谭力力。

"怎么了,是不是很吃惊我给你打电话？"她的声音很低，很静。

"有点。"他已经记不得上次听见谭力力的声音是多久以前了。

"没什么大事儿，就是想告诉你，我要换工作了。突然想跟人说说，找陈青老找不到，就想到了你。也不知道你还想不想知道。"

"哪儿的话，当然想知道。换到哪儿了？"

"还是饭店，王府井那边新开了一家，我去见了一次，他们要我了。"

"比西苑饭店好？"正文不记得听她说过不喜欢西苑饭店的话。

"应该好吧，星级高一点，职位高一点，薪水也高一点……"

"五星级？"

"对。"

"不会是去做总经理吧？"

"总经理助手。"

"哦，就差一级。"

谭力力没有笑，他有点讪讪的："高兴么？"

"应该高兴吧，起码这意味着，从此以后，我的工作时间就可以像正常人了，早八晚六，夜班将退出我的生活了。唯一不好的是——"她沉吟了一下，"离你远了。"

"那有什么关系，离我远了，可是离北京的心脏近了。福楼拜说，'一个胸小的人，你离她的心脏就近。'你快摸摸，是不是自己的胸小了？"

谭力力问："那你离我的心脏近了么？"

正文没有回答。

"说吧。"她抬高了声音，"你是不是应该给我庆祝一下？"

"那还用说。你哪天上最后一个夜班？"

"就今儿，今天晚上接，明天下。"

"那好，明天晚上，我请你出去吃饭。"

"吃饭啊？"她对这个提议不太兴奋，"不去吃饭，去看场电影吧。我好久没进过电影院了。"

"想看什么？"

"不知道现在电影院里都有什么，我们去西单吧，那里演什么就看什么。"

"干嘛去那么远啊？海淀这边不行么？"

"那多没意思啊。要去就去远一点，太近了还叫什么庆祝。"

第二天傍晚五点半，正文骑车在双榆树跟谭力力会合。隔着老远他看见她穿着一件米色卡其布束腰短风衣，袅袅婷婷地站在十字路口。正文骑到她跟前，问她车呢。她挑了挑丹凤眼，说没骑来，想坐车过去。正文便把车存在人民大学里面，跟她一起去等332路公共汽车。

正是下班的时候，车站上堆了黑压压一片人。头两辆车进站，他们连车边都没能挨上。第三辆，正文连推带托把谭力力先弄上去，自己又费尽力撑住车门才没被挤下来。到动物园以后，他们换乘一辆无轨电车。车厢里一样的拥挤。正文抓着头顶上的扶手栏杆，谭力力用一只手抓紧他的衣服，贴他身边站着。她身上洒了淡淡的香水，脸就在他的鼻子跟前，头发还是像瀑布一样从眉毛尾端垂下去，脸颊上涂了很薄的胭脂，左边颧骨上的几粒雀斑隐约可见。

位于长安街上的西单电影院正在放映三部电影，谭力力一看见《茜茜公主》，目光就停滞不动了。

正文刚和扁豆看过这部，但他还是说："行，你要看，我就陪你再看一遍。"

"真的，对我这么好？"

正文看看她。

"那我就不客气了。"

正文说不用客气,他愿意再看一遍,只要是罗密·施奈德,看多少遍他都不反对。他排队到窗口买了票。"我请你。"他说。谭力力没有跟他争。

看看表,还有半个小时电影才开演,谭力力提议去吃点东西,说着,带他从一条窄胡同穿到后面的西绒线胡同上,一抬头,看见左手边"义利快餐店"的红色招牌。

"哟,北京也有西式快餐了,什么时候开的?"

"已经一年多了。"

谭力力给自己和正文各买了一份盖浇饭和一碗罗宋汤,用托盘端着在正文的对面坐下。"你那么喜欢罗密·施奈德?"她问。

正文点点头。

"偶像?"

"算吧。"

"你也会有偶像——真新鲜。"

"我怎么就不能有?就许你喜欢王心刚?"

"不是,好像对生活要求不多或是要求特别多的人才会喜欢演员。你,不大像——"她抬头瞄他一眼,"为什么喜欢她?"

正文想了想:"比较性感吧。"

"什么样的女人你们觉得性感?"

"说不好,大概就像你的王心刚,觉得——能闻见她的气味。"

"气味?"她叹口气,"她的气味可都很不幸。"谭力力用餐巾纸抹抹嘴角,"你说,这个世界上是幸多还是不幸多?"

正文抬眼看看她,问:"你什么时候也思考这种哲学问题了?"

"这算什么哲学,只是个生活小问题。"

"乐观的人会说不幸多,悲观的人会说幸运多。"

"那为什么?"

"能看到不幸就会觉得自己还是幸运的,这样的人不是很乐观吗。"

"那你呢,是悲观还是乐观?"

"我,还不够稳定,一会儿乐观,一会儿悲观。你一定是乐观的,对不对?"

"按你的理论,我应该算是绝对的乐观主义者。"谭力力眯眯笑了一下,"以后不知道,起码现在是。"

电影很长,正文偶尔在黑暗中侧过脸去,发现谭力力拢着两条长腿,团成一团缩在座位里。她的额头很亮,反映着银幕上五颜六色的光。细长的眼睛斜斜地往眉梢吊着,吊得太阳穴格外饱满。她的眼光时而单纯,时而又异常冷静。像狐狸。他突然觉得她鼓鼓的脸颊、似笑非笑的样子跟希西颇有几分相像。这个发现不知为什么让他心里一动。

从电影院出来,两个人都有点默默的。他们紧挨着,被人流裹上长安街。走了好一段,人群才渐渐散去,便道上只剩了他们两个。正文问她电影怎么样。

她轻轻叹口气:"都不想说话了。童话真是要命,太容易让人把现实忘得一干二净。"

"用不用我把你拽回来?"

"千万别,就让我在童话里多待一会儿吧,起码今天晚上。"

正文答应了她，又问她，他可不可以说说自己刚才在电影院里的发现。

"什么发现？好的还是坏的？要是好的，就说说看。要不是就别说。"

"好的，起码我认为是好的。"他说了，谭力力叫起来："怎么可能，我哪有她眼睛的那种颜色，那是稀有矿石的颜色。"

"不是颜色，是神态——我也说不清，反正笑起来有点像。"

谭力力还是不相信，但她显然很高兴，拉起正文的胳膊，一直往东快步走去。走过六部口，正文问她去哪儿。谭力力说反正明天不用上班了，想再找个地方坐坐，然后带着他上了一辆往东行驶的公共汽车。车开过天安门和东单，绕着东单体育场往南拐。到崇文门路口，她推他下了车。"这是哪儿？"正文问。

"马克西姆，好不好？"

正文说："马克西姆，太贵了吧？"

"没关系，反正我就要涨工资了。"她看看他，"你要是有意见，那就你付账，为我破费一次。"

正文想想，说："好吧，只要你喜欢。"

"真的？今天这么好啊？算了，还是我付吧，算你欠我的，以后一定要还我。"

正文笑笑。

"别怕，我们就进去喝杯酒，我认识里面的调酒师。"

位于崇文门十字路口西南角的马克西姆餐厅，那时还是北京市区内唯一的一家法式西餐馆。它的门脸不大，里面也并不宽敞。但正文一走进去，立刻就被它富丽堂皇的装潢震住了：黑的门厅，黑的大堂，紫黑的吧台，紫黑的桌椅，黑红的灯光，黑红的窗帘。标准个头穿黑衣的男侍应生带他们在昏暗灯光下穿过门廊，走至靠窗的一张方桌。邻桌是两个金发高鼻的女子，转脸朝他们笑笑，谭力力点点头。侍应生迎上来，替谭力力拉开椅子。她脱下风衣、毛衣，侍应生在后面接住。刚坐稳，她又站起身，跟正文说："等我一下。"随后朝吧台走去。

她踮着脚，隔着酒吧高台在调酒师两边脸颊上各贴了一下，再走回来，管正文要了两根烟，又走回去。两根烟都叼在嘴上。调酒师将打火机伸到她脸下。她扶着他的手，把脸凑上去，两根烟头立即亮了。她拿下一根递到调酒师嘴里，然后直起腰，惬意地坐在吧凳上架起一条腿。

正文坐在黑暗中，也点着烟，侧过身来四下望望。水晶玻璃墙反射着鎏金藤条图案和几何状桃花木贴板，是法国式的浓墨重彩，有点虚假，堆砌、雕琢、繁复，乍看十分杂乱，但再看，倒觉得有种古典宫廷式的宁静。周围有几桌客人，都悄声细语。枫栗树叶的吊灯和壁灯散发着幽黑的光，远处光影下，坐着那个一手夹烟、一手端着烟灰缸，穿着黑色吊带背心，露着像白玉一样的两臂和脖颈，双脚优雅地搭在高凳脚架上的女孩子。那一刻，他突然觉得她很陌生。那么风情、性感的一个女人，坐在那边，他也可以像其他人一样隔着距离像看电影一样沉下心来欣赏。不知为什么，这个发现让他突然有些伤感。

他看见调酒师嘴上说着什么，眼睛向他这边瞟过来。很快，谭力力也朝他扭过头，脸上笑着。她的眼睛虽然望着他，眼神却飘游在别处。他们大概在说他，正文想。她的笑容让他觉得他是个外人，而他们才更亲近。

谭力力回来以后，丹凤眼挑得高高的，一脸灿烂地说："他说给你调杯新鲜的，从没调过的，我们也不用看酒牌了。"

正文问她是不是跟他很熟。

"他以前在我们饭店做过。对了，那次在外交公寓，也有他。你不记得了？"

正文摇摇头。

"他以前是做中餐白案的，不小心切掉了一段手指，就不再碰刀了，改学了调酒。他是那种人，老天愿意赏他饭，什么一上手就都是高手，现在已经是北京城数一数二的调酒师了。"

桌上花瓶里插着一朵绛红色玫瑰，正文拿过来闻闻，又放回去。

酒很快端了上来，正文的一杯是蓝色的鸡尾酒，上面浮着一层金属白色的沫子。谭力力的一杯是透明的，里面泡着一枚青橄榄。谭力力正要说什么，正文抢先说："别说，让我猜，是不是叫'thunderstorm'[①]？"

谭力力笑了，摇摇头。

"你的是什么？"

"马提尼，extra shot[②]的。你要不要来一口？"

她端给正文，正文喝了一大口，被呛了一下，咳了两声说："嚯，这么烈的酒。"谭力力一脸心疼地把杯子拿了回去，"嗯，今天想喝点烈的。"她抿了一口正文的，"有点辣，你一定喜欢。"

"还有点咸。"正文舔舔舌头，"说真的，叫什么？"

[①] 英文，"暴风雨"。

[②] 英文，加份的。

"我也不知道,他可能也不知道,他都是随性调的,可能这辈子就只做这么一杯。你喝就是了。"

正文放下酒杯,看着谭力力。谭力力似笑非笑的丹凤眼斜挑着看着远处,过一会儿收回来,看他。"怎么?"

正文端起酒杯,跟她碰了一下,说:"祝贺你彻底告别夜生活。"

谭力力喝了一口,说:"说实话,我倒从没讨厌过夜班,夜班也有夜班能看到的热闹。"

正文看着她,突然意识到,他其实对她的工作了解甚少。他几乎从没问过她,她在饭店里都做些什么,她是不是喜欢她的工作,甚至,连她一个人晚上去上夜班是否害怕,都从没关心过,更不要说提出来陪她。他低下头,喝口酒,问:"怎么,听你的意思,夜里像是还有个世界?"

"有,猫啊,狗啊,黄鼠狼啊,连刺猬夜里都要出来溜达溜达。"她侧过脸,对着墙上的镜子玻璃理了理额上的碎发,转过身来,眼神暗了,"你没体会过夜里的静吧?夜里的静,可是真静。"

正文拿出一根烟给她,划着火柴凑到她鼻子下,帮她点着。她深深吸一口,吐出个烟圈。

"你不是说不抽了么,怎么又抽上了?"

她盯着他看了一会儿,问:"我们有多久没见了?"

正文说几个月。

"几个月?这几个月里一点都没想过我吧?"

正文没有回答。

"没想过我开烟戒都开了几个月了吧?没想过我是不是一个人喝过酒,或者和别的什么人喝过酒?甚至都没想过我是不是和别人睡过觉?"

"有吗?"

"没有,我是说没睡觉,其他都有。我都不记得上次见你是在哪儿了,是为什么见的你。只记得你对我爱搭不理的……本来都说不再理你了。"她抿抿嘴,"可是,我还是不愿意这么不明不白地就了了。"

"为什么突然又开了戒?"

她再吐出个烟圈,说:"不知道,突然想抽了。"她用夹着烟的手指弹弹烟头,烟灰几乎是白色的,轻轻落入桌上的黑瓷烟灰缸里。她歪着靠在墙上,又说:"也不能说完全突然,还是有点原因。"她抬手摸摸窗台上厚重的窗帘,把堆在一起的边角抻平。

"我们饭店前一阵住过一个美国医生,四十几岁吧,还不到五十。他其实每年都要在中国工作一两个月,每次来都住我们那儿,总是很客气,每次见了我,都马上要掏烟给我。我跟他说过很多次我不抽烟,可他老是忘。他说,也不知道为什么,一看见你,就觉得你是抽烟的人,老是下意识地想拿烟。我说,即使我抽,工作的时候也不能抽客人上的烟,他才不再递了。"

"他,喜欢你吧?"

"不知道。"谭力力把烟夹在手指间,"这次他来,住了一个来月的时候,有一天我值班,大概快半夜两点了,他往前台打电话,问我能不能去他房间一下。我就去了。我一进去就闻着味儿不对。他盖着被子躺床上,屋里拉着厚窗帘,几乎一点光也没有。他问我,你们中国女孩子来月经的时候都用什么。我听他问得直截了当,就也坦率地说,用卫生纸和卫生带。他问我能不能帮他买两个卫生带和两包卫生纸。我看他要得急,就答应了他。

"一个多小时以后,我派出去的两个人回来了,只买到印花棉布的卫生带,不知道你知道不知道,就是洗了还可以再用的那种。卫生纸质量很差,摸着都有点扎手。不过包装还算干净,那么个时间能买到这些很不错了,我拿着上了楼。

"进去的时候,他还在被子里躺着。我把东西递给他,他接过去,跟我说把钱算在他账上。我说可以,就离开了。"

正文喝了口酒,静静地听她说下去。

"过了两天,又是半夜,他又打电话到前台,还说找我。我就又上去了。他还是躺在被子里,那股味儿更大了。他让我再帮他买卫生纸,这次要一箱,卫生带也再买四个。我就还让那两个服务生去买的。买回来以后,我和那个男服务生一起送上楼。他让服务生出去,然后问我能不能帮他。他憋了很长的一口气才掀开被子,我一看,吓出一身冷汗。他没穿内裤,屁股底下全是血,垫着的卫生纸也都泡在血里,全烂了。我低声问他怎么回事。他说他不会用那个卫生带和卫生纸,问我能不能帮他。我就帮他把卫生纸叠好,套在卫生带上,递给他。他没动,我以为他还是不会,就让他抬起屁股,他使了很大的劲也没抬起来,我就过去帮他。他问我,没吓着你吧。我说,没有。我扶他躺好,跟他说,如果有什么问题,应该去看医生。他说,不用看,你忘了,我自己就是医生。我的肝坏了。他说得很平静,就像说我感冒了。

"我问他要不要换条床单。他说不用,可以等到明天天亮。我想想还是换了吧,就下楼到库房取了条干净床单上来,顺便还拿了一块塑料布。我一点一点把脏的那条从他身下抽出来,把塑料布垫上,又把干净的那条铺他身下。他累得满头大汗,但很合作。他搂着我的脖子时,我能感觉到他还在尽量用自己的劲,不把分量都压我身上。看他躺好,我又问他用不用帮他把内裤穿上。他摇摇头,让我替他保密。我让他放心,说这是我的职责。他让我方便的话,把'请勿打扰'的牌子挂出去,明天有空再来看看他。我答应他下班之前一定过来。"

她吸了口烟,看着烟气在眼前飘散开,又吸一口,吐出两个烟圈。她停了很久,没再继续说,好像忘了她还没有讲完。正文问她:"后来呢?你又去了?"

"嗯,去了,第二天我下班之前,又上去看了他一次。也许是房间里透了点阳光,他的脸色比夜里好些。我走到他床边,他朝我点点头,让我帮他把几个卫生带都放好纸,我不在的时候,他就能自己换。我给他弄好,他让我赶快回家休息。我没有立刻走,还是有点不放心,就掀开他的被子看了看,发现下面又是一片血。我又下去拿了条干净床单上来。像头天夜里一样,我换床单的时候,他把胳膊搭我肩上。这次,我感觉他已经没什么力气了。换完了床单,我想还是帮他再换个卫生带吧。原先的那个早都被血浸透了,其实戴跟不戴已经没多大差别。我扶他躺好,他一直看着我,最后冲我眨眨眼睛,说,'你真该回去休息了。我应该不会那么快就死的。'我听了他的话,眼泪在眼眶里使劲转,可我还是忍住了,跟他道了别。

"他到底是懂医的,果真没死在我们饭店。过了一个星期,他被接回了美国。两个星期以后,我收到他从美国寄来的信,说他已经选好了一块墓地。他把墓地的地址也写给了我。他最后说,他喜欢咱们那个美丽的传奇故事,他相信他一定能变成一只蝴蝶。如果我有机会去他的墓地,他一定飞出来见我。"

谭力力拿起酒杯,默默地喝了一口。正文也喝了一口,然后点着烟。他们坐在那里,眼睛都看着远处。细弱的钢琴声,一阵一阵在屋顶回旋飘过。

"以后有机会,我倒真想去看看他,看看是不是真能有蝴蝶飞出来。"她又喝口酒,显然沉浸在对什么的想象当中。

"这是什么时候的事儿?"正文问她。

"什么?那个美国医生啊?两三个月以前。"

"这是你换工作的原因么?"

"算一个吧,肯定是出了这件事以后,我有了离开西苑的想法,突然又有了那种必须从小院搬出去的感觉,必须走。不是我不喜欢那儿,而是——"她放下酒杯,左手拿着晃了一下,右手托着腮,"这件事以后,饭店里对我的议论很多。我们总经理还把我找了去,问我那人半夜叫我去他房里干什么。他们其实最感兴趣的是卫生纸和卫生带的事,让我解释。可是这件事,我可以和你讲,和陈青讲,却不能跟饭店的人讲。那个医生走了以后,我就觉得我和他之间的关系已经变了,不再是饭店员工和顾客的关系,他的事儿成了我们两个人之间的私事。所以,我就做不下去了。"

谭力力伸手管正文要烟,正文从烟盒里拿出一支,帮她点着,递给她。谭力力狠狠吸一口,把烟含在嘴里,含了将近半分钟,仰头吐出一片白雾。

"你身边这样的事好像总是很多?"正文想起陈青的话。

"是吧?我也这么觉得,这些事都能让我赶上。不过,以后可能就没这些热闹了，要坐办公室了。"她挑挑眼睛，"也不错，办公室在顶楼，从窗户就能看到紫禁城、景山。像你说的,离心脏近了。不过，我摸过了，我的胸没小。"

正文端起酒杯，说："那就是有人离你的心脏远了。"

"这个人会是你么？"她看他。

"我没这个福气吧。"

谭力力把身子靠到椅背上，沉下声音说："不是你没这个福气，是我没有。"

正文喝口酒，换了话题，问她以后是不是要经常跟着总经理出差。

"也许吧。"谭力力说，"经常倒不一定，但肯定不会像以前老待在北京。"她继续看着正文，正文抽着烟。"你——"她说，"怎么说呢，不如以前好了。"

正文问她什么意思。

"以前，觉得你像王心刚，现在，连克莱德都不如了。"

"还没问你呢，怎么把克莱德从你那堆照片里剔出去了？"

"不想再喜欢克莱德了，不幸够多的了，不想再有什么新的不幸。这也是我愿意跟那个保密青年来往的原因之一，他看着喜相。"

正文看她："是么？"

谭力力把烟掐灭："你看你，现在好像连话都懒得说。以前你也不那么爱说话，但只要说了，就都是我爱听的。现在，你说的都是可说可不说，要么就是别人也可以说的。"

看看正文仍然没有要说什么的意思，她接着说："我知道你心里有事，不想说。不想说，不外是你跟别人能说，但不能跟我说，要么就是你还没想好，跟谁都不想说。"

"是第二种。"

"那好。其实想没想好，说说都无妨。但你不说，一定有你不说的道理，我不勉强你。不过，我倒是有句话想跟你说。我不会像别人那样，缠人。如果我喜欢你，你不喜欢我，我大多能自己解决这个问题。如果我解决不了，我可能会去找另外的一个人去缠，就像，我跟我以前的男朋友那会儿，我解决不了了，就去找了你，宁肯让你陪我一夜，我也不会去缠他。缠没用，所以，我从来不缠人。现在我想起来了，我们最后一次见面是去年了，你过生日？哎，也许不是，真记不得了。你看这么长时间了，我没找过你吧。那次以后，我就知道我们不行了。其实我早知道你的心没在我身上，就像陈青和老柴，他们不合适，我们也不合适。"

正文没有否定，也没有肯定。

"瞧你，还是不说话。不过，起码你没骗我。你怎么想的都没关系，你要是愿意拿我当朋友，不想怎么样，也行。你有什么烦恼，也都可以跟我说，我们还是可以做普通朋友。其实，我们从一开始就是普通朋友。中间，我曾经想改变过，可是……算了，不说这个。做普通朋友，应该没那么难吧？我觉得我可以是个很好的朋友。那个美国医生走的那天，我上去查他的房。当时我站在他床前，看着那一大摊已经发黑的血，我就这么想的，我觉得我可以做人家很好的朋友。后来你我去拉他的窗帘，从窗户望出去，正好看到你们学校的方向。我想的都是你，我觉得你不如他，你没发现我这个特点。别人还没怎么着就能发现的，你过了这么久还是没发现，我当时挺难过。我决定离开西苑，这也是一个原因。"

"什么原因？"正文问。

"还要我说呀？"谭力力的眼角挑起来，眉头皱了皱，"我想离你远点，想让我的胸变大一点！"

正文轻轻晃晃酒杯，说："你说的都对，我们可能是不合适。我还在上学，不能给你太多的照顾。"

"好了，别说了，我最怕人跟我解释，一解释就更不对了。我从来没要你照顾过。我是替你难受，瞧你心里一大堆事，嘴上又不说。"

正文再点上烟，说："我不说，不是别的，是因为这事儿我自己都还没弄明白，没办法跟别人讲。"

"那到底是什么呢，能这么复杂？"

"也许没那么复杂，但我现在说不清楚。"

"还是跟我上次见过的那个女孩子有关？"

正文点点头。

"那我问你一句，你别生气，上次你去我那儿我留你，你死活要走，是为什么？是不是因为你跟她有过，就不能在我那里过夜了？"

"不是。我们——我也不知道那算不算，不过，我老觉得她……就像……怎么说呢，像我的一根小拇指，断了也不至于就怎么着，可真断了，疼都疼不对地方。就是不疼，空了一截，我也得适应一阵。"

"哪能只像根小拇指？你要是真喜欢她，她就应该是你心上的一块肉，剜一下就得疼死。不就这么简单么？"

"咳，也许是我笨，应该把她忘掉，但现在我还做不到。"

谭力力听他说完，盯着他看了一会儿，叹口气："好吧，不说这个了，也许她就是你命中注定的那两个'她'中的一个。不是说了嘛，越得不着就越想。我对我亲妈和我爷爷就是这样……唉，不说了，再说，我就又要哭了。说说我吧，你也关心关心我，问问我现在怎么样了？"

"怎么样了？"

"我和保密青年还交往着呢，不过我还没让他在我那里过过夜。真奇怪，有的人，你见了一面就想跟他在一张床上躺着聊聊天。有的人，就一点没有这个想法。不过这样也好，慢慢来，好米都是越泡越好吃，泡够了再上锅蒸，那味道跟没泡绝对不一样。但一定要是好米，要不然就越泡越糟。"

"他是好米么？"

"现在还看不出来。不一定是最好的，但应该不是陈糠烂谷子。"

他们离开马克西姆的时候，谭力力又走到吧台，隔着宽大的台面在调酒师的两颊各贴一下。走出门口，她看看表，说："按原路走吧，还能赶上末班车。"

汽车站离得不远。在站台等了十几分钟，车才晃晃悠悠驶过来。车上人很少，大多是下晚班的工人。他们在靠近车门的一个双人座坐下。车子很快拐上崇文门内大街。沿街的店铺都已上了门板或拉了金属卷门，只有一间对街开着的小卖部，窗口还亮着灯。谭力力指着窗口旁边一扇不起眼的木门，碰碰正文："我以前的男朋友就住那个院子里。"

"怪不得你对这边这么熟。是个四合院？"

"从前是,现在就是个大杂院。"

车子开过去了,谭力力扭着头还在往回看。

"他跟你还有联系么?"

"嗯,还给我写信。刚去的时候每隔半个月就写一封,现在少了点。他每次写信都说很想我,老说要回来。还说,没准哪天我从崇文门这里路过,他就已经在家里了。"

"那你要不要下去看看?"

"他说说的,哪会真回来。"

"他说的也许是真话。"

"那我相信,我是会让人想的,他跟我在一起的时候可能不觉得。"

正文看看她。

"我跟他好的时候,他那么一间小屋,还不到十个平米,我也帮他弄得像个家的样子。知道么,像我这样的人,你们不容易再找到了。"

"知道。"正文伸出胳膊搂了搂她。

"你呀,最好不知道。你要是知道,我就更难过了。"

"为什么呢?"

"那就说明你不需要我这样的人。"

车子摇摇晃晃转了个很大的弯,从东单拐上了长安街。驶过北京饭店时,谭力力轻轻握握正文耷在她肩上的手。"我最喜欢看饭店门口的灯了。灯越亮,大堂里面的心跳好像就越响。北京的夜生活在街上结束了,在饭店里却才开始。"

像是印证她的话,天安门城楼在这个时辰竟也热闹着。楼腰处不知什么时候搭起的脚手架,打着照明灯,几十个工人蹲在上面正在忙着粉刷。快到国庆节了。正文从来没想过,每年国庆节,城楼的粉刷都是这样在半夜进行的。夜深了,也许是灯太亮,天色浅得发白,让正文恍惚觉得是到了黎明。看看表,不过才十二点。广场上洒过水,地面积着些小水洼,水洼里有各种各样复杂的倒影。

到动物园以后,看见停车场里停着不少的车,可末班车的时间都已过了。他们俩挽起胳膊,一路走到双榆树,在人民大学取了自行车,正文驮着她送她到家。他跟着她走上楼梯,看她进了家门,扭身要走。谭力力说:"这么晚了,别回去了。"

"那好么?"

"对你不好?"

"怕对你不好,你的保密青年该有意见了。"

谭力力想想,说:"那好吧。"她看着他走下楼,在后面锁上防盗门,关上木门,插上插销。

16.

不知为什么,正文对二十年前的记忆在这里出现了一小块空白,就好像一条涓涓水流在这里突然钻入洞下,过会儿还要不要再钻出来,他很勉强。潜意识里他一定希望一切就停留在那个初秋也就算了。那个初秋并没什么让他快乐的,但往后似乎更让他伤感，以致现在一想起来，就全是淫湿和窒闷。

那天早上正文躺在被窝里，被一阵"哗啦、哗啦"的响声吵醒。雨已经下了两天了，窗前的树一夜之间秃了一半。他坐起来，探头看见操场旁的便道上落了一地湿塌塌的黄栌，那年的秋天好像潮气颇重。他正要翻身下床，扁豆晨练回来，顺手扔给他一封信。"昨天就在传达室放着了，你怎么没看见？"

正文看了一眼信封，认出是毛榛的笔迹，回信地址是她工作的那家出版社。信封很薄，全白，没有装饰任何图案。他突然有些紧张，忙抽出信，只一页，小心翼翼地打开。

    正文，好久没跟你联系了，你还好吗？现在正忙着写论文吧？开始找工作了么？
     给你写信是想告诉你，我结婚了。丈夫是同一个单位的，广东人，家不在北京，所以酒席也省了。我一直想谢谢你的女朋友，什么时候你们有空，我们请你们吃顿饭吧。
     祝你一切顺利。

落在信下面的日期是"1985年10月28日"，两天前。正文又看了一遍信，然后把目光移向窗外，突然感觉天光又白又亮，云一条一条横浮在天上，有些晃眼。他揉揉眼睛，把信揣到裤兜里。

扁豆从水房回来，跟他咕哝了句什么，他没听清。扁豆把手放在嘴边做成喇叭状，大声道："洗了没有？八点有没有课？"他答说有。

"那还不快去洗？谁来的信啊？"

正文点点头，拿上毛巾和漱口杯。看见扁豆往头上抹了好几把头油，又迅速套上件西装，他有些疑惑，站在门口没动。扁豆问他知不知道上午十点半要开年级大会。正文说知道。扁豆拿出面镜子，仔细剃着下巴周围的胡子，说："辅导员今天要训话了。"正文没明白他的意思。扁豆继续说："你大概不用着急，她会很容易喜欢你的。就是不喜欢，你是北京人，她也不能把你分到外地去。我就难说了，搞不好她能把我弄到土星上去，所以我得自己想办法。"正文听着，不知道他为什么这个时候要跟他说这些，愣了一下，问他："你不是不想留在北京么？怕什么？"

"变了，想法变了。"他穿上一双不知从哪儿借来的皮鞋，龇牙咧嘴地把两只脚挤进去，用一块白布把鞋头打亮，丢下在门口发呆的正文，匆匆离开了宿舍。

"变了，怎么变了？扁豆也变了么？"

早上的课是写作，老师花了半堂课讲评上次的作文，用的范文是正文的。那是一篇读后感，读的是什么，他记不得了，大概是《岳阳楼记》。老师怎么讲的，他也没有听进去。他趴在桌上，突然想起了毛榛的舅婆，想起她问自己有一天会不会和毛榛结婚的话。他是否应该给她写封信？他在纸上划拉了两笔，撕了，重新换一张，写了"毛榛"两个字，又撕了，再写了"冯四一"。他想问问冯四一，毛榛嫁的是个什么样的人？可是写了两个字，他才想起四一已经离开外交学院了。那时天开始放晴，窗外的银杏叶影摇曳，泛着灰光的太阳穿过叶子支离破碎的缝隙，直直地照进来，恍得他的眼睛一阵发酸。

十点半的年级大会，正文没有参加，骑上车去了西门农贸市场。

想买包花生米，到那儿以后才发现没带钱。又转到海淀剧院，想看看有什么电影。售票处门口正排着百十米的长龙，他也糊里糊涂地排上去，问前面的人才知道是晚上八点演电影《茶花女》。可是没过一会儿，头上就传过话来，票售光了。下午，他没课，吃过饭就钻进图书馆，抱着将近十斤重的《牛津英汉大词典》，从字母 A 看起。看了四个小时，他发现他还在字母 A 里，离 B 还有十几页远。

晚上，他拉上扁豆跟他一起去海淀剧场等票。运气好得不得了，差两分钟就要开演的时候，过来一个戴假发的老太太，手里捏着两张票。她仔细地打量了他们一番，结果一分钱也没要。他们几乎是最后两个进入电影院的，座位不在一起，但都在楼下，也都在最后一排。电影院的坡度很大，银幕很远，声音很空旷，前面竖立着无数的人头，让他觉得像是坐在山上。

第二天中午，辅导员把正文叫到了她家，问他昨天怎么没去开会。

正文回答说"忘了"。

辅导员立刻睁大了眼睛："这么大的事也能忘？"又问他后来有没有听同学讲她昨天讲了什么。

正文摇摇头。

"讲毕业的事，分配的事。就知道不会有人告诉你。现在这个时候，谁掌握的信息多，谁最后取胜的把握就大。说说看吧，你有什么打算？"

正文说还没打算。

"没打算？这像什么话？都最后一年了，怎么还没打算？论文的事想了么？"

正文又摇摇头。

她几乎从椅子上跳起来，大声说："我还从没见过像你这么沉得住气的人！你不主动去联络指导老师，谁会主动来联络你？你以为都像我这么惯着你？"

她缓口气接着说："不能等到大家都开始找了你再开始，万一很多人都选同一个老师，你不就浪费了很多时间？"不等正文回答，她又说："另外，最好在这个学期快结束的时候出去做一段实习，可以一直做到寒假，这样什么都不耽误。你有没有一点志向了，毕业以后要做什么？"

正文还是摇摇头。

"你是真不懂，还是精神状态不对？怎么这么恍恍惚惚的啊。这会儿可不是你恍惚的时候，知道吗？别人都开始想了，你不想，就是自杀。我可以提示你一点，实习最好是跟你以后的志向有关，这样对你的分配有绝对好处。有些同学就是在实习时被实习单位看中的，没等毕业，工作就已经有了着落。而且，只有你有了大概方向，我才能帮你找实习单位。这么跟你说吧，我找你来，还不是为你好？"

正文对她的话似懂非懂，但他还是点了点头。回到宿舍，他把辅导员的话讲给了扁豆。扁豆正跪床上从屋顶往下揭画，转过头来说："乖乖，我就说辅导员会喜欢你吧。"

"这是什么话？"

"喜欢你也没什么不好。"揭完墙上的画，他又跪着爬到床头，

"不过，我跟你说，你最好别跟她太近乎，君子之交淡如水，懂吧？女人呐，你要是惹她们不高兴，她们都会马上翻脸的。"

"提醒的是。你干什么呢？"

扁豆吹掉画上的灰尘，卷起来递给正文。又从床上拿起一张图，用几颗图钉摁上去。"不是跟你说了么，我要变个思维方式了。"

"变？什么意思？"正文爬到他床上，仔细看那图。是张北京市区图，密密麻麻的字和曲折的线纵横交错，地图上许多地方用红钢笔画着大大小小的圆圈。正文问他那些圆圈是什么。

"都是我以后打算去的地方。"

"以后？"

"毕业以后啊，毕业以后有可能去工作的地方。"

"这么说，你不回广西了？"

"不回了，我打算在北京先扑腾扑腾，等实在扑腾不上来，再回广西也不迟。"

正文又看了看那些圆圈。大圆圈他猜出是几个部委的所在地，小圆圈，他费了半天劲也没看出名堂。"小西天这里是什么单位啊？"

"电影公司。"

"什么！什么意思？你不打算给人家看园子了，只看看别人拍的看园子的电影就行了？"

"谁说的？那是我的理想，理想不会变的。但理想和现实之间的距离，还是得从现实上拉近啊。"

"我看你去个文化单位吧。"辅导员第二次把正文叫到她家，一边在楼道里做着饭,一边跟他商量。

"文化部就算了吧,跟我同宿舍的扁豆,也想去文化部。"辅导员看他一眼,随手打开柜门,从最下面一层取出一个黑乎乎的瓶子,一边往菜里倒,一边问:"你呢,你想不想?这个时候,可不是管别人怎么想的时候。"

"我,去哪儿都差不多。"

辅导员"啪"的一声关了火,把菜盛在盘子里。"这可是你一辈子的事,你怎么能这个态度?"

正文没说话。

辅导员叹口气:"其实,人这辈子,关键的能有几步呢?这几步可跟做菜不一样,今天少倒点酱油明天多倒点醋都没什么大不了的。"

辅导员第三次把他叫到她家,还没等他走进屋就兴冲冲地拉他下了楼,在小花园的一个角落里坐下。"杂志社,大社!下个月你就过去实习。给你透个底,他们正和学校谈进人的事呢。所以,你去了,好好做。"她再压低了声音,"留在那里,很快就有外派的可能。"

正文有点茫然地点点头。

"这次,一共只弄到十三个实习名额,你这个,是我最满意的。"

正文又点点头。

"不用多声张,悄悄走就是了。"

正文再点点头。

"你是真不兴奋,还是假装的?你可看到了,我为你——你们,操了多少心。你到那儿可得给我争气,好好做,别让我失望。我这辈子——"她低下头，鼻子吸了两下，"你们要是好，我就还有点希望。"她的鼻子又吸两下，像在啜泣。正文一时间紧张起来，却也莫名地对她生出几分同情。

回到宿舍，他看见扁豆不知从哪里弄来个电熨斗，口里含着水，一边往衣服上喷着一边熨着。"又搞什么呢？"正文问他。

"明天要去实习。"他答。

正文问他去哪儿。

"国际展览中心。"

"去那儿实习什么？"

"那儿正搞个展销会，我去帮一家西班牙公司站柜台，卖东西。"

"西班牙？你还会西班牙语？"

"会几句，这学期刚选的课。不过他们说英语也行。"

"你又选了一门外语？"正文很吃惊，"法语课上完了？"

"完了，二外就上一年。其实不够，入门而已。没办法，学校就给开一年的课，以后再自学吧。"

正文问他这个实习是不是那十三个名额里的。扁豆一脸诧异，随即反应过来："你是说辅导员联系的？不是，我可没那么好福气，是我自己找的。"他穿上熨好的西装，让正文评价。正文对他跷跷拇指。

"是不是离理想又近了一步？"

到杂志社实习的前一天，正文下午没课，三点多便骑车去了双榆树商场。商场又经过了一次扩建，已成三层楼的综合百货店，卖的多是那年月走俏的"外贸货"。他在楼上楼下转了几圈，想给毛榛买件礼物，可眼花缭乱，最后蒙头蒙脑地停在玻璃器皿柜台前。一个年轻女服务员走上来问他，他说朋友结婚，不知道买什么。服务员问他是什么样的朋友。他说，一个女朋友。女服务员想了想，从柜台里取出一套磨花玻璃矮腰杯。他的眼睛亮了亮，问服务员杯上是什么花。服务员拿着杯子转了几转，说："不清楚，是出口日本的，也许是樱花？"不管是什么，那花型既妩媚又很收敛，看着挺让人舒服。不管她现在心情怎样，喝酒或是喝茶大概都是需要的。他很感激地点点头，女服务员便帮他装在姜绿色的包装纸盒里。

他直接跑到海淀邮局，虽然不知道毛榛是否还住在她姥姥那里，多半不是了，但他还是把东西寄到了她的老地址。

到杂志社以后，正文才发现这家杂志社实际上和老柴去年实习的报社是一个部委下属的两个单位，在同一座楼里的同一层，两个套间紧挨着。报社的人每每听说他是D大学的学生，便都问他同样的一个问题——是否认识老柴。得到他肯定的答复后，又大都跟着感叹一句："那可不是个一般人。"老柴，正文心里说道，当然不是。

杂志是季刊，十几个编辑。多数不用坐班，一周只需出勤两天。正文却是每天来，平常就跟着一个老编务打杂。老编务早起一杯清茶，一直泡到晚上，一天有半天时间拉着他聊天。办公室里另外一个坐班的人，是个清华毕业的女技师，负责两个套间里所有跟电有关的设备。这样的设备不多，都算起来也不过三四部电话机、一部传真机、两台打字机和一台复印机。她上午和下午都很沉默，只中午过来叫正文,跟他一起去食堂买饭。买回来以后就靠在他的桌边,一边吃着一边有一搭没一搭地说话。说到最后,她也总会拐弯抹角地问起老柴在美国的情况。这时她的眼睛就会盯着碗里,不看正文。可是正文感觉得出来,其实她的整颗心都扑在了从他嘴里说出的每个字上。

办公室里的那台打字机是英国货,有些年头了,可被她维护得很好,亮得像在冒油。正文有一天随口问她会不会打字。她说,当然,我是技师。怎么?她问,你想学?那我教你。

之后,他们每天下了班就都磨磨蹭蹭留下来。等人走光,她把他拉到她的椅子上,把着手教他。不出三天,他就能背下键盘了。那以后,她或者站在他身后看,或者抱本书坐他对面,不时用眼睛瞄瞄他。办公室,楼道,甚至整座楼都悄无声息,只有正文断断续续敲击键盘发出"噼里啪啦"的响声。天越来越短,办公室暗得越来越快,但他们好像都没想过开灯。他仍然敲着,她仍然抱着书。到九点来钟,窗外已是一团墨黑,他们才分头一前一后悄悄离开。

这么敲了半个月,正文手下已经有了一些的节奏却又渐渐杂乱起来,"q"那个键也像被他敲坏了似的,第一下总是哑的,必要他用左手小拇指再狠狠地补一下。老清华似乎听出了什么,一直看着他,然后走过来,站到他身后,俯下身,把手搭在他的手上。她热热的鼻息立即罩住正文的脖侧,他的手下就越来越乱了。最后,在他又敲到"q"字时,她没有等他敲第二下,便一把将他扳了过去。

女人把他带出大院,带到她家。关上门,她就开始脱他的衣服。到他赤身裸体时,她把胸脯送上去,放他手里。然后她脱自己的裤子，一腾出手就抓牢他的腰。两团热气腾腾的火随即扑倒在床上。她很放肆地叫，闭着眼睛，恨不得把他所有能伸出的肢体都拉进她的身体。他做，不知道为什么那么狠，用手掐她，用舌头咬她。当他的火龙终于乎乎窜出去的时候，她像被灼伤了，立刻惨叫一声，十根指头都揪进他的头发。她说："你带我走！社里很快就会把你外派的，你带我走吧，带我离开这里。你不能像老柴那样，一拍屁股就没了。"

正文没有动，但脑子已经清醒过来。"为什么？"他使劲挣脱她的两臂，"你不是已经结婚了么？"

"那又怎么样？我要离开这个鬼地方，必须走，否则我要疯了。"

"你是不是已经疯了？"正文穿上衣服想走。她把他死死拉住："别走，他出差了，不会回来的。你别走，求你。"

那一夜，她像条蛇一样一直缠在他身上，一会儿是冻蛇，一会儿是火蛇，缠得他心里发紧。

第二天，是坐班日，电话一整天都忙。他看见空档就给谭力力打，可是打过几次，她都没在。第三天，他又打，不停地打了一天，几乎每隔半小时便拨一次，但她的办公室始终没人。下午快下班时，他索性把电话打到饭店人事部，一个怯生生的女声告诉他谭力力去新加坡出差了。

"她一个人去的？"

"对不起，这是饭店秘密，我不能告诉你。"

老清华再没跟他讲过话。每天下班，正文看见她仍坐在椅子上，他都像是没看见，抓起书包匆匆离开。

过了新年，谭力力才从新加坡回来，听到他的声音，急急地问：

"有什么要紧事么?"

"没有,突然想你了。"

"那我先去开会,回头我打给你。"

正文讲了号码,然后讪讪地说:"你忙你的吧。"

"好吧,我回头开完会打给你。"但是那天,她始终没再打过来。

正文没有像老柴那样提前结束实习,而是坚持到寒假的最后一个星期。开学返校时,他路过"青发廊",发现房子盖起来了,但已经完全不是以前的样子。灰砖绿窗,门楣上挂着块"粤菜馆"的招牌。第二天他拉扁豆去那儿吃饭,抱着一线希望问服务员,餐馆的老板是不是姓陈。服务员说不是。他们吃着,说着,恍惚间,正文突然想起在陈青的发廊度过的那个夜晚,他睡觉的地方应该就是自己和扁豆此时正坐着的地方。

他后来再没见过陈青。一想起那天送她回家是最后一次见她,就总有些怅然。许多年以后,他偶然在一个私人聚会上才又听到她的消息。那人并没说她的名字,只说姓陈,后来成了作家,嫁了一名妇科医生,没有孩子。聊起她不是因为她成了作家,或嫁了妇科医生,而是要说她三十五岁离开妇科医生以后的一段佚事。她只身去了俄罗斯,半年后,独自一人从那里带回来数十件艺术品,其中包括:

一张帝国时代的红木写字台;

一只至少有两百年历史的钢琴凳(幸亏她家里已有一台钢琴);

十几幅沙皇时期的油画,水粉画;

十几块大小不一的短毛簇绒古董地毯;

整套银餐具,整套烧瓷白底带印花餐具,整套水晶酒杯;

以及一只高约一米、直径也近一米的全银蒸锅。

为她背回来的这些东西,她在自己的新居办了个小型沙龙展,谁有兴趣,都可以推门而入。整整三天,她都准备了足够丰盛的自助晚餐,用的便是从俄罗斯趸来的白瓷餐具。可是,去过的人似乎对她提供的食物和酒水并没留下多少印象,倒是有件小事在北京城里流传很广:主人在三平米见方的厕所里也铺了一块俄罗斯古董地毯。

又过了两年,他又听说,这个陈姓的女人去了土耳其,在土耳其成了一名古币收藏家。

虽然谁也没有说到她的名字,但正文毫不迟疑地相信,这个女人,一定就是陈青。

17.

毕业分配对正文来说,没有多少悬念。从第一次公布方案到二次、第三次方案直至最后定案,他一路占据着一家报社的名额。这家报社也在文化部属下,但比他实习过的那家杂志社小很多。除了开始时两个不计任何代价要留北京的外地同学跟他争过一阵,他几乎没遇到任何阻力。

辅导员对于他放弃前一家杂志社大惑不解,甚至有些气恼,问过他很多次为什么,他就是不做任何解释。她一直把那个名额偷偷扣在手里，直到有学生向校党委告了状，才不得已把它重新放回名单里。看着正文的固执，她无可奈何地叹叹气："真不知道你是怎么想的。就是有天大的事，也不能拿自己的前途赌气啊，你以为出了校门你还能跟在学校一样吗？"

让正文最感意外的是，在定案的分配名单上，扁豆的名字后面竟是一家外企公司，而且是名单上唯一的一家外企公司。

公布会结束以后，他们两个骑车往宿舍走。正文问他怎么想起去外企。

"没人愿意去，我就去呗。"

正文一时语塞。

"也不完全是这样，应该说还是我自己要求的。能分到外企我觉得很不错。你不知道我上上下下送了多少烟，多少条火腿，我老爸快把他们饭店都偷光了。"

听他这么说，正文心中一阵惭愧。那段日子他不知都在忙些什么，怎么就从没问过扁豆是不是需要帮助。

"不过，你别觉得我很勉强。"扁豆说，"我是真心觉得外企很不错。你不知道，我在国际展览中心实习的时候，就有好几家外企公司跟我谈，想让我毕业以后去他们那里。有的真还挺认真，给我的许诺别提多好了。不过我当时都没马上答应，一是想再比较比较，二是想等等看学校有没有名额。跟学校直接要人的公司，一定比外面碰上的要牢靠。你说是吧？"

正文点点头。"你说外企不错，怎么不错？"

"钱多，比一般的国企公司的工资高点。"

"钱多？你在乎钱多？"

"当然在乎了。毕业了,不比在学校里,我得讲点实际。"

"外企钱是多点,可保障还少呢?"

"现在看是这样,以后什么样就难讲了。再说,要什么保障?你的本事就是最大的保障。保障少,相对的就是自由度大啊。我这个人这么散漫,坐机关肯定不行。"

"坐机关不行,不是还有那么多其他选择?其实这都不是我担心的。"正文用一只手从口袋里摸出根烟,放嘴里,点着,"我是觉得你没那么精明,不适合公司。实际不是你想实际就能实际的了的,去那儿你搞不好就自生自灭了。"

"这个,"扁豆伸出一条胳膊,搭在正文的肩上,正文的车晃了晃,"别替我担心。我们在北京四年,学的最多的是什么?就是适应。你们周末过节放假回家了,不在学校,想没想过我们在学校里都干什么?信不信,我们的四年,等于你们的八年。你们可能学一门外语就够了,我们要学两门,甚至三门。我们总要比你们多点东西,才能得到你们不用费力就能得到的东西。'先天不足',知道吧?"

正文没有说话。

扁豆拍拍他,笑着说:"别那么严肃,也没我说的那么严重。其实是我还做那个大园子的梦呢。到外企,没准真能结交一两个有大园子的外国人,不是就有机会实现我的梦想了。"

正文看看他。

扁豆把胳膊拿下来,沉下声:"正文,你能替我想着,我就很高兴了,说明这四年——还不到四年,三年半,没白交你这个朋友。嘿,我说,咱们真该出去吃顿饭庆祝庆祝。"

"庆祝什么？"

"庆祝我们都有了着落啊，不一定是最好的着落，却好歹是个开端，也庆祝我们还没出校门就知道妥协了。不过你怎么回事，还跟谁拧着劲呢？干嘛不去你实习的那家杂志社？"

"不干嘛。"

"不干嘛你放着那么个大佛不敬，非要投个小庙门？是不是又碰到什么棘手的女人啦？"

"是。"

"哟，这次回答得挺痛快。怎么回事？"

"就这么回事，碰到个女的，对付不了，只好躲了。"

"躲怎么行呢。再说，出了校门，你还能往哪儿躲？哪儿不得硬着头皮上？现在可知道成长的残酷了。为这，我们也该找个地方好好犒劳一下自己。"

随后的一个月是毕业典礼和一个接一个的聚会，从学校到系，从系到年级，到班，到组，到宿舍，越聚规模越小，女生哭的也就越凶。不知道是不是女生的眼泪让男生突然醒悟到，出了校门大概很难再见到这样的哭，甚至以为出了校门这世上就不再有女人了，不少男生一下子忙乱起来，像无头苍蝇。那几天，要是挨个问女生，大概没有谁没有接过男生的纸条的，和正文同桌的女生甚至在一天里接过四张。纸条上的话都很相似，"我其实一直想跟你说——"可是只要这个刚摇头，甚至只是矜持着还没表态，同样的纸条就已经转到了下一个女生的手里。校园里弥漫起无数的心事，说了的，没说的，赶上的，没赶上的，应了的，拒绝的。本来是该了的时候非但没了，还留下不少感伤甚至是伤心的尾巴。

那时谁也不想,有些尾巴是要留到很多年后才会被再揪起来的,当时怎么急也没用。可那个时候,眼前还忙不过来,谁会想以后?因此,到全校毕业班在食堂吃完最后一顿大餐时,人人似乎都露出了疲倦。要走的,当天晚上就陆陆续续地离开了;没走的,也大多买好票,收拾好行李,准备在床板上凑合几夜。正文、扁豆和同宿舍的两个外地同学终于坐进"砂锅居"时,几个人也都闷闷的,跟外面的天气很像。

那天已是六月底,空气闷粘得能拧出水。埋在云里的太阳虽然模糊,温度却高,烫得刺人。"砂锅居"里的灯光有些混浊,墙壁大概很久没有粉刷过透着暗黄的印子。十几张方桌依墙摆开,白桌布上铺着一层天蓝色细方格塑料布,中间裂着口,周围有一小圈烤糊的锈迹。正文先去窗口排队买了两个凉菜,又买了四瓶啤酒。拎着回来,挥挥手招呼女服务员。女服务员踱步过来,从兜里掏出开瓶器,数数瓶子,帮他们挨瓶打开。又拿起桌上的菜单看看,用笔勾了一下。刚要走,扁豆叫住她:"别走,问您个问题行么?"

女服务员拿眼撇着他。

"听说你们这里的肉,都是头天晚上杀的,是真的么?"

她白了他一眼,问他什么意思。

"没别的意思,就想问问,你们的肉还是那种叫——"他转向正文,"什么猪来着?"

"京东鞭。"

"对,是这种猪的肉么?"

"有毛病吧你。"女服务员乜斜起眼睛,甩手走开了。

"要不我老爸老说,现在的老字号都完蛋了,东西不说,人就不对。你瞧,这个服务员一问三不知,还挺得意。"

"正文怎么知道是京东鞭?"外地同学问。

"他都知道。"扁豆拍拍正文,"北京的事,尤其是旧事他都喜欢研究,要是不上西语系,他没准就上考古系了。"扁豆喝口啤酒,"不是我说你,你真不该上什么西语系。你还记得不记得,你刚转学来的时候,我问过你,好容易转一次学,你又不那么喜欢外语,干嘛不转一个你真喜欢的专业,非要再转进西语系呢?"

"是么?我怎么说的?"

"什么也没说。那时候你好像心事挺重,我就没敢多问。现在你总可以说说了吧?为什么?"

"现在还说什么?都没意义了。"

"我一直挺替你遗憾的。我们是没办法,能上西语系是我们求之不得的,可你跟我们不一样。"

外地同学不明白他的话。

"西语系不出人,真有想法的人都不上西语系。你们数数这四年,我们西语系有没有出过一个有点想法的学生?"

"怎么没有?八一级不就有一个?"

"谁?"

"那个诗人。"

"诗人不算。"

"诗人为什么不算?"

"你就说你是什么意思吧。"正文看着扁豆。

"我的意思是,现在学外语的跟以前不一样了。就比如说翻译家,以前都是先是作家才是翻译家,现在是当不了作家,才当翻译家。对不对?"

正文没说话。

"别说学生了,整个西语系教授怎么样,有没有一个能跟专业系比的?我们系的王教授跟中文系的王教授从前是同门师兄弟,现在怎么样,此王的学问能赶上彼王的一半不能?"

"照你这么说,"另一个外地同学喝干杯里的酒,"就不该设外语系。我同意,外语不能算专业,只能算基础课。我们这四年,学了半天其实就学了门手艺。"

"而且手艺怎么样,能不能用还得另说。"扁豆说,"我出去实习的时候,碰上个澳大利亚人。我说什么他都跟一句'Pardon①?'弄得我心里直发毛,都开始怀疑我说的可能不是英语。最后我急了,问他,怎么回事,你耳朵有问题?他说,不是,你说英文,像演话剧,还不是一般的话剧,是莎士比亚。"

"这小子真损。"

"不是损,是我们学了四年,没学几句人话。"

"不过,有手艺就能吃饱饭啊。"另一个外地同学说,"我就羡慕你们会外语,以后出国,会外语占多大便宜,再选什么专业都行。"

"那就应该跟教育部建议,"扁豆喝口酒大声叫道,"取消所有的外语院校、外语系,把老师都分到小学和中学里去。外语就该跟语文和算术一样,从小就学,都得学。"

---

① 对不起。

"我反对！不喜欢学不行么？"

"不喜欢学那是你自己的事，但国家给不给每个人受公平教育的机会，那可是政府的责任。你说呢，正文？"

"从小学，我同意。从幼儿园学起才好呢，都跟玩似的就把莎士比亚都背了。"

四瓶啤酒很快喝净，正文要去再买。窗口这时正好叫到他们的号，扁豆跑过去，端回来一锅热气腾腾的白肉。

"改喝白的吧，"外地同学说，"啤酒不过瘾。"

"这天，这肉，你要喝白的？"扁豆睁大了眼睛。

"要的就是这天喝白的，再不出汗要憋死了。"

"喝什么？"

"二锅头。"

另一个外地同学抢着去买了一瓶，拧开盖，倒进每个人的酒杯里。他们都举起来，碰了碰，喝下一大口。肉片又白又嫩，滑而不腻。就着白酒，不一会儿，几个人额上都冒出了大汗珠。

"知道我以后会想北京的什么？"外地同学端着酒杯问。

"不会是这个肉吧？"

他闭上眼睛，左右晃一下脑袋，说："烤白薯，涮羊肉，二锅头。"

"大夏天的，你怎么想的都是冬天的吃的。"

"你们呢？"他睁开眼睛。

另一个外地同学说："我想北京的雪。我们家那边的雪少，也太小，到地上就化。我第一次看见北京下鹅毛大雪，眼泪差点没掉下来。太美了。你呢，扁豆？"

扁豆端起酒杯，大喝一口，说："棒子面粥，还得是咱们食堂搀了点碱的那种。第二，北京话。第三，傍晚的颐和园。"他又抿一小口酒，"还有，第四，太多了吧？"他推推外地同学，"也算我替你补充的。北京姑娘。"

"你什么时候喜欢上北京姑娘了？"正文奇怪地看看他，"喝多了吧？"

"没有，我变了。"

"又变了？跟哪个北京女生好上了？"

"没有。我是递了张纸条，可被拒绝了。一般女生拿到纸条都躲到背后再看，可她当着我的面就打开了，看了一眼两把就给撕了，跟我说，你呀，这种条子要是还用英文写，就甭瞎使劲了，也别再去祸害别人了，撕了完事。我被她拒绝了，可感觉全身痛快得了不得。"

"痛快？你不是最不喜欢这种'生葱生蒜'味么，不是要什么'口脂香'么？"

"我现在觉得生葱生蒜味冲，有益健康。怎么样，跟你的糖醋排骨有一比吧？"

正文听他问，心里沉了一下，他又有好几个月没跟谭力力联系了。

"该你了，正文，你以后会想北京的什么？"

"我？什么都不用想，我不会离开北京的。"

"假如呢，假如你以后离开了呢？"

"不用假如，你们都走了，我也在这里给你们留块根据地。"

几个人喝着酒，吃着肉，脸色都越来越红，嗓门也越提越高。第一瓶很快见了底，外地同学马上又买来一瓶。喝干第二瓶以后，扁豆也要去买,被正文拦住。"算了,别喝了,去看个人怎么样?"

几个人一下子来了精神,问他什么人。

"咱们同学,毛榛。"

"哪个毛榛?"

"是不是退学的那个?"

"就是从八〇级到咱们年级的那个?"扁豆皱着眉想了想,问正文,"你认识她?怎么从来没听你说过你认识她?"

"别问那么多了,只说去,还是不去。"

他们三个人互相看看,说去。正文到窗口买了米饭,分给大家。四个人匆匆将饭和肉一扫而光,骑上车,晃晃悠悠朝北骑去。骑了几步,才意识到正在下雨。雨虽不大,但和汗混在一起,酸粘得难受。他们停下车,拿出五颜六色的雨衣从脖子上套下去。

还是冯四一告诉的正文,毛榛结婚以后搬进了单位宿舍。正文隐约记得毛榛信封上的地址,便带着他们拐上府右街,没多久就看见一条南向的胡同。往里走不到两百米,果然,有那么个院落,门口挂着那家出版社的牌子。迎面是一个椭圆的小喷水池,里面堆着几块假山石,两个老太太穿着松垮的白背心,半露着胸脯,坐在池边扇扇子。四个人兴冲冲地骑进去,正文停在老太太身边问路,老太太用扇子把儿指指传达室。

传达室里黑着灯,电视响着。他走上去敲敲窗户,值班的老大爷探出半个头来。正文说了毛榛的名字。老大爷戴上眼镜,一边抬头看看他,一边翻开一本厚厚的册子。"酒没少喝吧?"他说,"就这么去,不怕把人家吓着?"

"您不知道,不喝这么多,就不敢来了。"

"没出息。"老大爷埋头在册子里来回翻了几遍，最后停住，拍了一下，"在这儿呢。"他把门牌号写在一张纸上递给正文，又探出头来用手比画着告诉他们大概方位。正文接过纸条，骑上车就走。"到了人家里先要杯茶——"老大爷在后面叫着。正文挥手应道："知道嘞，谢谢您啦。"

主楼的后面大多是平房，有的是办公的，有的是住家，只有两栋孤零零的旧式三层小楼，便是老大爷说的职工宿舍。他们停在靠后的一栋楼侧，锁上车，踢踢跶跶上到二楼。筒子楼楼道很狭长，一进去就闻到股像旧旅馆那种特有的霉潮味。楼道里没有堆放太多的杂物，不像有住家，倒更像单身宿舍。虽然已近九点，许多屋子都还黑着，只从一两个门里传出低低的电视的声音。毛榛的房间在楼道的中间，北向，挂着半截驼色布帘。紧挨着门口，放着两双塑料拖鞋，一双男式，一双女式，头朝外整齐地码在一起。门前的一侧摆了一只瘦小的矮橱，一个水盆架，地上放着一只像煤油灯一样的金属器具。正文蹲下身，对着那个器具琢磨了一会儿，没看出什么名堂。扁豆在后面踢他的屁股，他站起来，回头看看他们，然后吸口气，拍了两下门。

开门的正是毛榛。先是皱着眉，随即瞪圆了两只眼睛，撩着门帘呆愣了好几秒钟，转而笑了，让他们进屋。

扁豆问她要不要脱鞋。

"不用，不用。"

屋里写字台前坐着一个男人，转过身来，一脸狐疑。毛榛忙不迭地走上去，介绍说："这是我丈夫。"又看着正文对她丈夫说："他们都是我以前大学的同学。"

她丈夫从椅子上往上欠欠身，没有站起来。毛榛赶紧指指正文说："他姓梁。"又指指扁豆，"他姓扁，"然后笑了，"不对，是姓平。"其他两个她显然说不上姓名，便看着正文。正文没有反应，两个外地同学只好拱起身朝毛榛的丈夫使劲儿点点头。

"怎么外面还在下雨吗？还没停？"她招呼他们在靠墙的小沙发里坐。

"停了，哦。"他们互相看看，这才意识到四个人都还穿着鲜艳的塑料雨衣，连忙从头上取下来，卷卷拿在手里。

"坐吧，坐吧。"她丈夫的年纪约在三十出头，戴绣琅宽边眼镜，平头，面皮光洁，面色白净，倒看不出多少广东人的特点。"喝点茶吧，毛榛，你给他们沏茶。"

毛榛"哎"了一声，问他们："花茶还是绿茶？"

"不用客气。"扁豆说着，推推正文，"真的不用客气。"

"不客气，"毛榛不等正文说什么，便在门口换了鞋，走出屋，"噼里啪啦"走远又走回来，停在门外。一会儿，门口响起"扑哧、扑哧"的声音，像是在给自行车打气。这样响了几十下之后，"砰"的一声巨响，紧跟着，"呼呼"地喷起气来，像飞机就要起飞。几个人刚才的酒劲立时醒了一半，不由互相看看，又不约而同地转向她丈夫。他说："不用紧张，是煤气，不会爆炸的。"

毛榛掀帘进来，轻轻把门掩上。"太吵了吧？"

扁豆答："这是什么煤气，这么大声音？"

她笑了："不是煤气，是打气的，其实也不能叫煤气，准确地说，应该是煤油炉。"

"怎么不用煤气？"

"那种罐的,我们没有弄到……"她侧眼看看她丈夫。

扁豆问她做饭是不是也用这个。

"是,不过我们不常做饭,都是去食堂吃。守着单位食堂,方便。"

正文听了这话,抬起头,问:"食堂的饭你能天天吃啊?"

"可以,以前在学校里还不是天天吃。"

水一会儿开了,她又出去,"噗"的一声,大概是吹灭了炉子,楼道里安静下来。她再掀开帘时,用一个大盘子端了四杯热水进来,放在沙发边的一张矮桌上。正文认出来,那几个杯子是他在双榆树商场买了送她的。毛榛坐在床沿,说:"喝吧,等凉一凉再喝,要不就吹吹,别烫着。可惜,没有冰镇汽水,这天真应该让你们喝汽水。"

"茶也挺好的。"扁豆说,"我们刚吃了饭,正需要喝点茶。"

"那倒是。喝了酒了吧?"

扁豆"嘿嘿"笑了:"你怎么知道?"

"那还能不知道,走到水房都能闻到。喝啊。"她欠起身,要把杯子递给他们。正文拦住她说:"甭管了,自己来。"

她剪了短发,额前留了一寸来长的刘海。脸上略微胖了些,两只眼睛有些肿。正文端起杯子,把目光从毛榛那里移开。屋里温度很高,窗户虽都开着,可挂着一层图案织得很密的白纱帘,即使有风,大概也透不进来。写字台上放着一只小电扇,正对着她丈夫左右摇着头。

房间不大,大约只有十二三个平米。最大的一件家具,是中间毛榛现正坐着的那张窄双人床。一只大枕头摆在中间,枕头旁边扣着本书,大约是毛榛刚才在看的。正文注意到他们没有冰箱。

墙的另一面放了一只顶天立地的书架,横七竖八塞满了书和杂志。书架中间的一格里摆放着一张照片,照片很小,上面好像是个女人,但看不清是不是毛榛。正文突然起了好奇,唐突地站起身走过去,拿起那张照片。另外三个人也都纷纷跟过去,煞有介事地浏览起书架。照片里的人是毛榛在绵阳的小舅妈,左手里抱着那个孩子。孩子大了很多,歪戴顶帽子,像是做了坏事似的得意地笑着,一只脚踩在小舅妈的手里,一只腿蹬出来,悬在半空。正文拿着看了好一会儿,然后轻轻放下。转过身,看到毛榛的丈夫坐在转椅里,正在看他。他的镜片上面晃动着一串问号。正文赶紧收回目光,坐回沙发上。其他几个人也都跟着坐回去。

呆坐了一会儿,扁豆问毛榛:"这是你们单位分的房子?"

毛榛点点头。"是他分的,我是新人,还轮不到分。"她面上仍然带着笑,瞧一眼她的丈夫,然后朝着正文,"你们这是从哪儿喝了酒来?"

"砂锅居,吃了顿散伙饭。"

"散伙饭?哦,要毕业了。你们都分配工作了?"

另外三个人忙点点头,应着。

"分到哪儿了?扁豆没有分回广西吧?"

"没有,留北京了。"

"他分到外企了。"正文说。

"哦?扁豆要做生意人了?"

"哪里,还只是个小翻译。"

"谦虚。你们呢?"

"他们两个要求回家,都如了愿。我,去一家报社。"

"哪家报社？"

正文说了名字。毛榛沉吟了一下，问："这家啊，能用得上英文么？"

"不一定非要用英文。能用就用，不用也没什么。"

"那不可惜么，学了那么多年？"毛榛低头抚了下床单，再抬头，"你刚才说你们去'砂锅居'吃的？"

正文点点头。

"好吃吗？"

"行吧，我们就要了一个砂锅白肉，味道还不错，就是肥了点。"

"白肉可不就是肥的。"她有点兴奋地想说什么，又低下声去，"不肥，还叫什么白肉？"

"那倒是。"

屋里突然静下来。扁豆端起水杯，"噗噗"吹几下，然后连续喝几口，喉咙里咽水的声音格外响亮。正文感觉着床那边那副镜片后面的问号越来越大，他一时又想不出其他什么话说，便站起身，说走。

毛榛说："再坐一会儿吧。"

"不了，他们俩明天的火车，行李还没收拾呢。"

毛榛便随他们站起身。她丈夫也站起来，毛榛扭头跟他说："我去送送他们。"她丈夫小声说："那好，让毛榛送送你们。你披上件衣服。"

"不用，外面不冷。"

"叫你披上你就披上。"他压低了声音。

毛榛从塑料衣柜里取出一件长袖衬衣。几个人朝她丈夫弓着腰点头告辞，退着出了房间。

毛榛跟他们走到楼梯口，正文扭头说："行了，不用送了。"毛榛没说什么，继续跟在他身后随他们走下楼梯。走出楼门，看他们开了车锁，她说："好吧，那我回去了。"说完她转身进了黑乎乎的楼道，抓着楼梯扶手走了上去。

刚一出大院，扁豆就叫起来："梁正文，你小子什么意思？"

"什么什么意思？"

"不对，太不对了。不行，咱们得找个地方，再喝一顿！"

他们骑出府右街，骑上西四北大街，拐到西大街时看见一家带二楼的云南小店。扁豆先停下车，把车推到路边锁上。正文说算了，还是赶紧回学校吧。扁豆推了他一把："你又想躲是不是？不行，这次你非得给我们说清楚。"正文只好骗腿从车上下来，跟在他们后面，爬上两截又陡又长的老木楼梯。小店正在打烊，服务员已经在扫地。扁豆说死说活要进去，服务员僵持半天最后让了步。他们在二楼靠窗的桌上坐下，要了十瓶啤酒，服务员又从冰箱里拿出卖剩下的小菜，扁豆从兜里摸出五块钱给了她。

"啊？你什么意思？你带我们去看她，就让我们几个像傻子一样坐那儿？"

"是有点奇怪啊，突然去，坐那么两分钟又突然要走。"

"她丈夫一定得起疑心，这几个人到底干什么来了。"

"别说她丈夫起疑心，就是我都怀疑起自己来，咱们到底干什么去了？"

"正文，说说，"扁豆拍拍正文前面的桌面，"这到底是怎么回事？"

"没怎么回事，老同学，就是去看看。"

"有这么看的吗？有你这么看的吗！"

"非让你看出问题来不可，多莽撞啊。"

"梁正文，你别不说，你不说我也看出来了，你就是想让人家出问题是不是？"见他不说话，扁豆对着另外两个同学说，"明白了，他肯定就是这个目的，想让我们去把他们夫妻搅和了。是不是，正文？"他推他一把，"如果是，你就给我们透个底，别让我们这么跟傻子似的，抡着斧头都不知道往哪儿砍。"

正文端着酒瓶喝了一口，低声说："你们都想哪儿去了。"

"想哪儿，你想让我们往哪儿想？"扁豆沉默了。过了好一会儿，他才说："正文，说真的，你既然跟她认识，怎么能让她就嫁了这么一个人呢？那男的配得上配不上她先不说，一看就不是个好对付的人。你没觉得毛榛在他面前，连大气都不敢出么？"

"说到出气儿了，他们从哪儿弄那么个炉子来，她丈夫竟让她打气。"

正文没有说话，默默地喝着酒。

外地同学说："就说肄业，也是咱们的校友，曾经也是校花之一吧，不该这么不珍惜自己啊。就算不珍惜自己，也得珍惜咱们学校的声誉，难道咱们学校的男生就没有一个好过这个人的？"

正文仍是没有说话。

扁豆急了："嘿，你说句话好不好，到底怎么回事？你不会这么稀里糊涂地去看她，一点想法都没有吧？"

正文说："真没有，就是好久没见了，想去看一眼。"

"那你以前跟她好过？"

"没有。"

"跟她很熟？"

"曾经是吧。"

"那怎么从来没听你说过？你这人就是这点不好，嘴巴老那么紧，你要早说了，就是真需要咱们抢斧子，咱们也帮你抢啊。帮了你，不也救了她嘛，何至于让她先落到那个有妇之夫的手里，学都没上完，最后又落在这么个假学究手里呀。"

正文听着他的话，笑笑："说什么呢，你好像什么都知道。"

"知道？我要是知道就好了。你自己说，你看她刚才那副样子，不难受？"

"那你到底是可惜她，还是可惜我？"

"当然可惜她。你是活该，有什么可惜的。"

"两个人的事，很难说。你以为不好，人家可能很好。你以为好得不得了，人家可能正打得一团糟。就是打成一团糟，可能还是很好。我就是看看，看看就放心了。"

"放心？看来你对她还是有过意思？"扁豆俯身看他的眼睛。

"没有。就是有，这会儿不也死心了。"

18.

正文的新单位跟他实习的那家杂志社差不太多。人事处的人带他办了手续，领了文具，挨门拜见了各位领导和编辑部同仁，他就算正式上了班。

虽然是每周出报，但事情并不多，办公室里的人还是慢悠悠地喝茶，慢悠悠地聊天，晚来早走地上班下班。因此，两个月后，当老编辑主任通知他要带他出差时，他很有些意外。他们先去广州，到两个老作家家里做了两次采访。回来的路上在青岛停留了三天，参加一个研讨会。整理采访记录和会议记录，花了他差不多两周时间。刚干完，主任又来和他商量，原来他们隔壁的姐妹杂志要出英文目录，主任推荐了他，问他行不行。他译好后拿给外文出版社的杨老先生较对。老先生匆匆看一遍，以为他只是个跑腿的，突然对着译稿破口大骂，最后用朱红笔打了个顶天立地的叉子。他拿回来重译，又拿去校对。折腾了四五个来回，老先生才勉强定了稿。

一晃就到了年底，后勤组弄来好些年货，使原本清静的报社一下子热闹起来，平时没见过的人也都露了面。串门的人整天串来串去，各种消息就随着"吱吱"叫的门轴从这间屋游到那间屋。其中一个引起所有人兴趣、也让很多人惊慌的，是说上面拨下一个下基层蹲点的名额，三月出发，地点是内蒙古。年前的最后几天，这个消息一直搅着几间办公室的人心，人们谨慎地互相试探，也都在紧张地猜测。转过年来，消息得到了证实。出乎所有人意料，正文主动报了名。

先是编辑部领导找他谈话，接着是社领导。他的主动在他们看来不是典型的学生气，就是种深谋远虑，让他们不放心。"这是去内蒙古，不是去美国，你明白吧？"正文点点头。"我们是文化单位，不是国家机关，下去不意味着什么，你也明白吧？"正文再点点头。

交接工作很简单，因为他还没什么可交接的。每年一月二月节假日多，原本就闲，编辑部也就不再分配他更多工作。他每天只是泡泡茶，到阅览室看看杂志，偶尔被人找去下下棋。走之前两个星期，主任干脆让他回家休息，他就没推辞。

母亲听说他要去内蒙古，急得一下子红了眼睛。"不是说出国么，怎么去那么个地方？到那儿能用得上外语？不就都浪费了。"

正文解释说："浪费不浪费，在北京还是在内蒙古，能差哪儿去。"

收拾行李也没怎么费事。他在学校用的被子、褥子、枕头都还是现成的，再捆起来就是。书，他也只带了一本五百多页的英文版《世界考古九大发现》和一本远东英汉大辞典。没多带，是他想逼着自己在这几个月的时间里把它译出来。走的前一天，一切收拾停当，他往谭力力的住处打了个电话。接电话的是个男的，他猜想是那个保密青年。他听见电话那头在大声叫她，叫了两遍"力力——力力——"，又嚷："别洗了，先来接电话，用布垫一下不就行了。"过了好一会儿，才传来谭力力"噼里啪啦"的脚步声。"嚷什么，嚷什么，听见了。"

"是你？"听出是正文，她的声音马上沉下去。

正文问她干嘛呢。

"做饭呢。"

问她做什么饭。

"酱鸭，手上都是油。"她问他，"上班了？"

正文"嗯"了一声，然后把他要去内蒙古的事跟她讲了。谭力力在电话那边沉默了片刻，问他："去多久？"

正文告诉了她。

"这么久。"她顿了顿，"什么时候走？"

"明天。"

"中间能回来么？"

"应该可以吧，先坐火车，再坐汽车，也就二十几个小时。"

谭力力又顿了顿，问："是你要求去的吧？"

"我不要求，最后可能也得我去——"

"明白了。"她又问了一遍那个地方的名字，然后说，"我得去做饭了。"

"行，你快去吧，那就再见了。"

半天一夜的火车，第二天清晨，正文在一个叫乌旗的小站下了车。塞北的风比北京硬朗，立刻把他从火车上带下来的混沌吹走一半。接他的是个颧骨高、口音颇重的小伙子，一把抢过行李，带他出站台上了一辆吉普。站台外是条土路，两侧是一排一排土灰墙，看得出是旅店的后墙，都用白石灰刷着斗大的"住"字。天空又高又亮，一缕霞光还未褪去。

"这儿是个旅游区么？"

小伙子开着车朝外看了一眼："哦，你是说这么些旅店是吧？离这里不远有个海子，就是湖。从前水很大，后来干了好些年，大前年才又上了水，就有人奔这儿来玩。"

"海子里有什么？"

"就点苇子，也有鱼。水不稳，一会儿有一会儿没。不能跟你

北京
1980

们北京比,北京什么好地方没有啊。"

一路上他望着窗外。窗外的景致很单调,除了黄土就是矮坡,几棵小树秃秃地立在坡边。偶尔有一两处茅舍,孤零零地守在坡顶,像写意画一样。越往前走,越不像路,司机好像随意地胡乱开着。土路坑坑洼洼,经常把他从座位上颠起老高。他昏昏沉沉睡了过去。醒来之后发现天已经暗下来,车子停在一排红砖平房前。司机已不在车上,他走下去,看见司机叼着烟跟一个姑娘在门口说话。"醒了?刚才拉你到旗政府,见你瞌睡,秘书长就让直接拉到这儿了。这儿是咱们招待所。你先住下,得空给你在旗政府那边收拾间房,再搬过去。"

姑娘领他们走进院子,走到最里头靠东边的一间。她打开挂锁,推门让他进去。"伙房里有饭,要吃就早点过去。"说完她拉上门,和司机走了出去。

屋内没有窗帘,毛巾已看不出颜色,像块硬纸板一样贴在门后。脸盆四周也挂着一圈油泥,用手指搓搓,已经凝着越搓越腻。床板上只有两层床单,一层是铺的,一层是盖的,还有一团叠成卷的花被。苍蝇很多,成群地涌过来,同时有七八只趴在他身上。正文没有解行李,把花被披在身上蒙住头,靠在床尾迷糊了大半夜,后半宿就坐起来看他的《世界考古九大发现》。天一发白,司机就过来喊他,说是秘书长下乡办事,要他一块去。车子又颠来颠去颠到乡下,快把他做独行侠的梦颠醒时,才终于停在乡小学门口。

一进门,校长就招呼人招待,端上来杯子放每人面前一只。正文拿起来"咕咚、咕咚"连喝几口,喝到最后喷出来,意识到是白酒,度数不低。接着就有点晕了,秘书长和校长说些什么他全没听见。然后他们又去毛纺厂,车间里气味刺鼻,到处是脏棉絮、烂线头,机器上下,一团一团的,像北京入夏以后在土里打过滚的柳絮。车间里大部分是大脸庞的扁脸女人,包着花头巾,大概是他神情可笑,个个冲着他笑,最后一个假装要去解手,从他身边蹭过去时,在他屁股蛋上拧了一下。这一下,算把他拧醒了。

中午在厂子附近的面馆吃包子,佐餐的仍是白酒。他想不喝,可秘书长的司机已经吹嘘说他喝酒跟喝水一样,他就又被灌下七八杯。一两半的杯子啊。刚喝完,他就连路都彻底走不了了,被司机架到秘书长的车里呼呼大睡。天擦黑才被叫起来,跟着乡政府的人去一个老乡家吃晚饭。那个乡还没通电,全村都黑灯瞎火,他们也摸黑蹲在小饭桌前。饭桌紧挨着猪圈,两头浑身墨黑的老母猪不停地"呵哧、呵哧"靠在圈墙旁喘气。吃到一半,老乡家的婆媳二人才从地里回来。放下耙子,媳妇拎上水,靠在猪圈旁脱了衣服擦洗身上。

在乡下醉醺醺地游荡了两天,正文回来以后,司机径直把他带进旗政府,指给他院里最后一排办公房最头上的一个套间。他进去,看见他的行李已经被挪了过来。

接下来的几天都很空闲。白天只在秘书长的办公室里坐坐,没人给他任何具体工作。其他办公室几个年轻的蒙古族干部偶尔中午有饭局,会招呼上他,又灌他很多酒。无论有没有饭局,吃过饭他都像院里大多数干部一样可以关上门在屋里小睡一二小时。秘书长是汉人,喜欢蝴蝶。墙上挂着两只长方形镜框,里面整齐地放着一排缩干的蝴蝶标本。他老问正文喜欢不喜欢蝴蝶,正文答了好几次,喜欢活的,不大喜欢死的。秘书长还是取下镜框,

北京
1980

　　兴趣盎然地给他讲解每一个标本的来历。正文看着那些被压得干扁、身上仍然带着蝶絮的死尸，心里一阵寒噤。

　　塞北的天格外短，到下午四点，陆陆续续就开始有人推着自行车往家走了。五点一过，食堂便开饭。他端着碗进去，里面排队的只有几个像他一样住在院里的单身汉。一连几天都只是粥、白菜、马铃薯和馒头，他买好端着回到房间。天大黑后，院里便一片沉寂。有两个读过中专的单身汉很快跟他混熟，常跟到他房里，坐他床边跟他聊天。问他有没有带什么书来，他从行李里拿出英汉字典和那本《世界考古九大发现》。他们觉得他在开玩笑，问他书里讲的是什么。正文讲了英格兰工人在铺设天然气管道的时候，发掘出一个像树干一样的东西，这个东西被考古学家考证出是一架有三千四百年历史的独木舟。他们很兴奋，围着他又问了很多问题。有的他能回答，大多回答不了，他们很是扫兴地走了。

　　第一个星期六，他独自一人上街，顶着太阳走了大半天才走到离火车站不远的中心集市。街上摆着几个唱小调的地摊，他蹲在一家店铺的门前抽着烟听了一会儿，天不久就黑下来，身后的店铺开始上门板，街上的人像约好了似的突然散了，小镇一下子成了空镇。他站起身，在空镇上游荡到将近九点，实在没什么可游荡的了，决定就近找地方过夜。他找到一家旅店，女店员说可以把她们的休息室空出来让他住一晚，只象征性给几块钱就好。正文把钱给了她，然后跟着她穿过墙面半截白半截绿的走廊，来到休息室。

　　休息室里摆满了床，堆着各种各样的白色工作服、白色脸盆和白色床单，连门背后都挂得满满的，沉甸甸拉不动。女店员指指里面一张挂着蚊帐的床,正文点点头,刚把衣服脱掉,又一个年轻的女店员推门进来,看见他颇为意外,赶紧从门后抓件衣服就跑了出去。

走廊尽头不断传来打牌的争执声和斗酒的吼声。他看看门,门上没有插销,只是个碰锁。夜里,他听见门开了又关,几个女人接连不断地进来脱衣、换衣。他迷迷糊糊地睁开眼,借着月光,隔着蚊帐,朦朦胧胧看见她们在换衣间歇露出乳房、大腿。

第二天天蒙蒙亮,他就起床出了门。太阳在天际线下面,只隐隐显出一小片红晕。他搭车回到中心集市,又赶几个小时的路走回旗政府。刚到办公室,秘书长的秘书就来喊他下乡。

第二个星期的星期六,晚上六点多,正文吃过饭洗了手,正准备坐下译书,传达室李大爷来敲门,在屋外叫道:"小梁,北京有客人来了。"正文一阵诧异,忙拉开门,看见谭力力穿一身藏蓝色绒衣绒裤、背着个厚重的军绿色双肩背包站在门外。正文大吃一惊,随后下意识地一把将她拉进屋,问:"你怎么来了?"

"是找你的,没错吧?"李大爷问。

"没错,没错。"

"那我就回去值班了。"说完,他并不走,看着他们走进屋,仍伸头往里看。正文不住地谢他,轻轻把门掩上。

"你怎么来的?"他拉着谭力力走进里屋,取下她身上的包,推她坐在床沿。

"你怎么来的我就怎么来的。"她解下马尾辫根的尼龙绳,散开头发,红扑扑的脸蛋上干干的,凸显着几颗雀斑。左额头上不知什么时候蹭的一块黑,正文伸手帮她抹掉。"下了火车还好大一段路呢?走过来的?"

"哪能呢。"

"那怎么来的?"

"找车载过来的。"看正文还是一脸糊涂,又解释道,"叫电驴子送过来的。就是三轮,你不知道?站台外面排了一排。"

"你可真行。"正文倒了杯开水给她,她呼呼吹着,猛喝几口,然后从包里拿出把扇子使劲扇。

"昨天下班上的路?"正文看着她问。

"嗯。"她一副轻松的样子,"怎么,心疼我了?"

"是啊,不是十几二十里地。"

"那你还下来?"

"瞧你说的。来之前你告我一声多好,我好去接你。"

"没事儿,买票上车,到站下车,你不也这么来的?就是没想到一出北京,站就越来越小,也不报站,弄得我老怕错过。"谭力力挨床边坐下,摸摸床板,"这么硬啊?"

"还好。"

"没带床褥子来啊?"她又四下看看,"这屋里没暖气片吗?"

正文倒没注意。

"冬天不得冷死了。"

"等不到冬天我就回去了。"

"就是现在也够呛啊。你不是要待到十一月呢吗?外面就是菜田吧,种的是番茄?"

"你怎么知道?"

"我闻出来的。离这么近,屋里还不又湿又冷。"

正文突然想起来,问她:"你还没吃饭吧?"

"没呢。你呢?"

"我吃了,不过也跟没吃差不多。你是不是中午饭都没吃?"

"中午没觉得饿。"

"走,我带你上街去吃。听说有一家砂锅面还不错。"正文看看表,"快走,晚了就关门了。"

谭力力潦草地用毛巾浸水擦了把脸,从包里拿出雪花膏满脸涂上,跟着正文出了县政府大院。他们走过院门口的一段柏油路,往右拐,拐上一截宽敞的土路。那家小饭馆就在路口,门面很小,门口挑着小布幡,两只铁桶做成的炉子摆在门外,炉子上架着铁箅,上面坐着四五只砂锅。炉子旁边摆了两张矮桌和几把板凳,两三个当地人坐在那里闷头吃着。正文和谭力力刚坐下,一群硕大的苍蝇立刻涌来,落在他们面前的筷笼上,有几只甚至落到筷尖上轻轻跳动,谭力力忙挥手去赶。

砂锅端上来,两个人都愣了一下。锅子足有两张脸那么大,锅面滚着酱油卤花,油花下盖着肥厚的豆腐、粉条、巴掌大小的肉片、木耳,还有炖得烂熟没了形的圆白菜。面趴在最下面,是店家自己擀的,很劲道。他们还没动,苍蝇就先飞上去,落在锅沿。谭力力朝店家要了四瓣蒜,剥好,递给正文两瓣。"以后在外面吃,一定要吃几瓣蒜。"正文听她这么说,就要了二两白酒。"喝白酒也能消毒。"两人把酒分着喝了,没一会儿,谭力力把一锅面吃了个干净。

"饿坏了吧?"

"嗯，面不错。"

"这么容易就让你说不错，看来还是饿急了。"

"是啊，见了你一踏实就真觉得饿了。"

正文付了账，等着店家找钱给他时，问她："现在就回大院还是想在街上走走？"

"在街上走走吧，空气这么好。"

街灯隔很远才有一盏，街面很暗，人寥寥无几，零星的几家打着幡的餐馆亮着豆黄的光。谭力力用力呼了几口气，又往上伸伸胳膊，然后拉起正文在街上迈开大步。卡车从他们身边呼啸而过，扬起厚厚的土，她咯咯笑着停下来用手护着头发。走出两条街，路过一间台球室，里面烟雾弥漫，挤满了人。几个留半长头发的男人站在门口，直勾勾地盯着谭力力看，等他们走出几米远，在后面吹了声嘹亮的口哨。"瞧这点出息，见个女的高兴成这样。"谭力力拽着正文闷闷地笑。"不是见个女的，是见个像你这样的女的。"

前面隐隐约约传来热闹的"乒乓乒乓"的响声，他们寻声拐过街角，不多远就看见几家录像厅，门口都放着带两个喇叭的黑色音箱。一节矮台阶前站着个姑娘，见他们过来便一把将他们拽住，"看录像吗？五毛钱一场，两个人九毛。保证你们喜欢，爱情片，最伟大的爱情。"

谭力力挑挑眉毛："哦，最伟大的爱情？"

"对，比琼瑶的爱情还伟大。"

谭力力来了兴趣："那是什么电影？"

"进来啊。"姑娘转到后面推他们，"进去一看你不就知道了。"

录像厅不大，里面几个人零星地散坐在边边角角。哪是什么爱情，不过是部香港武打片，尖锐的碰撞声震得楼板微微颤抖。银幕上哧哧拉拉，像划了无数道的细口子刚刚结了痂。他们在靠门的地方坐下，谭力力先还盯着银幕，随后大概是闻到了什么，站起身，嗅着鼻子，前后左右张望一遍，然后坐下，拽拽正文的胳膊，沉默着。过一会儿，她捂着嘴巴笑了一下，又笑一下，最后忍不住"咯咯"笑出了声。正文扭头看她，问她还看不看，她只笑不说话，正文便拉着她出了电影院。

出了门，谭力力笑得蹲在了地上，一会儿，严肃起来，直起身说："真是挺伟大的，不该笑他们。"

"怎么就伟大了？"

"那几对那么活生生的，当然很伟大，反正比琼瑶伟大。"

"回去吧？"正文问她，"太晚了，院门要关了。"

她点点头。

走到县政府大院门口，见到李大爷正在传达室前面的空地上散步，正文跟他打着招呼。李大爷斜睨着谭力力，问正文是不是他的女朋友。正文说是。

"晚上住这里吧？"

正文"哎"了一声。

"要不要到招待所开个房间给她？"

"不用麻烦了，她明天就走。"说完，正文立刻意识到什么，转过头对李大爷说，"您放心吧，我们快结婚了。"

"那就好，那就好。"

进了大门以后，谭力力俯下身看着正文的眼睛。

"怎么？"

"真对不起，以后别的女孩子不能来看你了吧？"

"除了你这个傻丫头，谁还会跑这么大老远上这儿来。"

院里十分安静，星斗漫天，把石板地照得发白。他们进了屋，正文返身去院里水龙头接了盆凉水，回来兑上开水，让谭力力洗漱。力力用毛巾先给正文擦了擦脸，然后自己洗了脚，坐在正文的单人床边。正文把水倒在门口，进来关上门。谭力力刚要脱外衣，窗户外"哗啦"一声响，像是有人踩翻了凳子，摔了下去，随即又脚步匆匆地逃走。正文站在门口等了一下才拉开门探头出去看看，进来后再把门关严。"这院子里住着几个外地分来的小伙子，都还没结婚，多半是从李大爷那里听说了消息。"

"在外面偷看啊？"力力抬头看看窗户，"你也不挂个窗帘？"

"我一个人，没什么必要。"正文脱了外衣，看着已经躺在床上的谭力力，"跟你睡一块儿，行么？"

谭力力瞧着他："你说呢？你还有什么别的选择？"

正文笑笑，关了灯，脱下外衣，穿着裤衩挨着谭力力躺下。床板很窄，不够两个人平躺，正文便头朝外侧着身子。谭力力把被子往他身上盖盖，然后将只穿着背心、短裤的身体靠过来，正文的后背很快感觉到她呼出的热气。她光滑的肌肤很温润，贴在他的腰后的小肚皮却有些凉。"冷么？"正文问。

"有点。"

他翻过身，她也翻过去，他从后面伸手捂着她的肚皮。屋里、院子都很安静，外面番茄地里飘过一阵甜丝丝的土香。就那么躺了好一会儿，他才问："你怎么样？和保密青年还好吧？"

"嗯。"她点点头，"他那天提结婚的事儿了。"

"是吗？你答应了？"

"没有呢。让他先从那个单位调出来吧，等他调出来再说。"

"你到这儿来，他知道么？"

"不知道，我没告诉他。"

"他知道了会不会说你？"

"那就不让他知道呗。"谭力力轻轻握了一下他的手，"瞧你，好像我们真在偷情似的，我还没嫁给他呢。当然，这样也不符合我的原则，可是情况特殊，下不为例吧。"

正文没有说什么。"工作怎么样，助理当得还顺利？"

"还不错。"

"老板呢，对你还好？"

"也还不错。就是他自己最近身体不太好，饭店来得很少，都是每天打个电话问问情况。听说他老婆快从新加坡过来替他了。唉，"她轻轻叹口气，"我现在都有点害怕了，是不是我有什么问题啊，好像走到哪儿就给哪儿带来不幸。"

"又瞎想了，他生病跟你有什么关系？"

"我也不知道。他以前好好的，还是游泳健将呢，据说壮得跟海狮似的。可我过去没多久他就开始病，而且是一种很怪的病。"

"什么怪病？"

"好像是免疫系统出了什么问题，腿疼，疼得夜里直叫。"

"那是什么病？"稍一停顿，正文又说，"管他呢，什么病，都跟你没关系。"

"你呢？在这儿过得怎么样？"

"其他都还可以,就是吃得差,尤其是晚饭。食堂的油水太少了,我一顿吃四个馒头,也盯不了几个小时,下午两三点和晚上八九点最难熬,饿得两腿发软。"

"你看,"她支着胳膊抬起身子,"这个时候就知道会做饭的好处了吧?我要是你,就带着锅来了。"

"锅也不够,我得带着你来才行。"正文用手捋捋她的发梢。

"那我把饭店的事儿辞了吧,把那个房子也退了,到这儿来给你当烧火丫鬟。你也不用多给,给点车钱就行。"

"那保密青年不得跟我拼命?"

"不管他,不是你在先么。"

"睡吧。"正文拉她躺下,"一夜没睡,这会儿还不困?"

"你想睡么?"

"你呢?"

"想,你搂着我。"她转过身去,仍旧攥着正文的一只手,把它拿上来,放到她的胸上,又把自己的手放在上面。

"好像大了。"

"那你离我的心就更远了。"

正文用力握握,再轻轻摁摁:"这不就近了。"

谭力力笑了,使劲攥着他的手。这样搂了一会儿,正文抬起身,把她扳过来,翻身到她上面。他看着她的眼睛。她的眼睛像两弯细月,幽亮温美,甜丝丝地笑着。他心里一热,俯下身在她眼皮上吮了两下,像吮奶油糖,然后看着她,慢慢撩起她的背心,用两手捧住她两颗圆满的乳房。他又看她一眼,轻轻叹口气,把头埋下去,埋在中间,而后用手指轻轻捏住她两粒精微的乳头。

谭力力"哦"了一声。

院子里静得出奇,像是有颗星星掉下来,在地上"扑哧"响了一声。她搂紧他的脑袋,摸着他的头发、耳朵,在他吻着她脖颈的时候,她分开两腿,往下推他。正文一点一点往下移,她的小腹平滑,肚脐像颗白玉幼芽,细窄的胯骨掩在圆润的腰下,茂密的毛发在月光下晶晶发亮。他搂住她的大腿,朝中间吻去。她一下子挺直了身体,接着发出一声深深的叹息。

"正文。"她叫道。

"嗯?"

她没有回答,只用力要把他拉进来。正文犹豫了一下:"就这样进去可以么?"她想了想,说:"过了二十天了,应该可以。"正文又吻了吻她的眼睛,然后一边搂着她,一边慢慢把自己推进去。

她的里面湿润,温暖,像鱼的嘴巴,柔软地张合,在他进到很深的地方时紧紧咬住他。他们都仿佛被什么触到,猛烈地动,然后她像是突然停止了呼吸,也没有了喘息,只有十个手指紧紧抓在正文的背上。正文被她的沉默弄得有些紧张,她里面的温热和紧致又强烈地刺激着他,他努力控制自己的身体,可还是渐渐失去了节奏。他想慢,没有慢下来,想快,却一点点乱了章法。几下之后,虽然知道她还没跟上,他还是不能控制地冲了出去。

"哦,别——"她的反应是如此强烈,让正文吃了一惊。他想解释什么,却感觉她的两只手已经移到他的腰下,好像怕他就那么逃掉似的,使劲抓着他,用力往里推他。

正文没有动,也不能动,只把脑袋埋在她的肩窝里。她的身体拼命抖,像匹小马在他身下一窜一窜,像是要跳出去。过了大约两分钟,他终于听见她长长地叹口气,然后平静下来。

正文下床取过手纸,撕下一团给她,自己坐着擦净。

她穿上内裤,躺下看他。看了一会儿,问他:"多久没做过了?"

"有些日子了。"

"以前也这样没出息过?"

正文侧过头:"从来没有,就跟你。"

"真的?"她表情严肃起来。

"瞧你,说着玩儿的。"

她在他腰上轻轻打一下,翻身躺妥。

正文站起身,把纸扔进桌旁的纸篓里。谭力力掀开被,他忙钻进去。他伸出一条胳膊,她的头枕上来,一只手仍搂着他的腰。一会儿,她喃喃地问:"你给人种上过么?"

"什么?哦,"正文反应过来,"就我知道的还没有。"

"啊,你还有不知道的,打过野食?"

"不打野食能那么快成男人?我可能打的还是太少了。"

谭力力又在他腰上轻轻打一下,然后翻过身去说睡吧。他们又断断续续说了会儿话,正文开始迷糊起来。他做了个梦,梦见划船进了一片湖水,大概就是他听说的那个海子,四周都是野苇。他滑到水边时,在一片茂密的苇丛里看见几颗野鸭蛋,下了船想去掏,刚伸出手,突然看见苇子深处藏着十几只野鸭,都一动不动地看着他。正文一惊,脚下的水草打了滑,他伸着手拼命抓住两边的苇叶,这时,野鸭扑簌簌飞起来,黑压压一片从他头顶扑闪而去。他看着它们飞走,转过脸再去看那两颗蛋——已被捣碎了!好烈的性子,他嘀咕着,撩开苇子,固执地还要去掏那几颗碎蛋，突然看见更深处还立着一只野鸭，正用冰凌一样的目光盯着他。他激灵一下惊醒了，睁开眼，看见身边的谭力力，脸朝着他，瞪着一双温亮的丹凤眼正在看他。他定定神，把她搂过来，问："还没睡啊？"

"睡不着，外面太安静了。"

正文把她搂得更紧些，她的两粒乳慢慢顶上他的胸脯。

"也没带保险工具来，真给你种上了怎么办？"

"我骨盆小，这辈子都不一定能种上，你要有本事就种种看。"

正文就又翻身到她上面。她的里面仍然湿润温暖，仍然急切又小心翼翼地咬他。正文做得很慢也很有力，月光像蜡一般凝滑又沉滞，谭力力极力控制的喘息给了他强烈的鼓励。他把她搂得紧紧的，感觉着她的体温一点点升高，连床板都像被炭烧着了似的。他从她里面退出来，摸着她的脸，轻轻咬她的乳尖，捧起她窄小凹陷的骨盆好像捧着一瓣柔嫩还不成熟的荷。待她冷却一点，他再进去，不由自主地叫了她的名字。她听到自己的名字时哀哀地呻吟了一声，然后也叫他，叫得那么轻，断断续续。那么叫着，两个人都缠绵悱恻起来，原先七零八落的东西像是终于撞到了一起。正文的心也烫了，火烧火燎地疼了一下，于是他狠狠地团紧了她，用他那双又软又绵的手托抓着她精致小巧的脑袋，脸颊狠命地蹭着她的眉尖，然后像要泄掉一腔怨恨似的猛烈把自己释放了出去——接着，他感觉到手臂上湿了，谭力力流了泪。

他搂着她，等她平静。虽然听不见她的哭声，但臂上的那块湿却越来越凉。他抬头，用手抹去她脸上的泪痕，再俯下身搂紧她。那是他第一次见她流泪，却并不觉得惊慌，他没有问她为什么，好像知道她早晚应该哭一场，这样默默的倒让他有些难过。那么搂着待了片刻，她果然平静了，抒出口气，下地取过毛巾，擦干他身上的汗，挨在他身边躺下。

他靠坐在床头，拿出根烟，点着后转手放她嘴里。她一条胳膊搭在他腰上，使劲吸了一口，轻轻吐出来。然后拽过正文搭在床头的外衣给他披上，自己再躺下，把另一只胳膊也从他身下圈过来。

两个人都没说话，屋里屋外静悄悄，万籁寂然。下弦月就挂在窗棂的角上，让那个夜格外辽远也格外动人。过了好一会儿，她才叫他。"正文。"

"嗯？"

"回北京以后，你还会回这家报社么？"

"会。"

"会一直在报社做下去？"

"不知道。怎么？"

"觉得你可能回去就也要出国了。你们学外语的，能有几个在国内待住的。不学外语的，像我以前的男朋友，还不是能走就赶紧走了。你恐怕也不会待太久吧。"

"我还没想过这事儿。"

"为什么？"她仰起脸。

"在哪儿又能有多大区别呢。"

正文把烟再放她嘴里，她又吸了一口。"你呢？饭店的事是你喜欢的？"

"嗯，我挺喜欢的。"

"那你会在饭店做多久？一辈子？"

"一辈子？怎么会，饭店呢，像我这个位置，说到底，也是吃青春饭的。"

"你的青春还长着呢。"

"是嘛？"她犹豫着，"我怎么觉得好像就快到头了。不是悲观，"她眼睛望着窗外，"我是觉得应该有些打算。"

"什么打算？"

"打算——你别笑我，我打算开一家自己的饭店或是杂货店。"

"真的么？"

"嗯。当然不会太大，也不会那么豪华，舒舒服服就行。最近不知怎么搞的，老想小时候的事儿。记得我小时候最爱拽着我妈往合作社跑，合作社老停电，里面总黑灯瞎火的，冬天也得敞着门，正中间还支着个又高又大的黑铁炉子。也怪，那时候觉得冷得要死，这会儿想着，却觉得特别暖和。"

"你小时候的事儿你都记得很清楚吗？"

"嗯。"

正文想再问问她母亲去世的事，又不愿她难受，转而说："想开就开吧，正好，把扁豆雇去给你当管家。"

"他怎么会看得上我？"

"看得上，他很佩服你，而且他的理想就是给人当管家。"正文想了想，"开一家饭店需要很多钱吧？"

"那当然。"

"你开始攒了？"

"傻瓜，那得攒到什么时候啊。我们老板开那么大个饭店，也不是用自己兜里的钱。唉，不想了，想想也挺遥远的，不知道我能不能坚持到那个时候……"她抬头看看正文，"要是我能坚持到，你来不来帮我？"

"当然。"

"怎么帮？"

"别的恐怕也帮不上，你什么时候需要人陪，我就陪你。"

"真的嘛？即使你以后有了女朋友？"

正文点点头。

"即使结了婚？"

正文再点点头。

"那我就放心了。"谭力力松开搂着他的手，看不出她是不是真的放了心。沉默片刻，她问他："你呢，你以后有什么打算？"

"我，没你那么勇敢，就当个翻译吧，这辈子争取译五本喜欢的书。"

"哪五本？"

"一本考古的，一本历史的，一部侦探小说，一本童话，最后译一部传记。"

"译书很难吧？"

"看跟什么比了，跟你开饭店比就太容易了，跟写书比，简直就是偷懒了。"

"那你给我译一本吧，译一本跟饭店有关的。"

"跟饭店有关的，我还真不知道，倒是有一本跟咖啡馆有点关系的。"

"哦，叫什么？"她仰起脸来看他。

"《伤心咖啡馆之歌》。"

"又是伤心啊？算了，我还是等着看你译的童话好了。"她掐了他手上的烟，"睡吧，睡个踏实觉。"她拉正文躺下，又把被子往上拽拽，盖住正文的肩头，自己也缓缓背过身去，贴着他睡下。

那一夜，他们睡得很实，第二天，有人敲门也没有把他们吵醒。直到敲门的人去敲了窗户，正文才惊得坐起来，看看表，十点不到，连忙穿衣下地，是司机站在门外。"秘书长让我来接你，下面乡里来了外宾，请你去翻译。"正文回屋匆匆洗把脸，站在床边穿鞋时，谭力力费力地睁开眼。他看看她，跟她说："没关系，你就在这儿睡吧，我尽快回来。"谭力力点点头，正文跟着司机走了。

到乡里时已是中午，他陪着秘书长和外宾——其实是两个港商——先去吃饭，一顿酒喝了将近两个小时，之后又跟着他们去木器厂参观。回到旗政府大院时，星星已经亮起来。

他的房门锁着。他掏出钥匙开了门，走进屋，立刻感觉到一些变化。他的里外两间屋都挂上了窗帘，蓝白条图案的泡泡纱棉布用简易的挂钩挂在拉直的铁丝上。他把衣服脱到床上，看见床板厚了，用手摸摸，知道多了一层褥子。他掀开床单，看见新添的褥子跟他在学校上体操课的那种帆布垫子很像，他摇摇头——这么重的东西。

他又走到外间，发现靠窗根的地上放着一只带蒸屉的电饭锅，摸着还有余温。他打开盖，看见里面放着一小碗蒸肉，也仍有几分热，他拎出一块放在嘴里。

锅的旁边是装锅的包装纸盒，盒子里面放着四五个瓶子和七八个小塑料袋，酱油、醋、调味料，旁边的矮柜上放着一只案板和一把菜刀。

正文回到里间，在写字台上找到谭力力留下的一封信。

正文：

我要去赶十一点的车，所以不能等你回来了。

肉你如果爱吃，以后可以自己学着做。很简单，也不费时间，用五花肉或排骨粒都可以。我去菜市场看了，都是现杀现卖，很新鲜，你要是懒，可以让人家把肉或排骨切成小块，拿回来洗洗，把水控干，然后用以下调料腌上：

酱油（能拌匀肉就可以）

料酒（少许）

姜

一整头蒜（剥好的蒜粒切半）

花椒（一小把）

糖

五香粉（少许）

不复杂，做一次你肯定就能会。先腌几个小时，然后上锅蒸。电饭锅很方便，不用你老看着，一个小时以后尝尝，如果烂了就可以拔掉电源。有肉吃你就不那么容易饿了。

我也买了一些花生和豆子，放你矮桌的抽屉里了，你自己可以经常熬粥喝。酒少喝，尤其是下乡的时候。甭瞎逞能，你喝不过当地人的。

别担心，褥子我是找人帮我搬回来的。

好吧，我不一定还有机会来了。要是回北京，就给我打电话。保密青年是个好人,我们出去喝喝酒,他不会反对的。我这不算欺负他,对吧?谁让我们认识在他之前呢。多保重。

力力

这是谭力力最后留给正文的话。

四个月后,1987年7月20日,准确说,是7月21日凌晨,正文在乌旗接到谭力力的死讯。

那天,从早上起他就感觉奇怪,电话好像比平日都多,找他的人从乡下到北京一个接一个,其中有北京的报社,他母亲,还有冯四一。母亲没什么大事,只是想听听他的声音。四一上来就埋怨他下基层为什么不告诉她,害她到处找。接着解释说,她有套电影资料馆的票,想问正文要不要。正文问她什么电影。她说:"瑞典电影回顾展,下星期一开始。能回来么?要是回来,我就给你留着。"

正文很想回去,可最后还是说算了。

吃过晚饭他照旧洗了手趴在写字台前译书,到夜里两点还没困意。窗户开着,屋里不是很热,外面菜田换了品种,大青叶子又苦又香。土路上偶尔有自行车骑过,屋前屋后的草丛里偶尔传出"窸窸窣窣"的响声,估计是各种小动物在兴奋地悄悄窜动。

突然,一阵尖利的电话声划破了宁静。他激灵一下,然后飞快抓起听筒。总机接线员小姐说"北京长途",他的心便"噗噗"剧跳,接线员刚把电话转过来,听筒里便立刻传出一个他不太熟悉的声音。

"对不起,对不起!"那人大声地说,"你那里几点了?是不是很晚了?对不起啊,实在对不起,我两天没睡觉,都没看表,不知道几点了。"他停了停,说:"力力死了。"

正文问他:"哪个力力?"

"谭力力,你认识她对吧?你以前给她打过电话。"

正文像是一下子没有明白他的意思:"死了?"

"对,前天死的。真的,我没骗你,后天我们都去医院送她。你能回来一下么?回来吧,她肯定希望你回来。她还给你留了点东西。回来,一定回来啊。"随后他把医院的地址和确切的时间告诉了他,让他拿笔记下,便挂了电话。

正文到外间用冷水洗了把脸,然后又坐回到写字台前。他恍恍惚惚地翻开《世界考古九大发现》,翻到他刚才正在译的那一页,又译了两句,然后发现他的手抖起来。他坐到床上,感觉冷,把被子围在身上。屋外的月亮很高,直直地从天上照下,映得窗前一片雪白。虽然是七月,可是他浑身抖个不停。

谭力力死了,怎么会死了?他为什么没有问是怎么死的?他没有问,好像他心里已经知道为什么,可是那会儿他却完全糊涂起来。

海淀医院太平间的门开在医院的后院。他赶到那里时,已是第三天上午。屋内站着不少人,他扫了一眼,发现大多是男人,没有他认识的。屋内很静,人们说话的声音很低。屋里没有任何文字的东西表示这个场合和谭力力有什么关系,也没有花或花圈之类的东西显示这个地方和死亡有什么关联。正文正在犹豫是不是走错了地方，忽然看见屋子尽头坐着的一对中年人，那男人那双往上吊着的眼睛让他知道没错。再往里看，他看见了保密青年，头发又长了一些，几乎快披到肩上，站在几个人中间小声地说着什么。保密青年转脸的时候也看见了正文，走上来跟他握握手："你应该是梁——"正文报了自己的名字。他点点头："是我给你打的电话。"正文也点点头。保密青年的脸肿着，眼睛里爬满细细的血丝，眼眶瞠得很大，像是几个月没有阖过。

"去看看力力吧。"他带他往隔壁走去。

推开门，正文立刻感觉到一股冷气扑面而来，一面墙的大抽屉立在对面。保密青年推了他一下，他这才看见门口停着一张带轮子的铁床，孤零零地像是被丢在了那里。

他走过去，看见了她。她的脸上化着浓妆，平静地躺在上面，好像一个人待在后台候着场。她的头发仍是从中间分开，顺顺地梳下来，紧贴在耳朵后面编成两条辫子，甩到胸前。她的眼睛紧闭着，又细又长的眼裂往眼角吊上去，用黑笔勾着眼缝。她的脸蛋上又涂了两团胭脂，很大的两团，几乎盖住了她的整个颧骨。嘴角往上抿着，两瓣轮廓分明的嘴唇上涂着橙红色唇膏，像在笑，无声无息的，很妩媚。她穿了件玫瑰粉色薄缎子面立领长袖罩衣，面料上有菱花图案的暗纹，扣着一溜儿翠绿色盘扣。她看上去又像那幅年画了，好像比正文第一次在外交公寓见她的样子还要生动，还要喜庆。

正文不禁伸出手去摸她的脸，却立刻又缩了回来——他没有想到她的脸那么冰冷，看着那么有弹性实际却已完全僵硬。他又仔细地端详了她一眼，然后再伸出双手，轻轻捧住她的脸颊。让她老是那么笑着，他有点心疼。

"是她自己要这样化的。"保密青年站在他身边说。

正文"哦"了一声。

"她自己割了大腿动脉的血管。"

正文又"哦"了一声。

"你想跟她单独待一会儿么？"他问正文，"没关系，你愿意待就待一会儿，来的很多人都说要单独跟她待一会儿。"

"你不马上把她推出去？"

"不推了，谁想进来看就来看看。她自己这么说的。她不喜欢把她放中间，让大家围着她看。她觉得那样不吉利。唉，死都死了，还管什么吉利不吉利。你知道，人要死的时候，都会提一些奇怪的要求，最后一次了么，还不是怎么怪怎么来。"他刚要走出去，又转身问正文，"你不急着回去吧？要是不急，晚上我们一起吃顿饭，我有东西要给你。"

"我只请了一天的假，晚上的火车。"

"你也这么忙啊？"他好像很失望，"那你先跟我出来，我把东西给你，省得一会儿一乱我忘了。"

正文又看了一眼谭力力，然后跟着他走了出去。

回到乌旗时，已是第二天晚上。他几乎三天没吃任何东西，却并没觉得饿。他提着暖瓶去热水房，到了那里，才意识到门已上了锁。他从屋里取出电饭锅接了半锅冷水，通上电，屋里很快冒出蒸气。他煮了一把细面条，扔进去一根葱，两片姜，卧了一个鸡蛋。面太烫，他放在桌上晾着。扭头看见谭力力留给他的那包东西，他慢慢打开来。是照片，最上面的一张是微微侧着脸在笑的王心刚。他的眼泪流了下来。他翻了一遍,原来挂在她建国门家里和她后来自己租的那套公寓里的所有照片,几乎都在这里了。他翻看着那些男人的脸,那些男人的手,猜想着谭力力临死之前把这些照片留给他的用意。他想了很久,没有想出来。想起保密青年的话,人死的时候,都会提一些很奇怪的要求。谭力力奇怪的要求里至少有一条跟他有关,他好像多少得了些安慰。如果是他,他大概也会提一些他活着的时候不敢或不能提的要求。为什么不呢,这是一个人对自己曾经活过的最后一次证明了。

两天后,他又去旗政府请假,说是家里人病了,要回去照顾几天。正在摆弄蝴蝶标本的秘书长立刻准了他的假。之后他再往北京的报社挂了长途。那几天北京持续高温,编辑部大部分人没来上班,只有一个值班编辑,跟他说,你走你的,等主任上班以后我告诉他。第二天,他收拾好帆布包,走到火车站。站在售票窗口前排队时,他看了看上方的列车时刻表。那么多班次,那么多陌生和熟悉的目的地,可是他能选什么呢?他真想闭着眼睛随便选一个他从来没去过的地方,可是睁开眼后,他还是选了北京,夜里最晚的一趟车。他在镇上游荡了几个小时,感到饿时便拐到大棚集市想买个馍。刚进去,就被门口一个卖蒜的摊贩拉住。他低头看了一眼他的蒜,有些惊异。不是蒜头,而是蒜瓣编成了坨,像一团厚实的蒲团。正文掏出两块钱买了一坨,扛在肩头登上了火车。

清晨到的北京,他没有马上回家,想起冯四一说起的电影展,便径直去了小西天。电影资料馆那时隐在小西天一条不起眼的小马路里,没有任何标识,也不对外开放,只有在有电影展时它的

北京 1980

门前才会形成一种神秘而特殊的热闹。回顾展已经开始了一天，他花两倍的钱在门口买了一副套票。进去之前，他渴得慌，敲开一家小饭馆的门要了四五瓶啤酒，微微醉了才出来钻进电影院。上午两部，下午两部，晚上两部，他一直待在里面，中间只出来又喝了瓶啤酒。

电影散场已是深夜十二点，打扫卫生的要灭灯走了，正文才抱着蒜坨出了门。到马路上等来22路公共汽车，刚坐过新街口他便迷糊起来。车一路开过西四、西单、天安门、前门，入了总站再按原路折返，正文一直坐在上面，直到售票员在另一头总站北太平庄把他推醒，让他下车。末班车早已没了，他从北太平庄走到小西天，想想第二天还要接着看电影，就干脆在资料馆墙外找了个角落窝了几个小时。

第二天，天下起小雨，上午开场前，他远远看见冯四一和一个女孩儿从另外一条过道往前走去。两个人挽着手，冯四一抖着雨伞。他看着那个女孩十分眼熟，仔细辨认一下，认出是毛榛。她好像瘦了。她们连着看完上午两部才从座位上走开，不知道下午又回来没有。下午中间休息时他却又看见老柴的"天鹅"，苗条了很多，穿一条紧身连衣裙跟着一群长头发的男女青年，大摇大摆、嘻嘻哈哈地坐到前排。嚯，正文想着，全北京热爱艺术的人好像都聚到了这里。那两天，他一共看了十部片子，记得确切的有伯格曼的《野草莓》《冬日之光》《假面》，费里尼的《八部半》，安东尼奥尼的《蚀》。最后一部《芬尼和亚历山大》，他没有看完就跑了出来。再看下去他要吐了，而且他身上的味和蒜坨的味已经在他周围形成了强大的气场，有人刚在他旁边坐下便捂着鼻子逃走了。

他冒雨回了家。母亲看见他,惊讶地张大嘴,半天没有说出一句话。小猫已成大猫,立刻扑上来,咬住他的裤脚,被他拖着进了屋。母亲跟着他们从这屋转到那屋,看着他把蒜坨放进厨房,然后跟着他进到他的房间,看着他从衣柜里拿出两件干净衣服,她的眼睛里都是紧张。见他又要出门,她几乎瘫坐在地上。正文在门口站住,跟她说:"没事儿,我一会儿就回来。"

她问:"你这会儿要去哪儿?"

"去洗个澡。"

他骑车到三里河公共浴池,把自己泡在大池子里,泡了整整三个小时。从池子里出来的时候,他几乎失去了知觉。然后他给保密青年打了个电话,约他出来吃饭。

保密青年看着他,问道:"你什么时候又回来的?这几天忙什么呢,又黑又瘦的?"

正文没有说话。

"想问什么你就问吧,我知道的我都告诉你。但你千万别问我为什么,就这个我没法儿回答你。"

"到底怎么死的?"

"我没跟你说吗?都不记得跟谁说过,跟谁没说过了。割动脉。"

"你发现的?"

"对。我往她那儿打电话,老没人接,我往她办公室打,也没人,我想她可能出差了。那阵子她说过她老板病了,好像没多少日子了,我想会不会他们在路上出了什么事,第二天就往她们饭店人事部打了个电话。人事部的说没出差,但也没来上班。我开始觉得不对,就赶紧赶到她那儿。敲门没人开,里面也没动静。但我直觉她是在家里,因为隔着门缝看,屋里好像一点光亮都没有,她一定没拉开窗帘。我就到院门口修车铺借了几件工具,把她的锁撬了。进去一看,血早渗到床板下面去了。她想得很周到,在床下面还放了个大盆。要不,那血还不得把楼下的屋顶沤出个大窟窿。她睁着眼睛,盖了条毛巾被。割的是左腿动脉,从毛巾被上面一点也看不出来,血都往下流的。"

"公安局鉴定过了?"

"当然。她自己把衣服都准备好了,衣服还熨过,平摊在她身边。衣服旁边留了个包,里面是些化妆品。衣服胸口的地方留了张条子,说她最后见大家之前,让用化妆包里的胭脂给她画画脸,再用口红把她的嘴唇涂涂。然后就是一个纸包,放在她枕头边上,上面写着你的名字。

"其他就什么都没交代了。我别说了,连她父母她也没留什么话。他们为这个挺难过。我劝他们,甭想那么多,也别想不开。人死之前,想法都比较片面,也很容易极端。不过,她有东西留给你,我还是有点意外。我也没打开看,不知她留的是什么。"

"是照片。"

"她以前挂墙上的?"

"应该是吧。"

"你看多奇怪,你要那些照片干什么?都是男的,对不对?"

正文点点头。

"其实她以前挂卧室里我就不赞成,那么黑压压的一片手,晚上睡觉不 得慌吗?她后来听我的,挪到门外边去了。还有她那个储藏室,我也觉得瘆得慌,老觉得像有人在里面上过吊,跟她说了好几遍让她换换颜色,她答应说换,可到底也没来得及换,谁知道呢,也许她根本就不想换。除此之外,她还算正常吧。"

"之前她一点也没流露过什么吗?"

保密青年摇摇头:"一点没有。要说她老板生病对她有影响,也不应该啊,除非她暗地里爱他,否则他病跟她有什么关系?后来我就不再折磨自己了,人死都死了,还折磨活着的人干什么。活着不比死难,你说是不是?"

正文端着酒杯看着眼前这个话多且快、貌似轻松的人,突然想到,谭力力和这个人在一起时会什么样?会不会与跟他在一起时完全不同?他沉默片刻,呼出口气,说:"恐怕还是死更难一点。"半晌,他突然想起,又问:"她那儿那两条小鱼呢?"

"哦,对了,那两条鱼!我还胡思乱想,难说她是不是因为那两条鱼死了才下定决心呢。"

跟保密青年分手以后,正文骑车上了长安街,一口气骑到建国门。社科院大楼后面的小胡同拓宽了,坐在外面乘凉的人多了不少。路两边新开了几家小店,发廊、卖饺子和兰州牛肉面的。一阵阵洗发香波的气味混合着"哗哗"的水声从一排房子的后窗里飘出来。他顺着胡同骑下去,想找那扇紧闭的木门。骑到底也没发现,又骑回来,这才发现那扇木门四敞大开着,里面已模样大变。小楼左右搭满了简易的平房,石子甬道和葡萄架都没有了,带旋涡状浮雕的白色落地窗和那截红木地板也都不见了。看见的,是一个小女孩儿正面朝着他蹲在地上撒尿。

回到家,已是半夜两点,他看见父母房里仍然亮着灯。等他从洗手间洗漱出来,那间屋才终于黑下来。

北京
1980

19.

半个月后，正文又回到乌旗。他推门进屋，看见窗户上挂着谭力力给他做的蓝白条窗帘，地上放着她给他买的电饭锅，坐在床上，床单下铺着谭力力让人帮着抬回来的褥子，他觉得自己一分钟也不能待在那间屋里，却又不能离开那里片刻。除了必须陪秘书长下乡办事，完成报社交给他的基本工作，其他时间他都把自己关在里面，偶尔出来吃点东西，觉也几乎不睡，一整夜一整夜地坐在窗前的桌子上翻译那本考古的书。夜深人静的时候，他很多次恍惚觉得他已经变成沉睡在印度海底的那条木船，埋在黄河古河道地下几千年的那颗像乌煤一样的玉石，而且永远没有被世人发现，永远没有被拿到太阳底下。

十一月很快到了，那天夜里，他把最后一页稿纸轻轻与那沓已经快摞成方垛的稿纸合到一起后，拧灭了台灯，坐在寒夜的窗前，望着阴云密布的低空，呼出又长又重的一口气，没等天亮他便出了门。

乌梁素海的水不小，可因为下雪船都封了。他一个人在上坝上蹲了大半个时辰，想找条私船。天微微亮时，一个穿着黑胶捕鱼装的老人才慢慢走过来，问他："这个时候到湖上去干什么？什么都没有，连个野鸭子都瞧不见。"正文没动，仍然蹲在那儿。雪一直不停地下，太阳到下午才透过云层露出一点点黄的影子，老人又过来跟他说："快回北京去吧，一个人在这里瞧什么。"他指指前面马路上的一片平房，问："饿了吧？那边有我侄子开的包子铺，就说我说的，让他给你蒸一屉包子。"

正文无奈，悻悻地离开了土坝。马路尽头果然升起了袅袅白烟，一扇门的梁上也果然挂着面小红幡。他撩开门帘进去，里面一男一女两个人正抓着脸盆里的毛巾狠劲地互相扔着，看见正文，他做个停战的手势。"别闹了，有客来了。"又对正文说，"现在还没法做饭，火才刚生上。"正文扭头要走，姑娘叫住他，说："有昨天蒸的包子，我们自己吃的。你要不介意，我这就给你热热去。"

等着的时候，又进来两个黑衣、黑鞋、高颧骨黑脸膛的男人，进来就嚷嚷着要火。小伙子笑着从炉膛里取了火苗给他们把烟点上。正文这才想起自己已有差不多三个月一根烟没抽了。他下意识地掏掏兜，什么也没掏出来。姑娘从小伙子裤兜里摸出烟盒，数了数，都给了正文。两个黑衣人抽着烟，偶尔看一眼正文。过一会儿，一个黑衣人从腰间取出一个黑色纸包，打开，露出一小块黑胶一样的东西，他揪下一小块，填进烟袋口，猛吸两下，递给他的同伴。同伴抽完，又看看正文，问他："尝一口？"

正文接过来，用力吸，一阵甜丝丝的香味立刻弥漫出来，他不由得用力又吸一口。

"从哪里来？"黑衣人问他。

"北京。"

"失恋了吧？"黑衣人问，"要么就是家里出了什么事？"

正文说:"都不是。"

"甭管是什么,抽了这个就都没事儿了。闻这味儿,多香,就一阵,飘出去就没了。"

"这是什么?"

"大麻油。"

"怪不得,"正文吃惊地看看他的烟袋口,"我说怎么没抽过这么香的烟。"

"那就多抽几口,回北京就抽不到了。"

姑娘说:"你别害他,以后他还想抽怎么办?"

"回来找我啊。"

"到哪儿找你去?"姑娘乜斜他一眼,"公安局都找不到你,他能找到你?"

黑衣人转过脸来,对正文说:"这儿常有北京来的,一个人来都是失恋了,两个人来就是来度蜜月的。"

正文咕哝似的"呵呵"两声。

"所以我说你是失恋了。"

"没关系,"姑娘端着包子放在桌上,"你这次一个人来,下次肯定就能两个人来。前年夏天,有个人也是从北京来的,到湖上待了整一天。我们都以为他不回来了,天傍黑了用汽船去海子里把他带回来的,他就在这屋里睡了一夜。去年夏天,他又回来了,那次是两个人。那个女的美得很,他也美得很,胖了不少,还给我们照相。"

"他有没有抽我这个?"黑衣人笑着问。

"人家才不抽呢。他吃了我蒸的包子。"她转过脸朝着正文,"你下次再来,我也给你蒸新鲜包子。"

正文刚一回到北京,就听说扁豆要去欧洲工商管理学院①上学,过了年便要去法国。他给他打电话,知道他已经从那家外企公司辞了职。过年前他们约在长安街后面一条叫真武庙的小街上吃羊蝎子。酒喝了大半夜,两个人却都还很清醒。
"你下面什么打算啊?"扁豆问他。
"可能也回学校吧。"
"要不也出去吧?你去美国,我过两年从枫丹白露到美国跟你会合?"
"我不大想走。"
"你留在这儿又能怎么样呢?"
"不怎么样,就是不大想走。"
"走吧,这么多人都走了,一定有走的道理。"扁豆看着他。
正文笑了:"那你先过去,弄好个大房子,我再去。"
"那还不容易?我读完 INSEAD,还不是想上哪家公司就上哪家公司?我就去个建筑公司,自己盖房子。怎么样,给你盖一座带烟囱的大房子总行了吧?"
"十九世纪的?"
"对,十九世纪的。"
"就咱们俩住?"
"咱们俩有什么意思。我找一个,你也找一个。我找个我明白的,你呢,得找个明白你的。"

---

① INSEAD,位于巴黎郊区枫丹白露。

北京 1980

"为什么?"

"我大概知道我要什么,而你呢,可能一直都不太知道你要什么。"

扁豆走那天,是元旦过后的第三天。那天午后突然狂风大作,他们都以为飞机无法起飞,结果耽搁了七个小时最后还是飞了。从机场坐巴士回来已是深夜,正文靠窗睡了过去。醒来时,车正好开过马甸路口。猛然间,看见车下有个骑车的人影,紧抿着嘴在便道上逆风疾行。正文惊了一下,立刻挺直身体,那人很快被闪到车后,他扭着头看,觉得很像毛榛。半长的短发被风吹得东飞西舞,身上穿一件厚实的深色棉袄,弓着身子几乎是趴在车把上吃力地一步一步向前蹬着,接着,猛地朝北拐进一条黑黢黢的胡同。正文扭着脑袋又看了一会儿才转回身,凑着车外的月光抬起手腕,表上的指针正指在深夜两点半。

转眼到了春末,他从K新闻学院研究生院考完试出来,坐地铁回办公室上班。车开到朝阳门,不知何故停了很久,风扇"呜、呜"在头顶飞转。他心烦意乱,想出去换口气,猛然看见一个女人从另一个车门闪下去。他觉得是毛榛,便下意识地追出去。追到楼梯口,赶到她前面,回头再看,却发现不是。

那整个下午,他都没多大心思工作,稿子只翻了几页就翻不动了。一直琢磨着要不要给冯四一打个电话,没想到,临下班前,他拿着包刚要走出办公室,她的电话竟到了。

"这么巧,我今天一天都在想给你打电话呢。"

"是吗,我不信,那怎么没打?"

他们寒暄了好一阵,问了各自的情况。四一也刚刚嫁了人,丈夫在英领馆文化处工作。"见过,是不是看画展的那个?"她又像正文第一次在老莫问她为什么叫"四一"那样咯咯笑起来,说他们很快要去南非了。"去南非干什么?"

"咳,他被派那儿去了。"

正文恭喜过她,沉吟了一下,问:"毛榛,最近好么?"

"她挺好的。她离开她丈夫了,你知道吧?"

"不知道。什么时候的事儿?"

"去年夏天。"冯四一急着说,"不过她真的挺好的,你不用担心。我以为你早就知道了呢。"

"那她又搬回她姥姥家了?"

"没有,借了个地方住。"

"一个人住?"

"是。"

正文想了一下,问她有没有地址。

地址好像就在她手边,她马上念给了他,又讲了她的电话号码,补充道:"她让你给她打电话。"

"有什么事儿?"

"想你了呗。"她逗趣了一句就严肃起来,"没事儿你就不能给她打个电话了?你这人就这个毛病。"她叹口气,"唉,这可能是我最后一次管你们的事儿了。不是我说你,你要不是老这么慎着,好多事可能就不是今天这样……行了,不跟你多说了,有空你就给她打个电话吧。"

那天晚上,他回到家,从柜橱的最里面翻出毛榛留在他那儿的那个布包,从里面又拿出那把铁榔头。铁头上的锈迹又厚了些,可分量却还是先前的分量。他比画着用圆的那头轻轻砸到床上，是个坑，又摸摸尖的那头，不知怎么，一下子想到要是就那么砸到太阳穴上会怎么样。真是无聊，他对自己摇了摇头，把铁榔头放回包里。现在的毛榛什么样了？她让自己打电话给她是有什么事儿，还是就像冯四一说的，没事儿就不能打一个吗？

那两个星期正轮到他值班发稿，每天都忙，下班也晚。要不是周末母亲给他洗衣服，从他裤兜里摸出那个号码，他几乎忘了还有这么件事。糟糕，过了这么久，她不会已经不住在那儿了吧。第二天下了班，他便骑上车，朝德胜门骑了过去。

那座简易的四层砖楼在德胜门外，埋在一片破旧的平房中间。楼道又窄又暗，每一层转弯处都堆着菜筐、纸箱，蒙着塑料布，上面落满了土灰。楼梯扶手下一条一条铁栏杆上挂满自行车，把本来就促狭的楼道挤得更为紧张。他走上三楼，站在中间的那个房门前，举手敲敲。

"谁啊？"毛榛在里面应道，"等一会儿。"

正文在外面等了足有两分钟，才听到她"突噜、突噜"的脚步声，随后"噗哧"一声，门后露出半张脸。

没有吃惊，好像知道他会来，只温温地看了他一眼，算是打了招呼。她的脸像是又瘦了些，额头上挂着水珠，逆光下，眼皮略略肿着，眼底浮着淡淡的黑晕。她扎着两只戴塑胶手套的手拉他进去，然后看着地上，让他先到屋里坐。地上有水，她脚上穿一双塑料雨鞋，正文问她怎么回事。

"问题不大，你先进去坐，我擦一下就过来。"

正文踮着脚跟他走进厨房，眼前的情景让他吃惊不小。厨房地上像个水塘，几根菜叶、葱和两三只茄子漂在里面，一只塑料簸箕浮在中间。门口堵着几块布，早被水浸透了像摊烂泥。墙壁上溅满水珠，房顶耷拉着一大块墙皮，眼看就要掉下来。

"水管爆了？"

毛榛哈哈笑笑。

"还笑。"

正文看见水池上方的水管包着好几层毛巾，可水仍顺着管子汩汩往下流。他蹬住煤气灶站到水池上，管毛榛要钳子和扳手。毛榛摇摇头，说没有。他憋口气，使劲将闸手往右扳几下，又扳几下，感觉再也扳不动时，把毛巾拆下来。水管上果然有一处细长裂口，缓缓地还在往外渗水。他再紧紧闸手，然后跳下来，从毛榛手里拿过簸箕，操起笤帚，快速地把积水扫进簸箕，再快速地倒进水池。毛榛从阳台上拿过拖把，正文接过来，从左至右拖一遍厨房，又翻过身，从右至左拖一遍过道。"干抹布总有吧？"他问她，毛榛马上跑进里屋又出来，手里拿着两件大背心给他。正文从上到下擦一遍墙，又踩到水池上，将房顶那块快要脱落的墙皮小心翼翼地揭下，扔进簸箕。

他做这些的时候，毛榛就靠在厨房门口看着他。他把地上的菜捡进水池，几只茄子尚无大碍，两根葱剥掉皮也还能吃，其他的，他转脸看看毛榛，毛榛没说什么，他团了团，扔进簸箕。

"茄子也不能再放了。"他说，"今天要不吃，明天就扔了吧。"

毛榛这才想起来问他："还没吃饭吧？"

正文说："还没，下了班直接过来的。"

"那我煮点面。"

"这样儿了能做饭吗?"

毛榛用干背心擦擦煤气罐的把手,拧开,又皱皱眉:"哟,忘了,煤气没了。"她关上扳手,"我请你出去吃吧。"

"瞧你这日子过的。"

毛榛不好意思地笑笑。

"在什么地方换煤气?"

"豁口那边。算了,甭换了——"她想说什么,又没说,"我们还是出去吃吧。"

正文拎拎罐,歪过头问毛榛:"多久没开过火了?真行,用到这分量还不去换。"说着,他脱下外衣,一把拎起煤气罐,甩到肩上。到楼下,把罐绑在车后座上,毛榛转到旁边挂着"德胜门外派出所"牌子的院子里,推出她那辆红色凤凰26,跟在正文身边。

"头发长了。"正文骑在车上看她一眼。

"是吧,好久没剪了。四一给你打的电话?"

正文应了一声:"她半个月前打的,我前一阵发稿没腾出空来。"

"哦,没关系。"

换回煤气,已是将近九点。正文把煤气接通,又想起没水。毛榛拎着两个暖瓶下了楼,回来时瓶口木塞上滋滋冒着热气。

"楼下派出所还供应开水?"

"不供应,我脸皮厚,老去他们锅炉房要。"她把热水倒进锅,做到火上。又就着水池,让正文拿着茄子和葱,用热水烫了烫。再烫烫案板。看着干净了,正文说:"我来吧。"他把茄子切成细长条,把葱切成葱花,又剥了几瓣蒜,切成蒜末,扭头让毛榛做上炒锅。油瓶几乎见了底,他把剩下的都倒了进去,待油烧热,把茄子用葱略略煸炒几下,扔进去蒜,煸出香味,兑入小半锅热水,然后关了小火焖着。等毛榛把面煮熟,他把面挑进炒锅,撒上盐。

毛榛仍是站在旁边看他,看他关了火,赶紧从柜门里拿出两个大碗,把面和汤盛进去,让正文端着,自己拿上筷子在前面带他走进大屋。

大屋里空荡荡的,只迎面摆放着两只简易沙发,沙发旁边堆着几只纸箱。她从沙发边挪过一只裂了角的茶几,正文把面放下。沙发的左边,靠墙的地上光秃秃地放着一只床垫,只铺了一层床单,靠床头放着被子和一只枕头。旁边有个很小的柜,柜上扣着个简易电话机。再看对面,也是几只纸箱,旁边是一张合成板的旧写字台。桌面上堆着几本书,边上是个歪歪斜斜的铁书架,零散地摆放着几本字典。

"你在这儿住多久了?"

"一年吧。"

"怎么看着还像刚搬来似的,箱子都没开。"

毛榛吃了两口面,说:"我们有两年没见了吧?"

"上次是我毕业以前,真是,还差一个月就两年了。"

她看看他,笑笑:"你那个漂亮的女朋友呢?"

正文放下碗,毛榛递给他纸巾,他擦着嘴说:"她走了。"

"走了,不在北京了?"

"嗯。"

"离开你了?"

"算吧。她想去一个更好的地方,就自己去了。"

"她很幸运啊，能这么做。谁都想去一个更好的地方，可不是每个人都做得到。"

吃过饭，毛榛收拾了碗筷，扔到锅里，说："明天水管修好了再洗吧。"正文站在厨房的门口看着她，突然想起来，问道："几个月前，你是不是半夜骑车去过马甸附近？"

她回过头："你看见我了？"

"看见一个人，觉得像你，可又觉得大半夜的，你应该不会一个人骑车出去，除非——"

"除非什么？"

"除非你去见什么人。"

"见什么人要大半夜去见？要见人，我就没那个胆量了。是去挣钱去了。"

"挣钱？"

"电视台有个节目要个英文翻译，可是他们只能租到夜里的录音室，所以——"她看看他，"想不想喝点酒？"

"你有酒？"

"有两瓶二锅头。"

"你自己买二锅头喝？"

"不是，上次我父亲来，我给他买了五瓶，还剩了两瓶。"

"你父亲？哪个父亲？"

"我还有哪个父亲？"

"你找到他了！"

"他来找的我。"

"那当然得喝一点！"

毛榛带着正文到厨房，她拉开抽屉，拿出个报纸包和一个碟子，倒出纸包里的花生米，交给正文。他看着她把报纸扔进纸篓，说："正武死以后，我收拾他东西，他抽屉里也有这么一包报纸包的花生米。"

"我知道。那包，还是他出事前一天我给他买的。"

正文端着花生，毛榛拎着酒和两只杯子走回大屋。她拍拍床边让正文坐，把茶几挪过来，自己也靠在墙头欠身坐下。

"这个酒杯是你送我的，记得吗？"

"记得。"正文用牙咬开瓶盖，给两个杯子倒满，"那次我们几个人去府右街看你，你也是用这个给我们倒的水。"

"是啊，你们走了以后，沈朋——就是我丈夫——还问我，我们有那么多喝水的杯子，为什么非要用这套喝酒的给你们倒水。"

"你没告诉他是我送的？"

"没有。"

"那次他很奇怪我们为什么去吧？"

"嗯，不过他那人特别别扭，我知道他很想问，可就是死活不问，搞得我很难受。"

"扁豆他们出来以后直骂我。"

"你那天怎么想起来去我那儿？"

"那天，喝多了。"他笑笑，"大概是你说结婚了，我一直都觉得不像真的，想去亲眼看看。"正文又看看杯子，"这是你离开他时带出来的？"

"是，除了我的书，我就带了这套杯子出来。"

正文把杯端起来，跟毛榛碰碰。

"喝吧，我们都多喝点，你今晚不走了吧？"她抬起眼睛问正文，那神态让正文猛地想起谭力力，可她问的那么自然，就好像问你不去上课了吧。

"你要说不让我走，我就不走。"

"那就别走了，我们可以多喝点，把这两瓶都喝光，然后——好好聊聊。"

"好啊，聊什么？"

"你想聊什么就聊什么，要是有问题呢，也可以问我。"

正文问："你——很需要钱么？"

"怎么？"

"干嘛接夜里的活儿，多危险啊……"

"是啊，那阵子比较需要。我那会儿一天打三份工，除了电视台，还给电台和另外一家报社做。"

"怎么那么需要钱？"

"想给姥姥把房子修一下。"

"她的房子怎么了？"

"倒也没怎么，就是有一年下雨窗户溂雨，屋顶有点霉了，老说想重新粉刷一遍，可老没做。"

"再需要钱也不能大半夜的一个人在外面跑啊。"

"没关系，习惯了就好了。"

"现在还干着呢？"

"不干了。那个节目是一期期地做，做完一期就可以歇一阵。"

正文"咕咚"喝下一大口酒，看看她。"离了婚，干吗不回你姥姥家住？"

"不想回去。从她那儿出来以后，我就没想过再回去。"

"为什么？她对你不好了？"

"没有不好，她对我还一样，是我觉得对不起她。我这几年做了好几件让她不高兴的事。那次打架——还有后来我结婚，她不同意，我是自己偷着从她抽屉里拿了户口本去登的记。她知道以后很难过。我后来离婚，她也不赞成。"

"那为什么？既然不同意你结婚，你离婚她应该高兴才是。"

"不是她喜欢那个人，是她觉得我太任性，她老说，你这样总有一天要狠狠地伤着自己。我心想，我都已经狠狠地伤过了，还有什么可怕的。"

毛榛又往他们的杯里倒满酒。"你要是累，就坐上来吧，像我这样靠墙上。"她说着，拿过那个枕头，看着正文往后靠去，垫在他背后。

"你真在这儿住了一年了？"

"是啊，怎么？"

"怎么看怎么不像。看着不是刚搬过来，就是马上要走。"

"是么——"毛榛瞟一眼四周。

"还有东西没搬过来？"

"本来就没什么东西，就些书，放姥姥那边了。"

"哦？这可不太像你，你不是什么都可以没有，也不能没书吗？"

毛榛没有说话，抓起一把花生米，合着掌心搓搓，轻轻一吹，花生皮落了一地。她笑笑，让正文张开嘴，一粒一粒共扔了六粒进去。

"能问问你么，当时为什么那么急着结婚？"

"当时啊,唉,我自己也不太明白,可能就是想快点离开姥姥。想了好多办法,可都不行,好像只剩了结婚这条路。"

"你的办法好像都是对不起自己的办法。"

"光对不起自己还好,我觉得挺对不起沈朋的。"

"他知道那些事?"

"不知道,我没跟他说,所以觉得对不起他。"

"有什么对不起的,说不说都是你的权利。"

"话是这么说,可是,我还是觉得——总之,他没瞒我什么,可我瞒了他不少。"

"也不能全怨你,有些人,大概你不放心说。"他看看她,"比如我——"

她笑了:"你现在知道——也许吧。所以我们就过了那么两年,我就跑出来了。"

"你好像老是在跑,这儿待不下去了,就往那儿跑。"

"是啊,就像后面老有人追似的。"她拿着酒杯,晃了晃,"不过,跑是跑,可我再也不会彻底离开了。而且,跑到这儿,"她看看屋里,"应该是底线了,再跑,恐怕只能去住平房了。我试过,平房我住不下去……我得有点热闹,热闹点我就知道还有好多让我牵挂的人和事。"

"都牵挂谁?"

"姥姥,舅婆,我妈,她不一定想我,可我还是挺惦记她的。也牵挂——你,你上次说分到那么个报社,我难受了好长时间。"

外面的天泛出奇异的紫灰色,天空上方堆起厚黑的云层。"明天大概又要下雨。"毛榛说着,下地走到窗户边,拉上窗帘。转身关上大灯，拧开桌上的台灯。灯罩在房顶上形成个巨大的阴影，她的脸正好在阴影的边缘。"今年的雨水好像特别多,你觉得不觉得？"

"好像是。"

她重新坐到床头，手不由自主又放到嘴唇上。"正文，这几年想过我么？"

"想过。"

"想过？那就是后来不想了？"

"说句老实话，后来想的越来越少。"

他看着她腕上的那块红翡玉镯，不禁把她的手拉过来。"挺想不明白你的。"

"有什么不明白的？"

"觉得你——有时挺天真的，像个小孩，不知道什么时候在外面就又闯了祸；可有时又觉得你特别深不可测，有时我都说'嚯，我终于触到底了'，结果发现下面还深着呢，不知道到底有没有底。心也挺硬，有点让人害怕。"

"沈朋以前也说，他很怕我。干嘛怕呀，只有智力不平等才会怕。"

"我们本来就不平等，从一开始我们就没平等过。你一个人对我们兄弟两个，你说能平等么？"

"你们两个没办法。"她低下头，"谁让正武走了呢。他要是还在，也不会是现在这个样子。"

"怎么不会？你会只跟他好，然后嫁给他？"

"不一定嫁给他，但他在，我就有个商量的人。"

"你跟那个人好，也会跟他商量？"

"不知道，我没来得及跟他商量……"

"那你告诉我，正武的死跟你到底有没有关系？"

她看着他，从嘴唇上撕下一小片暴皮。"这么多年，你肯定一直都想问这个问题，而且希望我说有关系，对不对？"

她盯着他看了片刻，随后把眼睛移开。"可我真的不知道。很多事情也许都是天意，造化弄人，有时我也觉得无能为力。"

"你看，你又神秘起来。"

"是实话。你不觉得生活本来就挺神秘的么？我早就想通了，不再非较劲儿把什么都弄明白。我可能死的时候，躺在床上，对自己还是一大堆疑问。"

"那干吗呀，死都不死个明白？"

"明白又怎么样呢？更何况，也明白不了。"

毛榛晃晃酒瓶，看着空了，就去取了另一瓶过来。正文再用牙齿咬开瓶盖，递给她。"喝了半斤了吧？"她问。

"有了。你到底有多大酒量？"

"不知道，没醉过呢。要不我们今天试试？"

"行，我陪你，想醉还不容易。这一瓶不够吧？"

"那你下楼再买两瓶。"

正文穿上鞋，匆匆跑下去。楼侧的小卖部里只有个老太太，正坐在电视机前打盹。正文叫醒她，买了两瓶二锅头，再三步并两步往回跑。到二楼时，突然看见楼道高窗上闪着两点杏黄色的光。他停住脚，晃晃脑袋，定睛看，是只猫，正扭着身子一动不动看着他。他不由放慢了脚步，走上三楼，又回头看看，那两点黄光仍然一动不动跟着他。他进屋，轻轻推上门。

"楼道里有只猫。"

"哦,那只黑猫,没吓着你吧?晚上老守这儿,白天就跑了。"

"有点像绵阳的那只。是野猫?"

"大概是吧。"毛榛把他们的杯子又斟满,等他坐稳端给他。正文喝了一大口,说:"对了,快说说,你父亲是什么时候来找你的?"

"两个月前。"

"他什么样?"

"不怎么样,起码跟我想的不一样,我原来以为他会是个超级美男子呢,结果就眼睛还挺好看,有点像袁世凯,其他都一般。灯太亮了吧,要不要关了?"

"行,你怎么舒服怎么来。你好像很喜欢摸着黑说话。"

"是么?我倒没注意。"毛榛拧开床头灯,"那就留盏小的。"

"他现在在哪儿?"

"我父亲啊?在加拿大,他一直住蒙特利尔。他以前不知道我,所以他来,我对他挺好,没对他有什么怨言,倒还觉得当年,他在加拿大住了那么多年还能那么勇敢,不容易。"

"住加拿大怎么就不能勇敢?"

"自然条件太好的地方,人就不会太顽强。反过来,像我们,以后多半不会到加拿大那样的地方生活。"

"你妈呢?"

"她更不会去加拿大了。她还在北京。"

"她怎么样?"

"她?皮实着呢。"

"他们见面了吗?"

"应该见了吧。我没问他,我怕我一问,他又得哭得一塌糊涂。"

"哭?"

"喔,他很能哭。不知道当年他是不是也这么爱哭。"

"为什么哭?"

"老了,突然发现有个女人给他生了个孩子,还有人替他养了这个孩子,他感动。听我说夜里要出去干活,他也哭。他以为哭就能解决这么多年的事,那真是太轻松了。"

"哭也不是坏事,只要他真想哭。"

"也没什么好的吧。"毛榛摇下头,"都已经二十多年了,还有什么沉不住气的?发泄多容易啊,不发泄才难。唉,觉得所有男人在遇到问题时,都选择的是最懒惰的办法。"

"你这是有感而发吗?你说的男人,包括那个男的吧?"

"他啊,"她想了想,"包括。"

"也包括你那个离了婚的丈夫?"

"他算不上,"毛榛决绝地摆摆手,"他太轻了,像片羽毛。"她噘起嘴唇往手心里"噗"地一吹。

"不会也包括正武吧?"

她又想了想,神情暗淡下来。"怎么会不包括他呢?他是最懒惰的一个。"

正文沉默了。

"怎么,你听着不舒服了?"她俯下头看他的眼睛,"对不起,我得这么想,要不然,你今天恐怕都见不到我了。这么想了以后我心里一下子就舒服了。"正文歪着头看看她,她接着说:"当然,他们给我的肯定不一样,我从他们那里得到的也完全不同。可那又怎么样？最后不还是得我一个人。"

"怎么不一样？"

"我不说了，"她的手又放到嘴唇上，"说了，你又要不舒服了。"

"你说吧，我没事儿。"

"那就说正武吧，正武给我的是死，可我给他的是生。"

"什么意思？我不懂。"

"那就不懂吧，以后早晚你会懂的。"她猛地撕下嘴上的一小片暴皮，嘴唇立刻渗出血来。

正文"嗞"了一声，把她的手拿开。"疼不疼啊你？"

毛榛笑笑，喝了一大口酒。

"怎么你这些习惯都对自己这么狠呢？"正文嗔怪道。

"那我要做了什么对不起你的，你就原谅我吧。"

"别这么说，你有什么对不起我的。"

他们喝光第二瓶，又开了第三瓶，开第四瓶的时候，正文的牙齿已经发软，怎么咬也没把瓶盖咬开。毛榛抢过去，硌在茶几边，"砰"地用手掌一拍，瓶盖"咯棱棱"掉下去。"行啊，你！喝来劲了吧，这么大力气？"他拍拍她的肩，"这茶几这个角就是这么断的吧。"

毛榛哈哈笑起来，好像很得意，两只眼睛周围也泛出像疹子一样的红。

"那你以后还会结婚吗？"

"会。"毛榛抬起脑袋想想，又斩钉截铁点点头，"会！"

"也生孩子？"

"孩子——"她的眼神突然飘向很远的地方，迷离了片刻，"那倒不一定了。你呢？"她看他。

他说："我陪你，你结婚我就结婚，你不生孩子我也不生孩子。"

她立刻推开他，坐直说："那干什么？听着多让人难受。我希望你当爸爸，最后有好多好多儿子孙子把你背到八宝山去。"

"我哪有那么大本事。"

"有，你肯定有。"

她突然把头伏在他的两腿之间，说："你的精力多旺盛啊，别看你没有正武高，也不比他结实，可就那一次，我就知道你有使不完的劲。生吧，你的基因多好啊，生出来的孩子一定又健康，又聪明，又跟你贴心。"她闭着眼睛想象着，脸上挂着既疲惫又十分幸福的笑。"听话，你可不能浪费自己。"她抬起眼，看他。她的脸突然绯红，连鼻尖都是红的，眼眸锃亮，随后又淡化成那个眼神，那个出现过无数次的眼神，又在他脸上找着什么。正文知道她在找什么——果然，片刻之后，她突然提高声音，"正文，你知道正武像什么吗？"

"像个武士！"正文"腾"地站直身，一手叉腰，一手作挥剑的姿势，"不粉身碎骨就不罢休的武士！"他在空中划个大大的圆圈，然后比画着把剑指向心窝，再突然指向毛榛，"说！"毛榛愣了一下。"是不是你让他粉身碎骨的？"话音刚落，弹簧床垫晃了晃，他一下子倒在墙角里。

毛榛哈哈笑着要拉他起来："也许是吧，我承认，也许是吧，我不承认你是不会答应的。不过你说的不像，一点也不像，你太美化他了，他哪有那么高大。"

"那你说，他像什么？"正文躺在墙角摇摇脑袋。

"他啊,什么也不像,他就是他。如果能找到第二个他,我们俩都不会是现在这样。他那个人,实在是太自私了。"

"我要是他,也会那么自私。"

"不,你跟他不一样。"她的眼睛在灯光的阴影里像跳跃的两团火苗。"你比他好。"她用手捂捂心,"你没他那么霸道。"她又拿起他的手,"你的手掌比他软,这儿比他柔软。"她拍拍他的胸脯,"你的腿,脚,脚腕,脚趾头,还有你的小玩意儿,都跟他不一样……"她没再说下去,靠在墙头,眼里的火渐渐熄灭,神情开始有些戚然。正文看了她半天,最后把她搂过来。她趴他腿上,先是冲他微微笑,继而把头埋进他的腰里,默默的,但没有哭。他们那样待了很久,紫云飞散开遮住了月亮,月亮慢慢暗下去,她才又抬起头,拳腿坐直,撩起T恤的下摆擦擦眼睛,然后凑到他眼睛下看他:"你哭了?"

"没有。"

她叹口气,拍拍他的脸,问:"想不想出去转一圈?"

"去哪儿?"

"随便。"

"你还没醉吗,还是已经醉大了?"

"没呢!"

"那就走!反正跟着你,就是走。"正文从床上跳下来,毛榛笑起来,快乐得像只山鹊。她搭着他的肩,两个人东摇西晃下了楼。

云堆在天上奇异无比,有无穷多的亮点和暗点。他们骑上车,毛榛仍笑得合不拢嘴,让正文像以前那样推着她,往西横穿过冰窖胡同,拐上新街口内大街,一路向西,骑过展览馆,动物园,骑过西苑饭店。没有风,空气里弥漫着酒精的气味,两个人的脑袋大概都是空的，身上也是空的，眼睛里的一切都像在腾空旋转。毛榛不住把手伸向天空，不管正文说什么，她都咯咯笑，听到一点点雷声，便大叫："下大雨吧！"

他们骑过紫竹院，像是心有灵犀似的一齐向右，拐上那条马路。那马路那时叫什么名字，正文还是记不得，尽管那之前的几年，他在那条路上来来回回走了那么多次。前面突然出现了一片灰砖院落，那是他们以前没见过的。院门口挂着什么"文学馆"的招牌，两三团遒劲的古柏从墙后探出，和密密麻麻的电线纠缠在一起。不一会儿，他们便来到Y大学门口。两个人兴奋异常地下车，就去推紧闭的铁门，门"哐啷"响了一下，拖出个短短的回音，却没被推开。毛榛看看正文，攀住铁棱，像是急不可待地要从门上爬进去。正文拉她下来，拉起她的手，往院南墙侧面跑去。跑了二三十米，看到一个土坡，他停住，面墙蹲下。她脱掉鞋，拎在手里，蹬着他的肩扒住墙头。他使劲站直，她轻盈地翻了进去。他听见她在墙那边轻声又急切地叫他，他迅速翻坐到墙头上，冲她挥手。

Y大学变化不大，也许多种了些树，大操场旁新添了一面几丈高的铁丝网，网后面是三个球场。球网都收走了，场地上只落着铁丝一格一格的影子。

"这就是那个冰场吧？"毛榛问。

正文点点头："应该是。"

"那是哪年了？"

"六年前了。"

他们拉着手，一口气跑到原来的游泳池，发现那里已经是一座方方正正的八层高楼。楼很漂亮，也许是夜色使混凝土的质地显得格外敦实，他们摸着手感浑厚的涂料，又摸摸密封的大玻璃窗，然后互相看看，毛榛说："结果还不错，对不对？"正文好像也很满意地点点头，然后拽上她"咚咚"跑开。

他们从铁门翻出校园，骑上车转头往南，穿过马路，一直往南。还是那条马路，路越来越直，云越来越低。正文还是把手放在她的后背上，推着她疯了似的往前。车轮没有一点分量，好像不用蹬就在自动飞转。而后就到了那个宽敞的开口，下面黑压压的一片沉寂。他猛然停住，问她："想不想下去看看？"

她二话没说，支好车，先跑到开口处，回头看一眼正文，而后默默张开双臂，像大雁一样，从陡坡飞了下去。他觉得她真是在飞，速度之快，身体之舒展，心情之轻盈，是他从没见过的。她飞到湖边，依旧张着双臂，往前倾着身子，探着头，像是要飞入水里。正文心里一惊，从后面拦腰将她抱住，她又笑起来，这一次回音很大，像涟漪，一迭一迭地滚到对面，融入远处的树丛。湖面又黑又稠，还是那么凝滑，像加了磅分量超重的锦缎。他们就那么贴在一起在那里站了一会儿，毛榛的头发在正文的鼻子旁"哔哔"冒着热气，冒着酸酸的汗香。而后她小声说："正文，告诉你，我这辈子不会再来这里了。"说完她就掉转头，拉着正文跑上陡坡。

长安街是世界上最宽的马路，正文那天夜里对此深信不疑。夜那么深，路灯拖长的影子好像把长安街又拉宽了一倍。他们就骑在那条世上最宽的马路的正中间，摇摇摆摆，一左一右自由地画着幅度很大的"S"。 突然，毛榛用沙哑的嗓音唱了一句："灿烂的朝霞，升起在金色的北京。"正文诧异地看她，那是他第一次听她唱歌。她接下去又唱一句，一边唱一边朝正文伸出手，拉住他，正文于是扯开喉咙跟她一同喊起来：" 啊——北京啊北京！"

他们就那么拉着手穿过宽阔的长安街，划着很大的弧线往北拐上去。西单北大街街口刚开张的一家冷饮店还亮着灯，卷帘门没拉，样子像是刚刚打烊。前面一家地下西餐厅门口的霓虹灯还在争分夺秒地闪烁，一对青年男女紧紧搂着从下面上来，站在灯下东张西望的神态有几分神秘。一个穿工作服的女人正把堆在门口的自行车一辆一辆往后面的存车处里抬，一会儿从西餐厅里出来的人找不到车肯定要破口大骂。"砂锅居"整片的大窗户上挂着艳俗的花布帘，府右街上正有辆扫地车慢悠悠地"哧哧"往东开去。

骑过豁口，大马路上突然出现一溜黄暗的灯光，靠近去看见几只小火炉"吱吱"散着热气。空气中往上浮着蒸汽颤抖的几束波纹，也浮着酱油香、葱香和肉汤的香。几张小饭桌，几只板凳，坐着一两个吃客。毛榛拉住正文，从车上下来，张口要了两碗馄饨，又到隔壁炉子要了两碗炒肝，两碗爆肚，两碗卤煮火烧。她问摊主有没有酒，那个三十来岁的妇女，从盖着塑料布的三轮车里"倏"地一下，拎出一瓶二锅头，给她 在桌上。

正文用酒涮涮杯子，和毛榛你一口我一口地喝起来。毛榛仍旧不时咯咯笑，两只眼睛周围细密的皱纹越来越深，眼睛疲惫得已睁不大开，却仍然炯炯发亮。

八只大碗都吃光以后，瓶里的酒也见了底。天一点点由紫开始转青，所有的亮点都渐渐淡下去，他们这才摇摇晃晃地骑回毛榛的住处。两个人脱了鞋便爬上床，立刻疲惫地睡了过去。过了不知多久，楼道里那只黑猫轻手轻脚地走近正文，在他的梦境里肆意地骑在他脖后，用利爪抓进他肩头，抓出几个血窝，又一步从肩头跳到他腰间,用一排尖牙咬住他肚皮。他拼命挣扎,想尽快甩脱它,可怎么甩也甩不掉。

他出了一身的汗,很快,被一股热腥的土味呛醒,睁眼看,发现外面落了雨。巨大的雨点砸到地面,溅起一股泥土的热气。在这之前,他似乎听见楼下派出所的警车叫了几声,又模模糊糊看见毛榛从床上爬起身,晃晃悠悠撩开窗帘,走到阳台上,不见了。他很想爬起来去拦她,可是动不了,他的身体完全不听使唤。他又睡了过去。

再睁眼,屋外的雨点已连成线,乌云厚得像铺开几层毛毯,每一层浓云的中间夹杂着一道浅紫豁亮的云带,像要随时划出闪电。正文使劲摇摇脑袋,看看表,五点半,却不知是早晨,还是傍晚。邻居的鸽子在隔壁窗台上"咕咕"地叫。毛榛突然又出现在阳台的风景里,穿着一条红绿大方格棉布裤衩,白色吊带背心。她的脊柱骨只有窄窄的一条,随着她身体往外摆动,一节一节地舒展开。

正文支起头,这才感觉头痛得厉害,眼前的一切仍在摇晃。

毛榛转过脸来,冲他暧昧地笑笑:"过来看风景。"

"你干嘛呢?先穿上衣服啊,雨那么大,不怕着凉。"

"我穿了裤衩背心,不算衣服吗?"

"你说呢?楼下可就是派出所,不怕有人上来找你。"

毛榛嘻嘻笑着跑回来。那天她笑得真多,脸都像变了形。身上带着细小的雨珠,也不去擦,伸手抓过堆在床脚边的一件白色大T恤衫,从头顶套下去,坐在床沿,看着正文。她浓密的眼神盯着正文的眼睛,把两手拳起并拢,手心朝上,伸给他——

"最好让警察叔叔把我抓了去,反正我也要走,去哪儿不是去。"

正文抬手捏碎她睫毛上的一粒雨珠,皱着眉头问她:"你还没疯够,还想去哪儿?"

毛榛又定睛看他,眨着长长的睫毛。正文不由拉起她的手,放在自己腿上。毛榛的眼神慢慢散开,变得十分深远。正文说:"你的眼睛有时就像一对鸟,刚才还待得好好的,可只要我一眨眼,就能从我的眼皮底下飞出去。"

"你不喜欢我飞么?"

"我喜欢不喜欢,你要飞我也没办法。可你要飞哪儿去啊?"

"飞到——一个我可以随心所欲的地方,我可以看人家怎么生活,人家却不必看我怎么生活的地方。"

"你要找你父亲去吗?"

"我不会去找他,他那里不会有我要的东西。"

"你到底要什么?"

"我要——"她把两根手指放到下嘴唇上,一边摩挲着暴起的皮,一边说,"真遗憾,其实到现在我也不知道我究竟要什么呢。再睡一会儿吧,瞧你困得都不行了。"

她随即把窗帘拉上,屋里重又暗下来。

正文再一次睁眼,是下午三点左右,侧过脸看见毛榛一只手端着书靠在床头,另一只手放在嘴上。她的样子完全变了,衣衫整齐,头发湿漉,发梢朝外翘着,身上飘着淡淡的杏仁香。他从她嘴上拿下她的手,撩起书的封面,看见是米兰·昆德拉的小说,正想说什么,毛榛扭身下了地,穿着鞋。"终于醒了,我去烧开水,沏杯茶。还是没喝过我吧?花茶还是绿茶?"

"绿茶。"

不一会儿，厨房里传来"噼里啪啦"玻璃器皿的碰撞声，水壶的笛声，水往茶杯里倒的声音，最后是"嗵"的一声。两分钟后，她端着茶杯缓步走回来，走到床边，几乎把茶杯扔到茶几上，两只手立即揪住耳垂，嘴里"嗞嗞"叫着。

正文拿过茶杯吹吹，抬眼看她，说："瞧你笨手笨脚的，做个水也弄出那么大动静。你昨晚是不是说想去什么地方，怎么说的来着？"

"没说过啊，一定是你喝糊涂了。"

"是么，我真喝糊涂了？没说过就好。"

下午的雨一直下着，正文一直喝着茶靠在床头发呆，毛榛则一直卧在床头看书。那本书她大概已经看了很久，最前面的十几页卷着边，连硬纸皮封面也翘起来。她一边看，一边把卷起的边往反方向卷下去。

"正文，"四点多的时候，她叫过他，"我想起一个作家，只活了五十岁。他快死的时候跟他老婆说，其实，活得长的好处之一就是你对故事能知道得多一点。"

"可是，有时候，死了的才是故事。"

毛榛抬头看他一眼，又低下头，问他："你说，为什么有人会一辈子喜欢住在边境上？"

正文想了想，回答道："神秘，危险，自由。"

"要是边境南北两面让你选，你选哪一面？"

"南面。"

"为什么？"

"感觉是往上看，不是往下看。"

将近五点的时候，中雨转成了毛毛细雨，天也略微亮些。毛榛阖上书，看看表，又看看正文，说："饿了，今天我们出去好好吃一顿吧。"正文掏出兜里的钱，差不多有三十块。毛榛笑笑，把钱塞回他的口袋，说今天她请客。

他们走下楼，过马路向南，二十几步远，便是那条街上最像样的一家饭馆。毛榛点了半只烤鸭，一打荷叶饼，一份竹筒饭，还要了两个大盘装的菜——是什么，正文记不太清了。他记得那天盛鸭汤的碗很大，汤也浓。毛榛喝了满满一盆，不够，又添半盆。好像她还问过他要不要再喝点酒，正文笑着摇摇头，他晚上还要回报社赶稿。

吃饭的时候，两个人都没说太多的话。饭馆里人不多，时间又早，几个女服务员站在厨房门口的布帘前，唧唧咕咕地小声聊天。正文偶然想起毛榛先前的话，莫名地说了一句："你可别跟别人太不一样了啊。"

毛榛抬眼看他，像是十分疑惑。

"你要真想去什么地方，不论是什么地方，最好跟我说一声。"

"跟你说怎么样，你去找我？"

"也许吧。"

正文不记得毛榛又说了什么，大概是没有。如果她还说了什么，他应该无论如何都会记得。她一定只是笑笑，让正文觉得不必再说下去，那个话题就那样打住了。

毛榛付账的时候，正文先从饭馆出来，骑车到不远处的一家银行把前几个月存在里面的工资都取了出来。他返回饭馆，看见毛榛正托着腮朝着窗外发呆。外面的光亮和屋内反差不大，挂了半截的镂空窗帘把她罩在一片柔和又朦胧的碎影里，橘红色的桌布映得她面庞愈发白皙，两篷又长又密的睫毛轻轻地一张一阖，掩着她那双幽深又难得安详的眼睛——那一刻，正文几乎不忍心惊动她。他轻轻坐下，拿过她的钱包，把五十八张十元的钞票放了进去。毛榛回过头看看他，什么也没说。

分手的时候，他看着她走进那条街口，又走进那个门洞，还隐约透过二楼的走廊玻璃窗看见她走上楼梯。他不管她看没看见，都朝她挥挥手，然后掉转身，拐进楼下的派出所大院。他的车跟毛榛的车挨着插在车棚里的架子上。他骑上车，抬头朝楼上望，一会儿就看到上面的灯亮了，随后窗帘也慢慢拉上了。他蹬车离去的时候，怎么也没有想到，往后十余年竟再无毛榛的音讯。

那天晚上的空气，清爽得如同满城长满翠竹，散发着雨后各种绿叶的清香。德胜门城楼上正在拍电影，几只青光灯从楼底打到楼上，把原本黑红的墙照得青紫。角楼两端蹿出两束强光探照灯，交叉着往天上扫来扫去。一切都像梦，让正文无法肯定他那天是否真的看到了城楼上挤挤挨挨的几十个人头，穿着古装戏服，抖着长翎子，扇着扇子的人影在楼顶晃来晃去，几十米长的水袖从城墙的凹处垂下来，好像几条彩色的水流。紧接着，他听到一阵轻微的锣鼓点配着清脆的胡琴声从又高又远的什么地方传出，像天籁，让他不由得停下车，脚点着地，默默地听了好一会儿，好一会儿。

两年过后的一个早晨，正文也是被同样的一阵音乐声吵醒，是楼下的邻居在听河北梆子。他躺在床上，很想想起点什么，可什么也想不出来。毛榛的彻底消失仍像个谜团困扰着他，让他觉得不可思议。他坐起来，走到窗前，突然间想起冯四一最后一次打电话给他的口气，脑袋中像有团水疙瘩"哗"地一下散开。她向他告过别了，他想，而且她也保证了，永远不会彻底地离开。那一瞬，他觉得他可以把这件事放下了。

一年后，正文离开北京，去了纽约。

两年后，他结了婚，娶的女人有个好听的名字叫辛笛。

20.

梁正文从伊斯坦布尔回到纽约的第二天，正好是个星期六。他睡到差不多十二点才睁眼，辛笛带着四岁的女儿茶花刚从地下室的洗衣房回来，把飘着洗衣粉香味的衣物一股脑儿倒在床上。

辛笛坐在床边一件一件叠衣服，茶花滚到正文的身上看着母亲。一会儿，辛笛叫他们吃饭。阳光从卧室的窗户斜斜地照进客厅，照在厨房的四扇大法国门上，再轻柔地反射到他们的早餐盘子里。辛笛和女儿的半张脸和半条胳膊被映得一片橘红。他们慢慢地喝着牛奶，吃着温热的法国长面包，辛笛给他们在面包上抹了厚厚的一层混有松露的鹅肝酱。

正文跟她说："过几天我想去一趟鹿米岛。"

"鹿米岛？在哪儿？"

"靠近贝灵罕，华盛顿州。"

"又出差啊，刚回来又走？"

"不是出差，是私事，想去看个人。"

"什么人？"

"一个十几年没见的老朋友。"

辛笛沉吟片刻："十几年？这么久啊？"

茶花歪头想想："十几年是多久？"

辛笛看看她，说："妈妈遇到爸爸之前那么久。"又看着正文："你想去就去吧。"

正文说："是个女朋友，你不介意吧。"

"有过关系么？要是有，就不要去。"

"有过，但不是那种关系。"

辛笛的脸在橘红色的光线下突然一片绯红。茶花吃完面包，一时兴起从座位上站起来。辛笛拉她坐下，往她杯子里又倒满牛奶，用纸巾擦擦她的嘴，催她喝。过了好几分钟，她仍旧说："你想去就去吧。"

"你真的没意见？"

"有意见。可是，即使我有意见，你如果想去还是会去，对不对？"

正文没有说话。

"我能跟你一起去么？"她突然问。

"可以，你要想去我们就一起去。"

"算了，我走不开，你带茶花去吧。早点回来。"

北京
1980

　　第二天上午，他按照杂志上的地址，给毛榛写了一封简短的信，告诉她，他会去参加她的婚礼。他没有署"梁正文"这个名字，而是用了他的英文名，并告诉她，自己是她的老朋友。他很快接到了毛榛的回复卡片，卡片是白色的，上面有烫金的玫瑰图案。她说安排婚礼的经纪公司已经把他的名字登记在册，他们夫妇由衷地感谢他能拨冗莅临。她问他是否需要他们替他预定旅店，如果不需要，就请他把下榻的旅店名提前告知他们，以方便联系。她附上了她的邮箱地址和手机号码。

　　收到信的第二天，正文通过旅行社订妥了机票和旅馆，随后发邮件把航班号和旅店名告诉了毛榛。毛榛的信箱弹回一个自动回邮："邮件收到，谢谢。期待着在婚礼上见面。"

　　一个星期以后，下午，他拖着行李来到拉瓜地亚机场。这次身边多了个小人，紧紧拉着他的手。本来是不到九小时的航程，但起飞前突然下起大雨，飞机延迟整整五个小时才离开地面。到那里时已是深夜，他们从机场坐出租直接到酒店。正文匆匆跟辛笛通了个电话，便给茶花洗漱，放她到床上。他自己冲澡出来以后，看见茶花已经睡熟，趴在枕头上，噘着小嘴。他靠在床头发了会儿呆，想想自己戒烟已经快有十年了，突然有点怅然。他关灯，躺下，却翻来覆去无法入睡，毛榛二十年前的样子不断在脑子里闪来闪去。直到晨曦微露，他才不堪疲倦迷迷糊糊地睡了过去。

　　"叮咚——"门铃响了四五声以后，他勉强睁开眼，看看表，十二点。他正在埋怨旅店清洁工不看他挂在门外"请勿打扰"的牌子，犹豫着要不要起来应门，门铃又响了一下。他朝外面嚷了一句："给我一分钟！"一面翻身下地，脱下睡衣，穿起长裤和T

恤衫。去开门的路上,他从桌上拿起一粒薄荷糖放进嘴巴。

打开门的一瞬,他愣住了。

是毛榛,微笑着。眼角多了几道细细的鱼尾纹,但仍是那双细圆的眼睛。个子仿佛矮了,脖子越发细长,人很瘦小,宽亮的脑袋因而多少显得有点扎眼。正文正犹豫着要不要上去拥抱她,不经意地瞥了一眼跟在她身后、替她拎着包的高个子青年。看了一眼,又看了一眼,突然像是被电流击中一样,是——正武?

他一直盯着看,高个子青年不免局促起来。

毛榛的声音仿佛从很遥远的地方,从记忆迷离的天际飘来:"我儿子,Joe。"她的声音依然有点喑哑,依然带着一分难以捉摸的矜持,语气中却有一种让正文感到陌生的妥帖和平静,没有秘密,没有如释重负,一切都像家常一样自然。

毛榛仰起头对着青年说:"这就是我跟你说的正文叔叔。"

青年把提包换到左手上,伸出右手,同时用不那么标准的中文叫了一声"叔叔"。正文定了定神,吸了口气,缓缓地伸出手去。跟他握着的一瞬,他求救似的看了一眼毛榛。

毛榛朝他点点头。

2007 年 1 月于纽约
2007 年 8 月于圆明园"左右间"
2007 年 10 月于纽约 99/64
2008 年 9 月于纽约 99/64
2018 年 9 月于北京家中

北京
1980

燕我弟兄 载咏棣棠

棣棠：
蔷薇科落叶灌木。
喜温暖、阴湿，不耐严寒。
初夏开花，花期短，花黄，茎柔软。
花可入药，味苦、涩，有行水、消肿等功效。

献给山吹